中公文庫

おどるでく

猫又伝奇集

室井光広

中央公論新社

目次

おどるでく

猫又伝奇集

猫又拾遺

月地蔵

天から、ものが降ってくるということがある。もちろん、雨雪あられではなく。

子守女のユキエにも経験があった。大きな戦争のあいだに親と死に別れ、生き別れ、ある冬の月夜の晩、猫又界隈でもひときわ人家の疎らな、七軒しかない奥山の集落にもらわれてきた。遠縁の家だというが、ユキエの感覚では、二メートル近い積雪の道なき道を馬《うま》橇《ぞり》に揺られるうち寒天に舞い上り、月光となってその家へ舞い降りたのである。

子守という仕事がきらいでなかった。まず第一に子をおぶっていれば村のどこを散策しようと不審がられないし、ひとに出くわしても相手にならずに済む。子が背後霊のように、肩にいる。人がやってくるとこの背後霊の方へ思いきり首をねじまげたまま、いかにもあやすのに余念がないといったように歩く。こうすればあいさつさえ省略できるし、ふつうならしたくてもできぬ「人にそっぽを向く」しぐさが堂々と可能になるのだ。幼い頃出来なかった人形遊びの愉しみを今実現している気にもなる。

寝た子はずんと重くなる。そのほったりとした重さを感じると、さっきまで泣いていた赤子の代わりに今度はなぜかじぶんが声をたてて涙を流したくなったりする。

子守をしているときの目線は、ユキエの場合割合に高い。それも気に入っている。

――ほれ、見てみろや。などと、ものごころつかぬ子へ肩ごしに話しかけて、高い樹木や鳥の舞い姿などをみやるのがとても好きだ。ほんとうは、夜中に歩いて、お月様や星空をながめられたらいいのだが。

夏の午《ひる》さがり、おぶっていた子の背に何かが降ってきた。一瞬ひくついた子は、すぐに全身を波だたせて泣きだした。居合わせた村の老人がそれをひろいあげ、「チョウゲンボウだあ」といった。鳩より小さかったが、くちばしやあしのツメはまぎれもなく猛禽《もうきん》類のものだった。ハヤブサの仲間だが、里にいるのはめずらしい、と老人はいった。みると、翼の付け根に深い裂傷があり、眼はつむっていたがまだ生きている。ユキエは母屋の土間に運んで、わらの上に横たえ、脱脂綿を水に浸してくちばしに差し入れた。ぼろ布を周りにかき寄せ、そっと一枚をかぶせてみた。翌朝、チョウゲンボウは冷たくなっていた。

赤子を背負い、冷たいチョウゲンボウを抱いて、昨日の老人をたずねた。老人は村を見下ろす山かげで、地蔵様の庭の草むしりをしていた。

地蔵様は、月地蔵と呼ばれていたが、よだれかけをした立像があるのではない。丸い小さな岩石がひとつ置かれてあるばかりだった。石は撫でさすられて表面がつやつやと光っている。遠い昔、田植えをしている最中に空から降ってきたというから、おそらく隕石だったのだろう。

老人はチョウゲンボウのなきがらを、地蔵様の庭に埋めてくれた。

――今っ頃いっても仕方ねえが、月地蔵のこの拝殿の中へ入れておけば、助かったかもしんにぇな。

と、老人がつぶやいた。

――ウサギでなくとも、月地蔵は助けてくれるのかあ？

ユキエの問いに老人はゆっくりうなずき、

――血を流しているものは、いちおう、大丈夫だべい。

と、答えた。

隣家のオヤジサマが、畑から負傷した山ウサギを生け捕りしてきた。さっそく皮をはごうとした父に、子供らが哀願し、ウサギを飼うことが許された。

村の言い伝えが本当であったことを、子供らはこの時、思い知らされた。月夜の晩、月地蔵の中に入ったウサギは傷が癒《い》え、山に帰ることができる。隣家の子らといっしょに、ユキエは手負いのウサギをかごに入れ、縄でしばり、さらに麻のふくろをかぶせ、重石《おもし》をして堂内に置いてきた。夜明けとともに起き出して見にゆくと、縄もふくろもそのままの状態だったが、ウサギは敷きワラに血のりをつけて、姿を消していた。

女になる潮がきた時、ユキエは月地蔵に行き、そこで夜を明かした。子供らが大きくなって、ユキエの仕事も飯たきや掃除に変っていた。
ある秋の満月の夜、ユキエは失踪した。

barber キク

向い合う山肌は、物干し竿がかかるほど、と猫又盆唄にうたわれたように、おそろしく近接している。大きな蒼黒い鳥が羽を休めているようにも見える山を背景にカラスが不吉な会議をひらき、トンビがものうい円環の舞いを舞っている姿が、かろうじて人里の存在をにおいたたせている。

千石林《せんごくばやし》のキク姐《あね》の家は、裏山からころげ落ちてきた石が途中で停まり、そのまま苔むしたように在る。何代にもわたって踏み固められた人の道が山腹に食い入る。その道をよすがとして、人家が構えられる。家の真裏は、川床に通じる崖であったり岩肌であったりする。

千石林にはもと十数軒の家があったが、その頃には山腹のキク姐の家も入れて四軒だけになってしまっていた。千石林を抜けて川向いの分校に渡る橋が台風で流され、下流に新しい橋が作られてから、千石林は澱《よど》みのような村落になった。

キク姐はそこで床屋をしていた。大工をしていた川向こうの松吉さんが、川岸ぎりぎりのところに小さな理容店を建ててやった。キク姐は、山腹にへばりついた家から、滝といっしょに毎日降りてきて店を開いた。

松吉さんが若い時分に遊山《ゆさん》で東京に行った。上野駅が、訛りのある人々にとってまだ「心の駅」だった頃のことである。急に便意をもよおして、駅のトイレのドアを開けようとひっぱったが動かない。ノックをするなどという都会の習慣に思い至るはずもなく、故障かあ、とぼやきつつ、どんどんかちゃかちゃ取っ手を鳴らした。するとドアが開いて若い女が顔を赤らめ、すみません、とささやくように言って出てきた。なんだ、いるならいると、そう声出していえ、とばらりと怒鳴った。このときの女がキク姐であった。

松吉さんが急死して、床屋の客である男たちが入れかわり山腹の家で夜を過ごすようになった。キク姐がひとり娘の乳飲み子をかかえていたころのことだ。川向いの村の農家で乳牛を飼っているところがあった。この家の少年は、毎朝分校へ行くまえに二十軒ほどの家々にサイダーびんにつめた自家製の牛乳を配って歩くのである。キク姐は牛乳代にも事欠き、すぐにこの「顧客」リストから外されてしまった。

しかし少年は、家人に内緒で牛乳を配達しつづけた。

ソンナ事ヲシテハ家ノ人ニ叱ラレルデショウ。うつむいた彼女の共通語アクセントは、少年の耳に、美しい音楽のようにきこえた。

――いや、どうせ長くはつづかねえ。街でモンダイになってる。法律違反だって。

せいいっぱい大人びた口調で少年は答え、空びんをひきとって坂道を駆けおりた。街の牛乳屋の密告で保健所から警告がきており、まもなくこの「副業」は廃止された。

barber キクには変色して表紙のめくれあがった漫画本がずっと置かれてあった。少年の兄や姉らの寄贈になるものだときかされていた。「来月号につづく！」と書かれた末尾の注記が長いあいだ少年の想像力を刺激した。

中学生になると、みな町の理髪店に行くようになるのだが、少年はキク姐のところに通っていた。少年の理髪代の一部がこづかいになっていたことを家人は知らない。

鏡

良男が出ていってから一週間たったが、何をする気にもなれない。別れ話をきりだされた日の夕方、カットされた客の髪は今も床に散らばったままだ。薄闇につつまれた店のドアから良男はいつになく生真面目な表情で帰ってきて、アトリエに通じる着付室に入った。店終いの時でも彼が店の出入口から帰ってくることはなかったから、まずこの時マサ子に直覚するものがあった。支払いをすませた客を送りだして、床を掃こうとして、ふと鏡をみると、良男の堅い表情が映っていた。とても嫌な予感がしたけれど、それをおし殺すように、――ねえ、何か食べるものを買ってきてくれない、きょうもお昼ごはんを食べそびれちゃったの。と、明るく言ってみた。空腹だったのは嘘ではない。予約制にはしたものの、なかなか時間通りにはゆかず、次の客が姿をみせれば食事は後まわしになる。うまく調整がつかないと昼食にありつけぬこともめずらしくはない。でもそんなことが何だというのだ。この店はマサ子の城だ。もちろん借金はあるが、こんな若さでじぶんのものにした夢の結晶だ。その夢の城にやってくる人に美しいヴェールをまとわせるのが彼女の仕事だ。雇いの店長をしていた頃の不平不満はここでは生れようがない。外国人も多かった都心のハイセンスな店をまかされていた頃の顧客が、こんな郊外の外れまで電車とバスを乗りついで今も通ってくれる。マサ子の腕を見込んで、なかには千葉や埼玉から一日がかりで来る人だっている。

　食事を抜くくらいのことはなんでもない。ほとんど立ちっぱなしの仕事だが、緊張した姿勢をマサ子は崩さない。握ったハサミは生きもののように動き、ときどき自分の手からはなれているみたいな錯覚におちいることがある。

「好きな女ができた」という良男のかんたんなひとことが、マサ子を倒れた観音立像のようにした。立っているのが辛いという感覚は生れてはじめてといってよかった。女は良男と同じ画家志望だという。個展をみにいったのがきっかけで、知り合ってまだ日は浅いが、「どうしようもないようなつながり」を感じているといった意味のことを良男は他人《ひと》事《ごと》みたいな口調で語った。——なんといわれても弁解のしようもない。誰に言ったって非難されるのは俺のほうにきまっている。なにせ「髪結いの亭主」を地でいってるのが俺だもの。

猫又というものが棲んでいたと伝えられる土地から二人そろって出てきて、手に職をつけるために専門学校に入ったよっちゃんとまあちゃん。よっちゃんの家は写真屋、まあちゃんの母親は昔床屋さんをしていた。高校のときからの仲良しで、口さがない人々も二人は結婚するものと決めてかかっていたから、悪《あ》し様に言われることもなかった。

二人はともに少しずつ転向した。手に職をつける——それは良いことだ。食べていけなかったらどうにもならないから。けれど、みがきをかけたその「手」が「芸術出来たら」もっとすばらしい。良男は写真学校に通いながら絵の勉強をはじめた。マサ子は理容師になるコースをひと通り終えた後、思いきって美容学校に入り直した。写真もいいけど、絵もすばらしいと良男がいうと、床屋さんもいいけど、美容師さんもすばらしいとマサ子が掛け合いのように応じた。良男が発音するゲイジュツという言葉の響きがマサ子は好きだった。職人になろうとするじぶんが使える言葉じゃないのだけれど、良男とふたりで励ましあっていると、それの向こうに輝かしい可能性が広がってくれるような気になるのだ。

マサ子の生家のあった千石林は、谷底の村だ。高校一年まで四軒の家がそこにあったが、多目的ダムとやらが作られ、今では人造湖に沈んでしまった。ダムの話がきた頃、母一人子一人だった、その母が病死した。あっけない最期で悲しむ間もなかった。マサ子には母が生家といっしょに水底に沈められてしまったような気がしたものだ。完全に身寄りのなくなった十六歳の少女に、いわゆる立ち退きの補償金がころがり込んだ。この金が、「まあちゃんとよっちゃんの修行」の歳月を支えてくれたのである。

　天井から床まで届く大きい鏡は、店を建てるときに特にマサ子が注文して取り付けたものだ。都心から私鉄で四十分もかかる武蔵野の外れのこの土地でも、緑はどんどん減っている。近くの寺が所有するという小高い丘の雑木林のたたずまいがマサ子の気に入った。建売住宅が軒を並べる中でそこだけに自然が残されているという感じだった。これを「借景」にしてマサ子は店を構えたのである。

　高校に入るまで眺めた千石林の山は、人造湖ができても、さらにそれを見下ろすように今もある。村人がトチノキ山と呼んだその山肌は、谷底の生家の居間からふりあおいだ位置に全容を収めていた。名前の通りトチノキが多く、秋が深まると百本以上もある樹齢百年を越す木の葉が黄色に変る。居間の窓ガラスを通してみるその風景は映画のスクリーンのようだった。

　店の巨大な鏡に裏の雑木林が映り、その下に、客の顔がある。鏡をみながら仕事をつづけているとふしぎな心持になる。客の髪をカットするとき当然それを肉眼でみる。いろいろな角度からみる。カットされるその状態を客は鏡を通してみる。正面から直接客の顔をじろじろみるわけにはいかないから彼女も鏡を何度もみる。ありふれた動きなのだけれど、鏡に映った世界がなにかこの世ならぬものに思えてくるのだ。ときどき、鏡に映るマサ子と本人とはちがうとでもいうかのように、カットしている彼女の手元にふいに顔をねじ向けて話しかけたりする客がいて、ぎくっとさせられる。

　良男の別れ話も、鏡を通してきいたような気がしてならない。鏡の中の借景みたいに、話の中身はそこに実在しないと思いたかった。客とのたわいのない世間話が鏡の中に全部消えていったように――。

　すべては鏡を見すぎたせいではないかとさえ思えてくる。母も若い頃、鏡をながめすぎた。じぶんの顔を映して美しくするというふつうの女のようにでなく。……会話さえも相手も直接みすえてする必要がない。母はまるで鏡の中に消えるように死んだ。良男との別離もあまりにあっけないところがそっくりだ。

　母はカミソリをにぎるときの緊張感が好きだと言った。マサ子はカミソリは嫌いで、ハサミが好きだった。すると母は、ハサミ好きなは縁切り上手、と歌うように言って寂しく笑った。

良男が荷物をまとめて出て行ってから十日目の天気のよい朝、マサ子は店の裏の小さなゴミ焼却炉で写真を焼いた。駐車場の隅にしゃがんで、秋の陽射がふり注いでいる雑木林の一角を見た。鏡を通してではなく、肉眼でまじまじとみつめつづけた。

写真は良男との日々を写したものではない。開店以来の客の髪型をとったものだ。よっちゃんの仕事は「残る」からいいわよ、形になって。形があってこそ芸術だわ。わたしのはどんなに会心の出来上がりだって、けっきょく仕上がった一瞬だけの作品でしかない、残念だけど。そう言ったマサ子に、なら写真にとって残せばいい、よし、それ俺の仕事だ、と良男が勢い込んで約束した。もちろん全員ではないが、彼はほんとうにそれを実行してくれたのだった。

パチパチ燃えつづけるアルバムをみているうちささいなことを思い出した。「好きな女ができた」という良男のひとことを耳にしたとき、立っていられないような悲しみの後に、とつぜんやってきた何かがはじけるような感じ。――それがわかった。床屋さんになる修行をしていた頃の、あの風船だ。

顔剃りの練習は風船をつかってやる。シェイビングクリームを塗った風船にカミソリをあてて静かに剃りおろす。四十五度の角度が守られないと風船は割れる。マサ子にはその練習が理不尽で意地の悪いものに思われた。カミソリが嫌いになったのも、あの練習のせいだ。もちろん、マサ子自身の手さばきはカミソリも思うようにつかいこなしたけれど、その練習に漂う不快な緊張感と、そこここで風船が割れるときのやりきれない気分を忘れることができない。

割れて、クリームがとび散ったときの、あの痛いようなみじめさ。焼却炉のたてる音があのときのように、涙にぬれたマサ子の顔を撃った。

魔方陣

橘郁男太夫は猫又市内に移り住むようになってからも、南部の村人のよろず相談役である。九十八歳で死んだ母親の「特別職」をしぜんに受け継ぐかたちになった。母親は村人らに、オワカサマとよばれていた。オワカには誰もがなれるというものではない。かといって家柄や血統がものをいうのでもない。しいていえば最も苛烈な不幸を体験することが、その必須条件たる資格である。洗練された重層的不幸の地平へ突き抜けた、人ならぬ人。さまざまな不幸の蒸留水を祈りの儀式で沸かしてのむ行を無意識裡に重ねた人。郁男太夫の母親は双子であった。二人は日を追って死んだ。猫又南部の竹林に囲まれた太夫堂に棲む晩年の二人を郁男太夫は市内の自宅によび寄せようと何度も説得してみたが無駄だった。市内に星をまつる聖堂を建てるときにも自然の竹林のある地所を選び、できるだけ南部太夫堂に雰囲気を似せてみたりしたのであったが。

双子のひとりは、生涯言葉を発することがなかった。口さがない村人のなかには、「ワカとバカと紙一重、なるほど双子にちがいない」などと言う者もいた。しかしひとたび悩み事や不幸におそわれると、これら一対の聖者のもとへ伺いをたてにやって来た。「考えてもらう」という村人の言葉を翻訳すると「悩み事を解決してもらう」という意味になる。「考えもの」の中には、ときに「死者の意向を訊くこと」も含まれる。

オワカが盲目になったのはいつ頃だったろうか。耳と口を閉ざした片われの傍で、いつからかオワカは眼を閉ざしていた。竹林の中の太夫堂の中央は巨木の柱に貫かれていた。この柱は生きていた。つまり樹齢幾百年という生木の枝葉を払って堂をひっかけるように建てたのである。屋根に、巨木の頂上部が三本突き出ていて、鳥の停まり木になっている。二階の巨木の胴に注連縄《しめなわ》がはってある。すぐ傍に片われがほとんど寝たきりになっている。垢のような黴《かび》のようなしろいものが片われの顔をくまどっている。灰色のねじくれた髪に時どき鳥どもが糞を落としたりする。

「考えもの」はこの注連縄の近くで行われた。村人はおずおずと、ぎしぎし音をたてる階段をのぼってきて、ひとしきり、ほら穴にむかって悩み事をのべたてる。ほら穴とは、オワカの耳の穴のことである。静かに起きあがった片われが両眼を大きく見開く。それはフクロウにそっくりだ。

オワカは竹製の小弓のような棒をもち、ひざの前に置いた小筥《こばこ》を、話をききながらたたく。

〽エボーシも
　ヘラドリも
　　今は絶えはて……

唄うようにオワカはそうつぶやく。これはオワカが異界からのお告げをもらうときの冒頭の決り文句だ。村人がいつだったか訊いてみたことがあったが、エボシとは家の主人をいい、ヘラドリは女房をさすのだという。今は絶えはて……と云ったその後はさまざまだ。「考えもの」の内実によって、変るのである。冥界からみれば、絶えはて、も何もあったもんじゃない、欲にうごめく生き人らを次から次へとひっぱり込んで死者にする、話はそれからだ。落し物をさがしてくれ、などという場合、簡単にみつけだしてやれることもあるが、それも本当は無の穴ぼこに落してしまった死者をさがすことにつながっている。

　さがすものはさがされている。

〽無き物《もん》は汝が心底にあるぞよ

それがわからぬものには死者の怒りを、ワカは演じてみせる。小筥は火事場の半鐘のようにせわしなく小弓でたたかれ、ワカの顔は憤怒にも炎《も》える。やがて、小さな堂内をぴょんぴょんウサギのようにはねる。村人は平伏し、モットモダア、モットモダアと涙を流すのである。

橘郁男氏は太夫堂で生れ落ちたからというので太夫と呼ばれたが、彼は母とはちがって近代の教育もうけ、長じて異国の大陸を放浪し、「科学的な」占星術も学んだ。母のようにカンでものをいうことはない。相談にくる人にはホロスコープもどきを作成して、じゅんじゅんと説き聞かせる。自信過剰の人にも、不幸な意識に呪縛されすぎている人にも態度は同じである。しかし、ときおり、母のように憤怒をみせたり、宝石の如く祈りの汗を降らせたりできたらどんなにすばらしいだろうと思わずにはいられない。

たまに若者が訪れると、魔方陣のことを話したりする。縦横に三つずつ九つの数字を縦横いずれの行もそれぞれの和が等しくなるように並べた方形を示し、人間の星の構造も、たとえてみればこの方陣のようなものだ、とつづける。ただし、人間の場合、このサンプルのように完全ではありえず、この九個のうちいずれか一つが欠落している、どんな人でも欠落している。縦が完全でも横が足りない、といったふうに。だから、この先天性の無の穴ぼこを不断に埋めあわせて調整をはからねばならない。穴には死者が棲みなし、絶えず生者の祈りを待っている。祈りは自転車操業のように、あわただしくならざるを得ない。日々の祈りは、一日しか有効でないから。……生涯さがしものをしている人間。

不審な顔をする若者に、太夫は心中で唄いかける。

〽エボーシも
ヘラドリも
今は絶えはて……

三人妻

おれの眼玉《まなぐ》はそんなに変かね。変わった色だってことはおれにも分かるが、字を読むのが好きな女房は、外人のようだっていうし、宝石屋の波子は猫の眼みたいだとぬかすし、酒屋の歌さんはビー玉そっくりだっつって、子供のおもちゃ箱から一番似た色のをふたつもってきておれの顔の前に並べたりする。女房はさすがいうことがガクモンじみてて、おれの先祖の木地師《きじし》どもが高い峯の上を渡り暮らして平地の百姓めら見下げていた、そのなごりだっていう。ワケが分んねって訊くと、山頂で眺めるものといえば青い空ばかりでしょうと、まあ分ったような分んねような。

宝石屋の波子に、猫の眼みたいだっていうのは、浮気者で気分がくるくる変る意味だろ、と訊くと、猫の眼は猫眼石のこと。おお、さすが宝石屋、キャッツアイか、するてえっとおれの眼は宝石か、ホントにおれは嬉しくなった。すると波子は、そういいたいとこだけど、あんたのは猫眼石は猫眼石でも、うんと値段が安い方のやつ、石英の一種なんだけどね、といってがっかりさせる。

　人間てふしぎだよ。青い空なのか、猫眼石なのかビー玉なのか、おれには知んねえが女らと一緒にいる時それぞれがほんとらしく思えてくる。自慢じゃねえが、女房とするのは、むつかし言葉でいう正常位、だけだ、結婚してこの方ずっとそうだ。女房は外国の宗教の信者で、その教えにあるんだったか、おれも女房には正常位だけが似合う、と心から思う。女房は本当は外国人といっしょになりたかったのだそうで、眼玉の青い大男のおれに望みを託したのだろうか。こういう女が角の鍛冶屋の清六あんにゃの娘として生れたのがなんだかおかしい。清六あんにゃが死んで、鍛冶屋という代々つづいた商売も終った。おれはガキの頃から清六あんにゃの仕事場をみるのがたのしみだった。あんにゃの口癖は、「鉄は熱いうちに打て」で、商売がらぴったりの言い草じゃねえか。優等生だった女房ともよく仕事場で遊んだ。ここは地球のマントルよ、なんて言って。おれは頭からっぽの破れ者だったから、マントルを卑猥な言葉とかんちがいして、ふにゃふにゃ喜んでた。清六あんにゃも女房もおれも、くらやみの中で赤鬼みたく顔をあかあかともえたてて。今もよおく覚えてる。高等学校まで出た女房は、じぶんとおれの先祖は昔々、仲間だったなんてことをおれに教えた。「タタラを踏む」という云い方が鉄を打つ生業の中から生れたなんてことも。おまえにはほとほと感心する、と言えば、「ほとほと」で思い出したが、ほと、は火床《ホト》でもあり、女陰《ホト》でもある、とくる。女房と正常位でするとき、おれは、火床にむかって熱した棒をうつ清六あんにゃの姿を思い浮かべる。女房は望んだがあいにく授からぬ体質のようだ。清六あんにゃのいう通り「熱いうちに打」ちつづけてはいたんだが。

　波子にやらせている宝石屋は九分九厘道楽で、おれは宝石のことなど何一つ知んねえが店のものどんどん持ち出して女どもにくれたりしてる。波子も、いろんな知りあいにただ同然でやってしまったりする。砂の商売が面白いほどのってきたとき、砂利トラで事故おこして入院した、二十歳そこそこの頃よ。波子はそん時ずいぶん親切にしてくれた看護婦だった。尾骶骨ちゅうとこにヒビが入り、大腿骨が複雑骨折で、なんだか奇妙な恰好で長いあいだベッド暮しをつづけた。おれはいっぺんに波子が好きになった。看護よりうまかったのは息抜きだ。息抜き、ちゅうのはおれが勝手にそう呼んでただけだが、からだが動かせないおれをあわれんで、息子の液を抜いてくれるのよ、夜中にこそっと忍んできてくれて。女房と結婚してから波子とのことを話すと例によって、砂の商売やってる男に波が押し寄せるんだからウマが合ったのも道理なんていう。まったく砂の商売には感謝してる。みんな、眼のつけどころがいい、伊達や酔狂で異人のマナコしてるんじゃねいわい、ってほめてくれるけど、戦後のどさくさでこの商売をはじめる気になったのはじつは猫又三山に棲みなした爺さまのおかげよ。爺さまも木地椀作りでひともうけした人だが、よく言ってたもんだった。おれらが棲処には川がない、川は平地を流れている、じゃがその川の水はぜんぶおれらが棲処の水をあつめたもの。平地の川はおれらがもんじゃわの、って。

　川はふしぎなやつで、法律の上では国じゅうぜんぶの川という川は国の所有だ。生きものだからしょっちゅう形を変える。たとえば百姓がもってる一枚の畑が川っぷちにある。これを増水した川が襲ってしまったとする、するってえと川となったその畑の土地は国の所有になる。砂の商売やってきて、何度もそういうの見てきた。おれは爺さまの言葉をおもいだして、増水のたびに出来る砂が黄金に変わるって確信したのよ。

　波子からきいた話だが、真珠は、貝が吐きだした液が固まったもんだそうだ。おれにとって川は、宝石を生みだしてくれる大切な生きものだ。台風が来るたんびにみんな、恐《お》っかながるが、おれはひそかに喜ぶ。そろそろ採り尽くすかなと思う頃、必ず増水して形を変えてくれる。変わった跡をみると別のところにまた黄金の山だ。「砂をかむよに味気ない」なんて言い草を聞くと、不思議でならねえ。おれにしてみりゃ、砂の御利益あらたかにましまする、ってところ。ホント「砂利」とはよくいったもんだね。おれっ家《ち》の神棚には、水といっしょに砂を一握りお供えしてあるくらいだ。

　波子って女は、なんかこう、砂山でみつけた砂金の塊、って感じがする。今だって、息抜きは抜群にうまい。やはり子供がほしかったようだが、男の液をのみすぎた女は石女《うまずめ》になるとかいう説を週刊誌で読んでからあきらめたようだ。女房にも包み隠さず、アヤをつけて話しているが、波子のはどうもおかしなところについているらしくて、女房が名づけた異常位でないと、どうにも具合がわるい。おれは砂で、彼はざわざわとその上を往ったり来たりする。

酒屋の歌さんとの仲も、女房と波子は知っている。今じゃどうってこともないが、おれが小さい頃までは、この界隈で造り酒屋といえば名家のほまれ高い大地主でもあった。でっかい屋敷構えてな。歌さんは、いわゆる逆縁ってやつで兄様の亭主を事故で亡くした後舎弟といっしょになった。ところが舎弟も子供がひとり生まれた直後に馬にけられて即死しちまった。あんまりたてつづけなんで、オワカに「考えて」もらったら、エボシ（亭主）を滅ぼす業に生まれついた女だっていう託宣が出た。これが噂になっちまって、なかなかのべっぴんなんだが、婿のなりてがなくなっちまった。おれは若い頃それをききつけて、すすんでねんごろになった。三番目の娘は、何を隠そうおれの子だ。おれも一家をなし、大成功もおさめたから婿になるわけにもいかなかったが。酒屋の一人娘なもんで、なんとはなしに「さん」づけで呼んだりしている。造り酒屋も今は衰運らしくて、借金うめるのに、これまでどれくらいの金、頼まれてぶっ込んだか知れねえ。オワカの話とはちがって、歌さんは明るい。兄弟とするっていうのはどんな気持ちのもんかい、と仲良くなりたての頃おれが訊いた。それがねえ、兄様も舎弟様も、まるで申し合わせたように、うしろからしかしないのよ、暮らしてる間ずうっと。おれはこの話も女房にしてみた。するとあいつは、馬の種つけなんかに影響されたのでしょう、もしかしたらわたしの正常位主義と同じで、なんかそれは家訓じみたものだったのかもしれません、とまじめな口調で言ったことがある。

三人の女に隠していることはほとんど無いが、ひとつだけ女房から、絶対に守ってくれといわれてることがある。波子とも歌さんとも「間違っても」せっぷんというやつをしてはならないというのだ。いったいどういう意味の戒律かはとんとワケがわからない。一度何ということもなしに破ってしまったことがあって、もちろん女房にわかるわけもないのだが、何だかひどく済まない気分になった。それ以来戒律は破っていない。もうひとつ、つまらない秘密がある。波子とはよほどウマが合ってるのか、いつまででもできることがある。これは女房にも歌さんにもしゃべっていない。波子が時間をはかったら、四時間ああいう状態でいたときもある。このままつづけると死ぬ、と冗談でなく何度も感じた。これは言わないほうがいい、と忠告したのは波子だ。といっても、おれは女房や歌さんとすごす時間も好きだ。女房との正常位は、祈りの儀式みたいだし、あなたが死んでも、こんどはわたしのせいではありませんよ、というのは歌さんだが、歌さんを後ろから拝むときは、おれの先祖が果たせなかった農耕の儀式しているように思えるし。波に洗われるときの砂でいるのは、もちろん格別にきもちいい。

まま

風にさやめく竹林をみているといつまでもあきない。聖堂に身を寄せて半年になるが、立居振舞の折々に動きを休め、いつのまにかぼうっと見入ってしまっている。しろい粉をまぶしたような林のたたずまいは幻覚をさそう。誰でもそうなのだろうか。むかし、竹取のオキナがかぐや姫をみつけた場所、いかにもぴったりの風情だ。

テレビや映画に出てくる回想シーンの色彩が竹林のそれに近いと貴志子は思う。おしろいをまぶした過去の風景。霧のかかった幻想。夢というものをほとんどみない。お風呂に浸かって眼をとじているようなときでも来し方の情景をうかべるということがない。身体がよほど現在むきにできているのだろう。回想や幻想の類は、だから、今現在のこのまこに映じる竹林の魔的な風景のなかにとつぜんはじまったりする。

きれいだと思うものをまえにすると小さい頃から立ち往生する癖があった。ほら、また貴志子が立ちどまった、と養父母がささやく。何かを見上げて立ち尽くすようなときには、そのまま後ろに転倒するのではないかと本気で心配させるほどだった。空想癖が強く本好きで、というのとまったくちがう。むしろ想像力はあまり豊かでなかった。現在にたゆたう快楽、それがとりたててはげしかった。

貴志子は幼いときからこの地方指折りの書道家だった養父の手ほどきをうけた。すでに小学校時代に高野切《こうやぎれ》や本阿弥切などの古筆《こひつ》切といっしょに、『竹取物語』の草稿を筆写する練習をさせられた。おまえはほんとうに聖堂裏の竹林の中で泣いていたのだよ、と養父はあっさりと「拾いっ子」の真相を明かした。

地元の短大の国文科を卒業し、幼稚園の先生を三年勤めて、実の兄妹のように育った二つ年上の養父の一人息子と結婚した。地方全域にかなりの数の会員を擁する書道会「まま」の後継者として、銀行員になった息子の代わりに貴志子が見込まれたのである。「まま」というふしぎな会名は養父がつけた。

戦争前に南満州鉄道株式会社の役員をしながら本格的な中国書道を修行した養父は、隷書はもとより、かなの草書までなんでもこなす技量の持主である。中国の古代宗教において、硯《すずり》は「不老不死」のシンボル、また古代朝鮮においては硯に「崖」の意味があった。くぼんだところを「硯池《うみ》」と、墨をするところを「墨道《おか》」という。貴志子はそんなことを何度もおしえられた。墨をすりつづければ不老不死の精神を保つことができる。貴志子の小さな手をとって墨のすりかたを指導しながら養父は子守唄のように語った。ほら、硯をよくよくながめてごらん。「おか」の上を何度も往ったり来たりして、やがて、暗いおそろしい「うみ」へ静かにすべり落ちてゆく。「うみ」には死人がいる。墨をするのは投身自殺のようなもの。崖の上から身をなげる墨をつかって字をかく書道は、死ぬ訓練を重ねるようなもの。

崖を、この地方の方言で「まま」という。会名の由来である。

貴志子はかなが好きだ。白い紙に漢字をかくと、どんなにくずしても、はっきりした意味がのさばる。意味が自己主張する。それが好きになれない。もちろん、かなをつらねたって当然ひとつの文章をかたちづくることになるのだけれど、かなのひとつひとつはつつましく、おきあがって意味をわめくような感じがしない。いつも消え入りそうにして、それでいてじぶんたちのかたちづくる線がうつくしいことを知りぬいている。養父にすすめられて高校入学からのばしつづけた髪の、一本一本うごめく線、それに少し似ている。

貴志子は夫に、いや兄に恋をしていた。養父は事あるごとに一人息子にきびしく当った。貴志子はそれが辛くてよく泣いた。兄は、むしろ姉のように優しかった。この人と結婚できたらという夢が現実となったとき、貴志子は現実をうけとりそこなった。空想は必要なかった。なにもかも兼ねそなえたと思われる騎士が身近にいた。結婚は、それまでの生活に何の亀裂も与えなかった。

夫とは「恋愛」をしていた。そして養父には「性愛」をおしえられた。漢字で書けばそういうことになる。その亀裂を貴志子はついに埋められなかった。今まで通りにしていればいいんだよ。養父はそうささやきながら、勝手知ったる貴志子の上で、あやしい墨をする。ここが「おか」、ここが「うみ」と養父が熱い息をかける。彼女は、恋愛から性愛の「うみ」へ身をなげる。「ままよ」とつぶやくまもなく、現在がせり出してくる。いつまでもたゆたっていられる愉楽の現在が。漢字の「不倫」というはっきりした意味を彼女はつかみそこねる。消え入りたいような感覚の底に、しかしまぎれもない快楽の「うみ」がうごめく。養父は、彼女のからだじゅうに、かなをかきつづけている。「崖」をすべり落ちた愛液をつかって養父が書くかなは、貴志子のなかに「朱」を入れる。

朱で訂正された拙い線のうごき。けれど夫はその訂正に漢字のような怒りをぶつけ、父を崖からおしやった。中国時代から養父が大切にしていた重厚な文鎮、それが凶器だった。

ビッキ！

奥猫又村ではビッキと呼ばれていた。そのせいだろうか、ぼくが踏み殺したときそいつは「ビッキ！」と悲鳴をあげたように聞こえた。

梅雨晴れの夕暮れだった。家を廻るように流れて村の東の墓地へ向かう堀端は所々で澱《よど》みを作っている。裏木戸に面した小さな澱みが洗濯場となっていた。衣類ばかりでなく、野菜の泥が落とされたり、大鍋が濯《すす》がれたりする。学校かばんを放りなげ、土間の一隅に棲む牛の鼻面をさっと撫でおろし、そのままむくむくした気分になって裏木戸を足早に通り抜け、林檎の木肌すれすれに身体を躍らせた。堀端に据えられた丸い大きな洗濯石にホップだかステップだかのひと足をついて、ふあっと川面を越えた。ビッキ（たぶんアマガエルだったろう）は、洗濯石にうずくまっていたのである。洗濯石はそれ以来、殺傷石となった。

幼い友人たちは、おそるべき殺し屋《キラー》だった。警棒のつもりのしなやかな木切をもって、かれらは小動物、ことにハチュウ類両生類を血まなこでさがし廻っては、残酷な処刑を断行した。神社の脇の茂みに覆われた池で繁殖するガマガエルなどはつがいになったその姿のままちぎれるまでムチうたれ、あげくのはては四角いブリキの石油缶に放り込まれて火をつけられた。缶の底に残った石油は処刑にじゅうぶんなほどの炎をあげた。

顔を紅潮させて、チキショウ、チキショウ、コンチキショウ、とかれらは合唱するように呪い、それでも足りずに木切で、炎上している缶の廻りをたたく。亀を助けたウラシマタロウのような顔をしたぼくが、ある日、シマヘビを八つ裂きにしている現場を通りかかった。

――なんか、いうぞお、ほれっ、いまいうぞお。

新田向いの安雄がぼくを見て揶揄する口調でいった。

――「仮分数」（ぼくのあだ名だった）のこったから、なんかいうぞお。

ぼくは安雄を見ず、隣家の登に向かって「可哀そうにな」と、いかにも悲愴な目つきでいい、後手をして通りすぎた。この「可哀そうに」がシマヘビばかりでなく、いじめる人間の下等さにたいする憐憫をも指していることを登だけは察知してくれるだろうと思った。どんな組織・集団にも、登のようなタイプの人間がいるものだ。

ある朝雨戸をあけて、ビッキ！　とぼくは叫んだ。みるもむざんなシマヘビの骸《むくろ》が物干し竿にひっかけられていた。どこに棄てようかとさんざん迷ったあげく、裏の土蔵の陰の藪に埋めた。

秋が過ぎ、冬がきて、根雪におおわれても、ぼくは藪の中の骸が気にかかって仕方なかった。ヘビの白骨死体、などとつぶやくといっそう恐怖が増した。学校の図書室で、ヘビに骨があるのかどうかしらべてみたが、よくわからなかった。夢のなかに出てくるヘビの姿は、繊毛のような小骨に覆われていた。

中学時代、安雄はカラスを飼っていた。じぶんの心の凶々《まがまが》しい部分を分け与えるかのように安雄はカラスを溺愛した。かれは継母に育てられていた。べつだん、虐待されていたわけでもないが、この継母は少々変わっていた。若い時分に都会生活をしていたそうで、村ではめずらしくタバコを吸う女だった。中学生の安雄にタバコをすすめたのも彼女だった。カラスを飼うのをやめてくれと村人からいわれたときも彼女はむしろ安雄の味方で、営林署につとめる父親の方が村人の意向をのんだ。カラスは、夕暮れ時にすさまじい声で鳴いた。もちろんカラスの鳴き声などは村にあって珍しいものでないが、飼っている小動物の放つ声は、野生のものとは聞こえ方がちがう。牛馬やニワトリの声ならば我慢もするが、「カラスなきが悪い」などといわれもする、あの忌々しい鳥の声をなんだってこんな身近で聞かねばならないのか……というのが近隣の家々から出された苦情であった。

ママコ（安雄がカラスにつけた名だ）は、野に放された。しかし安雄を慕うママコは、群なす仲間のところへは帰らず（あるいは帰れず）、安雄の家の柿の木にとまったままいっこうに動こうとしなかった。

――あとは、おら知らねえぞ。

村人の非難めいた口調に、安雄はそう答えた。そして柿の木の上のママコを見上げて口笛を吹いてみせた。

ママコの姿をぼくは一度間近で見たことがある。黒い羽はぬめぬめとひかり耀《かが》よい、目のふちには化粧したような蒼いシャドウがあり、なにかの拍子に大きくあけた口の奥は炎のように赤かった。けたたましく鳴く瞬間の貌つきは毒々しい嘲笑を思わせた。安雄に似ていなくもなかった。

ママコが、ただのカラスの一羽にもどった頃、安雄はぼくに、営林署につとめる父親が山で鷹の巣をみつけた、いっしょにとりに行かないかといった。ぼくと安雄がそれまでどれほど疎遠な間柄であったかなどということは一瞬の間に問題でなくなった。権現岩と呼ばれる村の奥山の、しかし思ったよりなだらかな斜面にある巨きな枯木の三つ岐《また》に、巣はあった。ぼくたちが木の下にたどり着いて三メートルほど上の巣をふりあおいでいると、親鳥らしきオオタカが二羽、切迫した鳴き声を澄みきった空いっぱいに放ちながら、上空を旋回した。襲ってくるのではないかと心配するぼくに、人間にはむかってこない、とぶっきらぼうにつぶやき、安雄はするすると木を登ってヒナを三羽、籠に入れておりてきた。

ヒナは灰色のうぶ毛におおわれていた。それは雪がとけて次第に春めいてゆくときの山肌の色と同じだった。ヒナの灰色にはやがて少しずつ褐色がまじり、ついにはからだ全体があの黄金めいた茶色の輝きに染まるが、初夏にかけての山の方は、新芽の季節の灰色が緑に占領されてゆく。

家人は鷹を飼うことに反対だった。だがぼくは自分が責任をもって面倒をみるから、と執拗に喰い下がった。家人もヒナへの好奇心は隠しようもなく、祖父の八路などは、大変なことだとぼやきながらもさっそく土蔵の二階にしまい込んであった大型のヒヨコ用の木箱をおろし、中に止り木を渡して改造してくれた。

同級生に街の精肉店の息子がいて、臓物を安くわけてもらえることに話が決まっており、餌に関しては、鷹ならぬ高をくくっていたのである。ふらつきながらも横木の上になんとか止まれるほどに成長した仔鷹に、ある日、朝仕事から帰った父が、つかまえてきたマムシをやった。同じ日の夕方には、母が田の草を除りながらつかまえた数匹のカエルもやった。するとその翌日から、鷹は街からもってくるぼくの餌をたべなくなった。顔におしつけるようにしてもそっぽを向く。むりやりくちばしをこじあけて臓物をつめこんでも、ポロリと吐いてしまう。ほんとうに腹がへったら何でもたべるさ、放っておけ、と家人にいわれて二日たったが、いっこうに食おうとしない。昂然と横木に止まったまま、夕暮れの空に向ってピィーッと鳴くのだった。こんなもんでも餌になるかねなどといいながら、村人がトカゲを投げ入れると、さっと飛び下りて、またたくまにたいらげてしまった。

こうしてぼくの悪夢の日々がはじまった。カエルやヘビをみつけたらどうかつかまえてほしい、連絡をもらえれば取りにゆく、などと隣村にまで頼んで歩いたのである。もちろん自分でも、毎日さがし歩いた。木籠の横にはミカン箱を置き、エサになりそうなものを放り込んだ。ついこの間までウラシマタロウぶりを発揮していたぼくが、専用のマナ板にヘビをのせて仔鷹が食いやすいように輪切りにしたり、カエルを素手でひきちぎったりして「料理」していたのだ。

マナ板は文字通り、殺傷台となった。ぼくが三ヵ月ほど「料理」したハチュウ類たちは、その後執拗に夢にあらわれてぼくを苦しめた。夢のなかで、ぼくはビッキ！　ビッキ！と呻きつづけていたような気がする。夢ばかりでなく、たとえばあのノリ巻きなどをみてさえ、おぞましい連想につながって食べられぬというようなこともあった。

――名前をつけないのか？

とある時安雄がいった。

――名前はつけないほうがいい。

きっぱりとぼくが答えた。もうそろそろ手放そうと思ってる、とぼくがつづけると、安雄はにやにや笑った。

安雄がぼくに鷹の仔をくれた底意のようなものが、なんとなくわかる気がした。

夏のあいだ、茅葺きの家々の玄関の戸は日中わずかに開けておかれた。玄関土間でのツバメの巣作りを、どの農家でも歓迎したのである。日のある間出入りをくり返すつがいのツバメは、夜七時頃になってようやく巣に羽を休め、早朝戸を開ける人の頭上を待ちかねたように外に飛び出す。

どこの家にも縁側があり、天気の良い日には子供や老人の社交の場となった。文字通り、人と人との縁の場所だったのである。表玄関の戸をあけて入らずとも（敷居をまたがずとも）交流はたやすくなされた。その空気を、ツバメも共有し、土間や厩《うまや》ではなく縁側のなかに巣を作ることがあった。戸の開閉にするどい本能的感覚をもつツバメは、外気の流れによって巣の場所たりうるかを判断したのだろう。

ぼくが寝起きしていた部屋に隣接する縁側の天井に巣ができたことをぼくは喜んだ。しかし、シマヘビの骸が物干し竿にひっかけられていたその日から、ぼくは「社交場」の扉を閉じたままにしてしまった。

そのことにはすぐ気づいたが、あとの祭だった。ビッキ！　ビッキ！　それからしばらくのあいだはその天井を見上げる勇気さえなかった。家人の誰にも話さなかった。冷たい泥の巣で白骨化してゆくツバメのヒナを想像するのは、ヘビのむくろよりおそろしかった。

父の烈しい叱責にあった最初の記憶はこうだ。暑い暑い日、昼飯の膳に向っていた時、生卵を飯にかきまぜていた父を見ながらぼくは言った。

「卵はいつかヒヨコになる、少しずつ、だんだんにヒヨコになる……卵だと思って混ぜてても脚や頭になりかかってるものかもしれないんだな……ビッキ！」

祖母は狂おしいひとだった。ぼくが高校三年の夏休み、ウラ盆供養の日に土蔵の二階で縊死《いし》した。毒舌家だった彼女は、じぶんの老いを呪い、おのが手で血まつりにあげた。

ある種の予感が朝からあった。あの取りのこされたツバメの巣のある縁側にも過剰なまでの陽光が射していた。祖母はその縁側に置かれた古い簞笥の前で、白い絹の帯をたぐっているところをぼくに見られ、恥ずかしそうな、しかし昔飼ったあの鷹にそっくりの異様にするどい眼つきのまま一瞬相好をくずしたようにみえた。

そういえば昼飯のあと姿を見ていない、隣近所に尋ねてみようかと表に出たとき、土蔵の重い引戸はほんの少し開いていた。一軒一軒と巡るうちにつっかけを履いた自分の足音が速まり、その足音に追われるようにやみくもに歩きながら、わずかに開いた引戸が鮮やかに眼に浮かんだ。ビッキ！

祖母のからだにはまだ温もりがあった。帯の円環を外して、横抱きに下ろし、母屋の中座敷に運びこんだ。敷かれたままのふとんに横たえて、見ると首筋に紫色の筋が入っている。考える間もなく、高めの枕を当ててあごを引かせ、首筋が隠れるようにした。それから部屋を出て家人に事の次第を告げたのである。恐ろしさはすこしも感じなかった。

ぼくが今でも恐怖を抱くのは、まさに決行しようとしている祖母をぼくが発見してしまっていたら……という想像だけである。

祖母をくびった帯は、嫁入りのときにしめたものであったそうだ。祝言《しゅうげん》の時に使った帯で生涯をしめくくった行為には、夫への呪詛がこめられていただろうか。

この白い帯が、マナ板の上でつやつやとくねり、早く輪切りにしなければ、鷹に食べさせるものがない、と思うのに、しびれたように手が動かない、といった夢がその後たびたびぼくを苦しめた。

河流れ

要次の夜尿症は十四になっても治らなかった。二級酒をショウチュウに変えた父が遠方から取り寄せた高価な漢方薬の苦い黒い汁をひとしずくも残さずに飲み干し、臍のまわりやすねに灸が据えられても涙を数滴落としただけで声を上げずに我慢した。肉屋の長造あんにゃのすすめで、こっそり赤犬の肉というのを食べてみたこともあったが、効果はなかった。

夫婦部屋の母の布団の脇に要次の寝具が置かれていた。酒を飲んだ父が入ってきて、「犬の肉まで食ってもダメか、ふん、こりゃまったく犬チクショウ顔負けだ。ああ臭い、臭い」などと吐き捨てるように言う。要次専用の寝具一式はほんとうに臭い。捨てても惜しくないような敷布団の上にビニールカッパをしき、さらに雑多なボロ切れをのせた上に身を横たえる。要次は文字通り死んだように寝る。いったん寝入ってしまうと、それこそ家人がいうように「ふんでもたたいても起きない」のだ。

祖父母が奥座敷にひき取ろうといってくれたこともあったが、青畳のしかれた床の間の神聖さを要次がたちまち汚して、再び父母の部屋へ舞いもどった。兄姉たちも一度ならず自分たちの居所へさそいはしたが、育ちざかりの彼らに、夜中何度か「病人」を起こすなどという芸当ができるはずのものでもない。

　街の学校で「地図をかく」という全国共通の隠語を知り、以後「地図」という言葉さえ嫌いになった。要次は自分が「カッパ」とあだ名されていると思い込んでいた。誰かに面とむかってそういわれたことがあるわけでもないのに、なぜかしら皆がそのあだ名で呼びあっているような気がした。布団の上にしかれたカッパ……大きな子供が今なおつけているオムツ……カッパの河流れ……こうしたイメージが要次の頭の中でいつのまにか結び合わされた。カッパの河流れ、はもちろん達人でさえ時には失敗することのたとえだが、かれにとってはカッパも河流れも独特の意味を持っていた。夏の夜、皆でスイカを食うような時でも、かれには許されない。「河が流れるぞお」とおどされると、のどの渇きも忘れるほど萎縮してしまわずにはいられなかった。

　中学に入ってからも治らなかったことは衝撃だった。小学校を終えれば世界ががらりと変わるかもしれないという根拠のない期待にすがっていたからである。臭い河を泳ぐ夜のカッパもとうとう中学生になってしまった。縄が衛星のように自分にまつわりついているように思われることがあって、無意識のうちに手で空を払っている。夏がすぎても、河原のひとり遊びをつづけた。しょっちゅう水を浴びていないと不安でならなかった。河原の子は、そのまま厠《かわや》の子だった。

中学三年になって誕生日をむかえた春の夜、眠りこける要次を起こそうとする母の声に腹をたてた父が、ようやく厠へ立ったかれの背へ、「厩で、牛とでも寝ればいい、そうすりゃ垂れ流してもかまわねえ」と不機嫌をぶつけた。

次の日、かれは専用の寝具一式を厩の隣の納戸に運び込み、土間で寝起きをはじめた。牛の哀れさが身にしみた。かれはこの「仲間」の面倒をよくみるようになった。秋の始めに肉牛は売られる。その時、自分もまたこの世から売られてゆくだろうと要次は思った。

猫又三山に通じる墓の向こうの山は、死んだ人の魂が還るところである。蛭沢《ひるさわ》口からのぼっていって中ほどに拝平《おがみだいら》がある。ここは村の干草刈場である。土用の最中、日の出前にこの平へのぼり、日の出を拝みながらクズやコカヤ、コハギといった草を刈り、そのまま立てて干しておく。秋口、稲刈り前にこれを平からおろして厩の二階に運び込む。牛馬の冬場の食糧にするのである。

さわやかに晴れた九月の終り、蛭沢にかけられた一本丸木橋を、要次を含めた家族六人が渡った。父母や祖父は山のように干草を背負う。兄姉は三束、要次は二束である。丸木橋の真ん中から川の蒼い深みを眺めるたび、要次の脳裏に「カッパの河流れ」が去来した。

三度目の往復で川岸にさしかかったとき、祖父が足をふみ外して急流へ落ちた。てんでに行き来をしていたので、たまたま祖父の近くにいたのは要次ひとりだけだった。かれは草を投げ降ろして岸の堤を駆けた。褐色の干草と共に流れる祖父はカラダの自由がきかず、溺れたヒグマのようだったが、もたげた顔は悠然としていた。

――おおい、大丈夫かあ。

要次が大声で叫ぶと、急流から中央の深みにさしかかった祖父は、

――おお、とだけ、いかにも鷹揚な口調で返事をする。おおい、とまた孫が呼ぶ、おお、という同じ返答が、透き通った秋空へ吸い寄せられた。

祖父は百メートルも下ったところでようよう荷を解き放ち、浅瀬へはい上った。

それからまもなく、牛が売られていった。馬喰《ばくろう》が子牛をひいてあらわれ、要次の「仲間」をみるなり、「やせ牛だが、高く買ってやるよお」と言った。馬喰の言い分によれば、連れてきた子牛は保証書付きの良い牛で、本来ならここのやせ牛と交換でもいいくらいの絶品だが、そこはそれ、大サービスって奴で、「気絶するくらいの」高値で買いとってやるのだという。

祖父が厩をそうじして新しいワラをしき、「寝具一式」をとりかえてやるときなら、横木に手をかけただけで、勇んで外に出ようとするのに、どこで事態を察知したのか、厩の奥で両足をふんばって抵抗する。平たい板切れのようなもので、馬喰は、要次の「仲間」の尻をぴしっぴしっとたたいた。「ほれ出ろ、やれ出ろ、いいところへ連れていってやるからよ」といいながら、馬喰が板切れをまた鳴らす。祖父は厩に背を向け、引きずり出される姿を見ようとしない。「仲間」の目から大つぶの涙がぽたぽた落ちた。

子牛と隣合って寝たその日の夜半、要次は激しい腹痛におそわれ、翌朝病院にゆくと、盲腸だといわれた。

盲腸手術は福音をもたらした。他に原因が考えられぬので要次はひとり決めしたのだが、手術後、夜尿症がぴたりとおさまったのである。中学卒業間際の出来事だった。「死んだように眠る」病気に悩んだ要次は、高校以後、一転して不眠症に悩まされるようになった。

カッペナシ

トミは奥猫又村に嫁いでくるまで新郎の顔を見たことがなかった。旧正月をすぎてまもなく、馬橇《うまぞり》と汽車をのり継いで嫁ぎ先の村に入り、いったん中継ぎ宿で休憩する。衣裳は、嫁入り先で用意した道中着一式をまとっているのを中継ぎ宿で白ムク姿に着替えるのである。

生家から最寄りの駅までと、隣町駅から新郎の待つ家までの馬橇はそれぞれ主がちがう。村の付き人たちが簞笥や長持などの所持品の積みおろしをあわただしく手伝ったが、わざわざそこまでしたのも、新設間もない鉄道というものに乗せてやりたいという周囲の好意があったのだと後で聞かされてトミはなんだか済まない気がした。雪景色の駅舎の廻りにやたらにカラスが集まり騒いでいるような気がするうち乗り込むと、ここ数日の騒ぎのために眠りの足りない両のまぶたがたちまち雨戸のように視界を暗く閉じてしまった。小一時間たって列車から降りるときも朦朧《もうろう》としたまま出迎えた馬車にひょろりと乗りうつり、人形の如く座し、夢うつつがつづいた。生家からは親代りの兄が送ってきてくれたのだが、今馬車を御しているのは何という名の男だろう。ひざまである長ぐつが破れているらしく、荒縄でぎりぎり巻きにしている。

新郎の家の奥座敷に雛飾りのように据えられて祝宴がたけなわになったところまで必死にこらえたつもりであったが、幾度もコックリをした。一世一代の祝言の席で居眠りをする花嫁はそうざらにはいるもんじゃない、と後々まで語り草となった。

月光の下、道上にある庄屋様の中継ぎ宿から道下の家までトミの一行が入りきるまで汽車に乗っていたほどの時間がかかった。そろりそろりと嫁入りの一隊はにじり進むようにして雪を踏みしめ、坂を下りる。この間、一行と迎え入れる側の人々とが掛け合いで、歌をうたう。それはうたうというより、上気した顔から弾丸のように歌の火の玉が飛び立つといった感じである。急テンポで始まって、後は悠揚迫らぬ調子の民謡がおよそ三十曲あまり、双方の陣営を往来する。冬の寒中など、あまりに長いこと玄関付近で立往生をしいられる花嫁が風邪をひいてしまうほどである。

ひき取ってはうたい、うたっているうち奪いとってうたい継ぎ、ようよう一行のしんがりが玄関口に収まりきると、こんどは近在の村々から早夕飯を済ませて集まってきた群衆が、家の廻りをとりまいて口々にわめきながらツブテを投げる。ツブテは、御縁にかけた五円玉にコヨリを通したものだ。前半は、誉め言葉を投げる「家賞《ぼ》め」で、後半は貶《けな》し誹《そし》る「カッペナシ」である。とくにこのカッペナシには村人が日頃その家に抱いているありとあらゆる非難と鬱憤が噴出する。ひどいときには引戸の障子がぼろぼろになる。祝言の夜の、この一時だけに陰口を堂々と公表することがゆるされているのだ。おそらく、新規参入の他人である花嫁に、できうる限り当家の客観的な姿を知らしめよう（そういう機会は二度となくなってしまう）という辛辣ながらも理性的なねらいがこうした風変わりな儀式となって定着したのだったか、あるいは手放しの喜びが引き起こしがちな妬みや誹りの眼をくらますための偽装なのか。

　カッペナシが盛んにおこなわれているあいだ、あかあかと灯りに照らされた屋内では嫁取りの儀礼がつつがなく進んでいる。ゴエンのツブテが底をつくと、いくら盗んでもよい雪のゴエン玉に変り、窓や壁を打つ音が絶えない。悪口雑言《あっこうぞうごん》の嵐が、形式の言葉をとり交わす人々の耳を襲撃する。

——ハナムコは薦《こも》っかぶりで、ケツ穴《めど》も小っちぇぞぉ、やめて帰るなら今のうちだぁ！

——ここの姑婆は、鬼だぞぉ！

——ここ家《ね》には、神経《しんけ》病みが二人、足なえが二人もいたぞぉ！

──気触れの血が流っちぇるから、そのうち鬼婆も首吊りだぞぉ！

──十年も前に貸した金、ここ家の爺はまあだ返しやがらねえぞぉ！

こういう爆竹みたいな絶叫はさらりと聞き流されているが、いわれたことの大半は家人の記憶にのこる。たとえば婚礼のごたごたが一段落してしばらくたつと、なにげなしに「十年前の借金」が返却されたりするといった具合だ。カッペナシで、その借金のことを取り上げるのは、むろん貸した当人ではない。悪意と瞞着のゆえでなく、気づかずに不義理をしていることも日常生活では少なくないので、この儀式は寄り合い以上に村の平安に役立ってきたといえるかもしれない。

トミはカッペナシにおどろかなかった数少ない花嫁の一人だった。ただ眠くて眠くて仕方なかったのである。到着して上《うわ》囲炉裏にようよう上りつめ、ひときわこんもりと盛り上がった絹布張りの座布団の上にちょこんと乗っかった。その彼女の姿を、台座の斜め右の、新郎新婦用の「部屋」となる所の障子紙に穴をあけて見ているものがあった。片眼を当てて、「ほらっ、アレだ、義路あんにゃよ、アレが義路あんにゃの花嫁だぁよ」と小声でささやき、傍にかしこまっている新郎の腕をぎゅうぎゅう握りしめたのが隣家の松作である。

カッペナシのことなど気にもとまらなかったが、二百軒以上が軒を連ねる大村からきたトミが、その後、小村根性に毒された村人の陰湿な小闘争をまのあたりにするにつけ、あのカッペナシのような儀式がひと月に一度くらいの割合でひらかれたら、押し入れの中みたいに淀んだこの村の空気も変るだろうと思わずにはおれなかった。

トミは姑のヨシイという人間が嫌いではなかった。文字通り仕事の鬼で、家族の団欒や家庭の安らぎなどというものは眼中になかったが、底意地の悪さというものは少しも無かった。働いてさえいれば、爽やかともいえる笑みを絶やさぬ人だった。

カッペナシの予言が的中し、ヨシイは足なえになるという恐怖にとらわれて首をつって死んだ。働けなくなった人間は死なねばならない、嫁の足手まといになれば家業に差し障るというのが理由のすべてで、トミは村人の噂がどうあろうと、数十年のつきあいから、そのことを信じた。

家賞めの後に、カッペナシがある。その両方の情熱と、姑も、そしてじぶんも無縁なのだったと還暦をすぎたトミが来し方をふり返る。冬の母屋は冬眠する動物どもの洞穴のようにみえる。軒先に垂れる氷柱《つらら》が洞穴に棲む魑魅魍魎の大きく開けた口中の巨大な歯にみえる。姑も、そしてじぶんも、その魔魅《まみ》と何ら変りない。

ちょうあい

たそがれの橋にたたずんで一時間余りも、ドブ川にたゆたう錦鯉をながめていた。ゆっくりとしのび寄る闇の中で鯉は登りもせず流されもせず尾を揺らしている。三郎が立つ橋のたもとには小ぢんまりした二階建ての交番があり警官は巡回中なのか留守だった。交番におおいかぶさるように大きなマンションが空にそびえ、ぽつりぽつりと住人たちのともす灯が輝きはじめていた。渡りきった向こう岸を左にそれると小さな公園になっている。その入口にある公衆便所から漂ってくるにおいがドブ川に合流する。今のじぶんにぴったりの風景だと三郎は思う。一日中むなしく持ち歩いて形の崩れかけた紙袋が足元にある。首筋と手足の異様なかゆみが自分のものでないようにも思われる。

　流行のシャツでバイクにまたがり、フルスピードで突っ走ったあげく、ふと橋の上から川をながめるうち故郷の清らかな川の水を思い出すといった場面を、テレビだか映画だかで見たような気がする。野田三郎、十九歳、東北の猫又地方出身、中学卒、工員……、おあつらえむきのリレキ書だ。仕事を転々として、満たされぬ思いのまま、とうとう犯罪にはしる。橋の上にいるかれは今、人を殺してきたのだ。交番を横眼でにらんで、自首するかどうか迷っている……そんなふうであったらどんなにいいだろう。三郎はバイクにもさほど興味はないし、社会に対してとりわけ不平不満も感じていない。ケンカも好きでないが、軟弱というわけでもない。要するに平凡なのだ。今、身体に傷がある。といっても、残念ながらそれは人と格闘して出来たわけではない。虫刺されをかきむしったものにすぎないのだ。

新聞販売店をやめて、同郷のハジメさんの紹介で二年前に今の製本屋にきた。おまえ昔から本が好きだからぴったしだ、とハジメさんはいった。たしかにそれはほんとうだったが、かといって勉強が好きなのに高校進学を泣く泣くあきらめたというほどではない。上の兄と姉が高校へ行って家は楽ではなかったが無理をいえば進学できぬこともなかった。行商の母を哀れに思ったことは否定できないにしても。マンガ好きがそのまま活字本好きに移行して、中学の図書室にある本はほとんど読んだ。新聞配達をえらんだのも印刷インクのにおいが好きだったからだ。製本屋ではたらくことになったときもうれしかった。

ハジメさんは地元の猫又商業高校を卒業してすぐに今の会社に入り、営業係でばりばりやっている。まだ三十代なのにずいぶんと額がハゲ上り、カンロクのある風貌だ。三郎が気にもしていないのに飲み屋にいくと、学歴がなんだ、人間はすべてこれ実力だあ、とぶちあげる。ハジメさん自身が大学卒の同僚たちと張り合うべく、そうやってじぶんに言いきかせているのだということは後になってわかった。三郎はいくらのんでも酔わぬたちだが、同僚ほど酒場が好きでない。酒をのんで吐きだすホンネが飛びかう風景はやっぱりテレビや映画の世界だ。パターンがきまっているのだ。酔ってくるとハジメさんは女の話をする。彼女は出来たか、と訊く。首をふると、そのうちおれが紹介してやるからな、と言う。行きつけの酒場のママからはマジメちゃんと呼ばれている。マジメちゃんが紹介できるような女の子は少なくともこんなところじゃ見つかんないわね、と笑う。そうそう、とマスターが割ってはいる。たとえば大切な落し物をひろって届けてやる、とかそんなドラマチックな出会いは、ここでは期待できませんね。ハジメさんはまんざらでもない顔をする。恋女房とのなれそめは、もう何度もきかされた。現金やらキャッシュカードが入った財布を列車のなかでひろって、じかにとどけてやって泣き出すほど感謝されたこと、美人で、しかも四年制大学卒だったにもかかわらずついに口説きおとして結婚にこぎつけたこと。酒のみ話から察すると、ハジメさんは家庭でも、大卒の女房に高卒の亭主がどうやって威厳を保つかといったことについて、会社にいるとき以上に神経をつかっているらしかった。

　三郎だって人並みに女への関心はあった。いや、〈じぶんは性欲が強すぎるのではないか〉という人並みの不安を抱いたこともあった。三ヵ月ほど前、さっぱりした身なりの女の子が薄暗い製本屋に姿をあらわしたとき、なんとなくいい感じだなあと素直に思った。昼休み時で主任は机に弁当と新聞を広げていた。三郎とバングラデッシュから出稼ぎにきている青年の他は誰もいなかった。女はワープロでうちだしたという原稿の束を紙袋から取り出し、個人で製本をお願いしたいんですが、と小声で言った。たった五部だという。たしかに工場の入り口に「端物製本受付ます」という看板を出してはいる。昼飯を中断された主任が、あらわに不機嫌な口調で「部数が少ないと面倒なばかりで……」とにべもなく言うと、女は無言のまま小さくうなずいて、すぐに出て行った。ハジメさんの「落し物――ひろい物――めっけもの」の話がこのときほんの一瞬だけ三郎の脳裡をかすめた。何気ないふうをよそおって外に出ると、女は横断歩道の手前で足元に紙袋を置いて信号が変わるのを待っていた。少し時間を下さい、大口の仕事のあいまに、なんとかやってみますから、と三郎は女の顔を見ずに言った。そして原稿の束を落し物みたいにひき寄せた。

　原稿のなかみは詩集で、タイトルは大きな平仮名の飾り文字で「ちょうあい」と打たれていた。三郎は空想した。大学生で詩を書いている文学少女、そんなところか。ちょうあい、はたぶん寵愛というむつかしい漢字を書くのだろう。事務室で辞書をひいてみたら、とくべつに愛すること、とあった。親にでも神様にでもいいが、とくべつ愛情をかけられているというキモチの中でしか詩をかくことなんかできないにちがいない。性愛でも恋愛でもない、ちょうあい。郷里で神の使いとされる猫を祖父母が神様の「ちょうあい」をうけているとくべつの生き物であるというふうに云っていたことを三郎は思い出した。うまくは言いあらわせぬが、セックスや恋のような「その場かぎり」に湧きあがるものでは「とくべつに愛すること」はできないのではないか……。バングラデッシュの青年が興味をしめしてのぞき込み、黒ずんだ指で文字をなぞりながら「チョーアイ」と、ゆっくり読み上げた。そのひびきが、製本屋のいわば専門用語である「丁合」となって、三郎の耳に入ってきた。バングラの青年は、雇い主からも同僚たちからも疎《うと》まれている。言葉が通じないということが最大の原因だが、それをおいても「あのバングラ野郎は礼儀ってものを知らない」と皆が口をそろえていう。ハジメさんも、最初かわいそうに思ってごちそうをしてやろうと自宅に呼んでやったりしたが、せっかくとってやった寿司をひとくちかじるなりその場でぺっと吐きだして平然としている。しばらくたって、魚類はいっさい食べないという「お国の習慣」が三郎にもわかってきた。三郎はときどきかれをアパートに誘った。食べられる唯一の肉である鶏の唐揚を買ってきて、さらに油であげなおしてやるとかれがとてもよろこぶのだ。キツネ色の唐揚をじっくり時間をかけてほとんど黒くなるまで揚げる。それでようやく安心して食べるのである。そのかれがアリガトウとスミマセンの他にようやく覚えた単語のひとつ、それがチョーアイ、だった。

折丁《おりちょう》をページ順に重ねてゆく丁合作業が三郎とバングラの青年の主な仕事で、昔はすべて手作業であったときかされている。今でも壊れ物のような写真集などは三郎の機械には回ってこない。定年をとっくにすぎたベテランの職工が半円形に並べられた折丁のサークルの中を舞うように一折ずつ拾っていく。手元が狂って一折りを抜かしてしまえば落丁になるし、二部つまんでしまったり順番が狂ったりすれば乱丁になる。でも実際は職工の丁合には事故がほとんどないらしい。サークルの中の手捌きは、さっきまで背を丸めてたばこを吸っていた爺さんのものとはとても思われず、ついつい見とれてしまったりする。三郎の機械はコンピュータで管理された最新のものだとかで、工場長がなでさすりながら説明してくれたのだったが、人間のミスを完全にカバーするところまではできない。折丁の順番を間違えて置いてしまっても、間違いだと認識されなければそれまでだし、警告音が発せられても、機械はおそろしい速度で先を急いでいるから、事故に気付いて止めたときにはすでに傷口が無残に拡大されている。誰にでもある、三郎にももちろん覚えのあるちょっとしたミスがたちまち傷口を広げていくのを見る不快と同僚たちの暗さとは無縁ではない。

女については結局ほとんど何も知らず終いだったといっていい。すぐ近くに住んでいるから様子を見に寄ると言ったが、主任の手前もあるから仕上がり次第こちらから連絡するとだけ言っておいた。詩集は何度も何度も読ませてもらった。よくわからぬものが多かったが、女の子らしい夢に満ちた雰囲気が素直に伝わってくるものもあった。お金をとらぬつもりで、ていねいに手仕事でしあげた。

月に一度の土曜半ドンの日、連絡先の住所をみて三郎は女のアパートをたずねあてた。このときばかりはテレビや映画のようだとおもったが、アパートの前の路地をうろうろしていると女が学生ふうの若い男といっしょに外に出てきた。紙袋をぶら下げたまま、二人の後をついていった。かれらが入る喫茶店でコーヒーをのみ、映画館にも入った。人さびしい公園の灌木の陰に身を潜めて、上品でしめやかな二人の会話の断片を盗み聴いた。ただ、それだけだった。そのまま日は暮れてしまった。繁みの中で寄り集まってくる蚊を追い払うこともたたき殺すこともできずに。

ちょうあいの傷口の広がりを見るときのように三郎はじっと痛いようなかゆみに耐えていた。

細部

姉が訴えた男の側の弁護士が田島先生だと知ったときはぎょっとした。事件からずいぶん時も経ち、姉はそれなりに心も据《すわ》ってきたみたいだ。かえって私のほうが被害者のようにおろおろする始末だった。城址公園の桜の満開の下を歩きながら先生から話をきくうちいやな予感がした。せせこましい地方都市だから腕ききの弁護士といえば数も限られている。少しやっかいな事件の大半に先生が関わっていることは前々からわかっていたけれど、姉をふみにじった男を弁護する側の先頭にまさか先生が立つことになるなんて。月並みな言い方でわれながら情ないが、姉の青春をめちゃめちゃにした男を「かばう」先生に私は青春のすべてを捧げたことになるのだ。男は猫又市きっての実業家の次男で、その実業家と先生とのつきあいは長い。たんに長いばかりでなく太い。つまり先生にとってきわめて重要な意味をもつ顧客といえる。弁護士として大成できるかどうかはひとえにこの種の上顧客に恵まれるかどうかにかかっているのだという話はたびたびきかされてきた。

学生時代にボートをやって鍛えたという先生はごっつくて、背もとびきり高い。女ふたりの姉妹で育った私が小さい頃から親しく知っていた男といえば父親だけで、私はずっとずっと父を〈なんて大男なんだろう〉と感じてきた。だからはじめて好きになった先生に接するようになってあらためて父を見直したとき、むしろ小作りで貧相に見えることにおどろいたものだ。

　女だけのきょうだいというのは、男のにおいをしらないところからエスカレートして、無意識のアレルギー反応をつのらせ、ついには男全般をなんとはなしに不潔なものとみなして遠ざけるという傾向と、まったく逆に、だからこそ女だけの世界はマッピラご免こうむりたいと、むしろ積極的に男臭さに近づいていくタイプの両極端が多いようだ。小さい頃から文学少女で作家志望の姉は、病的というほどでないにせよ、どちらかといえば男アレルギー派で、私はただぼうっとしているうちたちまち二十歳を迎えてしまったものの気持ちの上ではあくまでマッピラご免派に属していたといえるだろう。こんどの姉の事件にしても、男という抽象的なこだわりを自分で忌々しくおもうあまり、強いて女らしさの枠をふり払うような態度を装う姉のアレルギー症状が原因だったといえないこともない。同人雑誌仲間の定期会合で気焔をあげ、二次会でスナックバーへ流れ込んだときすでに相当酔っていた。同人で郵便局につとめるハイミスのKさんとさらにグラスをかたむけるうち夜もふけた。相客の若い男と意気投合し、ほとんど泥酔状態で男と車に乗った。あとのことはまったく覚えていないという。ホテルに引っぱられるようにして入り、ぼんやり記憶がもどったときはベッドの上にいて男の顔が間近にあった。はっとして、あらん限りの抵抗をした。この抵抗がどれほど必死で切実なものだったか、私には痛いほどよくわかる。事実、男の顔やカラダには相当ひどいアザやひっかき傷が残った。

姉は事の顚末を小説ふうに仕立てて同人誌に発表した。事件以来の父母の落胆憔悴ぶりはひどいものだったが、姉のたたかう姿勢は二重に両親を苦しめた。姉の顚末記は、冷静客観をつらぬいているようでじぶんがいかに潔癖であるかを証明しようとするアセリが行間ににじみ出ていた。物語としても手記としても中途半端な、あと味のわるいものに、私には思えた。

城址公園で話をきいた日は、午前中、繁華街で流行のオカルト映画をみた。姉が知ったらさぞかしバカにするだろう。そんな通俗娯楽映画を妻子持ちの中年男と鑑賞している姿は小説にもならないと鼻で笑うにきまっている。私は文学少女ではないけれど本当いえばこの種の映画には興味がない。でも、少年のような感性を失うことのない先生が楽しいのならそれでいいのだ。私はそういうところで、好きな相手に楽に合わせられる。姉にはそれができない。そうして土壇場で、こんどのレイプ事件のような傷をわれとわが身につけることになる。

大事なこと、って何だろう。ぜったいにゆずれないこと、ってどういうものだろう。酒をのんで姉はおおらかな気分でいた。男が話しかけてきた。私なら酒場で声をかけてくるような男に心をうごかすことはないだろう。いや姉だってべつに媚態をみせたわけでもないだろうが、少なくとも姉は相手と意気投合した。姉にとって、このことぜんぶが、茶呑み話の延長にすぎなかった。大事なことはベッドの上で、とつぜんふりかかってきた。男もまた、どうってことないと思った。ゆずれない一線などどこにもない。もちろん女にとってもそうであるはずだ。深夜まで気をゆるして酒をのんで車にのせたらおとなしくしていた。ホテルに入ったときも、もたれかかってついてきた。さいごのさいごになって、ベッドの上で、こんなケモノじみた大暴れをやらかすなんて、いったいどうなっているんだこれは……。それが男の本音だったにちがいない。大人の男女のつきあい——それ以上のことも以下のことも求めてはいなかった。

私の場合大事なことは、はじめに稲妻のように直感的に、しかし確実なものとして訪れてくる。どんなにくだらないきっかけであってもそれはいいのだ。先生に「出会った」ときもそうだった。さえない地方公務員の父が役所で担当している無料市民法律相談に先生が呼ばれてきていた。その縁で短大の休暇中の法律事務所のアルバイトを父が頼み込んでくれた。私はほんとうに何のとりえもなくて、英文科にいながら英文タイプもろくに打てない。まして、法律事務所に欠かせぬ和文タイプなど触ったこともない。面接の真似事ではじめて先生に会ったとき、さいきんはワープロがかなり浸透しているから心配には及ばないと優しく言ってくれたが、もちろんワープロなんか、そういうものがあるということを知っているだけだった。そんな私が、手初めに清書した訴状の字を、とてもしっかりしたいい字だと、こちらがどぎまぎするほど熱心に、先生はほめてくれたのだ。姉ならまたここで舌打ちするだろう。字はわかればいい。上手か下手かなんてことは大事なことじゃない。美しい字を書くことの中に真実はない。まったくその通りだと私も思う。きっかけはくだらないことだった。けれど、私の仕事をほめてくれた、たかだか字のことで。もちろんほめてもらったから好きになったわけじゃない。それはささやかなきっかけにすぎなかった。でも、まちがいなく稲妻に打たれていたのだ。

　短大生だった頃、姉が熱っぽく語った小説論のひとつに、「細部のリアリティ」というのがあった。小説の命は、細部の描写にある。とるに足りない、筋の運びとはさほど関わりもないようなささいな事象をあざやかに描ききるということ。

　先生の事務所をやめたのは姉の事件より半年も前だから誰も私との関係に気づいてはいないと思う。姉の裁判は私に「細部のリアリティ」を想いおこさせた。残酷な話だが、被告人を有利にみちびくのに必要なのだ、と先生は心から気の毒そうに言った。興味本位の週刊誌のゴシップやスキャンダル記事のような暴露、いやもっとひどい、ポルノ小説のセックス描写みたいな「細部」をひきだすことが、である。

実業家の御曹司にとって、遊び半分の夜のふるまいはたちまち、ひくにひけない一線に変わった。とるに足りぬ遊興が白日のもとにさらけだされた今、「大事なこと」は体面を取り繕い、名誉を守ることだ。もちろん、弁護士である先生はそんな男の心情に関わりなく、どこまでも冷静に仕事を遂行しただけなのだけれど。

そのとき女はほんとうに本気で抵抗したか？　行為に及んだとき女の性器内部は濡れていなかったか？　女はどうしてホテルに入るときだけ覚えていないのか？　こうした質疑は、姉にとって決定的に重要なこととは本来無関係なはずだ。厳粛な法廷でこういう瑣末な「細部」をめぐって、論争はえんえんと続けられたのだ。裁判のプロセスをたとえた言葉に〈内気な恋人〉というのがある、といつだったか先生が教えてくれた。口頭弁論とか本人尋問とかいうものがあるけれど、裁判というのは事件に関わるあらゆる細部を、いちいち「文章」化して争わねばならない、ちょうど内気で正面きってはものもいえない恋人同士が手紙に真情を託せば雄弁になれるみたいに——。

しかし、姉は〈内気〉ではなかった。私は今では素直に感心もしている。私にはとても耐えられなかったろう。彼女は徹底した「細部」の暴露に耐えた。

おそらくは先生の思惑以上に、事態は男に有利な流れを見せていた。それが原因というわけでもないが、姉の事件が収拾に向いはじめた頃からしだいに先生と逢うのが間遠になった。そしてついこの間、居間にうっかり置き忘れた日記をなんと母に読まれてしまうという、私にとっては手痛い事件に遭遇した。母はとうとう本格的に寝込んでしまった。先生との関係が引き潮になった時点でこんな事件があったのは皮肉だけれど、どうしようもない。

学生時代は学校がミッション系だったこともあって、神父さんの話をききに教会に通った。私は「告解」というものに興味をもったのだ。神父さんだけに、ひそかに悩み事や罪の行為を懺悔する。神の使徒たちだけがその打明け話を胸の奥深くに収める。告白はあからさまであればあるほどいい。性にまつわることでも犯罪行為でも、恥や畏れの感情が大きいほど神を知るきっかけになるという。ある神父さんは云ったっけ、神は懺悔に宿る、と。そうして文学の神が「細部」に宿るという理論を姉は信奉した。私は文才もないので、スリルを感じながら「男」である神父さんの耳の中に、懺悔の物語を紡いだ。姉はじぶんで「細部」を創ることに成功しなかった代りに、法廷でそれをむりやりひきずり出された。

今考えてみれば、弁護士という職業もまた聴罪師のような役割をもっているというところに、私が田島先生にひかれた最大の原因があったのかもしれない。先生の車でよく遠出をしたものだ。見知らぬ街や村の家々を指さしては、その家が直面しているトラブルにかくれる「職業上の秘密」をもとに、先生は人間の哀しみや苦悩、罪深さやいとおしさといったものを生き生きと描き出してくれたものだ。

近いうち、家を出てアパートを探そうと思う。

魂柱

告別式の際は何かとお気遣いいただきましてありがとうございました。夜を徹して話し込んだりして持病にさわられたのではないかと案じておりました。その後おからだの具合はいかがでしょうか?

父危篤の知らせを受けて着のみ着のままヨーロッパから帰る途次、来し方がつくづくと思われました。幼い頃に病死した母の記憶は乏しいのですが、父には恵まれました。おかしな云い方ですけれど、私には何人もの父がいる、と、そんなふうに思ってきました。先生も、音大の恩師も、そしてウィーンの師も私が父と呼ばせていただきたい方々です。この国で長い間不幸な待遇を受けてきた在日外国人の二世として、けれどもどこからみてもありふれた日本人の生活様式で育ってきた私の望むべくもなかった環境を与えてくださったのが、何人もの父でした。強制的に戦場に駆り出されたあげく右眼を失い、猫又に流れついて父が雑貨商をはじめたのは、復員後のことです。恵まれた環境とはほど遠いところに生をうけた私に神が贈ってくれた宝物、それが音楽でした。小学校入学と同時に楽器をはじめても、プロをめざすには遠いと先生はおっしゃいましたが、私は物心ついた時から自分の存在自体が音楽的であることを感じていました。ラジオやテレビ、それに人の口から流れてくるメロディーは一度耳にすると覚えられましたし、じぶんのからだはひとつの楽器なのだという確かな自覚もありました。小学生になって、毎日、時間の許される限り音楽室に入り浸っていたときも、ピアノやアコーディオンや木琴やという楽器たちが、なにかじぶんのからだの延長のような感じで、音楽が好きだというより、音楽室にじぶんがいるのは、からだの中に声帯という楽器があるようなものでした。私が歩いていると友だちはいったそうです、――ああ音楽室がやってくる、と。

　音楽室の次は先生のお宅。レコードも楽器も自分のものだと思えばいい、とまでおっしゃってくださった先生にすっかり甘えて、先生のお宅に向かいながら、私の帰るべき家が先生のお宅であったらと夢想したものでした。子供のいない病気がちの先生ご夫妻の娘として、音楽一色の生活がありうるようにさえ思われたりしたものです。もちろん夢想の後にはいっそう味気なく重苦しい家路をたどることにはなったのですけれど。小さな暗い店の隅で老い込んでゆく父を見るにつけ、父の理解の及ぶべくもない世界にとりつかれた娘が、こうして父の傍らにいることの方が理不尽にも思われました。私の世界の中で極めて異質な、ときには世界のトーンをぶち壊しかねないような卑小な場所しか父に提供できないことが、つらくもあり、なさけなくもあったのです。

ギター、ピアノ、ヴァイオリンをともにこなされる先生にすがりつくようにお教えをいただいてきましたが、やはり、小学五年の頃すでに、ヴァイオリンの魔力にとりつかれていました。高校入学まで先生におしえられたことは今でもからだの芯までしみ通っています。先生のお世話で上京し、音楽大学の付属高校に特別奨学生となって入学できた日の感激は忘れられません。大学二年でヨーロッパ留学がかない、有数の師につくこともできました。たしかに技術面で学んだことは数えきれぬほどありますが、しかし何といいましょうか、ウィーンの師自身の言葉をかりれば「天性の何か、肉体的秘密のちからである何か」その二つがまずあって、じぶんがおしえられるのはそれにプラスするテクニークにすぎない（と、彼は入門時にはっきりそう宣言しました）――私が先生からいただいたのは、たぶんこの二番目の、最も柔軟な季節に引き出しておかねばならない「肉体的秘密のちからである何か」にあたると思います。音階は、天のかなたまでつづいている、と先生はおっしゃいましたね、地底にまでつづいている、永遠の鉄道みたいに。それじゃあんまり無限なので、ほんの少しだけ、ヴァイオリンでいえば三オクターヴ半ほどを区切ってその音域の駅だけを往復する旅をくり返す。

先生がくり返されたお話の二つの柱は、私のその後の音楽活動の屋台骨になって今日に及んでおります。

ピアノなどとくらべてヴァイオリンは「たしかな耳」だけが頼りだなどといわれる。鍵盤をおせば決った音が出るというわけにゆかぬヴァイオリンはつねに音感を養う鋭敏な耳が必要だと。たしかにそうだが、感官の能力は生来のものがある、後天的訓練に主眼をおけば、指を生かしめることこそが重要だ。指に耳をとりつける。指が自立して生きる。指の生き方ふたつ。ひとつはいうまでもなく他の指との対話。もうひとつは楽器の指板《しばん》とのふれあい。耳を肥やすという、たぶんに文学的な事態にはおとし穴がある。

さらに最重要事としてのリズム。メロディー、ハーモニー以前のリズム。はじめにリズムありき。ペンキ屋さんや豆腐屋さんみたいな意味でリズム屋さんに徹すること。

国際コンクールでありがたい賞をいただいてから、才能にも増して必要なのは実は体力であることを痛感していますが、この柱のことは片時も忘れていません。

ところで先生、長々と記してきましたが、この手紙で私が書きたかったことは他にあります。衝撃が大きすぎて、なかなかふれにくかったともいえるのですが。

亡父が全盲であったことはご存知と思います。ヴァイオリンの天才少女などと騒がれていた中学三年の時、のこる左眼も病魔に冒されたときかされた私は、あまりに悲惨な《家庭の事情》におしつぶされまいと必死でした。音楽さえ一流になれば、貧しさも、在日外国人であることもふきとばせるのだと言いきかせ、現実に目を向けまいとしていたような気がします。愚かな私は夢想にすがりつくことによって、「雑貨商を営む在日」という実父の現実世界を必死で否定しようとしていたのです。

父の数少ない友人でありつづけたある同国籍人からつい先だっていただいた手紙は私をうちのめし、昏倒させました。私の誇りにしていた音楽建築は大地震にみまわれました。本当にありうるのですね、こんなことが、人生には。

今だに信じられない気持ちですが、父は左眼喪失を演じていたのです。左眼とひきかえに、当時としてはかなり高額の保険金を獲得し、私の音楽修行の費用としてよろしく配慮してもらいたいと、その友人に一切を託し、自らは完全な盲人になりすましたのでした。全盲を演じるというのは、本当に視力に恵まれぬ人々からすれば傲慢《ごうまん》の限りといえます。しかし父にとってそれは、まさに一世一代の演技でした。仮面はしだいに本物になり、もともと言葉による日本人世界との接触という意味では孤立していた父は、友人のもとを時々訪れる他はどこへも出かけぬ生活が固定し、そのまま他界しました。義母にさえ真相は知らされていなかったのです。

実父の哀しいふるまいを知って、思い知らされたのは、私を支える音楽建築の柱には眼にみえぬ太いものがあったのだという戦慄的事実でした。それを何と名づけてよいかわかりませんが、ヴァイオリンに一生を捧げる自分は、こころみに「魂柱」とでも呼んでおきたいと存じます。誰もがいうことですけれど、ヴァイオリンは実に完璧な楽器です。その音色の多様性は私たちの声に近いといってよいほどです。ため息、怒り、よろこび、悲しみといった私たちの心音に加えて、自然が発する音さえ再現することができます。ヴァイオリン各部の名称も意味深いものばかりですね。はじめて先生からおしえていただいたときそのことを感じました。すてきな「渦巻」、表板《おもていた》の裏の「力木《ちからぎ》」、表板にあけられたf型の穴は、一種のおまじないだと先生はおっしゃいましたね。そうして、表板と裏板のあいだに立てられているのが「魂柱《こんちゅう》」——表板の振動を裏板へ伝えるためのもので、これがないと音はうつろになって響くのだと先生はつづけました。ギターなどの棹をもつ弦楽器の表板はすべて響く板、裏板は表板の響きが鳴る空洞の囲いになっている、ヴァイオリンの裏板だけが、魂柱を媒介にして表板同様の響板のはたらきをする……。幼い私は、思わず「昆虫」採集を連想したりしたものでしたが。

　赤ちゃんの泣き声——先生はそれを引き合いに出されました。全身全霊で泣く赤ちゃんの声は肉親以外の者にとってはひどく神経にさわる音でしかない。「楽器全部が鳴る」ヴァイオリンの音色を天上のものとするのはたとえてみれば、他人の赤ちゃんの声を、聴く人それぞれに「わが子」の泣き声として響かせるようなものだと。赤ちゃんの声が天使の声となるか耳ざわりな騒音となるかをきめる決定的なものがヴァイオリンにも存在すると。けれど今の私が考えるのは、どんなに天分のゆたかな奏者でもはじめは雑音を鳴らす他ないこと、どんなにかわいいわが子でも憎らしいほど厄介者となる時期があること。つまり、厄介なコワレモノとしての私を母親代りに面倒みてくれたのが父であったこと。先生に才能をみいだされてからの私は騒音をだす楽器であったことなど忘れ去ってしまった、いえ、積極的に忘れ去ろうとしていたのでした。

　ずいぶんと長々しい手紙になってしまいました。いいたいことがなかなかうまく表現できず、いっそ好きな曲をヴァイオリンでひいた方があらわせるなどとも考える始末です。夜もふけてきました。じつはここまでの手紙、拙いながらも全部母国語で書き、それをあらためて日本語に直してみました。父の友人からの手紙が私にそうさせたのです。音楽を通じて知り合った私の母国の留学生たちに刺激をうけて以来母国語を本格的に探求せねばならないという思いは底流していましたが、今それは雪解水のように私の中でふくらんでいます。わが母国語も日本語も、ともに「膠着《こうちゃく》言語」と呼ばれる同じグループに属すると高校でおしえられました。膠着の膠は、接着につかうニカワのことで語と語を助詞でニカワみたいにくっつけて話す言語という意味の命名であるとか。

　ニカワで、また私はヴァイオリンのことを考えてしまいます。ヴァイオリンもまた、木片をうすいニカワではり合わせてつくる楽器で、釘とかかすがいとかいう音を不純にするものは一切使っていない――これも先生からおしえていただいたことでした。

　来月ヨーロッパへ戻りますが、その前に東京でレコーディングの仕事があり、今日もリハーサルでさんざんなめにあって宿に帰ったのは十二時過ぎでした。鏡をみると、もともと痩せこけて鬼のような顔のところに、練習のやりすぎで顎から左鎖骨にかけて紫色になり、よくみるとうっすら血がにじんでさえいます。でも、魂柱をのこして星に帰って行った父の苦節にくらべたら、こんなことがいったい何でしょう。

ぶきみなアザを眺めるうち遠い昔、先生と私と「親子のようだ」といわれたことを思い出しました。左顎下のアザをヴァイオリンに魅せられた者の宿業《しゅくごう》の烙印として私は身に刻みたいと決意を新たにしています。娘の才能を開花させるために眼を売りに出した人の耳にそそぎ込むにふさわしい音楽の構築をひたすらめざします。

先生のギターにふれたのは何年ぶりのことでしょう。父のお通夜にふさわしい哀れふかい演奏でした。感嘆の声をあげる私に、奥様が、「そういうのって、たとえてみれば、超一流ホテルのコック長なんかが、家庭に帰って、夫人の素朴な手料理に安らぎを覚えるみたいなことに近いんでしょうね」と、先生にはいささかご無礼にもなりかねない事をおっしゃられて、私、おおいに恐縮してしまいましたけれど、私はほんとうにほんとうに先生のギターが好きなのです。うまく表現できないので、愛読しているフランスの詩人の一行を最後にかかげて、ペンを置きます。またあちらからお便りをさせていただきます。

〈ピアノは煌めき、ヴァイオリンは引き千切れた神経に光を与えるが、このバルバリー風琴は、思い出の黄昏の中で、私を唯どうしようもなく夢みさせたのだ〉

（マラルメ「秋の嘆き」）

あんにゃ

犯人、と兄は最後に書いた。

二度目の入院の付き添い看護をするようになってから、毎日少しずつ朗読していた本は、海外の推理小説だったが、衰弱がひどくなってからは児童文学の『家なき子』に、読み手も私から娘に変った。小学生のとき図書室から借りて読んだのと同じシリーズのものが当時そのままの装丁、造本で復刊されるという新聞の広告を見た兄に頼まれて私はさっそく車で三十分ほどかかる繁華街の本屋まで出かけ、上中下三巻本の『家なき子』を買ってきた。上巻を半分も進まぬうち兄は息をひきとった。内容がよく頭に入らぬせいばかりではなさそうな表情で、声を出せない兄は小さなホワイトボードを引き寄せ、何度も、はじめから、と書いた。小学校五年になる娘はその都度、冒頭部分の朗読をくり返した。最後の一週間は意識ももうろうとして、朗読などしている場合ではなかったが、危篤状態になる前、ほんの一瞬きまじめな表情にもどったように思えたことがあった。私たちとの会話帖ともいうべきホワイトボードをはっきりと眼で要請し、ふるえる右手で、犯人、と記したのはそのときだ。つづけて何か書くような様子でいたが、すぐにすべての力を失ってしまった。容体が急変したのがわかったので、私は父母と夫を呼びに走った。兄が入院していた個室は、院長である父が「一世一代の事業」という新築の病棟の二階にある。表玄関の方へ行かずに反対側の非常口をあけると、私たち一族の住む母屋が庭ごしにつづいている。兄のいた個室の窓からはこの庭も、建て増しをくり返して昔とはずいぶん様変りした母屋の一部も眺められる。その日は四月はじめの日曜日で、父母は居間でテレビを見ており、医務室にはわがムコ殿である「若先生」だけがつめていた。兄より二つ年下の四十歳で、たいして若くもないのだけれど、呼び名というのはおかしなもので、老院長の父がいなくなってもそう呼ばれつづけることになるのかもしれない。私が娘と父母の後から兄の部屋に入ったときには、頼もしい「若先生」がいつもの変らぬ沈着冷静さで最後の処置をほどこしていた。土日勤務の看護婦がこれまたてきぱきと動き廻り、立ちつくす父母の姿と対照的だった。娘に、叔父ちゃんと最後のおわかれをしなさい、と言いながら、私は兄の最後の言葉について思いをめぐらせていた。

　推理小説が大好きだった兄を供養するために、私はこんなふうに書き出せばよかったのかもしれない、少なくとも兄はよろこぶだろう。――犯人という文字しか判読できなかった。それが加藤英雄の書いた最後の言葉だった。献身的に看病していた戸籍上の妹はその言葉の意味を考えてみた、云々。でもじっさいにはその言葉にさほどの謎はないのだ、と書いて私はたちまち兄の霊をがっかりさせる。犯人というのは、養子だった兄の、実の親を指すいわば隠語のようなものなのだった。出生にまつわることでさえ、冗談まじりの話しかしなかった兄も、今わの際《きわ》に実の親に会いたかった、いや兄の隠語をかりるなら、「犯人をとっ捕まえたかった」のだろう。犯人という言葉の裏には、たぶん、そいつをとうとう捕まえそこねてしまったという兄の心持ちがはりついていた、ただそれだけのことだったのだと思う。それとも、もしかしたら兄はどこかで犯人の影を捕らえていただろうか。最後の力でそれを私に書き遺そうとしたなどということがありうるだろうか。

兄は、とある真夏の早朝、父の病院の待合室に面した玄関の、郵便受けの下に産着《うぶぎ》にくるまれて置かれていた。兄はそのことを芝居じみた口調で何度も私に語ったが、たしかにそれは事実だった。兄は正真正銘の捨て子だった。しかし、劇的だったのはその事実だけで、兄自身が解説したように、それ以後の兄は、幸福な家庭の普通の子として育てられた。『家なき子』のような辛いめになど一度としてあったことはない。響《ひびき》町はおろか、この地方でも指折りの裕福な医者の息子として、何不自由なく、いやむしろぜいたくな育ち方をした。両親には長いこと子供が授からなかった。兄を捨てた「犯人」はその事情を聞き知っていたのだろう。結婚して十年目に入った年の夏に、乳飲み子の兄は贈り物として加藤病院にとどけられた。ところが兄が来て幾年かして、実子である私が生れてしまったのだ。私の両親というのは、私がいうのも何だけれど、そらおそろしいまでに公平、平等なたちの人間で、私と兄との差別どころか、他の家の子供たちとのいさかいのときでも当方に非があるとわかると、容赦なく私たち身内を罰してはばからなかった。私も兄も、かえってそのことのために不平不満をぶつけあって団結したくらいだ。それでも、捨て子という動かし難い事実は、一本の樹木のように兄の内部で静かな成長をとげたのだろう。やがて自然にその樹に果実が生り、熟して地に落ちる時がきた。

　小説やテレビドラマの回想シーンみたいに記憶がはっきりしていたらどんなにいいだろう。私の記憶などはほんとうにいいかげんで、呆れてしまうほど曖昧だ。兄をめぐる思い出を飾らずに記そうとしている今も、脈絡のない風景や言葉がきれぎれのまま浮かんでは消え、乱雑をきわめている。ただ、すべてを一色に染めてしまうような出来事だけが鮮烈で、兄の出生についてきかされたそのときのことも、その翌日から断続的地震がはじまったせいで前後の記憶が明確になっているにすぎない。中学二年の冬休みが終ろうとする頃、遅く迎えた初潮にひどくうろたえていた私の混乱に乗じるかのように、あるいはそんなことは何でもないと宥《なだ》めるかのように、勉強部屋の入り口に立った兄は、唐突にその事実を告げた。「また、あんにゃの嘘がはじまった」と、このときばかりは思わなかった。このあたりでは、兄のことをあんにゃと呼ぶ。兄の様子を見て嘘ではないと直覚したのだ。

　二年前の秋口、喉にポリープが出来たので軽い手術をすると本人には言っておいた、と夫から兄の喉頭《こうとう》ガンを知らされたときも、あの地震の最中だった。近年ではこれで二度目だと地元の新聞の記事にもなった。この国でめずらしくもない地震だが、響町、特に八岐《やまた》の園《その》村でおきているそれは持続性の群発型で、今度のも、五月の連休明けからはじまってかれこれ三ヵ月つづいている。震度二から三程度の小さな地震が、ほとんど毎日、間をおかずに頻発している状態で、日常生活に支障をきたすほどではないにしろ、住民の不安は高まっている、と新聞は報じていた。全国的にも類例の少ない現象に注目した某国立大学の地震学者の一行が研究のために八岐の園村に泊まり込んだ時期もあった。

　訪問販売の業者から兄が買った球根の鉢が一度病室の棚から落ちて割れたときが最高くらいで、あとは微震程度のものがつづいた。長い船旅をしているみたいだな、と手術前に兄が言った。においというものが何かのひょうしに、はげしく過去をよみがえらせるという話をきいたことがあるが、私にはまだそうした体験がなかった。いつだったか、父からおそわった既視現象と同じく、ほんの一瞬だけなつかしい感覚をもつようなことはもちろんあるにしても、長続きしないから、よみがえるものの輪郭をはっきりさせられるはずもないのだ。兄と共有した船旅地震（そう名づけることにしよう）の場合、感覚のよみがえりはあざやかだった。これこそ既視現象のようだと私は思ったけれど、実はデジャヴュでもなんでもない。長い歳月を置いて、しかも長い時間つづいた不安の渦巻きが似たように発生したというのにすぎない。響町の住民の誰もが経験したあの船旅に私が特に個人的な思い入れをしているにすぎないともいえる。前回はすっかり根雪になってから、桜が散るころまでの季節だったから、「雪下ろしの手間が省けるよ」とか「花の散り方がせっかちだね」などと人々は笑いかわしたものだ。私はといえば、八岐の園号という巨大な船のなかで、兄が血を分けた兄妹ではないという事実と、ありふれた生理的不快とにはさまれて、ぼうっとしていた。ときおり窓の向うをながめると、何か、ものが、うすくうすく、剝がされてゆっくり落下してゆく光景があった。私の勉強部屋からは明治の頃に建てられたという加藤家累代の古い土蔵が見えた。その壁が少しずつひび割れ、黒い腰板の上に舞い落ちるさまが、屋根下の四方にはりついたツバメの古巣の泥がくずれ落ちる様子が、スローモーションになってよみがえるのはどうしたわけだろう。そして夜になると私は一切のモーションを喪失し、兄の腕の中でじっと耳を澄ませている。あの船旅が終るまで、私は毎晩兄の部屋にゆき、兄の布団にもぐりこんでいた。両親には秘密だったが、もちろん、兄とのあいだに、女性週刊誌にのっているみたいなことがあったわけではない。

　小学生の頃なら父母の寝室へ駆け込んでいただろう。病院で生れ育ったくせに少女時代の私は病院特有のにおいや雰囲気全体になじめなかった。嫌いというのでなく、消毒薬のにおいをかいだり、院内のあちこちにはりつけてある内臓の解剖図などを見ただけで、不安で不安でいたたまれなくなるのだ。自分の部屋で寝起きするようになってからも、急患の知らせがあったりしただけで、何を見たわけでもないのにすっかり怖じけづいてしまうこともあった。幾度母の寝床にすり寄っていったことだろう。中学生になってからはさすがに恥ずかしくて出来なかったが、夜半に、内臓の色彩に染められた悪夢の世界から目覚め、闇の中で心細い思いをしているとき、隣室の父のいびきがきこえて急に安堵したりしたものだった。船旅地震でかきたてられた不安が、そうした子供じみた恐怖の延長線上にあったのはたしかだけれど、ちがっていた点もある。からだにいくつもの傷口があいてしまっているような感覚があって、それを兄だけが塞いでくれると私は思った。兄も同じ種類の傷口を隠し持っていて、その治療法を知っている気がした。事実、兄の傍らでは、安らいだ眠りがやってきた。ところがまったく奇妙なことに、兄が包帯のように私の傷口をおさえながら私が寝入るまで毎夜、語りきかせてくれたのは、恐怖をあおる話なのだった。今考えてもふしぎで仕方ないが、あれほど臆病な私が、船旅地震の最中だけは兄の怪談を子守唄のようにきいていたのだ。

「あんにゃ」という呼称は、肉親の兄ばかりに使われるのではない。隣県出身の夫の郷里では、田畑を持てず、嫁ももらえぬ作男《さくおとこ》を指す言葉であったそうで、酒屋の松吉あんにゃとか宮前の耕一あんにゃとかいうように、親しみを込めた当地での用いかたには驚いたと夫は言う。あんにゃは当地でも、敬称といえるものではない。たとえば父のような医者や学校の先生などにつけられることはまずない。兄がもし医者になっていたら村人にあんにゃと呼ばれることはなかったろう。あんにゃの由来はオニだと、兄がしたり顔で説明したことがあったっけ。兄は「病院のあんにゃ」などと呼ばれることを喜んでいた。病院の一人息子は本来あんにゃではありえない。だから、夫のような「病院の若先生」とちがって、「病院のあんにゃ」という言い方にはどことなくこっけいな響きがある。場違いなところにいる男、といったような。そのちぐはぐさを、私もあのときから共有し始めた気がする。本当の肉親の兄ではないと知らされたときから、あんにゃという呼び名は、ニュアンスの広がりをもつことになり私を混乱させたのだった。

高校二年の夏休みに私が退屈しのぎに書いた物語のようなものが、地元の新聞社主催の学生懸賞小説コンクールに佳作入選したことがあった。私自身はいつのまにかなくしてしまっていたけれど、入院中の兄が、ファイルに保存された古ぼけた新聞を見せてくれた。私が書きなぐった原稿に兄が手を入れ、私の名をつかって投稿したものだった。だから入選の知らせがきて全文が掲載されたときはうろたえてしまった。兄が、父の希望であった医学部進学をとりやめて、東京の農大に通っていた頃のことだ。私はその後、文章を書くことに興味をなくしてしまったけれど、加藤麗子という自分の名前を活字でみたときの甘美なよろこびは長く忘れえぬものだった。兄の進路に失望し、さりとて私の医学部受験はとうてい無理とみてとった父の意向で、私はなんとか短大の薬学部に入学をはたし上京した。顔を合わせるたびに兄は、小説を書け、作家になれ、とすすめた。自分の好きな推理小説、とりわけホラー小説の醍醐味をさんざんに語りきかせ、しまいにはネタや構想を提供するからゴーストライターになってくれなどと言い出した。自分で書けばいいじゃないの、と言うと、いや俺はダメだがおまえには文才がある、とおだてあげたりした。何度か兄の熱意に引きずられて、合作と称する小説らしきものをでっちあげたこともあった。私の、いわゆる下書きは、おおむね、淡々としたありのままのレポートで、いつも推理小説とはほど遠いものになったし、兄の構想は逆に、ひどくドラマチックなストーリー展開だった。そのほとんどが怪奇小説といってよかった。兄はどうしてあんなに怪談、ホラーの類を好んだのだろう。と書きながら、じつはその答えを今の私は知っているつもりだ。そんなことをいちはやくばらしてしまうなんて、という兄の舌打ちまじりのなつかしい声がきこえてきそうだ。それじゃおまえ、推理小説仕立てにならないじゃないか。ならなくてもいい、と昔と同じ調子で私は言う。兄との合作の一つに、ひとしきり話題になったあの船旅地震をめぐる少女の心象風景のようなものを私が書いたことがあった。兄は、それを、強引に、地震が発生するたびごとに、幽霊を見た村人の数が増えるというふうな物語につくり変えてしまった。幽霊は、犯人と同じだ、そいつは必ず、どこかしらに実在している。いや、実在していてほしい。いつか、きっとそいつを引っ捕まえて正体をばらしてやるのだから。兄の身になっていえば、そうなるだろう。

　八岐の園村は字の通り、八本の道沿いに村落がひらけていて、私が子供の頃からしたらほとんど総合病院と呼んでもいいくらいにめざましく発展したわが加藤医院はその一岐、母の実家もその一岐にあるが、前者は河岸段丘の見晴らしの良いところで、後者は、八岐の隅と呼ばれる窪地である。ヤマタノスマッコ。ああ、なんとなつかしい響きだろう。そこは私と兄にとっての隠れ家だった。隠れ家の奥の奥には私たちの大好きな祖母がいた。いや、九十歳をこえた今も、健在である。兄が死んだことを祖母には知らせぬほうがよいのではないかという人もいたが、私は真っ先に報告した。巫女《みこ》の能力をもつ彼女を欺《あざむ》くことなどできはしないし、誰より兄がいやがるだろうと思ったのだ。兄の死を告げる私の前で、祖母はピーッとトンビのような声をあげて泣いたかと思うと、たちまち平生の表情に戻って奥の間へ入った。白ずくめの着物姿で再びあらわれた彼女は老婆のなりをした山羊《やぎ》のように見えた。彼女は私を手招きしながらゆっくりと外へ出た。スマッコ大社にあんにゃが来てる、と彼女は言う。松並木になったでこぼこだらけの参道らしきところを十分ほどゆくと、右手に岩棚が見えてくる。山吹の花が咲いている。岩の裂けめを雪解でふくらんだ水が滝となって落ちる。その滝のしぶきを見て、祖母が、「やあ、あんにゃが来てる」と叫んだ。滝の真横の小さな社がスマッコ大社である。私は社には入らず、滝と山吹の花を眺めて、兄との会見をすませて社から出てくる祖母を待った。祖母のいうことを信じなかったのではなく、祖母の声音《こわね》に呼びだされる兄の姿の生々しさがそのときは耐えられなかったのだ。出てきた祖母は「あんにゃは、山人《オニ》の姿《なり》をしてたぞ」と言った。その声が、まだ半分くらい兄の声を宿していた。

高校生の私の書いた佳作入選というのは、この祖母の若かりし頃の話をつづったものだ。大学生の頃兄は運転免許をとり、当時まだこの辺りでは珍しかった車を父に買ってもらい、帰省のたびに郷土探訪ドライブだとか称して古老を訪ね歩いた。テープレコーダー係りが私の役割だった。兄とのドライブというだけで十分に楽しかったし、犯人捜しに関わることなら協力しなければならないと、勝手に思い込んでもいた。老人たちの話はどれも田舎特有の紋切り型に満ちていて、とりたてて面白いわけでもない話が延々と録音されつづけた。××あんにゃの長男の嫁は子供を一人産んで離縁された、とか、子供がいないどこやらの家では養子を迎えた、とか、饅頭屋の箱入り娘のお腹が大きくなりだしたが、ある日突然ぺこりとひっこんでしまった、とか、子供にまつわるエピソードに話を運ぼうとする兄の切実な思いを息苦しいほどに感じながら、そうした兄のこだわりがあまりにあらわで、かえって変に思われるのではないか、いぶかしい視線を浴びているのではないかなどと気になってならなかったものだ。探訪ドライブの締めくくりは、スマッコの祖母のところと決まっていた。その日の録音の、子供の出生をめぐるあたりを中心に、ひとつひとつ祖母に聞かせるのである。祖母は熱心に耳を傾け、それぞれにわけのわからぬつぶやきを洩らしたりしたが、兄の期待にこたえるようなはかばかしい反応はなかった。兄の渇《かつ》えたような視線と、笑みを含んだ祖母の穏やかな眼差しとが絡まりあい、無言のやりとりが交わされているようでもあった。兄の眼に詰問の色が宿ったように見えてはっとしたとき、祖母はあくびをかみ殺してそっぽを向き、首を左右に振っていたが、やがて、じぶんの話を録音してみようか、と言い出し、私があわててセットするより早くぼそぼそと語りはじめた。私にはこの祖母の思い出話がとてもおもしろかった。だから、ふと思いたってテープをおこしたものをもとに、作文にした。そこに、兄が、女子高校生らしからぬと選考委員の一人から強い批判が出されて佳作になった理屈めいたことと、セクシュアルな内容をつけ加えたのだ。

　タイトルは「峠」だった。〈日本海からも太平洋からもほぼ等距離で、列島の上半身と下半身との境にあたる奥地では、「海のもの」はすべて「山のもの」で埋め合わせなくてはならない〉というのが書き出しで、以下、〈山々の尾根が幾重にもかさなって襞《ひだ》をなしているその地で、海を感じるには真夏の峠の頂上から眺める青空や、遠いむかしは海に棲んでいた清流のイワナの肌の星紋などによる他ない。航海する民が精通する航路に似たものが、山人らにもあった。星を凝視する習慣は平地民には希薄である。尾根から尾根へ渡り歩く者にとって夜の天幕は海上生活者と同じ関心の的となる。平地民との交易がはじまり……〉とつづく。選評で民俗学の論文のようだといわれたこの前置きはぜんぶ兄の加筆である。当地では山人のことをオニといった、と注釈をつけ、〈何より、話を聴くことにしよう〉といきなり調子がかわって、長々しいイントロがようやく終る。

〈海を見た事はねえ、ただの一回もねえな。なんで、そんな事訊く？　俺は年とってから巫女なんぞをやるようになったが、若い時分はずっと女だてらに峠の商売やっていた。その俺が海なんか見たためしがねえのはふしぎではあるまいぞ〉と、一人称の老婆の語りがはじまるところからは私の作文だ。〈汝《にし》のお母《が》のお父様《とっつぁ》の二つ年下の妹が、この俺だが、汝が生れる十年も前に俺は死んだ。峠の商売ちゅうのが成り立ったは、それほど昔々の事だぞ〉という次の二行については、兄とかなりもめた。私は、正直に祖母の聞き書きとしたほうがよいと思ったが、兄は、少し虚構をまじえたうえ、語り手は今は亡き人の霊ということにしたほうが面白いと主張した。たしかに祖母は霊媒となって死者の声をよばうことができたけれども、この話に限っては巫女の仕事と無関係にただ自分自身の体験談をふだんの口調で語ったものなのだった。もちろん、祖母の語りはもっともっと訛りが強く、簡潔だ。私が書き加えたような余計な飾りの文句は無い。

〈真夜中、ひとりで峠さ行くのは汝のようなムスメの頃から好きだった。同じ年頃のムスメらは園の男めらに夜這いかけられて喜んでいたが、俺は隅から背の方へのぼる峠に夜這いかけて、ぞくぞくしておったぞ。峠に何があるって？　おお、あるある。死霊なんぞもしこたまいるが、峠にはとりわけ逞しい生きた男がいるわさ。草も木も虫も、それに空気も山の上のものは園とはぜんぜん違う、まして夏の夜中ともなればよ。十五夜お月様の頃、園の盆踊りの最中、俺はこそっと抜けだして峠道さ向かう。月夜のときはチョウチンもいらねえ。仲間めらも、まさか俺が山人と密会さ行ってたとは思わねかったべな。草木の匂いがすっかり変った尾根づたいの一本杉のふもとにスマッコ大社の小社があるのは知ってるか？　その小さな御堂の前に着く頃はからだも汗ばんで、怪しげな鳥の啼き声が、頭のてっぺんからばらばら降ってくる。

天狗さまみたいな装束の若い山人は、黙って俺を抱きあげると御堂に入る。はじめての時は、さすが、村人が言う通り、キツネに化かされてると思ったもんだったぞ〉

〈山人はめったやたらに行儀が良くてな。俺が魂消《たまげ》たのはあんなに暑い夜でも山人は俺を迎えるのに昔々の貴人《あてびと》みたいな装束してた事だ。ほう、あれを、エボシ、ヒタタレっていうのか。俺もほとんど口をきかなかったが、山人は俺の事、えらく気に召したみたいだった。一夏の終りに、山人は俺にこんな事を言った。

――日本中の山という山の七合目から上の木は、ぜんぶわたしらの所有であると、貴いミカドのオスミツキもありまする。どうぞ、わたくしのもとへ、嫁《き》て下さりませ。

俺は、知っての通り、園の吉平校長（このキチヘイが私の母方の祖父である）のもとへ嫁いだ。しかし、なんぼにも血がさわいで家の中におさまりきれず、事業おっぱじめた。子めら二人生《な》した後、峠の商売をはじめたんだが、こんどは山人相手に峠さのぼるばっかりじゃなく、峠を越えるんだわ。汝のお母が、あの陽当りのいい村さ嫁に行くときは、園の天下の往来をはればれしく馬車に揺られて、しかも開通したばっかりの鉄道に乗り換えて、またまた馬車で、てなぐあいに、ぐるりぐるりと大廻りだ。俺の頃なら、峠ひとつを足で越えりゃあすむものを。

スマッコには、八岐の大道ばかりでなく、峠道がおりてきていて、その峠が、俺の仕事場だった。山人らも、だんだんに暮しが立たぬようになって、山の七合目どころか、園ぎりぎりまでおりてくる者も大勢あった。俺は、バッタリ（水車）工場を峠のど真ん中にぶっ建て、そうした山人どももふくめ十五人ばかり雇ってやった。仕事は、木地椀作りだ。降りて来ない山人らとも取り引きをした。米、ミソ、塩なんぞと木地椀を取りかえっこするのよ。白地の木地椀を買いあつめて遠く市内まで商売に行ってくる俺ぐらいしか、その頃の村で現金というものをもってる者はいなかった。そういう俺が真夜中に峠を越える愉しみを覚えているとは誰も思ってみぬことだったべ。

やけに暑いある晩のこと。月の姿は見えず、シモヤケになりかかったみたいな夜空に星が二つ三つ光ってた。チョウチンの灯がおろおろしはじめた頃、幽霊の気配がした。けんど、すぐにちゃんとした二本足に尾《つ》けられてる、と勘づいた。七合目の辺りまで行けば、ってとっさに思って、やみくもに駆けた。うしろの方でも、クマザサがざわざわ音たてるのがわかった。れいの御堂のかげに身を沈めて、チョウチンの灯を吹き消した。聞き覚えのある園の人間の声が近づいてきた。二人だ。ハテ奇態ダナ、ドコサ隠レヤガッタ？　犯人が誰だか、すぐピンときた。俺は耳がいいからな。そのつぶやき声とほとんど同時に、天狗が、いやほんとに天狗に思えた、数人、樹影から躍り出て、二人を静かにとり囲んだ。二人は仰天してしりもちついて、一人なんぞは小便もらしたほどだ。俺はそのまま、小道には戻らず、崖をまっさかさまにずり落ちるようにしてスマッコの村さとどいた。俺のふところの金をねらった村の追いはぎ、犯人はわかっていたが、俺は死ぬまで誰にも名前は明かさなかった。かえって追いはぎの方が自分からしゃべった。そんでなければ、おそろしさのあまり小便もらしたなんていう話、俺が知るわけもあるめえよ。しかし、俺が何より嬉しかったは、山人が俺をこそっと守っていてくれたという事だった。あの夜の天人の中に、ムスメだった俺が愛しんでやったオニがいたことは間違いねえ〉

〈スマッコの村から二里も離れたオロチ岳のふもとの奥山から、ある冬の晴れた日、山姥《やまんば》みたいに髪ふり乱した女が村さ躍り込んできた、助けてけろ、助けてけろ、ってわめいて。雪崩《ナデ》がきて、亭主と十四になるひとり娘のいる小屋が埋ずまっちまった。女は水汲みに出ていて助かったらし。わが手で雪をかいてかいてかきまくったがどうできるもんでもねえ。

雪の中のひっつぶれた小屋はイロリの火でぶすぶす燃えて、熱い、熱い、お母、熱い、お母、熱い、助けてけろぉ、って叫ぶ娘の声が外さきこえてきたと。園の消防隊が行って雪かっぽったときは、もうクロコゲの死体しかなかった。なんぼ責めようにも雪崩が犯人ではなあ。誰に背負わせるわけにもいかねえ、どでかいかなしびで、女はその後、狂ったみたいになって、まもなく死んじまった。この女が俺であったかもしれねかったな〉

ここで私の元原稿は終ったはずだった。次のフィナーレは、兄が加えた。

〈峠ほど良いところはあるまいぞ。園の連中は、恐《お》っかね恐っかねって二言目にはいうけんど、園ほど恐っかねところはあるめえよ。

今の峠には何も無いってか？　そんな事はねえ。天狗も山人も、もういないかもしんねえが、俺みたいな死人が、人魂が遊びにきてる。こんど一度真夜中に一人で峠を越えてみな、ひとつも恐っかね事はない。恐っかねのは、生人《いきびと》ばっかりだ〉

兄は祖母を山姥と呼んだ。通称「吉平校長」の祖父は、私たちが小学校の頃に脳卒中で急死した。校長という立派な通称は晩年にかたまったもので、若い時分の祖父は村人のいう「オンココロヨシのあんにゃ」だった。オンココロヨシは共通語のお人好しの意味ばかりでなく、心が清すぎて少々オカシイというニュアンスも込められているようだ。はじめ僧侶をめざして近郷の寺々を転々修行、ついには「毛坊主」になった。兄の解説によれば、毛坊主とは、要するに官許によらぬ非公式の自称僧侶で、山姥とのむすびつきは「割れ鍋に綴じ蓋」なのだそうだった。平地民のような菩提寺を持たない山人の末裔のために祖父は八岐の隅と峠のあいだに懸崖作りの霊所モドキを建てた。今のスマッコ大社の前身である。山姥がバッタリ工場で雇っていた人々も、この神だか仏だかわけのわからぬゴチャマゼの霊所に寄進をしたという。山人なんて、もう、民話の世界じゃないの、と、話半分にしかきいていない私に、兄は、民話でいいじゃないか、とたたみかけ、それはそれは熱っぽく語りつづけるのだった。俺は山姥の血をひいてるから、事業家にむいてると周囲に言いふらす兄の口癖は、出生の事実を知った後も変ることなく、ふしぎなことに祖母もまた終始「あんにゃは俺に一番よく似た気性だ」と言った。

　農大の大学院を中退して園にもどり、二年ほど八岐園農協に勤めた後、事業をはじめてからも、兄は何かにつけ祖母のもとへ行き、助言をうけた。峠の商売という昔々の祖母のなりわいがいたく気に入ったらしく、「山賤《やまがつ》商事」なる会社をこしらえて、工場を作り、園の峠や野のあちこちから採集した山菜を瓶詰めや缶詰めに加工しては東京に設けた販売所でも売りさばいた。山菜工場は数年後に原因不明の火事で全焼し、まもなく倒産してしまったのだけれど、私はいかにも兄らしい手作りのこの会社が好きで冗談半分の筆頭株主というものにもなっていたので、もう一度やり直してはどうかと兄に進言した。兄はふいに声をひそめると、うちで出した缶詰めのなかに人間の指が入ってるシロモノが発見されちまってねえ、なるほどヒメタケノコによく似てるんだわ。そんなこんなで再建どころの話じゃないよ、などと大まじめに言うのだった。明らかに作り話とわかる猟奇譚ではあったが、煮物にヒメタケノコを入れるたびに思い出されて腹立たしい思いがしたものだ。農大時代に知り合って結婚した奥さんは、倒産直後、兄のもとを離れていった。兄もどこやらへ身を隠していたがすぐに帰ってきて、今度は東京資本の縫製会社を誘致して、現地責任者に就任した。響町全域に六つほど点在する廃校を改造した工場に、従業員を送り迎えするマイクロバスの運転手も、病気になるまでは自分でやっていた。

　これは私の推測だけれど、農協職員時代からずっと、兄は仕事を通して、けっして解けない謎を解こうとしていたのだと思う。農協では営農指導課という、あまり人が行きたがらない部署への配属を希望した。農家を一軒一軒廻って、こまかい農作業の相談に乗るのが仕事だった。山菜工場のときも、今の縫製工場も、兄は、従業員の家々をまめに訪問し、家族構成などをたんねんにノートして歩いた。このことは人々の噂にものぼり、病院のあんにゃはきっと選挙に出るつもりなんだ、などと評判になっていたらしい。

　兄にとってもっとも気になる犯人について、「考えて」もらいたいと兄が思い切って切り出したとき、祖母は言下に拒絶した。身内の考え物はむずかしくて厭だというのだ。どうにも気がすすまない、英雄のためにならないことのために苦労したくない、と何度頼んでも、心の動く気配はない。ついにはそろそろ年貢の納め時か、英雄がどうあってもというなら命をとられても思い残すことはないが、などと言い出す。一度やってもらってだめならあきらめるからと兄が頼み込んでようやく考えてもらえることにはなったが、やるにはやるが、まずだめだぞ、と釘をさされたと兄は言っていた。犯人が生きているか、死んでいるかの見極めからはじまったが、祖母はこの初っぱなからつまずいてしまった。通常のさがし物とちがって、めざす人間の所在をめぐる「考え物」はとくべつの祈禱力がいる。死者と判明すれば、冥界専門の口寄せになるが、祈禱開始後三十分しても、祖母にノリはやって来なかった。ノリになったかどうかはかんたんにわかる。祖母を呼ばわって、おう、おう、という返事があるうちはダメなのだ。ノリがスタンバイになったときの証拠である、ふだん渋紙色の祖母の顔面が「紙のように白くなる」こともなかった。社の観音扉を開け広げて、兄は落胆にもめげず、用意したポットからお茶を注ぎ饅頭だのせんべいだのを祖母の前に並べた。疲れた表情の割には気落ちした風もなく、心地よさそうに社を抜ける風を受けながらお茶をすする祖母に、やっぱり俺は、山姥が堂々六十歳で山人とのあいだに作ったオニ子でないのか、と兄がにくまれ口をたたくと、祖母は楽しげに笑ったという。

　職員百人ほどの八岐園農協に就職するとき、兄は父に口ききを頼んだ。英雄にものを頼まれた、といってひどく喜んでいた父の姿を覚えているし、父と同級生の農協の参事が夜家に来て、大学院まで出た人がほんとうにいいのかなあ、給料安いよお、と父に話していたのも記憶している。父はすでにその頃、後継者、つまり、現在の私の夫にめぼしをつけていたから、兄の行動については一切口出しをしないつもりだった。私はそういう父が好きだし、隣県にある国立大学の医学部に入学した時から学費生活費の援助を受け、そのまま父の希望通り家に入ってくれた「若先生」を心から敬愛している。兄も最後まで夫を信頼していたと思う。市内の大病院へ移れば別の治療もできるが、という夫のすすめを、最後までここでみてほしいと断ったのは兄自身だったのだから。私は夫に、常日頃、何でもうち明けて話してしまう。あの船旅地震の夜々のことも、何かの折りに話した。夫は黙ってあいづちを打つ。こちらの言葉が途切れたときだけ、「それで……」と柔らかくうながす。私はたちまち患者の一人になってしまう。話をすっかりきき終るまで眼をつむっているのが夫の癖だ。寝室の中でもそうだったのには、少し面くらった。とくに男の人は、相手の表情が気になるものなのではないかという気がしていたから。何かに聴き耳をたてているような夫の表情を、逆に私の方がずっと視ている。眺められるのでなく、夫に全身を聴かれているというその感覚を私はひどく気に入っているのだ。私、ちょっとおかしいかしら、とある時夫に言うと、彼は、そういうことはありうる、と、兄とのことを話したときと同じつぶやきをもらした。ありうるか、ありえないか、という二分法が、夫の最終的結論にすぎないのだけれど、そのいずれかの判断が、彼の口をついて出てくるまでに、患者としての話し手は、何かをすっかり聴きとられたというふしぎな充足感にみたされてしまっている。だから、最後の結論そのものにはさして意味はないのだ。種類はちがうのだが、話を聴いてもらっているうちにわだかまりのようなものが全部吸い取られてゆくその感覚は、祖母のかたわらにいるときの安らぎに似たところがある。

カゼをこじらせたとかで寝たり起きたりの日を送っていた祖母に、兄が病気だと告げたとき、祖母はだしぬけに、私の娘をよこしてほしいと言った。病名を私は一度も口にしなかったが、小学校の娘が言うことには、ガンの特効薬を自分は知っている、作り方は簡単だが、薬をのませる役目が大事で、おまえしかその役目を果たせる者はいないという意味のことを説ききかせた。祖母のいう特効薬とは赤トンボの黒焼を、奥山自生の植物の根の煎じ薬で服用するというもので、昔々山人に教わったものだという。自己主張することの少ない娘が、それを叔父ちゃんにのませる仕事をやりたいと夫と私に頼んだので、私は二重に驚いた。夫は例の調子で瞑目して、しばらく考え込み、やがて、悪いことではないかもしれんね、と言って娘を喜ばせた。夫の態度は、農協への就職を兄が希望したときの父の対応を、思い起こさせた。特別療法のことを話し出すと、声帯と食道の一部を切除された兄は、ボードに、若先生におまかせ、と書いて、心地よさそうな吐息をひとつついた。

一回目の手術後ひと月ほどして兄が退院した。微震はまだつづいていた。兄はボードに「わたしのかんごふさんに、かんしゃ、かんしゃ」と書いて娘に見せ、娘がそれを音読した。その声の半分に祖母の、残り半分に夫の血を感じたが、ほんの一瞬私は、娘が見知らぬ子供のように見えた。

乳児の兄が捨て置かれていたあたりが、今は駐車場になっている。その駐車場まで、そんなことを知るよしもない娘が、兄について歩き、車で迎えにきていた兄の会社の従業員に、大人のように一礼した。兄が車に乗り込むと、叔父ちゃん、赤ちゃんのにおいがする、と半分ほど開いた窓ガラスから鼻を近づけて言ったので、赤んぼうの兄に思いを馳せていた私は少し驚いた。が、すぐに汗っかきの兄が入院中に皮膚の炎症にも悩まされたため、思い付きで使ってみたベビーパウダーが気に入って、ずっと愛用していたことを思い出した。はるか彼方に、初雪をいただいた連山の峰が見えたが、紅葉し尽した近くの山々の尾根との境をなす幾すじもの稜線が、「船酔い」のためか、重なって揺れ動き、視界を混乱させているように思えた。

十一月に入ったあたりで、地震は間遠になり、やがてすっかり静まった。山菜工場の火災で、住居も失っていた兄は、つかの間の逃避行から戻ると、縫製工場にしているいくつかの旧分校を転々としていた。発病後は、兄が「峠のわが家」と呼んだスマッコ村の工場に落ち着き、そこから一日おきに病院に通って抗ガン剤の注射を受けた。私は祖母の言いつけ通り、兄のネジロに娘を送りとどけて山人療法をつづけさせた。兄が夫に、科学と宗教の競争ってとこだね、と笑いながら言ったことがある。たぶん、兄は自分の病名をとうに知っていたのだろうと思う。しかし、ひんぱんにおこなわれた検査結果表を見せ、根本的な治癒に直結はしないにしても、明らかに特別療法による数値の変化がみられると夫が語ったのは意外だった。兄は祖母の指示にしたがって苦味の強そうな無気味な飲料をのみつづけた。手術後三ヵ月ほどは、黒焼と牛乳を交互にとり、次の三ヵ月は野菜をとり入れて、といったぐあいの祖母の処方箋を夫は容認し、まじめに通院もしてくる兄に山人療法の成果などを話したりしていた。祖母が白い絹で作った防寒ずきんをかぶって、兄のいる分校に、時にはひとりで出向く娘を兄はたわむれに白ずきんちゃんと呼び、自分を月光仮面などと呼んだりもした。兄も、やはり祖母手作りの絹のマフラーを、その冬じゅう、首の包帯の上から巻きつけていた。

　兄がホワイトボードに文字を綴った二年ほどの間、私は兄の声を供養していたことになる。兄が眼の前にいるのに、声だけが死んでいる。ちょうど祖母の口寄せと逆の状態だ。兄がボードに書いた字をいちいち読み上げる娘の声はかすかに巫女がかっていたけれど、兄の肉声の復元にはあまり役立たない。私には巫女の能力がまったく備わっていないということだろう。

　声を喪う直前に兄は、最後の冗談といわんばかりに、矢継ぎ早におかしなことを言っては周りを笑わせていた。筆談になってからは、いくら兄が努めても、心の底からの笑いを誘うことはむずかしかったので、兄の肉声に笑いころげた日々のことが、遠い不思議な光景のように思われた。たとえば手術前、高校時代のクラスメートだった男が見舞いにやって来た。高校を終えてすぐに大規模な養鶏業にのりだした事業家だという。男が病室で語っていった話を、夫と看護婦と私を相手に、兄が身振り手振りをまじえて再現したのだけれど、私はそのとき、男の話をじかに聞いたとしたら、こんなに面白がるわけにはいかなかっただろうと思った。男は二万羽のニワトリを飼っていた。窓の無い鶏舎の中はすべて機械じかけで動き、水もエサも室温もコンピュータで管理されている。鶏たちの受難は、ここ数年の卵の異常安値からじゅうぶんに予知できたことだったが、ここへきて、一挙に全国規模の大暴落にみまわれた。資金繰りが悪化して、まず飼料が購入できなくなり、水ばかりで一週間がすぎた。「不治の病にかかったのと同じで」（と兄は言った）卵を産めなくなったのはもちろん、羽根が日に日に抜け落ちてゆき、平均二・五キロほどの体重も半分以下になり、したがって肉鶏としての買い手もつかない。八人いた従業員にもやめてもらうしかなかった。そのうちの一人が、あわれに思ったのだろう、ケージのふたを開け放しにしたために、数千羽もの鶏が大脱走をはじめ、近くの村々は逃げ走り廻る鶏であふれかえった。それはたしかに数日後の地元新聞でも報道された、地震と並ぶトピックニュースだったが、私たちが気の毒ながらも笑わずにはいられなかったのは、男の家族が何年も前から卵と鶏を三度三度食べつづけたための惨状であった。なにしろみそ汁に二つ三つ卵を落とした上に卵焼きだの目玉焼きだのがおかずになるというのだから、いかに優良食品であっても思わぬ影響が及んだものらしい。家族の全員が悪性のデキモノに襲われたというのだ。デキモノは身体の各所に次々と転移して、膿をふくらませ、怪談のお岩さんみたいな姿の人々が、電気代を切り詰めた薄暗い家の中にうごめいている。それがようやく快方に向かって安堵の顔を見合わせると、お互いの風貌がどことなく鶏に似てきていた、と兄の語り口はすっかり怪談調だ。当事者にしてみたら地獄のありさまで、笑うどころの話ではない。もっともその男も兄の枕もとで大笑して帰ったのだけれど。兄は、鶏になりきって、病室をゆっくり歩いてみせさえした。「ほら、この俺のようにやせさらばえて」と腕をさすりながら。こう書いていると、鶏と男の家族の受難、それにわが身をなぞらえて兄が語る風景はちっとも笑いを誘うものになっていないかもしれない。でも、兄の大げさなジェスチャーや肉声に接したあの現場ではほんとうに可笑《おか》しかったのだ。それが再現できないのは、いったいにものごとを供養する能力が私に欠けているからにすぎない。

　筆談での長話には限界があり、兄は紙やボードに断片的なコトバを記すようになった。二年の間、兄が筆記する言葉の断片から言いたい内容の全体をおしはかるトレーニングを、私はむしろ楽しんだ。このため、兄の短い文字ひとつに対し、私の言葉は洪水のようにあふれた。〈そうじゃない、俺がいいたいのはそんなことではない〉といった苛立ちを兄はほとんど示さなかった。兄が、まるでタイトルのように字を書くと、私はそういう標題の短い物語を一気にまくしたてる。兄も、きっと二人して合作する小説家のつもりだった頃を思い出していたと思う。私たちに共通の思い出にまつわるキーワードのようなものを兄は選び出し、ゲーム感覚で書きつける。たとえば「象の水」と。すると、私の脳裡に、なつかしい場面が浮かんでくる。そうそう、そんなことがあったわねえ、あのときは三人で大笑いだったわねえ、と私は語りはじめる。……娘が学校に上がってまもなく、兄の車で近県の動物園に出かけたことがある。鼻を大きく揺らす象に近付いたときのことだ。娘がとつぜん、祖母のような声音で、水がくる、とつぶやいた。兄も私も象の鼻にふりあおぐような視線を投げた。象は温和な表情で（といっても象の凶暴な顔つきがどんなものか私にはわからないが）ゆっくり動いていた。私はとっさに娘のいうことを信じ、娘の手に引かれるようにして檻の前から逃げ出した。だが兄は娘の言葉をきいてむしろ象に近付いた。と、まもなく、象はほんとうに水をふきあげ、一瞬の後に兄は全身ずぶ濡れになって立っていた。後できいたら、象が水を吸い上げているのを娘は見ていたのだそうだけれど、私にはあのときの娘がふつうの小学生には思えなかったし、まるで洗礼を受けた信者みたいに一種法悦の面持ちで立ちつくしていた兄の姿にも、大げさにいえばこの世の人ならぬものを感じたのだった。あるときにはまた「くじの店」と兄が書く。すぐに他愛のない風景が呼び起こされる。天気のよい日曜日、入院病棟の廊下の一角に娘が「くじの店」を出していた。学校主催のバザーで店を開いたのがいたく気に入って、顔見知りの入院患者を相手に繰り返された小学校三年生の頃の娘の遊びだ。見舞いの品を提供してもらったりしたので、当りの景品はなかなかのものだった。誰でも十円を払えばくじがひける。青い丸テーブルの上に瓶差しの花が、脇侍《きょうじ》のように二本立っている。ホッチキスでとめてこしらえた三角くじがつまった信玄袋は祖母の提供品である。祖母の協力はもう一つあって、特別賞というのを出していると娘はふれ廻るのだが、これを当てる人はなかなかあらわれなかった。病院の廊下に姿を見せた兄が厳粛な面持ちで娘の前に立ち、信玄袋に手を入れた。袋の横には、娘の稚拙なえんぴつの字で、「くじを引いて元気をだそう！　どしどし引いてね！」と書かれた紙片が立てられ、風で飛ばぬように筆入れで重しをしてある。数少ない客を待つ間、娘は時には片膝を立てたりして本を広げていた。木製の折り畳みテーブルを広げて小道具を並べる店開きから、塵ひとつない廊下に戻す店仕舞いまでが一連のプロセスになっていて、その手際といい、客待ちのたたずまいといい、プロの露天商のようだ、と兄と笑い合ったものだ。兄が引いたのは五回だが、そのいずれにも「もう一度」とあり、おどろいたことにその五本ともが特別賞に行き着いたのだった。なかみは「九十歳まで生きられる護符」で、祖母の祈禱の込められた限定十部のうち、と、あとで兄からきいた。兄の次に私が引き、四本はずれた末にようやく「せんべい二枚組一袋か、千代紙」が当った。私がおせんべいにします、と言ってから、すぐに、あ、やっぱり千代紙の方がいいわと言い直すと、娘はびっくりするほど激しい調子で、だめ、一度決めたらだめ！　と叫ぶのだった。護符を上着の内ポケットに大事そうに入れ、うやうやしい一礼をして娘に合掌した兄と、祖母そっくりの声を上げたあのときの娘の表情……。

兄が「峠」と書けば、私は、むずかしい漢字の読みを教えながら、娘にあの佳作入選作を朗読させた。「木挽《こび》き唄」と書けば、吉平校長が好きだったといって祖母が唄う「八岐木挽き唄」を娘に覚えさせて唄わせた。

〽木々も生あるものなれば
疾《と》く疾く伐《き》れよ時《ひま》かけず

校長が山人の末裔から教わったというこの唄が兄は大好きだった。二度目の手術の後も、何度か兄は娘にアンコールした。熱がつづき、痛み止めが効きにくくなった頃、それでも兄は娘の声をききたがった。兄はいわゆる子供好きといった人間ではなかった。私は、娘の特別な能力に誇りを感じた。「峠」の中の、山人小屋の火事で、閉じ込められた娘が「熱い、熱い、お母、助けてけろ」と叫ぶくだりや、「疾く疾く伐れよ時かけず」という娘の催眠がかかった唄声が、兄の苦悶の心音と同化して、今も、私の脳裡をかけ巡る。

兄がいったん退院した年の冬は、気味が悪いほど雪が少なかった。正月の二日、娘を連れ、手作りのおせちと特製の凧を持って、兄のいる分校に行った。病室での会話で分校は凧上げに最適の地、と兄にきいてから、お正月の凧上げを娘はずっと楽しみにしていたのだ。地震がすっかりおさまって村人も安心をとりもどしていた。石垣が積まれたスロープを上りきると、欅《けやき》の巨木に抱きかかえられた高いトタン屋根が眼に入る。もともとが四年生までの分校だった。向って右端の棟だけ二階屋になっている他は平屋ではあるが、民家にくらべたら棟ははるかに高い。「俺の住まいは加藤医院の諸先生方の邸宅と比較してもひけはとらない」と元気な頃、兄がよく言っていた。正面玄関だった部分に趣のあるポーチが残っており、そこへ白いマフラー姿の兄が出てきて大きく深呼吸してから手をふった。建物全体に透明のビニールシートのようなものがかぶせられていたが、それが所々で破れ、派手な音をたてて風にはためいている。正面玄関のサッシの一枚が割れ、ガムテープがはりつけられていた。その戸をあけて兄は私たちを中へ招き入れた。元職員室、今は休憩室兼事務室になっている細長いウナギの寝床のような部屋の、古いソファに私たちを座らせ、兄は窓際の古びた木机に腰を下ろした。横に、大型のホワイトボードが立っている。ああこれなら、たくさん話ができるね、と娘が言った。兄の書いた字を娘は読み上げては消し、読み上げては消して時を過ごした。私も、学校の黒板に落書きがしたくてたまらなかった頃を思い出した。しばらく、落書きふうのやりとりをしたあと、兄が書いたのは、分校全体の案内図のようなものだ。旧職員室の隣は旧講堂、といってもせいぜい三十畳ほどの広さで、旧式新式とりまぜた業務用のミシンが数十台整然と並んでいる。もとは板戸、今はスチールのボードをあけ広げると旧教室、今は梱包などの作業所、ミシンもある。むかしはベニヤ板で二つに仕切られていて、それぞれ一、二年と三、四年の複式学級教室だった。

講堂から教室にかけては短いが廊下もちゃんとあって、廊下の突き当たりが旧生徒用の、今は作業員用の下足場。左に折れると二階集会場への階段、階段下に旧薪用倉庫、倉庫の向いが便所。分校時代、倉庫で女先生が首吊り自殺、兄はそんなことまで書いて、楽しそうに笑った。

元の宿直室が兄の居室になっているらしく、元職員室と同じようなウナギの寝床だが、ちがうのは窓がないことで、奥まったところはまるで押し入れの中のようだ。兄は大型のサーチライトを振り上げて居室の隣の洞穴のような部屋に入り、毛布や布団を元職員室に運び込んだ。私は兄といっしょの部屋の闇の奥で寝たいと思ったのだけれど、幽霊に出くわすにはこうして別々にいるのが一番と兄はいいたいらしかった。「電源調整室」と書かれたところからは電気ストーブも引っ張り出した。深夜になって風が強まり、建物を包むビニールシートのはためく音がぎっぎっという木枠の軋る音と合奏する。

娘が寝入ってから兄の居室へ行った。薄暗い部屋に入ってしばらくすると兄は、こたつの上の新聞紙の余白に、㊙と、次に「ヒデオ・コレクション」と書いてニヤリとした。押し入れをあけると、ボックスに区分けされた中に数百本にものぼるビデオがぎっしり並んでいて、そうか、「ヒデオ」は英雄とビデオをかけた駄洒落のつもりかと気がついた。タイトルを、私はざっと眼で追った。怪奇、ホラー映画が多いのは予想できたことだったが、意外なものが大量にあった。まず、『奇蹟』『三位一体』『偉大な罪人の生涯』『秘蹟』『告解室』『懺悔』『受肉の快楽』『バプティスマに濡れる夜』……といったキリスト教関係の信者用ビデオ。奇蹟をおこした十九世紀ドイツの偉大な神父とやらの伝記をとばしとばし見たが、兄とキリスト教というのがとにかく結びつかない。私は他のビデオジャケットを検閲官みたいに片っぱしから読み調べていった。兄が信者として宗教ビデオを集めたのでないことはすぐにわかった。宗派は入り乱れ、なかには現代の新興宗教のＰＲビデオなどもある。宗教ものの次は、兄が自分でとったと思われる当地の人々の実録もの。昔テープレコーダーに収めたシリーズのいわばビデオ版だ。これもあきれるほど多種多様で、インタビュー形式にはなっているが、話の内容、話の順序、人々の構成などになんの脈絡もない。多くは兄が責任者をしているソーイング工場の従業員とその家族の、とりとめもない話だ。あれ、これは何？　と私が、インタビュービデオ群の中に一本だけ兄の手書きタイトルの付いたものを取り出した。『翔びます！』と書かれたそのビデオを兄はうれしそうに見せてくれた。広い河原を鶏が歩いている、その後ろに兄が登場。まったく単調なことを飽きもせずにくり返している。はじめはこっけいにしか思えない光景だった。要するに、兄は、鶏の飛翔訓練をしているらしいのだ。呪文のような音声が流れる。兄の声だ。〈もともとは翔べたはずなんだ、翔ぶ能力はただ眠っているだけなんだ。思い出しさえすればいいんだ、きっと、元通りにやれるやつがいるはずだ、俺が見つけ出してやる。どこかにいるそいつを引っ捕まえてやる。トレーニングさえ積めば、きっとできる、きっとだ、ぜったいだ。そうそう、いいよ、いいよ、そのまま、まっすぐ！〉家の屋根から、梯子の上から、兄は鶏を放り投げる。ときには手羽元に綱を巻き付けて、落ちかかる鶏をもう一度引きあげたりする。鶏は、抜け出た霊魂のように、中空を、樹間を、ふわふわ、ばたばた舞い動いていた。と、それを木の下闇でみつめる山羊みたいな人の姿がある。祖母だ。白い着物姿の祖母と鶏とが交互に映し出される。そこへ再び音声、〈そしてとうとう見つけた、翔んだやつがいる、百メートルだよ、鶏がだよ〉、翔ぶ鶏がアップになって、〈ほら、これこれ、奇蹟をなしとげた、こいつ、偉大なこいつ！〉「偉大なこいつ」が兄の肩に止まり、まるで鷹のように誇らしげにしているところでビデオは終った。

　翌朝は晴れ上がった空におあつらえむきの風が吹き、凧上げには絶好の日和だった。早起きして用意しておいた凧の足を長く長く延ばす作業を三人でやった。凧は無地で、絵も文字も入っていない。八岐の園全域からも見えるのではないかと思われるほど凧は遠く高く舞い上がり、糸を何度も結び足した。兄は蒼ざめた頬にかすかな微笑を浮かべ、昇りきったと見定めた凧の糸を娘に手渡した。二階の屋根裏部屋から突き出した物干台のような狭い所に三人が肩寄せて立っていた。白いずきんをかぶった娘は、命綱みたいに凧糸を握りしめ、すごいすごいといいながら、ぶるぶるこぶしを震わせた。兄の文字を待つホワイトボードのような白い凧はずんずん遠ざかり、小さな点になっていった。

かなしがりや

昨年私は告訴された。亡父の連帯保証にまつわる債務問題を知らされたのは四十九日法要を終えた頃で数年も前にさかのぼるが、見切りをつけた債権者側がとうとう最後の手段に訴えたのである。特別送達とやらの訴状が届いたのが正月明け早々で、おまけに月末には痛風なる病気にとり憑かれた。しかしこれは思いがけぬという事態ではなく、成人病検診のたびごとに尿酸値が正常の範囲を越えており、いつ発作がおきてもおかしくないと警告されていた。十年のキャリアを誇る痛風患者だという知人が専門外来をもつ信頼できる病院を紹介しようと地図入りの親切なハガキを送ってくれたのはずいぶん以前のこと、さっそくそのハガキを手に病院へ駆け込み、服用した特効薬のおかげでひどい痛みからはなんとか解放された。訴状のことも、病状のように誰かに話し尽して少しでも楽になりたいと考えたが、現在の私がこんなことで駆け込み訴えできる相手はＯＫ先生しかいない。ＯＫはイニシアルではない。大丈夫、大丈夫、ＯＫという彼の言葉を聴いただけで精神安定剤をのんだみたいな心持になるところから私がつけた個人的な呼称だ。幸い彼の自宅は八王子、勤務先の大学は新宿寄りのＭ駅下車徒歩十分のところにあり、私の住む団地の駅と同じ私鉄一本でつながっている。研究室を訪ねた私が、こんどのダブルパンチは生計の立たぬ文筆業をつづけている三十七歳の男に予想通り食えないという現実がいよいよ本格的なものとして到来しつつある、その訪れ方と似ている……などと例によって甘えの自己解説をすると、「食えない中年男がかかる病気にしちゃあ痛風は似つかわしくないじゃないか、俺なんか」と先生は急に周囲を見廻し声を低め、「近く入院だ、大腸癌の手術を受ける」。さらりと言ってのけたその表情がいつになくまじめなものだったので、私はトリプルパンチを見舞われることになった。「今の話は他言無用、女房の他はまだ誰も知らんのだから」と念を押し、その場で親友の弁護士に電話をかけ、数日後のアポまでとってくれた。

「そう、うん、れいのモロイ君の件だがね、そうそう東北の、ついに訴状が来ちゃった。親父の連帯保証なんか知らぬ存ぜぬでここまで通したけど。君のいう通り相手は国だからそう強硬なことはしないだろうがね、それにモロイ君の場合、とられるものは何も持っておらんから、その点ではこわいことはひとつもない」

　発音しづらいのか、それとも私の耳にそう聞こえるのか、先生は時折私の名をモロイと発音する。モロイと呼ばれた経験は他にもあるが、ＯＫ先生の口から何度も繰り返されると、ほんとうにわが身が脆い存在に思えてくる。

病院に行く前の晩は、郷里の兄や母との不毛な長電話に疲れ果てた。「レット・イット・ビーでゆこう」という兄の結論も変りばえのしないものだった。その日、家が「埋《う》んのまるほど」雪が降った、と電話口の母の声ばかりはあくまでも明るい。こんなところの家屋敷も田畑も欲しい奴めらにはノシつけてくれてやるべい、これしきのことでかなしがりやになりはしないぞ。氷柱《つらら》のさがった萱葺きの母屋の裏木戸に立って母がそう言ったのは現実の話ではなく、私の夢の中でだ。競売のために集まったとおぼしき人々を前に母は白髪を振り立てて声を荒げ、パキンと音たてて氷柱をもぎとった。母の手の中で氷柱は燃える矢となり、傍にいた私の足の親指の付け根に突き刺さった。ああこれが医学書にあった「足をノコギリでひかれるような」痛風の痛みなのだと合点しつつ軽い悲鳴を漏らしたのが明け方近くである。これしきのことでかなしがりやになりはしないぞ。夢の中の母の言葉がずっと反響していたので、前後の雰囲気を子細に語りきかせ、いったいかなしがりやとは何のことでしょうと質問したのだが、妻は相手にしようともしない。「夢までヨモギ作りの素材みたいでいじましいわね」と笑うばかりで、朝の光の射すコタツ板の上に病院の地図が書かれたハガキを置いた。ヨモギ作りというのはわが家の隠語で、予備校の模擬試験作成をさしている。いかにもＯＫ先生の親友にふさわしい弁護士のＷ先生の事務所へ約束の時間に訪ねた折、このなかなかに悲痛な内職の事も報告に及んだ。もちろん現在の私の収入実態を話すことがこれからの裁判への対処法を考える上で必要だといわれたからだが、主な収入源であるヨモギ作りの内職にふれ、どんなにいいときでも月額二十万を越えたためしがない、といったんしゃべりだすとどんどん不必要な細部までたぐり寄せられてしまう。対応のキメ細かさを売りにする最近の業界にあっては、たとえばめざす大学の学部別にそれぞれここ十年ほどの出題傾向をふまえた模擬試験を作ることを強いられる。定期の校内テストを含め、毎年かなりの数の試験問題が必要とされるのであるが、それでも年間を通した需要からしていわば農閑期が生じるのも仕方のないことではある。私はこの内職を自宅でやらせてもらえるようになったこと自体に感謝している。本来なら専任スタッフにしか任せぬ決まりだったのを特例としてみとめられたのはＯＫ先生のゴリ押しによる。私立大学英文科教授と予備校英語講師を兼務する先生は、なんと私が生れる前から今の予備校で教えはじめ、以来看板講師の座を保持しつづけている。彼が失職中の私を国語科にねじ込み、一流講師に仕立てあげようともくろんだ経緯もＷ先生に話した。科目は違っても通用するはずのさまざまなノウハウを伝授してくれた日々のことを語りはじめた私に、「でも結局、そのもくろみは水泡に帰したわけですね」と言って弁護士先生はさわやかに微笑した。年に数回実施される微に入り細をうがつ人気度調査の結果はもともと良くもなかったのが悪化の一途をたどり、この段階でクビを切られるのがふつうであるが、そうならなかったのは学校全体の顧問格のＯＫ先生が強い調子で私を擁護したからだと、辛辣で有名な教務の人にあとで教えられた。だが三年目に入るとアンケート結果を待つ必要はなくなった。担当していた週六コマの講義の生徒が一学期も終らぬうち急激に減りはじめ、夏休み前には百名受講のはずの一クラスに数名しかいなくなってしまったからである。さすがの先生もこれには「大丈夫、ＯＫ」と言えなかった。けれどもすぐに、私がろくに話をしたこともない国語科の主任にかけあい、模試作成の特別スタッフとして仕事がもらえるようにとりはからってくれた。「あんたにはむしろこっちの方がむいているかもしれん。江戸の浪人の傘張りってとこだが、すべては仕官できる日までの辛抱だ」というのが、彼の励ましの言葉だった。私がもの書きとしてなんとか生計を立てられるようになる日をＯＫ先生は仕官とよんでいるが、それはまったくの幻想で、しかもそういう幻想をふりまいたのも私自身といえないこともなく、とうじうじした話を付け加えると、Ｗ先生はやはり明るくほほ笑み、「仮にその仕官の日がすぐにやってきても、おそらく差し押さえできるほどの財産にはほど遠いようですね」と、兄のレット・イット・ビー路線支持を表明したうえで話をつづけた。

「東北は奥山の農家ということで、正式の相続手続きをふんでいなかった事情はわかりました。誰か一人をスケープゴートにするのはしのびなかったでしょうし、またお母さんのことを考えても、郷里そのものを捨ててしまうわけにもゆきませんでしたでしょうし。さて具体的な話ですが、まずお母さんは先ほどのあなたの言葉をおかりすれば、正真正銘の、無一物ということでした。農協、いやＪＡでしたな、その職員のお兄さんもこの年収からして生命線ぎりぎりですからまず大丈夫。おひとりだけ危険性の高いのは神奈川にお住まいの妹さん、ご主人がアパートをお持ちだという話ですがその他の財産の程度によります。しかし国が関与するこうした地方の債務問題の場合、よその土地に調査員を派遣してまで徹底してやることはまずないと思います。一人の事業主に七人の友人知人が連帯保証し、お父さんはその保証人の一人だった。お父さんは事件を苦にしつづけ、いってみればそれが原因で癌になって死んだようなものだから、連帯保証の責任はイノチとひきかえに消失したとみなしていい、あとは残りの六人がなんとかすべきだ、とあなたはおっしゃるが、法律は残念ながらそういう風な論理を認めてはくれないのです。相続放棄をしない限りお父さんの相続人であるお母さんとお子さんのあなた方全員にそのまま責任は移行します。連帯保証はあくまで等分に責任を負うものです。てっとり早く申しますと、この種のお金のとりたては、〝あるところから順にとる〟ということになります。ないところからはとりようがないわけですからね」

　W先生の事務所は都心のビルの八階だったが、執務机の面する大窓の向うには郊外でも見られるような雑木林の緑が陽を浴びて風にそよぎ、野鳥も飛びかうという信じがたい光景があった。ひんやりと人気のない玄関から無機質の廊下を抜けて楽しいはずのない気分を抱えてきただけに、安らぎのシンボルとも思われた。けれど、救いの感覚は風景のせいばかりでなく、「相手方の依頼人に好かれてしまうような弁護士なんだよ」とOK先生が言う通りのＷ先生の人柄にもよるものだった。もと東京中央放送局があったという高名な山を背に建てられているためこんなありがたい環境で仕事ができる、暗い話をうけたまわるのが商売なのでこれにはたすけられる、とＷ先生は心底気にいっている口調で言い、秘書が次の来客を告げるまで、くつろいだ表情でＯＫ先生との交友譚をひとくさりやってくれた。

　旧制高校時代以来の先生の異名を聞き知ったのはこのときの収穫だった。ペインハンターというそのニックネームは辞書にはのっていない、つまりそんな英語は使われていないのだそうだし、したがってＷ先生も正確な意味を解説しようというのでなく、ただいつともなく友人たちがそう呼ぶようになったということである。敗戦の混乱期に復員後、進駐軍の空手教授兼通訳と、六歳から母堂に仕込まれた茶道華道の師範として弟子をとるというまったく相反する性質の仕事の他、専任の教授におさまるまで種々雑多なりわいに従事して兄弟友人を含む四家族を扶養していたこともある先生のサバイバルをめぐる武勇談の数々にはいささか詳しい私だが、ペインハンターなる呼び名は初耳だった。Ｗ先生の披露したエピソードは、赤線地帯なるものが存在していた時代、ＯＫ先生がそこを舞台に精力的な活動を展開していたというものだ。

「要するに、彼は赤線の女たちを更生させることに熱心でね、それがこじれてならず者と渡り合うこともしばしばで、われわれもハラハラドキドキさせられ通しだった。ところがだね、そんな彼が、さあ金を作ってきてやったぞ、これで悩みがハレルなら、さあどいつもこいつも勇気をもって行ったり行ったり！　われわれ友人をどんどん送り込んだんだよ、そこへ。じつに奇妙な情熱だった」

かなしがりやとはわが郷里の方言で、やはり国語辞典には見当たらない。『日本方言大辞典』には「かなしがり」「かなしがりや」それぞれの用例が一つずつのっていた。前者は「冷たいことや苦痛なことを嫌がる者。寒がり屋。また、怠け者」とあり、後者には簡潔に「恥ずかしがり屋」とあり、私の母などが用いる、どちらかといえば陰性で内閉的な語義にかなり近いが、これだけの含みからいっても、かなしがりやは漢字で書かない方がいいだろう。大阪弁の「がしんたれ」に似ているとおしえてくれた人もいるけれど、音からふつうに連想される標準語はさみしがりやであろうか、たしかにその意味でもつかうが、大方の古語辞典にのっているカナシの語義「悲痛である」あるいは「貧窮な」の名詞転化、すなわち悲痛な人、貧乏な人の意も含まれ、また一部では悲痛がきわまってある種の病にとり憑かれた人も指す。妻にも揶揄された通り、ヨモギ作りにいそしんでいると、ひとまとまりの生きた文章の一部を前後不同のバラバラ死体に切り刻んだりカッコ付きの空欄にしたりして問題をひねり出すいじましい習慣が抜けなくなる。かなしがりやはとりわけカッコ付きの空欄のまま曖昧に使用すれば多義性のふくらみを保存でき、併せて神秘性がうすれるのも防げるかもしれないと思う代表格の言葉だ。借債・病気・恋愛問題のもつれなどを苦に自殺をはかるような人はもっともわかりやすいかなしがりや。リュウマチと神経症に苦しめられたあげく土蔵の二階で縊死した私の祖母がまず思い浮ぶ。自殺でなくとも父は該当するだろうし、三十七歳にもなって家賃にも事欠くような男もあてはまるかもしれない。ではＯＫ先生のニックネームはこれとどう関わるのか、あるいはどう関わらせたいのか。ペインハンターとは先にふれた方言辞典の定義の反対語、すなわち冷たいことあるいは冷たくされることや苦痛なことを嫌がらぬ者、いやむしろ積極的に苦痛に近づく者である。ペインによってカナシバリ状態になった人をあらわすかなしがりやの用途がそのペインの種類に応じて広くなるのは当然であるが、呪縛の縄を解いてやろうとする痛み《ペイン》の狩人《ハンター》もしくはそれが解かれて歓喜にふるえている状態の人をも指す用法は無く、もしこれを加えるとすれば創作家の得意な虚構になってしまう。母がつかっているようなネガティヴ一辺倒以外の具体例はたしかに見当たらないし、ましてかなしがりやに近づきこれを援《たす》ける人の意味までかなしがりやに含まれていないことは事実である。にもかかわらず私は、いまだその生きた用例を見つけられないでいるだけ、もしくはかつて存在したのにもはや死滅しただけ、あたかもかなしがりやの集合地ともいうべき東北の歴史資料の大半が記録の形では残っていないのと同様消えてしまったのだ、などと考えようとする。空手と茶道華道の両方をこなす手の持主であるペインハンターは赤線地帯にむけて相反する情熱をかたむけた。かなしがりやにも、そうした不可思議な多面性があってほしいと私は願うのであるが、強く願うあまりいつの間にかデッチアゲていたということにならぬよう、こういうことに関して誰もが教えを乞うであろうと思われる門を私もたたいておく。

折口信夫は「古風の婚礼」の中で、〈我々の地方生活には、かな親、かなばうし・かなし子などかなしと言ふ形容詞の形を含んだ古語がある。其簡単な形はかなであつて、愛しいと言ふ意味はなさゝうだ。かな親で言つても、愛しい親の意ではなく、養ひ親を作り、その家の子分として、その親方の威力でよく育ちよく暮せる様にとの目的が、だん〳〵変つて来て、後にはその家の保護を受けると言ふ風になつたのである〉と語っている。

柳田国男は「涕泣《ていきゅう》史談」の中で〈カナシといふ国語の古代の用法、又現存多くの地方の方言の用例に、少しく注意して見れば判ることであるが、カナシ、カナシムはもと単に感動の最も切なる場合を表はす言葉で、必ずしも悲や哀のやうな不幸な刺戟には限らなかつたので、たゞ人生のカナシミには、不幸にしてそんなものがやゝ多かつたゞけである〉と、また「方言と昔」の中で〈カナシイが今日の標準語における如く、単に悲哀を意味するやうではこんな名は出来ない。形容詞の内容は時代につれて、次から次へと変つて行くのが通例だが、今でも津軽のはてにおいて、可愛いゝをカナシイといつてゐる如く、カナシ子といへば可愛いくてたまらぬ児のことであつた。身にしみるといふか胸に徹するといふか、兎に角に大切この上なく感ずるのが、我々の昔のカナシミであつた〉と書いている。

昨年の二月に帰省した折、こらモロイ、やいモロイ、かなしがりやのモロイめ！と、母がそう叫んだのは夢ではなかった。ただしこれは私に言ったのではなく、節分と同時にわれわれ夫婦が飼いはじめた黒猫のモロイにむけられたものである。二十回の落選によって資格を得た敗者復活のくじびきの末ようやっとありついたわが団地にはペット厳禁の決まりがあり、大きな声ではいえないのだが、何事にも時機というのはあるもので、生れてはじめて被告人となり、「生涯つきあう覚悟で」と医者に宣告されて痛風患者となった後、「鬼は外！」と豆をまいてもペインは出ていってくれず、代わりにやって来たのがモロイ、ミニコミ・PR紙に小さく出ていた「猫あげます」のところに思いきって電話する気になったのは同じ日の昼過ぎ、外出から戻ったエレベーターで決して小さいとはいえない犬を堂々と愛抱する団地住民と乗り合わせたからで、こみあげる笑いをおさえ、なんだいこれにくらべれば猫一匹なぞはちょろいもんじゃないかとすっかり気持が大きくなってしまったのが直接のひきがね、けれどもそれはあくまできっかけにすぎず、郷里の一部でいう「猫ッカナ」（異様に猫をかわいがる変人）呼ばわりされてもかまわない、何でもよいから「カナ親」としてふるまうものが欲しいという心持が潮のように満ちていたからだった。人の子の親になることから意識的に遁げるような種類の人間をかなしがりやと呼びたがる心のカタムキが母にあるのは否定できないとしても、一緒に帰省したモロイにこの時彼女が言ったかなしがりやの意味はまた次元がちがうはずで、一言でいえば過度の「こわがりや、臆病者」になるだろうが、さらに深層には「ノイローゼ、自閉症」という病も隠れている。こわがる必要なんかちっともないのに——といったニュアンスが加わるのである。モロイはいわくつきの猫で、そのためなかなかもらい手が決められない、と、身銭を切って猫のフォスターペアレント運動に三十年余も従事してきたというS夫人が言った。前年だけでも七十四匹に里親を斡旋《あっせん》した実績をもつ夫人は、真剣な表情ですでに生後三ヵ月を越えたモロイの身の上話を、まあ聞いて下さいと切り出しはしたものの、

「組織で動いているわけではございませんけれど、長いことやっておりますと信頼できる仲間や情報が集まってくるものでしてね、先だっても古い都営住宅がこわされるという話があったものですから、行ってみると案の定、置いてけぼりの猫たちが右往左往してる。中に妊娠してるのがいたりでこれがまた心配のタネ。独居老人のアパートにも様子を見に通ってますけど、近くの。飼い主の方は天寿を全うするわけでしょうけれども、猫はそうじゃありません。突然ノラ猫にさせられてしまうんですからね、ひどい場合には部屋に閉じ込められたまま餓死寸前になった猫とか、これまで何件もあったんです、ひどいことが。猫たちは飼い主のエゴのえじきになってはいけないんです。単なるカワイソウは信用しないんです。ですから、欲しがっている人なら誰にでもさしあげるというわけではなく、本当の意味で大切にしてくれる人を見定めて、いわば里親をこちらで選ばせていただいているんです」

と、モロイの過去には容易に話が及ばなかったが、こういう類の話を聞くのは嫌いではないので、中小企業の社長夫人だというSさん宅に悠々とたむろする十幾匹ともしれぬ猫たちに眺められつつ、餓死に瀕した猫の傍らで朽ちていく骸《むくろ》のイメージを振り払い振り払い、一時間余り、猫のカナ親運動三十年史のほんの一端をつつしんで拝聴した。モロイは要するに、ある定食屋さんが家の中に入れずに飼っていた猫の子で、生れる前から狙いを定めていた夫人たちの手から親子三匹ですばしこく逃げまどい、半ノラ生活が定着する頃にようやく捕獲されたのだが、三つ子の魂がノラ魂では、いかにもペットらしい猫たりえないというハンディを負ってしまったのだった。「世にいうかわいそうな猫なんです」と夫人は強調し、「よほど猫の扱いに慣れた、ただかわいいだけの猫でない方がいいとおっしゃるあなた方のような里親があらわれた瞬間、かわいそうなこの子は、世にも幸せなかわいい子に変身しました」と涙ぐんでみせた後、ツメトギやらトイレセットやらキャリーやらの買い置きを格安の値段でゆずってくれた。路上まで見送りに出た夫人の別れ際の笑顔はカナ親運動に身を捧げた慈母のように神々しくさえ見えたのだったが、それはすぐに、懸念をおし隠した微笑のようにも、厄介払いを果たした喜びのにじむ表情のようにも思い起こされることになるのだった。故意にではなかったにしても、あの場で費やされた言葉数から考えて、里子に関する情報は極く控え目に伝えられたといわざるをえない。いや、「まだ無理かしら」というつぶやきの方にこそ耳を傾けるべきだったのだろう。抱いている間はふところに入り込んで身じろぎもしないのに、いったん放すとたちまち片すみに逃げ込んでは小刻みに震えて威嚇《いかく》の表情を向けるので、片ときも放さず妻と交替でふところに入れつづけていなければならなかった。エサやミルクをやろうにも、ふところから出せばとたんに逃げ惑うので、抱いたままの鼻先へ運ぶしかない。ふところに収まったモロイは、時に安らかともいえる寝顔を見せたが、夏の日の犬のように、口を半開きにしピンク色の舌を出して今にも息絶えんばかりハアハアとあえいでは、たちまちはかなくなってカナ親夫人の叱責を買うのではないかと私を不安にさせたりもした。そして足裏のふくらみはいつも無気味に濡れているのだった。両生類のようにじっとり湿って鳴き声も上げず、じっと抱かれているだけの異様な猫を押し付けられて、外出もままならず、睡眠不足を重ねていくのかと絶望的な気分に襲われた。ふところに入れて撫でさすっているぶんには、ふつうのかわいらしい子猫に見えなくもないのに、手から離れるやいなや、たちまちノラ時代のペイン感覚が全身によみがえってくるらしく、特に暗がりの閉所に身をひそめた後の畏怖と抵抗のありさまは手のつけようのないもので、田舎のだだっ広い家へ移動すると症状には拍車がかかり、飼い猫にあるべからざるこの被害妄想をさして母は、かなしがりやのモロイ！　を連発したのである。

「あんたにやるわけじゃないんだよ」というＯＫ先生の言葉といっしょに、二月恒例になりつつあるＯＫ先生からの〝農閑期手当〟を母に差し出してから大腸癌の話を打ち明けると、母は父の腎臓癌宣告のときのようにしょげ返り、おまえにも心強いカナ親がみつかったと大船に乗った気でいたのに、つくづくかなしがりやになるように生れついているんだ、と嘆く。築百年になろうとする母屋は老朽化がはげしい。母が寝所にしている裏木戸側の六畳を兄は「六畳のミヤスンドコロ」とよびならわしているが、その高貴な一画もとうとう雨滴が染みるようになってしまったから「今年は何としても裏山側の萱のさしかえをしなければなりません」と兄は首輪に長めのヒモを付けたモロイを抱いたままのわれわれを、自分の居室である土蔵の二階に案内してゆく途中とくに妻にむかってまるで観光案内人みたいな口調で語る。私が高校の頃一部改築して以来何も変っていない家、その家よりもっと変らない兄の声はぼおっとあたたかく、踏みしめる古畳や廊下の板敷きの冷たさと対照的だ。一部サッシ戸に変った廻り縁を過ぎるときは「これが最新の妹の寄進」、折戸と呼ばれる仏間を抜けるときは「昨年のOK先生の年末寸志で辛うじて補修が成った床板がこれです、仏壇が突然傾いたときには、ご先祖様もろとも再起不能かと落ち込みました」といちいち解説をつける。土蔵とつながる渡り廊下の板も傷みがひどくなっていたが、とりわけひどいところへ足をのせると声を張り上げた。「ほら、これが我が家のウグイス張りです、一、二、一、二、」

土蔵の二階を改造した住み処へ通じる階段を昇りきって、兄が闇の一角を指したので、

「もう聞きあきたでしょうが、ほら、そこの梁に一本の板をさしかけ、うちの婆さんは旅

立ったんです！」という兄のいつもの「名所旧跡案内」が口をついて出るかと思ったが、今度は予想外であった。「今日お見せしたいのは、ビニールがかかっていてよく見えんでしょうが、そこに積んであるモノ、これ全部萱なんです。まだ納屋の方にもあります。没落のヤカタを愛する前時代の人、小倉文吉、ミサ夫婦が例の如く献身的に刈ってくれました」

　私の生家は庄屋とか名主とかいう種類の名家でも旧家でも豪農でもない。どだい私の郷里は財産のアカシである水田が明治維新になるまでほとんど作れない山間地帯だったからそんなごたいそうな家は生れようがなかった。江戸末期に馬をつかった運送業でそこばくの財を成した程度の家であるが、それでも祖父や父の代になって田畑や山林を買いあつめたこともあって、かつて形の上では小作人と呼ばれた小倉文吉さんが父の死ぬ頃まで私の家の仕事に従事していた。

「萱は揃っても、職人の方は調達できるの？」と訊く私に兄はＯＫサインを作ってみせ、

「まあ、世が世であれば、この谷間に住む連中に総動員かけてやる性質のもんだが、今は日陰者だからね。萱葺き自体が世のアマサレモノだし、それに例の保証人関係の連中がききつけるとまずいからね、できるだけ目立たずに実行しなくてはならん。そこで萱手《かやで》も親方の他に助っ人二名で計三名が屋根の上、屋根下を這いずり廻る」と息をつぐと、妻が

「地走り役ですね」とアイノテみたいに楽しそうに付け加えた。

「そう、上から絶え間なく舞いおちてくるゴドーで真っ黒けになるこの偉大なる地走り役を、文吉さん夫婦と食えないモノ書き先生にお願いする予定です」

「ゴドーって？」と妻が訊く。

「ゴドーは当地の方言でゴミのことです」

「つまり地走り役は、古萱やホコリを下で待ち受けて片付ける、ひたすらゴドーを待つ役なわけだ。兄貴もやるんだろ」

「やりたいのは山々なんだが、なにせわが職場は正月も休まない、組合員至上主義のすばらしいトコでね。明日とる休日はいったい何ヵ月ぶりかね。今二月だろ、師走に休んだ記憶はないもんね。勤続二十年を越えて、だぜ。最近では、内縁の妻にもソッポをむかれてるが無理もない。仕事自体は嫌いじゃないんですよ、本来の仕事ならね。ところが現在私めが責任者をしている部署はじつにガソリンスタンドときているんですから」

兄はこの類の話をしても決して不平不満家の口調にならない。つまり、母のつかうかなしがりやの三つくらいの用法のうちの一つ「愚痴っぽい人、めめしい人、みじめったらしい人」ではないのである。私と兄妹はお互いに顔立ちが少しも似ていないが、性格もずいぶん違っている。先の意味でのかなしがりやの性向も含め、私だけが父親似といっていいが、兄と妹の二人は父方母方の誰にも似たところがなく、このことは周囲の皆が認めるところだったので、思春期の兄を喜ばせ、妹を真剣に悩ませもした。妹はいわゆる器量良しの部類だが、わが一族には美男美女などどこをさがしてもおらず、あるとき誰やらに、美丈夫で有名だった文吉さんに似ているといわれてショックを受けたことがあるらしい。長身で色白のうえ、やわらかな茶色っぽい髪が巻毛になって、眼球も緑がかっている兄の風貌は、私とは比較にならないほど目鼻立ちは整っているのだが妹のように美形というわけではなく、その奇妙な感じを説明するには、数年前に私が名づけた〝アイルランド人〟をもち出すしかない。私がこれまでに訪れた唯一の外国であるアイルランド、わずか一月の滞在で、アイルランド人の顔付きについての普遍的知識もない私が抱く「兄はアイルランド人に似ている」という思いに、妻の同意を得られたときはうれしかった。顔には年輪が刻まれていると人はいう。しかし私は私自身の顔に刻まれた年輪を読むことなど出来ない。代わりに他者の顔にそれを探すのだ。兄とアイルランド人をつなぐ客観的な事象は存在しない、つまり兄自身の年輪とアイルランド人とはほとんど関わりがない。それは私のかなしがりやの年輪のひとつなのだ。アイルランドへの旅費・滞在費がOK先生からの最初の借金で、未だに返せる見込みもない、とその年輪のひとつを拡大してゆくと芋ヅルのように記憶がひき寄せられる。

　私が私立図書館員で妻が会社員だった頃、妻の給料は私の倍を越えており、ボーナスのたび毎に〝文化財保存〟の名目で没落の一途をたどる生家への寄進がつづけられていたが、妻の希望で消失を免れたものの筆頭にあげなくてはならないのは萱葺き屋根で、二十三軒の村でトタン屋根に変っていない家は今では三軒になってしまっている。私が妻の親友であったＡと月並みな恋愛騒動をまきおこし、三人ともどもかなしがりやでありつづけた数年間——その間も妻は萱葺き屋根の保存修理基金を兄に送っていた。萱葺き屋根の消滅を喰い止めようとした彼女の情熱の正体はわからなくても、萱葺き屋根とそのいわば管理責任者である兄の存在が、彼女のかなしがりやの歳月における年輪のひとつであることは疑いない。

妻とＡは大学時代からの親友で大学院にもいっしょに進学し、その主任教授がＯＫ先生だった。妻が望みの就職を果たし、Ａが私立高校の教師になれた背景にもＯＫ先生の尽力があって、その後も何かにつけて二人と先生とのつきあいはつづいた。この親友関係をこわしたのは、妻といっしょになって三年ほどたったときである。生活の立て直しを妻には宣言しながら、一年余りもずるずるぐずぐずするうち妻が変調をきたした。声が出なくなったのだ。妻は生来寡黙なたちだったから、私は最初意図的なものと思って高をくくっていた。あわてて連れて行った病院の医師から「反回神経麻痺」という聞いたこともない病名を告げられたときも、その名前の響きからやはり心因性のものなのだとテレビドラマの主人公みたいに罪悪感をつのらせたが、「ほとんどが原因不明でしてね、まあそんなに気になさらないでください。といっても気になるでしょうが。ものを食べるときに声帯が開いた状態なので気管に入ってしまってむせること、日常生活上困るのはそのくらいで」などと妻が会社員であることなどまったく考慮にいれない調子で医師は語った。かなしがりやが昂じたはてにそんな病気が待ち構えているとは、その上八ヵ月もそんな状態がつづこうとは想像もしていなかった。後に妻はこの期間ほど自分が饒舌家に変身したことはかつてなかったし、これからもないだろうといい、喉に思いが集中的にこみあげて、それをたしかに大声で叫びつづけているのに誰にも聞き届けてもらえぬ悪夢のようだったと説明してみせ、どう受け取ってよいのか戸惑う私に、それまで一分一秒毎にせわしなく時報とともに時を告げていた時計があるとき突然砂時計に変ってしまったようなもの、とつづけた。

梅雨の最中のある日の夕刻、その頃住んでいた高田馬場のアパートで、噂だけはたっぷりきいていたが面識のないＯＫ先生からの電話を受けた。妻が同じ部屋にいないということが不自然でなくなりつつあった時期だ。「あんたがモロイ君かね」。一連の出来事で唯一、生々しく覚えているのは、この最初の音の響きだ。おいモロイ、やいモロイ、かなしがりやのモロイめ、といった口調で先生がそのときしゃべったはずはないのだが、先生との出会いのシーンでエコーするのはまぎれもなくそうした調子である。妻とＡがそれぞれ思い余って自分のもとへ相談にきたことを皮切りに、妻の病気の細部にもふれ、最後には今ここに二人がガン首並べて座っているから、すぐ来い、来て態度をはっきりさせい、対応いかんによっては俺はあんたをなぐるぞ、と凄み、新宿駅東口近くの喫茶店の名を告げた。ところが行ってみると二人の姿などはなく、入口近くで戸惑う私にすっと大男が近づいてきた。身の丈は五尺九寸五分と後に聞いた。それだけでも威圧されるには十分だったので、私が平常心を失っていなかったら、帝国ホテルで玄関払いを食ったことがあるというその恐るべき面相には震え上がっていたはずである。酒場を三軒ハシゴして夜を明かした。

「俺が眼をかけた数え子が二人してたぶらかされたというからどんないい男があらわれるかと楽しみにしておったが、ボケ老人みたいな表情の猫背で貧相な男だったのには驚いた。だいたいあいつは」と妻の旧姓を連呼し、「結婚式もやらずに、暮しはじめました、なんてたったひと言の事後報告。ざまあみろって言ってやったんだ」とつづく彼の毒舌めいた酔言を私は何かひどく心地よく耳におさめていた。ミイラ採りがミイラになる、というい い方はおかしいとしても、ツルシアゲを覚悟して、いや、誰かにツルシアゲられることをキッカケに一件落着としてしまいたい心持で出頭した私の立場は一夜のうちに変ってしまった。妻を病気に追いつめた私の罪悪感がこの夜を境に消えるはずもなかったけれど、〝聴聞僧〟を前にして、気持はたちまち軽くなった。二軒目の店で先生は、「最近、古いサイレントの映画に凝ってる」などと、まるで関わりのない趣味談をはじめた。それが妻の病気のてんまつに関わっていることに気づいたのは三軒目に入ってからだった。あんたは実生活で無声映画を鑑賞できた訳だ、罪の意識とか何とかいったって、ことごとく弁解にすぎん、あとからいくら弁解を積み重ねても、そりゃいってみれば、良質のサイレント映画を安手のトーキーに仕立て上げるようなもんだよ。「自分のせいで、なんてうぬぼれるんじゃないよ」と先生はくり返し怒鳴るように言った、「誰がどんなふうになろうと、ぜんぶそいつ自身の責任さ」。今から考えれば先生の一見矛盾する応対ぶりは、あの昔の赤線の女たちと友人に向けた二重性に通じるものらしく、かなしがりやの私がもっと高次のかなしがりやの存在を予感させられた瞬間だったなどとも思えてくるが、まあしかし、先生との出会い頭に浴びせられたふしぎななつかしさの感覚は、たんに当時の私の疲労感と子供みたいな人恋しさということでぜんぶ説明がつくものだろう。「女たちのことは放っておいたらいい、心配なのはむしろあんたの方だ」。そんなふうに力強く断言されてしまうと、発言の根拠を問いただすことなど忘れて、「心配」だと思われる事の洗いざらいが増幅され、拡大されてほとばしるのには啞然とした。センチメンタルジャーニーを気取ってどこかにしばらく遁《に》げてみるかね、という彼の誘いにも素直にのってみたくてその年の夏、病欠届けを退社届けに変更した妻と二人でアイルランドへ行った。同じ時期に、先生は、私とのことは最後まで何も話そうとしなかったAのアメリカ留学のお膳立てをしたという。まったく行き当たりばったりにB&Bの宿をさがしてずっとそこに滞在しただけで観光にはほとんど精力を向けなかったから、B&Bの老夫人の姓がコムロイだったこと、宿の周辺の民家のドアにFor saleと赤字で書かれた札が下がっているのがやたらに目についたこと、と記憶に残っているのはわずかなのだけれど、空港に降りたって案内ロビーでわが名をゆっくりと名のったときに、若い女性係員が親しみ深い笑顔で言った「アイリッ

シュライク　ネーム！」という英語のカケラを耳にした最初と、帰りの飛行機の中で妻が唐突に、「帰ったらすぐあなたの郷里に行ってお兄さんと萱葺き屋根修理の相談をしましょう」と肉声ではっきり語った最後だけは鮮烈である。飛行機恐怖症といっていい私がずっとカナシバリになっていた一万メートル上空で妻は声を取り戻したのだった。値段が安いというのでモスクワ経由のアエロフロートに乗ったのだが、その帰りの便の機内には東京に向うロシア人のスポーツ使節団とやらが乗り込んできてまるで貸し切りみたいなすさまじい宴会をくりひろげ、ふつうならとても居たたまれぬはずなのに、八ヵ月ぶりの妻の声を耳にたたんだ私はまったくそれが気にならなかった。それどころか、一行がまわし飲みしていたウォッカの瓶を奪い取り、唯一聞き取れた言葉「ハラショー！」をいっしょになって叫んでみたい衝動にさえ駆られた。

　三月には固雪の頃合いをみはからって帰省した。暖冬がつづいて積雪も以前のようでないせいか、固雪現象にめぐりあうのもなかなか難しくなっている。兄が所蔵する唯一の文学書の作者である宮沢賢治が、カタユキカンコ、シミユキシンコとうたったこの現象に遭遇できる朝は、私の子供時代でもそんなにひんぱんにあるものではなかったように思う。大人たちが先頭に立ってつけてくれた細く息苦しいひとすじの道を、その日に限っては自由にふみ外すことができる。前夜の寒さで凍み固まっているため、たとえ躍るように歩いても、身の丈をゆうに越す積雪に足をとられることはないのである。風が運んでくる粉雪が朝陽を浴びてまぶしくきらめく。野原も丘も川堤も田も畑も、視界の限り輝き渡る、そのどこを通って登校してもかまわないのだ。寒さで萎縮したネガティヴなかなしがりやがいわばポジティヴなかなしがりや、すなわち〈感動する人〉に早変りする瞬間だ。われわれは一列縦隊の蟻として歩きはじめる。やがてすぐに一人が叫ぶ、「おい、きょうは固雪だぞお！」。するとわれわれはすぐさま蟻であることを忘れ、蜘蛛の子として四方に散るのである。

　もちろん、この輝かしい自由の道を三十七歳の男がもう一度通ってみることはできない。では固雪の朝、私が何をしたかというと、朝飯前、田畑の上の積雪に黒い土を撒《ま》いて陽光を集め雪解けをうながす、今では見かけることのなくなった農事行為である。小倉文吉、ミサの老夫婦に声をかけておごそかな宮中行事のように復活させたのだ。私はこの儀式をミサ婆さんの名にちなんでひそかに〝黒ミサ〟と命名することにした。「荒れはてるしかない土地だちゅうに、そんなムカシゴトしてなんになる」と母は笑ったが文吉さんらは大真面目につきあってくれた。かつて生家の農作業の一切に関わっていた文吉さん夫婦の春をよぶ舞踏姿が再現された。白一色の生地に黒土が撒き広げられたところをじっと見つめていると、間の白地の一部に灰色がかった汚点が浮かびあがるという錯視現象もなつかしかった。黒塊が突然動き出したときはびっくりしたが、それは妻が連れてきたモロイが彼女の腕をすりぬけて駆けはじめたのだった。

「年はじめにやった山の神講の寄り合いの後、文吉爺さまが残ってたから、裁判の事一切合切ぶちまけて、近いうちに家をタタムようなことにならないとも限らない、と冗談半分で愚痴ってたら、涙ぽろぽろ流してね、悪いことしたよ。軽い脳溢血やって涙もろくはなってるんだが、それにしてもなあ。このボロ家にどれほどの思い入れがあるのかわからんが、本気なんだよな、あの爺さまの思いは。それだけはよくわかった。こういう人が生きてる間は、〝文化財保存〟にも意味があるみたいだね。へたにあがいても仕方ないと思ってたが、家屋敷だけでもOK先生の名義にしてもらうということで、カッコに入れといた方がいいかもな」

兄から電話が入ったのは四月になってからで、生家も私も一応農閑期から脱ける時期である。業界用語にあるのかどうかまでは訊かなかったが、抵当に入れるという意味でカッコに入れると兄は言う。そのことをOK先生に話すと、「そりゃずいぶんあんた好みの言葉じゃないか。そんなら俺があんたの年までやってた質屋通いもカッコに入れる営みだったというわけだな。新婚早々の女房の晴れ着を持って行って、外に待たせておいた女房がうつむいて泣いてるのが帳場から見えてな、店主が呼び入れて『質屋はそんなに怖いところじゃないんですから』と、お茶を出してくれたんだな。帰りには女房が『あなた、質屋っていいところね、また来ましょう』」。大笑いの後、私は兄の提案を語った。

「そんなことはいつでもＯＫだがね、ただ他の六人の債務者に一切関係しないでおいて、そういうことをこっそりとやるというのもなあ、特に田舎の社会では。弁護士のＷ君の言うように、やはり放っておくのが一番なんじゃないか。むろん最悪の場合、家屋敷が競売にかかるなんてことになったら、俺が誰よりも高く買ってやる。蓄えはないが、そういうことならＯＫだ。しかしそうはならんだろう、生活権あるいは居住権というのが最低限あるからね」

弁護士に何度もきかされたことを、あらためてＯＫ先生の口から語ってもらって救いを感じようとするネガティヴなかなしがりやぶりを確認していると、先生はさらに追っ掛けて私を安堵させてくれた。

「こないだの話、俺の病気のことだが、あれもどうやら、カッコにいれた方がいいみたいだ」

「どうかしましたか」

「いや、女房がどうしてもと言うもんだから、弟子の口ききで別の病院に行って診てもらったら、大腸癌なんぞではなく、正真正銘の大動脈瘤という診断が下った。まあ医師の説明や情況から判断して、嘘ではないようだ」

あの黒ミサを敢行したおかげだと私はたちまちポジティヴなかなしがりやに変貌し、カタユキカンコの功徳がさっそくあらわれました、などと先生には訳のわからぬことを口走り、先生がポケットからつまみ出した〝交通費〟を、一応は辞退してみせるといったまっとうな反応も忘れて、すぐに雪の溶けた山野にとんで帰った。文吉さん夫婦を案内に立てて山菜採りに山へ入りたかったのだ。「村人《むらんて》が、よっぽどのヒマ人だとわらってることだべい」と言った母が「誰にも見られんようにこっそり採ってきた」と嬰児籠《えじこ》いっぱいの山菜を土間にぶちまけ、妻が感嘆の声をあげたのは翌朝だ。ヨモギは私ひとりで摘み、妻の寄贈になるモチつき器を母の指導で動かしてヨモギモチをこしらえ、ゼンマイ、コゴミと共にＯＫ先生のもとへ宅配便で送り出した。「やっぱり、この季節の摘みたてを使ったのは色がちがうな、ホンモノのヨモギモチだあ、これが」と母が言うと、モロイを抱いた妻が、私の耳もとで「ホンモノのヨモギ製作はちっともいじましくならないわね」と笑った。

　穴埋め問題作成のためある部分をカッコで隠し生きた文章に傷をつけるという所業は私の現金収入源の話だが、兄の特別業務にいう赤字のカッコ付きはきわめてリアルなものである。われわれの谷間の村々でＪＡこと農協に借金を抱えていない農家はまずない。兄の日常業務は現在ガソリンスタンド責任者だけれど、他に重要な任務を負っている。正式の名は、中核農家育成並びに農村振興特別企画室長、とやたらに長い。この「並びに」という文句がクセモノだと兄は言う。借債をおそれるなと一方であおりながら、一方では身動きがとれないほど借金がふり積もった農家を不健全農家と呼んで整理処分に着手したりする、この矛盾する「並びに」の裏仕事を四十一歳の兄が託されているのだ。もちろん父が文吉さん夫婦を雇うような形で数十年つづけた養鶏業や葉タバコ耕作などで重なった負債も残っており、「れいの連帯保証問題など抜きにしたってじゅうぶんがんじがらめ」の状態に、生家はあった。田畑と山林の一部が担保になっているらしいが、一町ほどの水田の収入のほとんどを毎年返済にあてているためなんとか「自己追及しなくて済んだ」のである。いつだったか兄に町全域のマル秘台帳を見せてもらったことがある。今特にひどいのは畜産農家で、ここ三年間に夜逃げしたところが七軒にものぼる、と言ってその七軒の記載部分を指さした。赤字でカッコが付けてあるそういう農家を農協が補修管理し、静かなブームになっているカントリーライフ向けとかで都会の人々に購入してもらう、それが「並びに」の次の「農村振興特別企画」のなかみだという。その一覧表は、数年前、ＯＫ先生が気の毒そうにやはりマル秘で見せてくれたものを思い出させた。「これが今年いっぱいでクビになる講師のリストだ、あんたはボーダーラインだったんだがねえ」

　兄はそういうわけで、ネガティヴとポジティヴ両面の仕事を「並びに」でつないでいる。風貌からだろう、職場では「異人さん」とあだ名される彼が会議で皆から総攻撃をくった話は、文吉さんの息子の嫁の晶子姐《あね》から聞いた。彼女は兄より少し年上で兄の〝親友〟である。兄がある農家の夜逃げを黙認するどころか、積極的に手引きしたのが発覚したという情報を農協と多少のかかわりもある共済組合に勤める晶子姐が仕入れているのはおかしくないのだが、兄の〝親友〟という言い方はこの谷間にあってはもちろん特別なニュアンスもあるわけで、先だって兄が洩した〝内縁の妻〟が彼女でないことくらいはわかっているものの、「亭主が一年の大半を出稼ぎで留守にしているのをいいことに」とあまり芳《かんば》しくない世評にさらされている彼女だから、兄との関係もどんなふうに噂されているか知れたものではない。文吉さん夫婦とカタユキカンコの土撒き踊りをした朝も、溜め息のように嫁をめぐる悩みがもらされたものだ。心地よいはずもないが、どこかなつかしげなその響きを控え目に受け流していると、珍しく言いつのる文吉さんに対して、宥めるようなあいづちを打ったミサ婆さんが「まったく、男なんてだらしないもんだから」とつづけたのには驚いた。文吉さんの何か痛いところを衝かれたみたいな表情にはもっと驚いた。兄自身はともかく、この谷間で晶子姐から「カンノン様の慈悲を受けた男は五人ほどいる」そうで、その一人になんと義父の文吉さんも入っている「可能性は否定できない」とまで兄は言うのである。衝撃的な作り話を入れ込んで自分自身をカムフラージュしようとでもいうつもりであろうが、それより、私の興味は、ミサ婆のあのときの言葉使いにあった。婆はむしろ晶子姐を擁護する口調で、「男なら誰《だん》じぇもかなしがる女」だなどという嫁への風評を強く否定したのだった。男の誰にでもそういう「慈悲」を与える女のことをかなしがりやといわないかどうか、尋ねてみたが、「かなしがる女」とはいっても、かなしがりやはきいたことがないという。文吉さん夫婦の先祖は熊撃ち専門の猟師や木地師といった山人なので、特別な言い廻しもあるかもしれないという期待があったのだけれど。

五月の末、田植えが終ってまもなく、ミサ婆さんは淵《ふち》沢と呼ばれる、村を流れる大川でも一番深い滝壺のようなところで入水自殺をした。この事実が心にかかっているものだから、私は特に彼女とともにいた最後の風景をたんねんに思い出そうとするのであるが、葬式のときに耳にした話が本当ならば、つまり嫁の晶子姐による姑いじめが真剣だったのなら、もっとミサ婆の口から恨みや憎しみの感じとれる発言がとび出してもよかったはずである。ミサ婆が、私の祖母につづいて谷間で最も不名誉な死に方をするとは誰も予想できなかったことで、ではどうして嫁にいじめられたという説がもっぱらになったかといえば、死の直後から当の晶子姐が痛切な面持でそう語りつづけたからだ。いや、「婆さまにひどいことしてる」と彼女が語るのを聞いたのは、四月下旬山菜採りに帰った時「コーヒーをよばれに」来た、兄の居室のある土蔵二階でのことである。「コーヒーをよばれに人の女房が夜よなかに独り者の男のところにやってくるのか、コーヒーをよばれに！」。父がめずらしく怒声を上げ、うつむいてにやにや笑いを隠した兄と険悪な空気をつくっている現場に居合わせた遠い日を思い出さないわけにはゆかなかったが、これも妻の寄贈による旧式のサイフォンでこしらえたコーヒーを実においしそうにのみながら歓談する二人は、少なくとも今は親友づきあいをしているだけという感じだった。兄が母屋へ行って席を外している間に聞いたのが、借金を取り立てる立場の兄が夜逃げの手伝いをしたことがバレて減俸処分を受けたことと、問題の「姑いじめ」であった。毛糸の羽織りの上に当地の女たちのユニフォームである厚手のカッポウギをはおった彼女は色が浅黒く、身体つきも痩せている割には骨太でごつごつした外観なのだが、目鼻立ちはすっきりと整っていて、特に薄暗がりでは目と唇がなまめかしい、とこれは妻の感想である。彼女の胸もとにかすかに光るネックレスが何がしか彼女自身の存在を誇示するもののように思えた。この程度のアクセサリーすら華美なものとする空気が谷間にはあるからである。ただ一人完全な東京弁を使う妻がインタヴュアー役になると、兄や母はもちろん、この谷間での交流がふしぎにうまくゆく気がする。れいの病気が治った頃から特に妻の私の郷里への関心が増したようである。もちろん妻も興味のもてる人に対してしかそうした潤滑油のハタラキをしようとはしないわけで、噂話の構成員から微妙に外れる妻のような人間が関心を示してくれるとわかってこそ相手も興が乗ってくるというものだろう。本来寡黙な妻が昔々炉端で民話のつづきをねだった童のような口調に変ってゆくにつれて語る方もねだられた老婆みたいな心持になってゆくらしい。晶子姐の話の途中で兄は土蔵にもどって来たが、「ああその話か」というでもなく、われわれ夫婦が見はじめた面白い映画に遅れて参加するといった風情で姐の告白に耳を傾けた。かんたんにいえば今から十三年前、ようやっと授かった小倉家待望の男の子を三歳で亡くしたその時から晶子姐の二重人格の歴史ははじまる。さしたる事件のない谷間で大騒ぎになったその時のことは私もはっきり覚えている。雪解け水で大川がふくれ上がる季節、そう、ミサ婆が入水したのと同じ時期、子守役のミサ婆がほんの一瞬目を離したスキに姿を消してしまった文雄は翌日発見されたが、これには兄が大きな役割を果たし、ある意味では晶子姐と兄がねんごろになるキッカケとなった事件ともいえる。当時、自警消防団の青年団長だった兄を先頭に山河を含む大捜索を暗くなるまでつづけ、神隠し説がまじめに取り沙汰される中、兄は文吉さんの遠縁にあたるオワカのもとへ伺いをたてに夜道を急いだ。「水の中にいる」と占告を受けたものの、大川は徹底して探しており、池の中も用水路も見ていたから打つ手なしと思案する夜半、「コーヒーをのんでいるうち、ふと灯台もと暗しの場所が亡霊みたいに浮上してきた」という。どんな水かと訊き返すと、そこまでは視えないといったん答え、やがて長い沈黙の末オワカが呻くように洩した「腹の中」もヒントになった。腹をすかした春の子連れ熊が出没する話が方々にあったので、「腹の中」は熊に食われてしまったという暗示かとも考えたが、最後に目撃された場所にこそぽっかりと穴があったことに、ふいに気付いてしまった。すでに真夜中で、夜明けを待っての捜索再開に備えて、眠りに落ちていない家があろうとは思われなかった。もちろん眠ろうにも眠れない一軒を別として。だからといってそこへこの恐ろしい推論を伝える気にはなれず、徐々に強くなっていく確信を持て余しながら夜明けを待たねばならなかった。道路脇に掘られた用水路はちょうど小倉家の前で道路を横断し、進路を右から左に変える。その横断部には土管が埋めてある。人が入れるなどとは及びもつかない細い土管ではあったのだが。土管の出口付近に水流の量と方向を調節するための金属板が、田に水の入っている今の時期だけはめ込まれていることを知らない人間も多かったはずだ。もちろん自分は知り尽くしているはずのことだったのだけれども。文雄の遺体は、金属板にせき止められた絣《かすり》のハンテンで確認された。ミサ婆はもともと嫁をいびるような性質でなく、この事故のときは涙が枯れ尽し蒼ざめて縮こまる姑に、晶子姐が「仕方なかったんだよお、運命だったんだぁ」としきりになぐさめる側に廻ったりしていたから、谷間にありふれた嫁と姑の力関係が事故を境に逆転したという言い方をする者はなかったのだけれど、姐の告白によればその後の長い年月、婆を責めたて「おっちめた」（＝虐待した）ことになる。勤めから帰っても夕餉《ゆうげ》の支度をする気になれない。文吉さんのささやかな晩酌を横から失敬しているうちはまだよかったが、すぐに一升瓶を抱え込むようになり、ふらふらと立ち上がっては「文雄をさがしに行ってくる」と言い残して夜の闇に消えてしまう。婆にとって何よりも辛かったのは、小学生になる孫娘が母親の態度をまねて、自分を厭《いと》い避ける姿を目の当たりにするときだった。おとなしい婆の過失を責めたてて何になる、という昼間の心持は夜になっても変りないつもりなのだが、たとえ幽霊なりとも文雄をさがさなくてはと全身がじりじりしはじめると、目の前にいる婆を追いたてなければならないような気がしてくる——晶子姐のそんな説明はよくわからないところもあったが、おそらく何度も聞かされていると思われる兄が姐の話をさえぎって「ぜんぜん関係ないようだけど、こいつがそうなんだよ。さすがに少しは慣れてはきたらしいが、今でも、こっちが追いつめれば、どこまでも、いつまでも逃げ惑って脅えまくる」と言って妻の膝の上のモロイを指さした時点でさらにはぐらかされた感じになった。兄は話の腰を折ったことなどおかまいなしに、モロイのかなしがりやの症状を面白おかしく話しつづけた。

「抱かれてしまえば一体となって安心する。幽霊に対して俺もずっとそうだったよ。この一体感というところがミソでね、たとえば鼻糞を例にとると分りやすい。〈誰デモ自分ノ糞ハ良イ匂イガスル〉っていう古代ギリシャかなんかの名言を食えない文士先生から昔おしえてもらって、ほら、あそこの天井の梁にほってあるだろ。座右の銘ってとこか。でも、たとえ自分の糞でも、いったんハッキリと外に出て、自分との一体感がなくなるととたんに汚くなるし、もちろん匂いも耐え難くなる。鼻糞も丸めている間はなんとか愛情がもてるが手から離れてしまえばバッチイごみ、さわるのもとんでもないゴドーだわな。モロイの奴の病的な恐怖感も、これに通じるものがあると思うんですがねえ」

ＯＫ先生をはじめ数少ない東京の知人に、今年は日本農業の臨終の枕辺《まくらべ》にひっそりと寄り添う作業に徹底して従事する予定、米や野菜も一応全プロセスに手ずから関わった品をお送りする、「今流行の有機農法」とまで誇大宣伝したかったが、人手と農薬代の節約のために散布を通常の三分の一で済ますというのが実態なので、それはぐっとのみ込み、欲しくなくとも有難迷惑でも、ぜひ楽しみに待っていてくれ、などと言いふらしたのに、三月の土撒き儀式の後は四月最大の仕事である土入れにもタネ蒔きにもさっそく遅れをとってしまった。最初からあてにしていないと母は意に介さない。二十日すぎにイネのタネを蒔く前の準備として小さな木箱を四百ほど用意した中に土を入れる。もちろんただの土ではなく至れり尽せりの、ちょうどキャッツフードみたいに養分のバランスが考慮されたのを、今では農協から買っているのだが、この土作りこそはかつての文吉さん夫婦の腕のみせどころだったのであり、兄がよく言うように「俺らが彼らの生きがいを奪った」のである。例年四月一日前後にやる塩水選《えんすいせん》にも私は参加できなかった。とっておいたタネモミを塩水に浮かべ、その浮沈状態によって良いモミを選別する作業で、私は小さい頃から、この仕事をまるで神官のようにうやうやしくとり行う祖父母や文吉さん夫婦の儀式風景を眺めるのが好きだった。裏庭に置かれた木桶に水を張り、塩をごっそり入れた中に濃度の目安として、まず卵を入れてみる。そのアタマの部分がほんの少し浮いて見えるくらいが適正なのだそうだ。四囲の山肌はまだ荒涼と冬の風情をとどめているが、とり置きのタネモミだから当然良質のもののはずなのに、浮かぶものがあるとうすい溜め息が流れたり、どんどん沈んでいくと「いい春になりやすね」と叫ぶ文吉さんの声がはずんだりするその場所だけには、ぬくい希望のようなものがあふれている気がしたものだ。「まだ大丈夫、まだ間に合いますよお、なんつっても田植えがメインイベントでしょう、カッコに入った田畑をいったい何のために耕すのか知らんがね」と兄が電話してきたのは五月中旬で、辛うじてこのメインイベントに加わったわけだが、五月の初旬には三日間だけ帰って、母についてジャガイモのタネ蒔きをしていた。決して肥えた土地とはいえないわが谷間で唯一評判なのがジャガイモで、北海道のようなブランドとは無縁でも、知人へ送る中に、米の他にこれだけはどうしても加えたい。出荷用の商品として元営農指導課長の兄の講釈を求めればいろいろやかましいことがあるのだろうが、母のやり方はかんたんで、小さいタネイモは二つ割り、大きめは四つ割りにしたのを、畝《うね》っておいた畑の土中にこすりつけるように埋めてゆくだけである。ミサ婆が入水することになる淵沢の滝の瀬音が聞こえる場所にイモ畑はあった。二日目の夕方に作業は終り、「まったくイモ程勁《つよ》いものはない。タネ蒔きというより、傷口ひらいて放っぽり捨てておくこんなやり方で、ちっともかなしがらず立派に育つんだから大したもんだ」と母が腰を伸ばした。

　陽が照って鳥が啼きあちこちの楢《なら》の林もけむるとき、ぎちぎちと鳴る汚い掌を俺だけはもたなくて済む——と、宮沢賢治の詩の一節の最後だけをもじって鼻歌のようにつぶやく兄は、たしかに機械植えになって以来、直接泥田に手足を突っ込む仕事を免れている。いっぺんに四列ずつを手押しでなくトラクターのように上に乗ったまま操作して植えられる四条の田植え機械を兄が友人から借りてきたので例年になく作業は進んだが、もともと狭隘《きょうあい》な谷間の水田だから機械植えには適さず、機械が方向をかえる四隅はもちろん、うまく機械が機能せずムラになった部分を後から人の手で補わなくてはならない。田植え休暇をとった兄が集中的に機械植えを終えた後、母と文吉さん夫婦と私の四人でその余白を埋めるべく、ぬるぬるとした泥田に終日うごめいたのが五月二十日から三日間、文吉さん所有の数枚の水田も含む全作業が終ってから、ミサ婆は「水の中」に入ったのだった。水明りのため、薄闇が迫る頃まで作業をつづけることができた。三日間とも、真っ先にネをあげて田から上ったのはいうまでもなくこの私だった。前もって腕立て伏せや腹筋運動などで鍛えているつもりなので力仕事ふうの労働にはおおむね対処できるのだが、兄が「猿人」と呼んでいる母たちの姿勢、ヒトに進化しきる中途段階のようなあの中腰の姿勢だけはどうにも真似できず、持続できるのは三十分が限度だ。「猿人」にとどまりつづけられる母たちの姿がなにかべつのイキモノの動きのように見えてくることさえある。しかしこのときには前屈みの姿勢で腰が痛いことももちろんあったが、足の親指が耐え難かった。痛風ではなく、兄が私用に買って来てくれた田植え用のゴム長が小さすぎて親指の爪が死んでしまったのである。こういうときのめめしい弁解の言葉がふり積るありさまを母はやはりかなしがりやと呼ぶだろうと思いながら畔道《あぜみち》に腰かけ、辺り一面、水鏡の谷と化した風景を眺めていると、突然、猫に似た切なげな声がひびき渡った。追いつめたときのモロイの鳴き声を拡声器にかけたみたいだ。桃木沢とよばれる山の頂あたりから降るように聞こえてくる。影になっていまにも風景に塗り込められてしまいそうな文吉さんに「あの声はなんだろうね」と訊くと、「熊だな。今っ頃は母熊が子熊をひき連れて山中のそここを歩くんだ」「なんか苦しそうな声だな」「母熊が、しつけのために、相当キツイめにわざとあわすらしいぞな、わが子をよ」「取っ捕まえたら、クマノイがとれるな」とにべもないことを言うのは母である。「いや、今っ頃の熊からは質のいいクマノイはとれねえよ。おら今年の正月に、冬眠中の熊からとった最高のやつを手にいれたよ、なあ」。文吉さんはそう言ってミサ婆を見た。私は立ち上り、帰り支度をはじめた三人に合流しようとして、練りたてのコンクリートみたいな田んぼの畔に足を滑らせて転び、腰から下を泥水に浸してしまった。その瞬間にあざやかによみがえる記憶があって、並んで歩く文吉さんに、彼の遠縁のオワカ、困ったときの生き神さま、オワカサマのことをかなしがりやと呼ぶことがあるのではないかと訊いてみたのだが、あっさり否定された。母が横合いから、オワカサマとかなしがりやにはなんの関係もあんめいと口をはさんだ。

　今ふり返ってみると、すぐ後ろを歩いていたミサ婆は死の数日前で、私がオワカを話題にしたときも特別の反応を示したようには見えなかったけれど、下半身泥水にまみれた情けない感覚でよみがえった記憶の洞に浮上したオワカはミサ婆にとっても痛切な年輪の一つであったわけで、婆の過失で神隠しされた孫の文雄がオワカの占告を通してむざんな姿をあらわした事件のてんまつが婆の脳裏に再びはげしく点滅したことだろう。私はすでに晶子姐のあの告白、〈婆を責めたて追い詰めて、シワくちゃの顔がオビエ一色になるのを見られる間だけは文雄が生きてる気がする〉を聞いていたのに、自分の年輪のことしか考えていなかったのである。

私は物心ついて以来ずっと十五の年まである疾患のため母のいうかなしがりやとして歳月を送らねばならなかった。むろんそれ以外にも子供らしい数々の悩み事に時々おそわれはしたが、一貫した一色のペインが底流にあって、メインテーマと化していたのだ。中学三年まで夜尿症に苦しめられたといわれながら呆れ返るような事実に対してどんな虚構を加えられるだろう。小学校高学年までは稀にそういう人間がいると聞かされ希望をつないでいたが、やがてすぐに将来をまるごとカッコに入れるように迫る日々が訪れた。高校生だった兄が「ところでギネスブックではどうなってるんかね」とさしたる悪意もなくつぶやいたのを、年子の妹が耳にはさんでこらえきれずに噴き出したことも忘れられない悪夢であるが、この間、文字通り臭いものにフタをする姿勢を誰よりも強く保持したのは私自身で、晶子姐と同じように夜と昼の二重人格を狂おしく育てあげる分裂の中、悲憤を吸収してくれる母を、生んでほしくなかったというあのワンパターンの攻撃で時にやる方なく責めたりなどしないわけでもなかったが、夜を呪い、朝におびえる身もフタもないかなしがりやになんとかフタをつけ体裁を整え含蓄あるものにし、いつかくるはずの希望に備える、いや希望が決定的に潰える事態を待つポジティヴなかなしがりやたらんとするこうした姿勢は今日の私にも一脈通じるものがあるだろう。たとえ一種偽善にも似たヤセガマンのまじる基本姿勢であろうと、その偽善は晶子姐が一時期谷間で〝(男なら誰でもくわえ込む）郵便ポスト〟と陰口をたたかれたのと同じ性質のもの、つまり結果的な産物にすぎない。柳田国男がいったように「感動の最も切なる場合」に遭遇せんとしてどんなに身構えていても、残念ながらわれわれの人生にあっては「悲や哀のやうな不幸な刺戟」が圧倒的多数なのであり、晶子姐の「場合」も文雄の死という不幸がさらに不幸な結果を生んだだけかもしれないが、本来清潔で純真な女性であるという兄の言葉を信じる私には、アル中も、幽霊さがしも、郵便ポストも、婆への「おっちめ」も、ほとんど「感動の最も切なる場合」の結果的産物のように思えて仕方ない。彼女自身は決して納得しないだろうが、私がかつてそうしたように姐もまた、夜になるのを畏れる一方で闇の中でしか出来ないさがしものをつづけ、文雄の幽霊を、男たちと婆を、全身全霊でかなしがったのだ。試験勉強をかっこうの口実にして、私はその頃よく徹夜したものだ。眠ることがおそろしかった。勉強熱心という外観で内心の恐怖をカムフラージュする二重人格ふう偽善によってこそかなしがりやの二重性を思いしらされたといっていいのだけれど、ついに見つからぬさがしものをテーマにする人間が谷間で最後に行くところがオワカサマだったのであり、現在も九十三歳で存命するこの盲目の聖姥、谷間の人間のあらゆるペインをかなしがりつづけてきたこの人を究極のかなしがりやとよびたがっている私の心情は理解してもらえることと思う。しかしすでに書いたようにそういう異名は今のところ存在しない。中学三年の春休みの一大イベントである東京への修学旅行に、ただ一人私だけが参加しなかった。生徒会役員として自由選択コースの設定をはじめ「旅行のしおり」作成など一切の段取りの音頭をとった私の、風邪による高熱のための突然の不参加はずいぶんと話題になったろうが、私はといえばもうひとつの陰の「しおり」作りで疲れはてそんなことを忖度《そんたく》する気力さえ失せてしまっていた。どうすれば誰にも不審に思われず旅行から逃げられるか策を練りつづけるのが陰の「しおり」のなかみであるが、結局、私はそれを破り棄て、奥座敷に籠もるという単純な方法をとった。三日目の朝、裏木戸に面した飯食い場のガラス窓越しに文吉さん夫婦が土撒きしている姿が見え、きょうは固雪だったんだなと思ううち、遠景だった二人がぐんぐん近づいてきて、奥に隠れる暇はじゅうぶんあったにもかかわらず、ぼおっとたたずんだままの私にミサ婆さんが「癒る。心配するな、癒る。そのうちきっと癒る。癒んね人なんぞいた例しがねえんだから」と土を撒くように言葉をぱらぱらっとこぼし、慌てた感じで文吉さんが「誰《だ》っちぇも知っとる者はおらん、俺らだけだあよ、心配には当んね」とつけ加えた。泣き虫で有名だった子供時代の兄や妹とちがい涙を見せないことを誇りにしていた私の目頭がたちまち熱くなった。私の疾患はとうに村中に知れ渡っていたにちがいないが、そのときの私は、もはや負いきれなくなった秘密の重荷を二人に託し、いわば彼ら名義の抵当に入れてもらうことをむしろ積極的に望んだのだった。あらゆる秘密は程度の差こそあれイキモノの性質を帯びるもので、たとえば悪性のできもののように爛熟の極点に達して死を迎える瞬間がやってくる。同じ年、中学校最後の夏休みに盲腸手術を受けたのがきっかけで、私から魔神は去って行った。私は狂喜しまぎれもなくポジティヴなかなしがりやに変貌したが、文吉さんたちに重い秘密をカッコに入れられたときの安堵感こそが約半年後の魔神放逐の直接の原動力となったという思いは強い。夫妻のあの言葉のカケラが、黒ミサの儀式が雪解けをうながしたように、腫瘍にメスを入れたのだと私は信じている。じつは肉親が障《さわ》りになっていることが多いとかで出来るだけ血縁外の人間の同伴が望ましいといわれて文吉さんと二人オワカのもとに行ったのは、父母が塩水選をした四月一日の前後だ。家を出る朝「いい春になりやすよ」とその場に居合わせたミサ婆さんが言ったのをはっきり覚えているのにオワカが文吉さんに伝えた託宣の言葉が浮かばず、もしかすると文雄さがしの際兄が受けた「水の中」「腹の中」はじつは私に下された占告だったのかもしれないと思えるほど記憶がいいかげんなのはどうしてかというと、オワカが曖昧な暗示の後に出す具体的な処方箋に「クマノイ」というのがあり、そのまま生家に帰らず小倉家に泊り込んで果たされたそのクマノイ断食療法の印象が鮮烈だったからだろう。熊皮の上に座ったオワカに文吉さんがまるで実の母でもあるかのような口調で話しかけていた風景はほの暗いものでしかない。もちろんオワカを〝聴聞僧〟としてその前に座った経験などこのときだけのことで、憑きものと格闘する彼女の異様な姿は忘れようもないのだけれど、その姿から中学生だった私がのんきに連想したのはどうしてか田植え時に母たちがやるあの「猿人」の中腰だった。まるで下腹部に激痛を感じるみたいに俯《うつぶ》せからすこし身をおこした中間姿勢でふるえつづけるオワカは底無しの泥田に祈りの苗を植え付けているように見えた。文吉さんの家は当時、本道を外れたひときわ高い山の斜面にあった。熊沢とよばれる滝沿いのこの崖にはさらにもう一軒、文吉さんの長兄で、街に肉屋をひらいた長造さんが季節になるとやって来る熊撃ち小屋が建てられていた。この小屋に一日、その後文吉さんの家に二日滞留して私は帰宅した。たまたま一人修学旅行に行けず身を潜めた日数と同じだったのには何か意味があったのだろうか、生家にもどって疾患が治癒していたわけでもなかったから、それを問いただす機会もないまま日は過ぎ、やがて新学期がはじまった。断食のようなことをしたのは小倉家での三日間だけで、あとは、日に何度も、家でも学校でも空腹時にクマノイを水に溶いてのみつづけるという指示に従った。小さなチョコレート状のクマノイをえんぴつ削りナイフでほんの少しこそげ取る。「ほんの少しでいい」という処方は忠実に守られた。なぜならその苦味は子供の舌には耐えがたいものだったからだ。クマノイは小さなかけらでもなかなか水に溶けないこともあって、友人に隠れて服用するのは骨が折れたけれど、私は律義にのみつづけた。あの三ヵ月余りの文字通り苦い苦い日々を私は生涯忘れることができないだろう。熊というのはひどい臭いがカラダ全体にしみついている動物で、自分の糞尿をお尻にこすりつけてわざと臭いを発散させナワバリを守るのだ、などという話を理科の先生にきいて、ますます嫌な気分におちたのもその頃だ。五月の「母の日」に手助けした殊勝な仕事の内容を詳しく作文に書いて先生にほめられたことも忘れていないが、それは母が汲取ってかつぎ、近くの田畑に運んだ肥桶《こえおけ》のなかみをヒシャクで撒き歩くというものだった。体臭のようになってしまっているのではないかと恐れるわが身の臭いをごまかすためになどと、そこまでマゾヒスティックに考えを巡らせたわけではなかったろうけれども。夏休みに入って一週間ほどした夜半、烈しい腹痛におそわれた。翌朝病院へ運ばれる途中、これで自分は死ぬ、いや死んだ方がらくになるなどと悲愴に思い詰めたが診断は虫垂炎ですぐに手術を受けた。クマノイ療法とどういう因果関係があったのか今もってよくわからないけれど、とにかく決定的なことはこの手術を境に私は人並みにきれいなシーツに身を横たえられるようになったのである。

　昨年だけとっても私はＯＫ先生のもとに今時の人間としては異様といっていい数の手紙を谷間から書き送った。電話では金がかかるという事情もさることながら、と六月のはじめ生家にかかってきた電話の中で私が解説をはじめようとすると、先生は、
「わかるわかる、その先のかっこいい事は自分でいわんほうがいいぞ、俺がかわりにいってやろう。あんたの村に限らず何事につけ、滅びる運命のものは滅びるしかないが、あんたは、いってみれば反時代的なものの最後の証人たらんとしているわけだ。赤線ならぬ赤字地帯の米作り、萱葺き屋根、手紙もまたしかりだ。今どき長ったらしい手紙を書く者は

おらんからな。いや、思い出したぞ、妄想にとり憑かれた教え子が毎日長文の手紙を送りつけてきていたことがある。ついには俺の書斎のガラス戸を破って部屋の真ん中に放心顔で座っていてな。夜中だぜ、ハナレになってるから家族に害はなかったが、なにせ心中しに来たというんだから。こういう手合いに俺は気に入られるたちでね。あんたの手紙にあったカナシバリ＝かなしがりや説は辞書になくても正しいと俺も思う。人間の自由を束縛するのはゼニカネばっかりじゃない。カナシバリになってる連中には宗教結社員みたいな本来清潔で切実な義務感があるから俺としても憎めなくてね。どうかね、あんたも宗教結社みたいなのを作ってみたら」

と話はあらぬ方向へすすんでゆく。「前時代の遺物なら何でもカナシガル一人宗教結社〝最後の証人〟なんてのはいいですね」と私が応じると先生はなおもまじめくさって「いや、一人といわず教祖になったらいい、何人かは入信するやつがいるかもしれんぞ。予備校だって、最後の最後まであんたを支持して講義にでたやつが数人はいたというじゃないか。ネーミングは外国語ふうにしゃれた方がいいから、〝最後の証人アディオー〟うん、これでどうだ、オペラにエコーするイタリア語の『さようなら』だ。強制執行になったとき、あんたの萱葺きの家に〝最後の証人アディオー〟の信者たちがたてこもって最後まで抵抗をつづける、というのもいいねえ」などと言いつのってよろこんでいる。電話代なんか気にするなという言葉に甘えて、手紙の返信みたいにかかってくる先生からの電話はいつも決って長いものになった。大事なことだから電話ではちょっと、というい方はわかりやすいが、先生はこれまでのつきあいにおいても、他ならぬ電話の中でぎょっとさせるようなことをいってのける傾向がある。妻についての思いもかけぬ話を先生からの電話で知りおどろかされたことが何度もある。別に秘密めいたものではないのだけれど。妻が病気の直接のきっかけは先生だと言い出したと聞かされたこともある。声が出なくなる直前に、先生にごちそうになったその席で、おそろしい話を聞いたというのである。先生の旧制中学時代の空手友達とその弟がかわいがっていた犬の話なのだが、二人で仲よくかわいがるというまっとうな道を踏み外し、競争のように愛情を注いでいたのがすさまじいケンカに発展し、体格のいい兄弟と犬と父親との組んずほぐれつの激化していたある日、学校から帰ると犬の姿がない。夕食のスキヤキを食べ終えてから、ケンカのたねが一家の腹に収まったことを知らされた。妻はこれを聞いて絶句し、顔面が蒼白になるほど気味悪がったというのだが、病気はあの話のせいだ、というのが二人の冗談になっているらしい。あながち冗談でなく、責任は俺にあるかもしれんね、などと先生は笑うのだった。

「野菜と写真、それから貴重なクマノイとやらをありがとう。今年はどうしても一度遊びに行きたかったのだがね。病名が変ったとはいえ、寄る年波でうける大手術だからね、いろいろ今、身辺整理をしてるところだ」

「手術の日は決ったんですか」

「ああ、いや雑務をきれいに片づけた後ということで七月十日に入院するんだが手術の日どりはまだだ、いろんな検査をしてからだな」

「わが萱葺き補修は七月一日からの五日間、雨がふれば無理ですが、一応そう決りましたので、先生の手術のときは必ず上京します」

「いや、手術のときなんか来たってしょうがないよ。目が覚める頃には集中治療室だしね。病院には来んでいいよ。あんたとは、無事退院して復調のあかつきに再会しよう、あんたの手作り米が収穫できる頃にさ。あまりみっともなく病み呆けた姿はさらしたくないからね」

「いや、そういう姿に立ち会うのが、〝最後の証人アディオー〟の仕事です」

先生がはじめて大声で笑った。私は先生にいわくつきのクマノイを同封し、医師にいえばあまりよい顔はしないだろうが術後はもちろん手術前の今から服用しても問題はまったくない、むしろ麻酔が効きにくいという酒呑みの障害を回避するためにもぜひ、とすすめておいたけれど、それがミサ婆の遺品のひとつであることは書かなかった。

谷間では葬式をジャンボという。ミサ婆のジャンボで私は思いがけぬ役を割りふられた。年始めにひらかれた山の神講の寄り合いで、時代の趨勢に従い、以後の弔いは人手と手間を要するこれまでの土葬をやめ隣町の葬儀社を頼んで火葬にすることで衆議が一致していたのだったが、文吉さんが自分のときは何でもかまわないけれど今回だけ特別、最後の土葬でやってくれないかと若夫婦や村の衆に頼んで歩いたため、証人アディオーにおあつらえむきの係「の」が廻ってきたのである。「の」はたぶん「野」と書くのだろう、係の総勢は六人、すべて男子で未婚の者は除外されるならわしであるが、人手不足ぎみの現在ではときに例外もある。仕事は要するに墓掘りならびに野辺送りの時の棺かつぎである。もちろん故人の近親が担当する仕事ではなく、血縁関係の遠い家から出る。私の生家は小倉家のカナ親といっていい関係だが血縁ではない。兄は当主として葬儀の中心に関わるのが順当であるとしても、この地域の住人とはいえない私、「あの東京のヒマ人」は、あれこれの思惑を経たうえ「の」係に加えてもおかしくはないだろうということになったらしい。老婆一人の棺を埋めるのに大の男六人がかりかと高をくくっていたが、埋葬の前日、口を開いてはならないという決まりに従い、リーダーの無言の指令を受けつつ黙々と作業を終えて時計を見るとけっこうな時間がたっていたし、何より掘り上げた土の量におどろいた。中に古人の骨のカケラがちらほらまじって見える真新しい土はまぶしいほど黒い光沢を放っていた。棺をかつぐのは前後二人ずつの四人、「の」係の六人からより適格でない者として外された私は、埋葬当日は献花をもって参列するという混乱した役廻りになった。初七日が過ぎて本格的な梅雨に入った頃、兄のもとへ夜の「コーヒーをよばれに」きた晶子姐が兄と私に「金の延べ棒をあげる」と差し出したのがクマノイで、「何にでも効くマンキンタン」と行商の薬売りのような口調なので、兄が「ほんとうに何にでも」と念を押し、妻までもが「神経的な病気にも？」と重ねても姐は大きくうなずきつづける。

「婆が死んでからずうっと、私ものんでる」

「神経が落ち着くのかしら」と妻。

「いや、アル中を癒そうと思って。文爺の話だと、断食に近くしてこれのんでれば三ヵ月で地獄から出られるって」

「そんな便利なもんなら、もっとはやくにのめば婆はあんなふうにならなくても済んだんじゃねえの」と兄が怒ったみたいに言うと、姐はたちまちシュンとしてしまったが、やがてまた口をひらいて、婆も自分も文爺の口癖「クマノイつければ癒る」をバカにしてた、と話をつづけた。兄の居室には余分なものがほとんどなく、祖母が嫁入りのときに持ってきた古びた箪笥がやけに目立つくらいである。隣町で幼稚園の先生をしていると兄のいう内縁の妻のアパートに生活必需品の大半を置いてあるのだろうとは思うものの、私はその女性に会ったこともないし、どだいそういうこと一切を兄に訊きただしたためしがないが、それは兄が私たち夫婦に対して、立ち入ったことを訊かないという態度をとっているせいでもある。兄はよく祖母の箪笥を指さして来る人毎に「子細あっておおっぴらな結婚式はやれませんでしたが、これが内縁の妻の嫁入り道具でして」などとふざけ、晶子姐にもそう言っている姿を私は見ているが、姐は殺風景な部屋の中で唯一きわ立つその箪笥には目もくれず、代りに視線を走らせるのは、床柱もどきの天井近くに打たれたサビクギに引っ掛け吊されている兄の消防団の制服である。長話をするとき姐はいつも、黒地に赤と白をあしらったそのハッピと帽子を眺めているように見える。

　田植えが終ってミサ婆が入水を決行する前、勤めから帰った姐がめずらしく酒をのまなかったのは右手親指が瘭疽《ひょうそ》になりかかっていたからで、軽い脳溢血をやって以来もちろんその後遺症をふき払うのにも効き目があると信じる文吉さんがハゲ上った額や首の廻りにクマノイを浸み込ませた和紙をぺたぺたはりつけているのを見て、これにも効くかと親指を出すと、酒をのまない嫁の姿がうれしくて文吉さん夫婦は二人そろってかいがいしくクマノイ療法を姐に施した。嵐がつづく歳月にもよくよくさがせばこうした一瞬の平穏があるものだなどと、彼女の話にしばしブンガク的な感慨にふけったのだが、じつは、嵐の中の平穏ではなく、その時すでに嵐は止んでいた、少なくとも晶子姐の心積もりでは台風は温帯低気圧に変っていたのだ。姐はこの夜から酒をのまなかったし、夜の探索にも出かけなかった。姐の指は二日ほどで完治したが、長い長い間心身に居座りつづけた悪性の腫瘍もこのとき癒りかけていた。つまりネガティヴ一辺倒からポジティヴなかなしがりやに転位する希望がほの見えた瞬間婆は「文雄のいるところに」逝ったのである。和解の日々、何にでも効く万能薬談義は小倉家で何度も花咲いた。文吉さんは言った、「医者なんぞ何も知っちゃいねえ、病院で連中に俺は訊いてみたが誰も満足のゆく答をしてくれた先生はいなかった。クマノイという名称はゴカイを与えますね、あれは本当はたしか胆嚢ですからねえなんてことしか言わん。イノチ授かったものがどうして何ヵ月もの長い間、何ものまずくわずで眠りつづけられるのか、っていくら尋《たん》ねても、冬眠性の動物ですからね、とくる。どうしてあれほど長い間、ダンジキ出来るのか説明できるのは神様しかおらんことがよおく分ったぞい。昔々オヤジから聞いたことがある。たとえ火の中水の中でも、これをたっぷりのんでれば痛くも苦しくもなく、眠るように安らかに死ねるんだとよ」

ミサ婆は入水直前に通常の十倍くらいのクマノイを溶いてのんでいたと姐は語った。その日の夜明け前三時頃起き出して部屋を出たことに気づいた文吉さんが居間に佇《た》ちつくしている後姿にどうしたんだと声をかけると「文雄が呼びに来てな」と婆はふりむきもせずつぶやいたという。

「おかげで、もっと効かないかと思われた麻酔も七割方大丈夫だったみたいだよ」と、集中治療室から一般病棟に移った日、ＯＫ先生がウソかホントか知らないけれど言ってくれた。ジャガイモのほかに豆類も手作り収穫の中に含めたかったので田植えすぎにはじまる小豆とササゲのタネまきに参加した後の七月初旬、雨も降らず予定通りの日数で終了できた萱葺き補修のことも写真をまじえて先生に報告した。来ても仕方ないといわれていた手術当日、西新宿にある総合病院に私は出かけた。集中治療室の入り口には「御家族の方以外立入り禁止」の標示板があるばかりで、あきらめて帰りかけたところへ白衣の男が姿をあらわし、「娘さんが、ほら、そこの待合室にいらっしゃいますよ、まだ」と引き合わせてくれた。先生の一人娘に会ったのはこのときがはじめてで、私は自分が何者かもろくに語らぬまま、手術の経過を根ほり葉ほり訊き出して、その説明をきくうちやっと先生が「癌ではない」ことを確信できた。というのも、父親の腎臓癌の経過を思いおこすにつけても、近親者の話をきくまでは本当のところはわからないと思っていたからである。八月に入ってめざましく回復しつつある先生に、田植えで殺して以来ピアノの黒鍵みたいになったままの足の親指のツメを私がクツシタを脱いで見せ、妻が撮りつづけた萱葺き作業風景の写真を見せたとき、先生も枕元の引き出しから医師が撮った手術前のふくれ上った大動脈瘤と術後埋め込まれた人工血管の写真二枚を取り出して見せた。「いや実をいうとこの半年ほどの俺は、あんたの手紙にあった〝かなしがりやのメタモルフォーシス〟のサンプルだった、女房や娘がだましているんじゃないかとかね、半信半疑で手術を受けたんだよ、でもこれを見て疑いは氷解した、そしたらもともと疑心暗鬼だっただけなのにイノチひろった気がしみじみしてきて」

　八月下旬に退院するまで私は毎日のように面会に行ったが、ある日先生が「さっき女房から連絡があって、明日ね」と言って声を低め、Aが面会に来るそうだからあんたにもしこだわりがあるのなら明日は、とつけ加えた。私にこだわりはないが妻はどうかわからないのでと答え、結局その翌日を避けた次の日に妻といっしょに病棟を訪れると、四階エレベーターを出てまっすぐ三十メートルほどもつづく廊下の端に先生が外国人と二人で立ち、何やら手足を動かしている姿が目に入った。二人に近づいていく途中、ほのかな、なつかしい匂いを感じた。Aが留学先で知り合ったアメリカ人と結婚したと先生がおしえてくれたのは私が予備校講師になりすまそうと決意した年の暮れである。いやあ急に予定が変ったとかで、と後で先生は言ったが、私も妻も先生がわざとわれわれとA夫妻とを一堂に会させようとしたとにらんだ。先生はそういうことが好きなたちなのだ。廊下で空手の型を先生が指導してやっていたのがAの夫で、「まだお腹の痛みがとれないのにそんなことなさっちゃいけないって何度もとめたのに」とAは弁解口調でわれわれに語った。妻とAは「こんにちは、お久しぶり」とはじめにあいさつしあっただけ、私も黙りがちだったが、その代りにとでもいうように先生が多弁になり、陽気なAの夫をまき込んで一座を笑わせ、あげくは「いや笑うと痛い、これ以上笑わせるのはかんべん願いたい」などとほんとうに苦しそうに下腹を押える。シカゴにある大学で日本学を講じているというAの夫は近々OK先生に茶道華道と空手の集中講座をひらいてもらうのだから、一日も早く「ホンプク願いたい」などと達者な日本語で言い、同好の士とつづけている空手の練習でのひとコマをジェスチャーまじりで披露するのだが、これには六人部屋にいた他の三人の入院患者もつられて笑ったほどだった。日本古武道のひととおりを習得せんとの意気込みでクサリガマまでやったという彼の友人の在日イギリス人に話が及んだときには、まずOK先生を、次には私を指さしながら、「何と、クサリガマですよ、知らないでしょ、漫画でしか」と念を押す。そのイギリス人にも日本人の妻があり、日本語の微妙なニュアンスは妻から仕入れるというが、夏休みに入ったばかりの早朝稽古で、その日の号令当番にあたっていた彼が、「やめ！」と声をかけるべきところ、女性の哀願口調で「やめて」と言ってしまったために、道場の張りつめていた空気がたちまち破れてしまったのだそうである。何度も聞かされているだろうに、Aははじめてのように笑い、妻も私も無心に笑い、その様子を眺め渡しながら先生は満足そうに腹をおさえていたが、やがて不意に静まった空気の中で語り出した。

「大手術を受けて集中治療室にいる何日間かは誰でもかかるんだそうだがね、ＩＣＵ症候群ともいうこのシンドロームにね。意識だけあって身体はカナシバリ、しかも廻りは無機的な機器だらけときてるから、妄想につけいられる好条件がそろってる。俺もやられた。三十代の頃にまぎれもないアル中になって、朝になると目の前の障子がボロボロにかきむしってあるのを不思議な心持で眺めたとき以来だなこの感覚は。じつに奇態なもんだよ。昔苦しめた女が二人、妻といっしょに枕元に立っているのを幻視したのは三日目で、いやさすがにぎょっとした。女房がいないとき、娘にそっと『ＩＣＵにいる間、ヘンなわごといわなかったか』なんて訊いたりして」

その日の夜、われわれ四人は終電ぎりぎりまで酒をのむ店にいた。Aの夫のポケットにはＯＫ先生が引き出しからかき集めた病気見舞金が先生の手で押し込まれた。「まずこの店で腹ごしらえして、次はここへ」と先生はメモを渡して病院玄関まで見送りに出た。遠ざかるわれわれに先生は「こんなでなかったら俺が引き連れて行くんだがねえ」と残念そうに言葉を投げた。妻はＡにもっぱらモロイの話をしていた。「エサをねだるときだけ、やっと猫らしい甘え声が出るようになって、声の出る猫だということがようやくわかった」までの詳細の話にＡは笑顔で頷いていた。Ａの夫は、郷里での私の復活行事に興味を示し、稲刈りが終ったらもうやることはないのですか、と尋ねるので、私は「十七年ぶりで、天秤かつぎのゴドー撒きというのをリバイバルさせる予定です。ゴドーの中でも最高の有機肥料となる自家の糞尿を田畑に運んで撒く仕事、私が大学生の頃までの母の厳粛な仕事でしたが、さすがにこれはカントリーにおいてさえ今では不慣れな匂いに苦情がくる可能性が大きいので、大雪がふる直前を見はからって一回だけやります」と虚構をまじえて答え、身振り手振りで演じてみせた。ゴドーはたしかにゴミ一般を指す方言だが、肥桶運びのことをゴドー撒きなどということはない。当然ゴドーとは何かと訊き返されるものと予期していたのだけれど、この言葉は聞きながされたらしかった。「棒しばりみたいですね」と伝統芸能にも詳しい彼が応じる。先生の招待で観に行った「棒しばり」は、主人に長い棒で縛りつけられた太郎カジャと後ろ手に縛られた次郎カジャが、それでも大いにのみ、食い、踊るという楽しい演し物だったが、あなたのいう天秤かつぎもそういう棒をつかうのか、とまるで民俗学者のように突っ込んで質問してくる。私はますますうれしくなり、「そうです、あの棒のようにまっすぐではありませんが、天秤棒というのを肩にかけ、前後の桶からゴドーがこぼれないようにバランスをとってしなやかに歩きます。わがホームヴィレッジでも、天秤棒しばりという別名があります。棒しばり、と書いてカナシバリとよむんですが」と、ありもしない別名までが、するすると口をついてでた。

おどるでく

仮名書露文「РОСИЯЗДИ НИККИ」と表紙に小さく飾り文字ふうにペン書きされた大学ノート七冊を見つけたのは去年の六月の終り、萱葺き屋根の補修作業の手伝いのために帰省していた生家二階の隅でだった。古い農家の作りのままだから二階といっても乾燥した葉タバコや藁束、それに乾草や萱などを収納する場所で本来人の寝起きするところではなかったのだが、晩年の祖父がこの一角に陣取って時代遅れの蓑をひたすら作っていたり、私も幾度か東京から逃げ帰ってはネジロにしていたことがあったりで何とはなしに愛着が深い。〽蓑ひとつだに無きぞかなしき……烏《からす》のような声をはりあげ奇妙な節廻しで祖父が唄った土地唄「霧下音頭」の断片が今も耳の底に残っており、その声には独特の匂いがある。部屋の隅のことを村ではスマッコと呼んでいるが、そのスマッコの梁に祖父がぶら下げたままの蓑からもうその匂いはしなかったけれど、それは明らかに蓑の製作過程全体をおおっていたものだ。煤や灰や乾草の複合的な匂いの中で最も強烈だった要素を具体的に特定すれば、たぶん編み糸として祖父が自前調達した麻が発したものではなかったかと思う。この植物はれいの大麻汚染とのつながりで現在は自由な栽培が禁じられている。祖父の蓑作りはなかなか芸が細かく、子供用から老人用まで大きさもさまざまなうえ、物を背負うための通常の「ぼろん蓑」とは別の、ヒロロという草を使った雨降り用の特製「ふり蓑」もあれば、赤や桃色の布を編み込んで縁どりをほどこした女性用もある。

РОСИЯЗДИ НИККИ（ロシア字日記）の入った段ボール箱はこの大小とりどりの、まるで一家眷属《けんぞく》うち揃った首吊り死体群のような蓑（村ではミヌと発音する）に隠れるように置かれていた。二階は東側に明り摂《と》りの窓があるきりで日中でも薄暗く、裸電球がひとつぶら下がっている。階段を上ってすぐ右に花茣蓙《ござ》の敷いてあるところがわれわれの棲処で、そこをさらに通り抜けると足元に穴があいている。じっさいは敷板の二枚が取り外しできるようになっていたのだが私の脳裡にはぽっかり丸い穴がそこに口をあけている姿で浮かぶ。祖父が亡くなる頃まで穴の真下には牛馬がいて、飼い葉の乾草や藁をここから落した。手伝いの中でもとりわけ私が好きだったこの仕事をするとき、祖父は何度も「ナラクに気《きい》つけろ」と声をかけたものだ。穴から足をすべらさないようにという意味である。

……と一応位置関係を書いてみたつもりだが、じつは二階へ上る階段はいつの頃だったか場所がかわった。だだっ広い二階の全景をイメージするとき、入口がかわると勝手がちがってしまう。あくまで家の正面玄関に立ったときの位置にすぎない。「ロシア字日記」の入った段ボール箱の位置はかつては二階の一番奥の方だったのが現在は階段を上るとすぐのところになっている。小学生の頃、二階で作業する祖父のもとへ行くのは少し怖かった。上るとすぐにナラクが口を開いていたし、そこを通りすぎるまで懐中電灯で照らさなくてはならなかった。祖父の背後にぶら下る蓑は遠くに見えた。部屋の隅にはスマッコワラシという子供の幽霊が出ると祖父はよく語ったが、蓑の影はそのスマッコワラシを思わせるのだった。

　仮名書露文という筆名の人物の手になる日記はタイトルの通りロシア文字で書かれていたが、学生時代にロシア語をかじったことのある私もすぐに読みとけたわけではない。助っ人を二人連れて約束通り七月一日の朝にあらわれた萱葺き職人の肥田親方を見たとき、息子の到さんの顔をすぐに思い浮かべた。到さんこそは「ロシア字日記」に最も多く登場する人物だったからだ。到さんの父肥田岩男氏と私の生家とに血縁関係はない。氏は行政区分でいうと隣町になる私の母の実家で育った人と聞いている。七歳のとき、悪性の流行り病で一族が次々と死んで孤児となり、私の母方の祖父の家にひきとられたという。氏の他にも一族出身で似たような境遇になった子供たちといっしょに兄弟のようにして母は育った。当時はめずらしいことでもなかったという。母は十一人兄弟というかんじょうであるが、うち二親とも同じなのは三人だけだ。氏が成人後肥田家を再興してからも母とは兄弟づきあいがつづいている。息子の到さんや娘のサチ子さんと私とはイトコ同士のような雰囲気であるがここ数年会ってはいない。

七月一日は少しばかり面白い日だった。三時の休みをとろうかという頃、内職である翻訳の下訳仕事をまわしてくれる東京の知人が電話してきた。用件の後、話はがらりとかわるんですが、と前置きし、知人は突然、ボーエーチョーがそんなことしてるなんて今の今まで知らなかったと切り出した。そんなことの内容が当方にはわからない。知人はよくそういう話し方をする。私はそれが嫌いではない。へえそうなんですかともいえないでいるうち、徐々に詳細が呑み込める説明が後から潮が満ちるようにやってくる。ボーエーチョーはもちろん防衛庁だった。あの防衛庁が税金を使って大がかりな調査をしている。どういう調査を？　とは訊かず、昼飯をとりながら肥田親方がしていた戦地の思い出話に直結させて、太平洋戦争にまつわる調査ですかといかにもカンをはたらかせたみたいにいうと、知人はどうしてわかったのかという反応はまったく示さず、そうなんですが、と淡々と応えて話をつづける。戦没者がいつどこでどういう最期をとげたのかについてできるだけ詳しい情報を遺族が知りたく思うのは当然のことで、私が連想した調査のなかみはそうした常識的な線上にあるものにすぎなかったが、知人によれば、戦死者の最期をめぐる調査にはちがいないとしてもその中にいっぷう変った項目がある。戦死病死あるいは内地外地を問わず、戦没者が最期をむかえたそのとき遠く離れたところにいた遺族の心理状態がどうであったか、つまり、かけがえのない肉親が彼岸に渡ろうとするその瞬間、何か予兆のようなものがあったかなかったか。どんなことでもいい、たとえば胸騒ぎがしたとか夢枕に立ったとかモノがこわれたとか、あるいは翼を生やした当人が飛んで来たとか……。長い歳月をかけ防衛庁が一人一人遺族にあたってかなり徹底した調査をしているのだという。昼下がりのテレビで霊視能力をもつ初老の女が登場して話題になっていたことを思い出し、私は話のついでみたいに知人に水をむけた。ああ、はじめて会った人の家のことやら先祖の障りやらをすべて透視するとかいうあれですか、僕はああいうこと一切を信じないというわけじゃないんですが、どうにもナットクできない点があるんです、といったきり知人はしばらく黙った。沈黙を埋めるように私がつい先ほど見たばかりの霊能者のふるまいについて語った。ええそこです、そこで僕はケゲンに感じるんです。そことはどこか、私は訊かずにいた。つまり、その霊能者が見ず知らずの他人にいきなりいろいろなことをいいますね、あなたの家には問題が多い、わたしにはぜんぶ見える、ほらこんなふうになってるでしょうあなたの家はとかいいながら図にかいたりする、でもその図が僕にはオカシク思えるんです、それはある方向から見た絵なんです。見せられた人はたしかにこの通りだとオソレおののいちゃうけど、でもどうしてその透視図の視点は決まるんでしょうかね。視点がちがえば、玄関を入って台所が右にあるも左にあるもモンダイにならない、前庭はいつでも裏庭になりうるのです、と知人はいった。同じ日の夜、到さんからも電話があった。オヤジの生きがいだからやらせているんだが何ぶん若くはないから危なくて。おまけに悪い癖で十時三時の休みにお神酒《みき》をのむ、あれが良くない、去年の秋、マリア地蔵堂の屋根葺きをした折、誰にも内緒だが、足を踏み外したことがあった。幸い小さな御堂だったんで大事にはならなかったが。要するに到さんの用件は、できれば休みに酒は出さないでくれということだった。でもこの要望は五日間一度も聞き入れられなかった。

私は何気ないふうを装って、去年七月一日の出来事を並べてみたのだが、ボーエーチョーと霊視をめぐる知人の話も、親の身を案じる到さんの平凡な電話も、暇つぶしに日本語の漢字かなまじり文に直しはじめていたロシア字日記に影響されて私が選択したものに相違ない。つまりロシア字日記の内容にいささかでも呼応するような話題を私が記憶の中から選び出したといえる。七月一日にはもっと別なこともいろいろあったはずである。日記をつけなくなって久しいのでその詳細を知る手だてはない。けれども、ふとしたきっかけでよみがえらないとも限らない。たとえそれがどんなにつまらぬことであっても。変幻自在の霊的視点は超能力者の専売特許ではなく、まったく平凡なわれわれの記憶にあてはめるべきものだとロシア字日記を書きはじめたばかりの仮名書露文氏はいっている。現在の関心事は、たしかに因果の糸をたぐり寄せるが、順序正しい記憶などありえない。記憶のフィールドでは「やあやあ吾こそは記憶されるべき者！」と過去の亡霊たちが互いに存在を主張しつつ駆け巡っている。だが亡霊の前後関係は脱落し「そこ」だけが「それ」だけが浮上する。記憶の主体である「やあやあ吾こそは」の首はあっという間に斬り落とされ、もののふはもののけに戻って姿を消してしまう。過去に関して予兆という言葉を用いるのは言語矛盾となろうが、「そこ」と「それ」だけをつないで何事かを語ろうとする露文氏のやり方は、過去からの虫の知らせとでもいう他ない。

ロシア字日記の日付は昭和五十三年から四年余りで、私に当てはめれば大学を中退して郷里に舞いもどり農業の手伝いをしたかと思うと再び上京してべつの大学に入り直したものの生活費の捻出に疲れはてるといったような愚行を演じていた時代である。ことわるまでもないがこの日記は日本語の内容がロシア文字で表音化されているだけで、いわゆるロシア語の文章がつづられているわけではない。仮名書露文氏自らいうように「もしも朝鮮語をやっていればハングル文字を用いて書くこともできた」だろう。もちろん私は露文氏が誰であるかを知っている。到さんは学生時代から事業家として活動し、郷里の後輩を取り巻きにしながらその生活の面倒も見ていたが、露文氏はその一人であり、私もそうだった。もう十数年も前のことで記憶はあやふやだが、それにしても他人の日記が私の生家の二階のスマッコから見つかるというのはいかにも不自然である。だから露文氏はじつは私であるといっておいてもかまわない。書かれた内容よりもむしろその〝書きかた〟が限りなく重要であるような文書（刊行されたか否かを問わず）がこの世界には存在しているのではないか。そんな心持を誘発する雰囲気がロシア字日記にはただよっている。誰でもそうだと思うが、過去の日記を読み返すのは照れくさく、自己嫌悪に駆られ、しばしば苦痛でさえある。自己嫌悪に駆られるという記述を日記に見つけてもそうなる。一切の感情を排し淡々と事実のみを記した森鷗外をまねてなどと意を決した人も少なからずいるだろう。一番いいのは日記など金輪際書かないことだ、と勇ましい決断も一度ならずしてみる。だが無為の日々を重ね、だらだらと時間を押し流すことに耐えられなくなり、あの夏休み計画表の情熱をふるいおこしてせめて日録くらいはと思い直す、少し書いてたちまち嫌気がさす、そのくり返しである。私にも覚えがある。で、これも大方の人が同じふるまいに及んだことだろうが、以前の日記などはことごとく焚書の刑に処せられた。

　ところがロシア字日記はちがう。いや筆者がそう書いている。去年段ボール箱から取り出して最初にページをめくったとき私の眼に躍り込んできた文字は暗い部屋の隅にうごめくスマッコワラシのように見えたものだった。一年がかりで漢字かなまじり文に直す作業も終ってしまったが、その「翻訳」文からは当然スマッコワラシは消えている。露文氏はスマッコワラシそのものを登場させていないが、印象が似ていてくり返し使っている言葉に「おどるでく」、ロシア文字をそのままここに写せば одорудэку がある。いちいち数えたわけではないが、この言葉はロシア字日記に頻出するものだといっていい。日記に寄せるアンビヴァレントな感情がまずはじめにつづられるのはありふれた現象である。マンネリ感情を打破する方法のヒントになったのは明治の薄幸の詩人石川啄木の「ローマ字日記」だった。露文氏はまず「しようことなしに、ローマ字の表などをつくってみた」という啄木をまねてロシア字のあかさたな……表を作成した。露文氏は日記の日本語の姿かたちからたちのぼるものに耐えられなかったので今度の書き方は画期的だといっている。よほどうれしかったとみえて、「もはや書くことの内容にしばられずに済む。単なる書き取りができる。小学生のように字のれんしゅうだ、さあれんしゅうだ」と前置きし啄木の「ローマ字日記」の一節をロシア字で写したりする。「なぜこの日記をローマ字で書くことにしたか？　なぜだ？　予は妻を愛してる、愛してるからこそ　この日記を読ませたくないのだ。――しかしこれはウソだ！　愛してるのも事実、読ませたくないのも事実だが、この二つは必ずしも関係していない」（一九〇九年四月七日付）。昭和五十二年の夏に初版が刊行されたROMAZI NIKKI（岩波文庫　桑原武夫編訳）を参照した旨を明記したうえで露文氏は感想を書いている。たしかに「ローマ字日記」には「インバイフを買った」云々の生々しい記述があったりするから、妻の読めない字で書かれる日記の存在理由は一見わかりやすい。啄木自身「なぜだ？」という自問にはっきり答えていないが「これはウソだ！」との叫びの背後には自己欺瞞を断罪する調子ではなくむしろ異次元へ飛翔するときの解放感のようなものがあると露文氏はいう。ロシア字日記が軌道にのってはじめてその啄木の心持が想像できる気がするのだ、と。日本語で書かれた啄木の少なからぬ日記と比較して「ローマ字日記」の内容が特に変調をきたしているとはいえないが、やはり何かがちがう。そこには「おどるでく」がいて「異字で国語を写す」啄木においでおいでしている。

　ロシア字日記の二冊分ほどを日本語に戻し終った頃、件《くだん》の東京の知人に電話でこの話をすると、「おどるでく」ねえ、いったいどう書くんです、と彼は訊いた。いやだから何しろ仮名書露文というくらいだから全部ロシア文字、どう書くといわれても……。

「ホンヤクしてるっていったでしょ。あなたのその訳では、じゃあ平仮名のままですか」

「基本的にはそうですが、これまで情況に応じて漢字をあててみたことはあります」

「情況ねえ」

「この前の防衛庁の調査と霊能者の透視の話みたいに『おどるでく』が問題になる情況がいろいろと微妙にかわるんです」。飛躍の多い話をわざとしてみたのだが知人はまったく意に介さぬふうだ。

「たとえばその漢字って？……」

「ダンスする、の〝踊る〟に操り人形の意味での〝木偶〟」

「ふーん、踊る木偶か。ローマ字日記を書く啄木においでおいでする、なんてとこから想像すると、踊る字句、文字の字、俳句の句、も考えられますが。おどるじく、と表記されてるところなんかはないですかね」

「もういっぺん注意してみてます。お忙しいところ、つまんないことを話して済みません」

「オドラデクなら知ってるんですがね」

急に話題がかわるときに出現するものも「おどるでく」かもしれないなどとあらぬことを考えながら私はまもなく電話を切った。内職をかかえて時折郷里にもどり農業のマネ事などをしている四十近い男のルンペン暮しを知人はどう思っているかしらないが、あまりにも悠長な話題にさすがに気恥ずかしくなったのだ。しかしその後あらためて注意深く読み直してみて気づいたことがあった。ほんとうは知人が知っているというオドラデクの出所についてすぐに訊きただしたかったのだが、れいの気恥ずかしさが先に立ったので次に知人の方から連絡してくるのを待った。

仮名書露文氏の「字のれんしゅう」用教材のひとつにフランツ・カフカ「父の気がかり」もしくは「父の心配」と訳されている超短篇があることを私は知らなかった。露文氏がカフカの名前をまったく出さず、しかも教材の内容が訳文そのままに写されているわけではなかったからわかりっこないのも当然だ。せめて短篇のタイトルが「オドラデク」となっていれば、カフカを読んでいないわけではない私にも思いおこすよすがになったかもしれないのだが。文庫本でもわずか三ページ足らずのこの短篇は、オドラデクという言葉はスラヴ語起源だとする説とドイツ語から派生したものでスラヴ語の影響を受けただけだという説とふたつあるが、どっちにしても頼りなく、どっちにしても意味不明であることにかわりはない、しかしもちろん、オドラデクなるものがこの世に実在していなければ誰もその研究に没頭したりはしないはずだ……というふうにはじまる。一方ロシア字日記の昭和五十三年七月三日付のページは、おどるでくという言葉が最初に登場する箇所だが、その書き出しは Одорудэку ха Росияго даттара омосироинодага, здитуха таннару хогэн ни сугинаи……「おどるでくはロシア語だったら面白いのだが、じつは単なる方言にすぎない……」である。これだけではなんともいえないが、カフカ作品中で唯一の会話部分「なんて名前かね」「オドラデク」「どこに住んでるの」「わからない」（岩波文庫　カフカ短篇集　池内紀編訳）に照応する記述がロシア字日記にもある。オドラデクのかわりにおどるでく、さいごの「わからない」が「農家の三階」となっている。

　高天井と呼ばれる「農家の三階」部分にじつは去年生れてはじめて私も足を踏み入れた。スマッコワラシの出没する二階のさらに上方、萱葺きの屋根裏に手が届く場所だ。葺《ふ》きかえのときに臨時の梯子をかけてそこへ上り、梁の上を歩きながら外の萱手と呼応して縄を通し合う、「押《お》し木《ぼく》・裏木《うらぼく》」という二人一組の作業の一員に高所恐怖症ぎみの私が任ぜられたときは肝を冷した。裏木係の私のやることはしかし、さほどむずかしいものではなく、縄の付いた小さな竹の槍が屋根の外からぐさりと頭上に突き通されてきたときその位置が適正かどうかを判断し、梁を中心に左右等間隔になるように廻して竹槍を外へ返してやる、ただそれだけなのだが、カンで突き刺しているにもかかわらず押し木係の肥田親方の手元はほとんど狂いがない。「もうちょい右」とか「左へ寄りすぎ」とか私が大声をあげる必要は数えるほどしかなかった。七月一日からの五日間はまったくの快晴つづきで絶好の屋根葺き日和だった。棟の高い軒下に細木で足場を組むことからはじめられたが、親方の手際のよい作業ぶりを私は呆然とながめ、「まるで大工さんですね」などと下から声をかけた。軒の方から順々に古萱をむいては新萱を刺し、山でいえば六合目くらいのところから「押し木・裏木」作業がはじまる。「そんじゃ、若あんにゃに屋内に入ってもらうべ」と号令がかかり、私は高天井へ上る。古萱が取り払われると、ところどころにスキ間ができて、そこから青空が透かし見え、ときに剣の抜身のような白い光線が天井裏の暗がりに射し込んでくる。屋根の上で親方が動くたびに煤《すす》とホコリが降りかかる。世間噺をする外の声もふしぎにくぐもって屋内に伝わる。親方の息子の到さんが商売で成功したことを手伝いの村人たちが話題にしている。「なんせガッコウシェイトの頃から事業家だったからなあ」。そうそう、などとうなずく私の頭上に突然、親方の縄つき竹槍がぶすりとくる。素早くそれを受け取り、骨柱に巻きつけるように廻して再び外へ突き刺す。六合目から八合目ほどまでこの作業をして補強する。屋根の最頂部までは高天井にいても届かないので、いわば背丈のぶんの層だけ、内と外を縛っておくのである。親方の表現をかりると、その上に「新しいかつら」をかぶせる。

　さて露文氏の記述をたんねんに読んでゆくと、同郷でも私の生家には見当らぬものが氏の聞き知った「高天井」には存在するらしく、それが「おどるでく」が日記に初出する例である。氏の知る村のならわしでは萱葺き屋根の高天井には「おどるでく」という一種の厄除け人形が萱で作られて吊り下げられており、この萱人形には葺きかえの時にとりかえられる「押し木・裏木」用の古竹が突き刺されている。だが氏もそれをじっさいに見たことはないなどとも書かれているから頼りない。「しかしもちろんそれが実在していたからこそ、おどるでくの多義性は生れたのだ」とあるところなどもカフカふう筆致のエコーが看取される。露文氏と当時親しい関係にあった「サッチャー女史」は肥田到さんの一番下の妹のニックネームで、画家志望を小学生の頃からかためていたこのいっぷう変った妹は父親の仕事が大好きだった。「高いところが好きなのは……」などとからかわれてもいっこう気にせず、休みの日には仕事を手伝うと親方の後をついて歩き、日がな一日スケッチをしてあきなかった。サッチャー（屋根葺き職人）の助手、というわけで到さんが女子高時代の妹を呼んだのだが、われわれの郷里ではシュの発音がうまくできない。助手は女史のようになってしまう。当時イギリスの保守党党首になった「鉄の女」のイメージと名前のサチ子をからめたものとしてサッチャー女史というニックネームは私も知っていたが「屋根葺き職人」＝サッチャーの連関は初耳である。だが露文氏は「サッチャー女史なるニックネームはサチ子さんの意にそぐわないから自分だけは彼女をサーシャと密かに呼びたい」としている。サーシャとかマーシャとかミーシャとかいうのはロシア人たちが親しい人につける愛称である。ともあれ、おどるでくはサーシャが描いたデッサンの中に「実物よりも生々しいかたちで目撃したのが最初」と露文氏はいう。サーシャ女史のデッサンにおどるでくが描かれていることを知り、「平家もしくはせいぜい二階建のわが国建造物にも、じつは三層構造があったというわけ」と驚いてみせる露文氏だがそのおどるでくの実在を確かめる行動に出てはおらず「ヨーロッパにも、屋根裏の精霊ゲニウス・ロキというものがいる。この精霊はその屋根の下におこる栄枯盛衰のすべてを見守る。ロシアにも農民たちが古くから信じてきた家つきの精霊ドモヴォイがいる。僕は、おどるでくの本質的実在を、そしてその様々な現象的形態を信じる」と、自分にいいきかせるみたいに書いているだけだ。屋根の下に進行する愛憎劇を見そなわすこのまなざしを氏は一種の霊的視点とみなすが、「それはサーシャの写生画のテーマ」でもある。「サーシャの写生画は、絵巻物みたいに、本来通常の視点では視えないはずの屋内の人物たちのたたずまいを、あるがままに写すというハナレワザをやってのける。その部屋に浮遊する亡霊のような眼で、サーシャの絵筆は踊る」。人物たちの表情があまりに画一的なのが最初気になったが、やがて絵巻物ふう「引き眼・カギ鼻」の技法をよみがえらせているのだと思い、図書館で調べたすえに源氏物語絵巻の吹き抜き屋台のことなどを引き合いに出して彼女に問いただしてみたところ、そんな絵巻みたこともないといわれてしまった。「ああ、これが僕とサーシャの関係を象徴している」と氏は嘆く。氏のいうおどるでくは、カフカを真似ているのだろうが、まったく正体不明のシロモノで、第一冊目で「カマイタチの方言」あるいは

「川の源流を構成する分水嶺の雨滴のようなもの」と書かれたかと思えば三冊目では「南ヨーロッパに棲息するという蜘蛛タランチュラによく似た毒虫。これに噛まれると舞踏病にかかる」などとある。私は氏の真意を汲んで以下このおどるでくをできれば西欧語の場合のイタリック体にして使用したいと思ったのだが、残念ながらわが国にはそれが存在しない。通常の翻訳などでは仕方なくゴチック体にするか傍点を付したりして移しているようだけれど、イタリックはゴチックや傍点とはやはりニュアンスが異なる。たしかに広義の強調にはちがいないとしても、イタリックは腰の曲りかけた農民のように前のめりに傾いている。それは幽霊のようにそこに佇む。それはあるときには伏眼がちの文字であり、またあるときには走りかけた、まさに踊らんとする字体である。要するにそれは翻訳不可能なものである。

　露文氏がそもそもなぜロシア字日記を書くに到ったのか、その動機の核心については依然として不明だといいたいところだが全七冊の翻字作業を終えた私におおよその見当がついていないとしたらおかしい。具体的な事実としてはしかし、美大の二年になる春休みサッチャー女史が、露文氏にとってかけがえのない「愛するサーシャ」が投身自殺をはかった事件に露文氏が当然ながら深く動揺したことくらいしかない。その事実の長い〝余震〟状態といえるものが日記全体をおおっている。日記によるとサッチャー女史は投身自殺、

「ナラクに落下して」死んでしまったかのようであるが、現実には到さんの妹は今も生きており、兄がボーリングに成功した温泉の旅館で女将として活躍中、しかも役場職員で四つ年下の夫もいる。われわれが知っていたサッチャー女史、露文氏と親密な時間を共有したサーシャ、霧下温泉の旅館「ぶっつあり亭」の女将サチ子……これら三者はまったく別の人物ではないだろうか。日記を読んでいると、いや翻訳しているとそういう思いが強くなるが、しかしその背後にあるのは平凡な認識でもある。到さんの妹をめぐる三つの人物像のあいだに横たわる溝は「天才思想家兼事業家」と日記に記されたかつての到さんと現在の「地方の名士」肥田到とのあいだにも、また十三、四年前の私と現在の私とのあいだにも横たわっている。仮名書露文氏が私であってもかまわないといったユエンもここにある。人は十三年前の自分について他人のように語っていいし、また語るべきなのではないだろうか。「愛するサーシャがナラクに落ちる」という事件からしばらくしてロシア字日記ははじまっているが、事件後日が浅いために露文氏のペンは傷の痛みをひきずる。この痛みの性質は、日本語による日記を許さなかった。「愛するサーシャにいったい何がおこったのだろうか」などとどうして書けようか。しかし露文氏には気がかりがあった。知人の指摘で私もようやく気づいたあのカフカの短篇を下敷にして、露文氏は「サーシャを愛しはじめたときから僕はこの息子のことが気がかりでならない」という。「愛するサーシャ」とか「サーシャを愛しはじめたときから」といった記述が日本語でなされるのでなく

Аисуру Саша とか Саша о аисихаздимэта токикара と書けることで氏は赤面せずに済んだ。じっさいには事件から半年もたっていないのに、あたかも十三年が経過した後にペンをとっているようなある意味での客観化を氏にもたらしたのである。氏のいう通り氏が事件を生み出した「父」だとするなら氏には「父の気がかり」がある。それは氏を何らかのかたちでの記述へ駆りたてる感情だった。その感情をさえ、氏は最終的におどるでくと呼びたがっているようだ。

　カフカのオドラデクはじつに妙ちきりんな存在である。それはちょっと見には平べったい星形の糸巻きのようで事実糸が巻いてある。ただし使い古しのぼろ糸で、いろいろな種類をごちゃごちゃにつなぎ合わせたふうだ。といいながらじつは単なる糸巻きではなく、脚をもって立っているといい直される、いやもっと詳しい構造説明がなされているが省く。このシロモノはわれわれわれの土地の方言でいう「やくざれ」（＝役立たず）にちがいない。昔はもっとちゃんとした道具であったのではないか、とそう思いたくなるがそれも当らない。全体として意味のないものだがそれなりにまとまりをもつ。これ以上のことはわからない。とにかくそいつは「わらわらとうごく」（露文氏の引いている方言で「おそろしくちょこまかしている」の意）。露文氏はカフカ短篇にまったく言及していないが、以下氏の記述をかりよう。もちろんオドラデクが氏のいうおどるでくに変貌してしまうのを承知の上でだ。それは「おんぞこない」（「御損ない」と翻字してみた。欠陥のある者という意味だそうだ）である。それは「おいなしっぽ」（生い無しっぽ？　子供の状態のまま成長しきれない者）である。それは「しがない」（＝死なない）者である。オドラデクはあるときは屋根裏にいたり、あるときは「ガギ段」（もはや死語になりつつある方言で階段のこと。おそらく鉤状の段からきているのだろう）の踊り場に来たり廊下に現われたり玄関に出たりするがある場合には一ヵ月も姿をくらましもするという。おどるでくは要するに（と私はそのあいまいさにがまんできず一義的な定義をする）幽霊である。いや単なる幽霊ではないと氏に反論されるだろうから、霊的存在といいかえる。ここから先は冒頭で私の知人が電話で語った二つのエピソードを思いおこしていただきたい（こらえ性のない私はその内容をすぐに概念化してしまいたがる）。知人との話はつまり「符合一致」と霊的視点をめぐるものであったが、露文氏のいうおどるでくはこの二つの世界に踊りはねる霊的人形である。あるときそれはひどい胸さわぎとなっておし寄せ、予兆の感覚をひきおこす。あるいは再び氏のお気に入りの方言を使えばそれは「ねこまたのきかせ」（＝猫又の聞かせ？　いわゆる虫の知らせのこと）である。眼には見えぬものを見えるようにする実利的な道具である。

　ロシア字日記の七冊目（最終巻）が書かれたのは露文氏が大学の学部を終えても就職先がなく、「仕方なしに」ロシア文学科の大学院に特別聴講生として籍を置いた頃である。彼の卒業論文のタイトルが唐突に記されている。「レフ・トルストイの戯曲『生ける屍』

について」というものだが、この場合、「生ける屍」はロシア字ではなくロシア語そのものがЖивой Трупと記される。彼の専門論文の内容にたちいるつもりはまったくない。興味深いのは「生ける屍」をおどるでくに関連させているところだけだ。私はトルストイの戯曲『生ける屍』を読んだことがないのだけれど露文氏の書きようから察するに、そのタイトルの意味するところは、一応生きながらえてはいるものの死んだも同然の人間となろうか。ロシア字日記をはじめたばかりの頃の氏は明らかに変調をきたしているが「僕のオカシサは物語になるようなものではない」といささかムキになっていう。七冊の翻字を終え全体を整理したうえで私なりのまとめ方をしてしまうと、氏は失調状態の自分を「生ける屍」Живой Трупと記述できなかった。日本人が「生ける屍」という字句を、そしてロシア人がЖивой Трупというロシア語を眺めて、それぞれ物語的イメージをふくらませる、その状態に自分はそぐわない。「同じことだとわらわれるのを覚悟して」氏は「生ける屍」をИкэру сикабанэとロシア字で表記し、これを「二度と日本字には直さないこと」でなぐさめを得るのだという。日記の初期に登場したこの「生ける屍」は後期に至って、やはりおどるでくと呼ばれるようになる。死んだも同然の人間と解釈した場合の「生ける屍」と、踊りだす人形と解釈した場合の「踊る木偶」はよく似た存在といえる。しかし露文氏の心持ではそうではない。「生ける屍」としてロシア字日記を書きはじめた氏は最終巻で「何かポジティヴで霊的なもの」、おどるでくに変貌している。

ロシア字日記を翻訳し終った私にも、おどるでくが取り憑いたことはたしかだが、日記の内容をそのまま順序よく紹介してもそれは伝わらないだろう。到さんやその妹との関係も断片的にしか書かれていないし、何より「書かれた意味内容よりも書き方、綴り方のプロセス」そのものに氏は救いを感じている。文字を記しながら「意味内容が次々と消されてゆくような感覚」に愉楽さえ見出している。幽霊としてのおどるでくは必ずしも「深いところ」に隠れているとは限らず、オドラデクみたいに平凡な場所にも姿を現わす。それは彼方から飛来して、表層に踊りたわむれる。まるでタンチョウ鶴のように。ここで五年ほど前に書いた私自身の、もちろん平凡な日本語による日記がもち出される。日記はことごとく焼却されたのではなかったか。その通りだ。以下は、たしかに五年ほど前に日記に書いた内容を想起したものである。その日あったことを淡々と記すと念じながら当然劇的な事件などはないから退屈し、無理にさがすとすればその日見た新聞かテレビか週刊誌の中にあるくらいで、「この卑俗な事実をみとめるしかない」と私はある日書いた。もちろん事実に屈服した自分に、というより自分の書き方に私はうんざりした。私が新聞かテレビか週刊誌で見聞きした話の主人公は一羽の鶴と、タカハシさんという人物であった。私の日記では「鶴のタカハシさん」の呼名で以後何度か登場したと記憶する。タカハシさんは、理論とその実践という古くて新しい図式の化身の如き人である。タンチョウ鶴がサンクチュアリに飛来して一定期間滞在する。滞在中の最大の仕事に生殖活動がある。産卵がおこなわれ、雛が誕生し、成長したあかつきに親とともにこの地を去る。ところが、原因は不明だが、産み落とされたまま親に抱かれない卵が少なからず存在する。タカハシさんはこの卵を拾ってきて、工夫をこらした電熱装置に入れ、雛を孵《かえ》すことに心血を注ぐ。孵らず終《じま》いの卵も多いし、孵っても死んでしまったりする。卵の殻を破ったとき最初に眼にしたものを親と思い込むスリコミの習性をもつ雛の親になってからタカハシさんの実践がはじまる。鶴の生態に関する理論は彼の脳裡につまっている。理論から実践へ、というよりもむしろ理論の卵から実践という雛が孵る。鶴という他者の親をひきうけた人間にとって、鶴になることは最後まで理論でしかない。鶴には決してなれないのだから。私は日記に書いたはずだ、理論ヨリモ実践ノ方ガ重要ダトイッテ安堵セズ、理論ノ殻ガヒビ割レル瞬間ヲ凝視シ、ソレカラ出テクルモノガオマエヲ親トミナスアリサマニ戦慄セヨ、と。恥ずかしさを少しでも軽減するためにカタカナ書きになどしたのだったけれど、しょせん焼却処分となる運命は避けられなかった。

　タカハシさんは理論のまま歩く、すると実践の雛が親の後を追ってどこまでもついてゆく。理論がついに立ち往生する時がやってくる。鶴が鶴たりうる最も重要な条件、すなわち飛ぶことを親であるタカハシさんが子に教えなくてはならない時が。異様なる親子は野原でレッスンを開始する。中年を過ぎたタカハシさんは全力疾走で飛ぶ瞬間までの助走を幾度もくり返す。子鶴がけんめいにその後を追う。どんなに息を弾ませ汗みどろになってもタカハシさんには飛んでみせることは出来ない。夕映えに染った野原で彼は鶴にささやく、「こっから先はおまえがじぶんでやるしかないんだよ」。鶴が無事飛翔に成功しシベリアへ渡ってゆけたのかどうか、覚えていない。

十三年以上前、私は仮名書露文氏の地震と似たような事件に遭遇し「死に体」となった。事件のなかみは今となればたいしたことでない。忘れてしまったと書いてもいい。変調をきたしたその後の私のふるまいの一部に語るに値するものがほんの少しあるような気がしている。私はこのとき露文氏のいう「やくざれ」（＝役立たず）の外国語学習をはじめた。それはおよそ学習の名にふさわしくない「おんぞこない」（＝欠陥のある者）の行動だった。私は親鳥に見離された卵をいくつも家に持ち帰った。むろんこのたとえは「鶴のタカハシさん」に対して無礼になるかもしれないけれども。なぜ親鳥は卵を抱こうとしないのかと問うても仕方ない。親に捨てられた卵が自分だ、というのが当時の私の実感だった。私があたためた異国語は十指をこえる。日本語で読み書き話すのが苦痛になった者にとってあたためるべき卵は何でもよかった。ただそれが異なるものでありさえすればよかったのだ。私は次々と異国語の雛を生み育てたが、いわゆる語学力はまったく身につかなかった。神経症の治療法みたいなものだったのだから翔ぶ力は最初から私のなかになかったといわねばならないとしても、情熱だけは相当なものだった。辛うじて大学を卒業した後、ある私立図書館の臨時職員の口をみつけたのだが、この仕事をするうち異国語の数はさらに増大し、最終的には二十ヵ国にとどくほどになった。右翼的人物が主宰する組織の一つであるこの図書館はいわば手ぐすねひいて私を待っていたような存在だった。給料は安かったが私は満足していた。仕事内容が当時の私の「趣味と実益」に笑えてくるほどかなっていたからだ。世界各国を飛び廻っているオーナーが直接買いつけてきたという書籍の詰まった段ボールが倉庫に堆《うずたか》く積み上げられていて、この山を切り崩しジャンル別に整理し尽すのに六年くらいかかった。私は他の事務職員よりも一時間も早くサンクチュアリ(露文氏の言葉なら「隠れ蓑」)ともいうべきこの倉庫に出勤し、夜も残業をつづけた。使いものにならない語学の達人、おびただしい種類のアルファベット精通者にとって何とおあつらえ向きの仕事場であったろう。目次と序文という書物の玄関口で私は憩いの日々を送った。

　露文氏が開発したロシア字日記はなかなかの思いつきだと私は思う。あの頃の私にはそんなアイデアを考案する余裕すらなかった。私が生産したのは、旧式のタイプライターで作成した無数の図書目録カードだ。異国語学習とほぼ同時期にはじめたものに走ることがある。今ふり返って自分でも信じられないのだが、私は無謀きわまる走りを突然決行した。もしもロシア字日記のような方法があれば当時の日記も消滅を免れ、詳細を知ることが可能だったはずである。私はその頃、私鉄京王線の分倍河原《ぶばいがわら》駅から徒歩十分の所に肥田到さんの経営する私塾の一つを任されて住んでいた。分倍河原は特急の止まる府中駅の隣りで、府中から新宿までは特急で二十分くらいだったと記憶するが、私は何の準備もしないで分倍河原から新宿まで半日がかりでほぼ線路に沿って走った。また別の日には浮遊する霊魂になったつもりで方向を決めずに終日、行きあたりばったりに走ったりもした。もちろん軟弱な私の身体はこの暴挙で痛めつけられ、一ヵ月もしないうち膝と足首が猛烈な関節炎をおこした。この影響は今も尾をひいており、走ると同じ場所に痛みがよみがえる。海外旅行とかビジネスマンや学者になるための外国語学習と、健康のためのジョギングを日記で何度も呪ったが、呪いのかいあって、成長のない「おいなしっぽ」生活には磨きがかけられた。これも一度日記に書いたエピソードをよみがえらせる。露文氏とちがい私は大学院へ進むことなど考えてもいなかった。気の毒な親の気持も考慮してなんとか大学だけは卒業し、ちゃんと就職しようと決意していたのだけれど「符合一致」の季節には何事も足並みをそろえているもので、無力な捕囚に対して生殺与奪の権をにぎる主任教授もまた私を〝死に体〟として遇することに非常な情熱をもやした。私が精神的に収容所の捕虜となった経緯を教授はまるで霊能者のように見抜いたとしか思えなかった。えたいの知れぬ胸さわぎ、「ねこまたのきかせ」が私をとらえた。カエルとしての私は二年近く蛇としての教授のゼミに〝出頭〟した。変更しようと思えば担当教授はかえられたはずだが私はそうしなかった。運命愛——まさかそれほど大げさなものではないにしろ、何かしら偶然がわりふるものに神妙でありたい心持が強かったのだろう。案に違わず、十人足らずのその集団で蛇は毎回カエルをなぶる最も有効なやり方を追究し、また実践した。ほんとうにふしぎでならないのだがいったいどうして彼はあれほど自信をもって私を嫌い抜いたのだろう。私がある事件を経て何でもよいから打擲《ちょうちゃく》の現場に身をさらすことを望んだのはわかるものとむりに仮定するとして、なぜ見ず知らずの彼が、ゼミの中で毎回私ひとりをえらんで血祭りにあげる役割を当然のように引き受けえたのかわからない。ともあれ彼はある日、急におだやかな表情にもどり私に言い渡した。「君は次回から来なくていいよ。君は読解力などということ以前に、基本的な日本語のイロハを勉強し直した方がいい。君には日本人としての国語力の基礎が欠落している。いいかい、しばらく休んで、中学校の国語の教科書からもう一度やり直しなさい」

　私はこの言葉を神の啓示のように受けとめた。決して皮肉ではない。啓示は、〈いつどこで誰が何をどのようになぜ〉という全体状況から突然もぎ放されて降ってくるものだ。たしかに教授と私の間にはケチくさい人間的な溝が横たわっていたが、そんなことは問題ではない。教授が意図した言葉の深層にではなくその表層に啓示のカケラが踊っていた。その時私は二十四歳だったが、「日本語のイロハ」という言葉があれほどの新鮮さで迫ってきた体験をそれ以前にも以後にももったことがない。それから数ヵ月私はゼミを欠席し、ほんとうに数種の小中学校国語教科書を読みふけった。学習塾をやっていたのでほとんどのものが手元にあり、すでに教えるための読みを反復してはいたが、あらためて生徒にもどりノートに書き写したりといった作業をはじめた。外国語のＡＢＣを眺めることに関心をもったのはこの直後だったが、そのキッカケとなったのも「日本語のイロハ」だ。

　ロシア字日記の入った段ボール箱は似た大きさの箱三つと共に置かれていた。日記以外はすべて数年分のＮＨＫラジオ語学テキスト群と各国の語学参考書類それに文部省検定の各社国語教科書数十冊だ。それは私にとってウラシマタロウの玉手箱のようなものだった。箱をひらくと時間の霧がたちのぼり、失われた若さがむざんに確認されるというありふれたドラマ。たしかに時間の霧の彼方に、来る日も来る日も異なる文字を眺めつづけた日々、中学生にもどって国語を写した歳月があざやかによみがえった。あの頃の毒々しいまでの胸さわぎや燃えるような関節の痛みも。似たり寄ったりのＮＨＫラジオテキスト群は一堂に集合させられた子供達みたいだ。一冊一冊は何のへんてつもない子供にすぎない。しかしまぎれもなくその間にスマッコワラシがいる。それを視るのはやはり霊的視点によってである。知人がいった通りその視点は変幻自在でなければならない。順序正しい科学的記憶（そんなものがありうるかどうかしらないが）などにすがっていてはスマッコワラシを、ひいてはおどるでくを取り逃がしてしまう。私が成長しない化け物たらんとしていた時、教授の言葉にさえ啓示を視ることができた。その言葉を彼は糞をひり出す心持で投げつけたのに、おどるでくは疑いもなくそこに蠅のようにとまっていたではないか。まして親友であった時期もある露文氏の言葉に「符合一致」をみつけるのは容易である。事実は小説よりも奇なりと世人はいう。ロシア字日記は到さん経由で私があずかってそのままになったものだが、この事実にとりたてて面白いところはない。これが日本語で書かれた通常の日記であったならばたとえいかなる内容のものであれ、かくも無造作に「外」に放出され流浪するにまかせられるといった事態はありえなかったろうが。おそらく氏はロシア字日記がたとえ他人の眼にふれるようなことがあっても外国字のれんしゅう帳か、「やくざれ」（役立たず）の暗号文書としてゴミ扱いされるだろうと安心していたにちがいない。そうした伸びやかさは日記全体に看取される。露文氏の言葉をかりよう。彼は「面白くない事実は小説によってではなく、おどるでくによってのみのりこえられる」といっている。おそらくこういう断定は彼が発案したロシア字日記の書法そのものを念頭においてなされたものだろう。小説が語られる内容で勝負するとしたら、おどるでくは語り方、その表層に姿を現す。私の生家の二階の位置関係と同じく、視点が変れば、奥の奥はすぐにでもとば口になってしまう。おどるでくは移動する階段、露文氏のいう「ヤコブの梯子」である。屋根萱さしかえの時だけかけ渡される高天井への梯子と同じように私はいつもは存在しないにもひとしい地点に向けて梯子をかけ直す。幻の場所からは声が聞こえてくる、「もう一度やり直しなさい、何度でも基本の入口からやり直しなさい」と。私はロシア字日記の記述に従ってもう一度ふり出し地点である生家二階から出直してみる。晩年の祖父がそこで蓑を編みつづけたと私は書いたが、露文氏の記憶は私ほど平板でない。といっても、いわゆる物語的な描写がなされているというわけではないが。私が露文氏と知り合ったのは小学校五年生のときだ。奥山の分校は四年までで、五年からは街の本校へ通う。彼は、木霊中央商店街の裏通りにある毒消屋の一人息子である。ああ、モクレチュウオウショウテンガイ、そしてドッケシヤ、何となつかしいひびきだろう。いや露文氏自身がロシア字で書き写した上でそのように述懐しているのだ。いったい毒消屋とは何をする商売なのか未だによくわからないし、第一われわれが小学生の頃、彼の父親は手広く材木屋を営んでいてすでに毒消屋の看板はおろして久しかった。にもかかわらず世人は皆、彼の家をドッケシヤと呼び、われわれ子供もそれを真似た。毒を消すという意味もさることながらドッケシヤというひびきそのものから何か麻薬的なにおいがたちのぼってくるではないか、と氏は心地良げにいい、今後いかなる種類の職業につこうとも自分の真の肩書には依然としてドッケシヤがふさわしい、わがロシア字日記にしたところでまさしくドッケシヤの専売特許であるとむすんでいる。

　毒消屋をなりわいとしていた当時、氏の父親は私の生家に出入りし、主に麻とケシを買付けた。小中学生時代、氏は熱心な野球少年で、運動神経のにぶい私とは一線を画すつきあいだった。私と氏が同志ふう結合を確認したのは下宿生活をはじめた高校入学後で、その結びつきの中心にいたのが到さんである。到さんは入学直後、「一年のぶんざいで」東洋思想研究会というクラブを作る旨を学校に申請し、これは二年になって許可された。そこへわれわれが入学した。到さんはさっそくわれわれに機関誌発行の仕事を命じたりした。到さんと妹のサチ子さんと共に彼が私の生家を訪れたのは高校から大学時代にかけて四回だそうで、うち記録に値するのは一回のみという。「そこは、なつかしい匂いがした。僕は以前そこに来たことがある」と氏は直感した。そして到さん兄妹はこの時、スマッコワラシを目撃した。それを誰も疑う者がいなかったことがまた実に気持ち良かったと氏はいう。私がほんのひとくさりだけ文字にした祖父の土地唄「霧下音頭」の文句も氏は詳しく表記している。〽賽の河原に鬼をば誘え、隠れ蓑着た鬼をば誘え、鬼も天狗も隠れ笠、真実でうすの御使いぞ、やれ引けそれ引け鬼の糸、糸に引かれてはらいそ寺へ、さてもいざ、はらいそ寺に参るとき――この後祖父のリフレイン〽蓑ひとつだに無きぞかなしき……につながる。たしかに「はらいそ寺に参るとき」の部分を到さんがデタラメな節廻しで歌っていたのをたびたび耳にしたことがある。

「歌詞はすべて記憶の天才、稗田於礼の口承によるもので僕の記憶に頼っていない」とある稗田於礼とは少年時代からの到さんの一種の芸名だ。到さんが小学校六年の夏休みにテレビ出演したことは私の記憶でも鮮明である。一族一党大騒ぎになったからだ。彼は東北本線の駅の名を全部暗唱してみせた。すばやくつけ加えておきたいが、たしか週刊誌にもとりあげられたはずの稗田於礼少年はそういう種類の〝天才〟の通例とちがい、学業の面でもズバ抜けた成績であったし、性格的にも異彩を放ちつづけた人物である。高三の時彼は「成田に行く」とだけ言い残して一週間ほど姿をくらましたことがある。三里塚闘争支援といった噂が教師たちの間で広まった。真相は分らず終いで、ひょっこり帰って来た彼がわれわれにつぶやいた言葉を露文氏がひろっている。「東北本線の駅の名をじっさいに全部この眼でたしかめてきたよ」。カンのするどさは霊媒師級で、露文氏がしきりに書きとどめたがっている霧下温泉のボーリングをめぐるいきさつなど再度テレビ放映するのにぴったりだった。温泉の出る場所を適中させたことよりも、露文氏の興味をそそったのは、ボーリング準備の最中、仮道の造成工事で奇妙なものが発掘された事実である。氏はサチ子さんの風貌について「バタ臭いなどという世評は下らない。サーシャは碧眼金髪、正真正銘の外国人である、ああ愛する、なつかしいサーシャ！」という。発掘されたのは人骨で、霧下村が古くキリシタン信仰者の隠れ里だったという言い伝えは、それが白人の人骨と鑑定され、地元の新聞記事にもなったことで信憑性を増した。稗田於礼こと肥田到は血のルーツをことさら否定も肯定もしなかった。稗田於礼の顔は「バタ臭い」妹には似ておらず、むしろ平べったい純日本人の骨相だが、そのやせ方は異貌の域に達し、長身とあいまって、何か一枚の板のようなものが直立歩行する姿を連想させられると、氏は材木屋の息子としての感想を洩らしている。

「僕の父は彼を見てこういった、あれは、悪い意味でなく、もともとの意味で、唐変木《とうへんぼく》だな、珍重される銘木だ」

　今ここに幼稚なやり方で一人の霊能者を召喚しよう。彼（女）は私好みの霊媒師だから無いものねだりに耐えなくてはならないが、といっても要求はさほど複雑なものではない。私は昨年から一年がかりでロシア字日記の翻訳にたずさわってきた。知人が時折電話の中で、「れいのホンヤクの話じゃなくて、依頼した翻訳のことでちょっと……」などと切り出したとき、霊能者はただちに、ここでいわれている翻訳の二重性について透視ができなければならない。それしきは序の口だとうそぶいてもらえたら、たわいなくも私好みの霊能者召喚はおしまいだ。いやついでにクイズをひとつやっていただく。ロシア字日記を翻訳してきた当方が読んでいる参考書をあててほしい。

「符合一致と関係があるものですね」

「そう、おどるでくです」

「もうその姿が視えてきました、ああわかりました。外国語入門の反対側にある本、つまり日本語文法の参考書ですね」

「その通りです、ではズバリあてて下さい」

「それをいったらわたしは眉唾ものになっちゃいますが、どうせあなたがお作りになった人物ですから、やるだけのことをやりましょう。著者は外国人、翻訳書のタイトルは『日本語小文典』というんでしょう」

「いやお見事、僕は本日ただ今、霊視を信じる人間になりました」

「全二冊のうちの上巻……そんな文字も浮かんできました」

「そう最新刊だからじつにフレッシュな内容だ。原著が出たのは何年前かというと……」

「梯子をかけ直さないといけませんね」

「浮かんだ文字をいってみて下さい」

「ラメーゴ司教区出身のポルトガル人イエズス会士パードレ・ジョアン・ロドリゲス著日本語大文典よりの抜粋にして日本語の基礎を初めて学ぶ人のための日本語小文典、全三部　教区司教ならびに上長の許可を得て、マカオ、イエズス会のマードレ・デ・デウス学院にて。一六二〇年」

　ロシア字日記の翻訳ツールとして私は、いわゆるキリシタン時代の文書に着目した。『長崎版どちりなきりしたん』と『コリャード懺悔録』の二冊は以前から愛読していたものだが、一五七七年に来日以来その秀抜な日本語力を駆使し秀吉や家康とも親交をむすんだイエズス会宣教師ロドリゲスの『日本語小文典』（岩波文庫　池上岑夫訳）は本稿を書いている最中に刊行された。「おいなしっぽ」時代をなつかしんでまず「読者へ」という序文をながめる。私はあらゆる書物の序文が大好きである。「本書のなかで触れていない規則・規範についてはすべて大文典の詳細な記述に譲る。健闘を祈る」と終っている。このさいごの激励句に麻薬的な調子がこもることを、いつまでたっても成熟せず体系化しない序文中毒者ならたちどころに看取できる。「大文典の詳細な記述」が入門書の奥にははてしなくつづいている。しかしその奥の奥にゆき着かず門だけをたたきつづけるのが「おいなしっぽ」だ。入門という名の門の前で「おいなしっぽ」はゆき暮れる。第一部の一節を写してみる。「このため一般の人びとには、日常的な事柄を書きとめたり普通の書簡を認《したた》めたりすることは非常に難しいことであった。そこで日本における **Xingonju**（真言宗）という宗派の開祖で名前を **Côbôdaixi**（弘法大師）という仏僧が、主の〔西暦〕八一〇年頃、中国語の文字四十七――これはまた四十七音節でもある――を選び出し、意味は捨てて読みと文字だけを採って――この文字はその形状が大きく変りいまではほとんどべつなものになってしまっている――日本語のどんな単語でも的確に書き表わすことのできるアルファベットを考案した。このアルファベットは **Y**（い）、**Ro**（ろ）、**Fa**（は）で始まっているので **Y Ro Fa**（いろは）と呼ばれている」

　弘法大師が平仮名の考案者であるか否か、その学問的信憑性をめぐって私の知るところは極端に少ない。私はただ「日本語のどんな単語でも的確に書き表わすことのできるアルファベット」を所有しえた者に取り憑いたはずのおどるでくに思いを馳せているだけだ。弘法大師空海が日本における真言密教の創始者であることくらいは私だって知っている。密教の僧侶は霊能者にもなりうるだろう。密なる教えの奥は深い。マンダラという宇宙の神秘体系がその奥の院のシンボルであるとも聞き知っている。だが私は断言する、マンダラの体現者がもしもいろは文字の発案者でもあるとしたら、密教の奥義はそのままかな文字の表層に露出しているはずだ、と。少なくとも、マンダラが奥の奥に、いろは文字が玄関口に位置するものなどではありえない、と。

　ここ一年間の私の翻字作業が翻訳の名に値するかどうかは別として、あらゆる翻訳は最終的に原作の行間にただようおどるでくを読者の心底にうつすことを目的とするといっていいだろう。そのうつし方は、病気をうつすようにしてなされる。私は再度キリシタン版の中にうつし方の現場をさがしにゆく。おどるでくをうつされるのを好む人は何よりも「写す」行為をいやがらないと露文氏はいっている。元図書館員の本領を発揮して『コリャード懺悔録』（岩波文庫　大塚光信校注）の標題をまず写し取ってみる。「日本の言葉にようコンヘションを申す様体と、またコンヘソルより御穿鑿《せんさく》めさるるための肝要なる条々のこと。談議者の門派のフライ、ヂエゴ・コリャドという出家、ロウマにおいて、これを為《し》立《た》てものなり。一六三二」。この部分はローマ字を用字とする日本語であり、次の「告解者の母語たる日本語による範例集。ドミニコ会士フラーテル・ディダクス・コリャード著。ローマにて、一六三二年六月二〇日」がそのラテン語対訳である。『懺悔録』は見開きで左右対照、左ページに日本文、右ページにラテン語対訳文という構成になっている。

たとえば「六番」の一節にこうある。「この中《うち》に、契りのよい仕合せがない時は、それに随《したが》って、なり次第、その五体に手を掛け、口を吸い、抱《いだ》き、恥を探ること等《とう》は思うままにしまらする。とかく余に任せていらるると、心得させられよ。また、夫婦の契りの時分にも、あの女に念を掛けてないたことは度々《どど》ござった。また、惣別生得《そうべつしょうとく》の道よりでござったれども、二・三度は後《うしろ》（または）臀《しり》から落しまらした。その上、その女事《おなごこと》をば思い出《いだ》す度《たび》ごとに勇み悦び、その名残惜《なごろお》しさで自《おのずか》ら淫が漏れ、手ずからも漏らしまらした。これは前のコンヘションの以後、七・八十度《ど》でござろうまで」

この部分のラテン語対訳文は次のようである。「過ちを終りまでし遂げる機会に恵まれない時は、欲望のおもむくままに、接吻やら抱擁、果ては秘所を弄ぶことなどを何度も行いました。こうしたすべてのことにおいて、女が私の言いなりになっていたものと、神父様、お考えになって下さい。また妻と事を行う時にも、件《くだん》の女のことを思い出し、あたかもその女と交っているかのような気で事を行ったことがしばしばあります。またその女と情交する際、ふつうには自然の器官で事を行いましたが、二度か三度かは背後から行いました。さらにまた、女と行った事のあれこれを女のいない時に思い出しては、そのことで劣情を催し、欲望と興奮の余り、思わず果ててしまったりしました。時によっては自ら果てるべく努めたこともあります。先回の告解から、そんなことがおおよそ七十回か八十回ありました」

ラテン語対訳文はいうまでもなくヨーロッパ人読者の理解を助ける目的で付されたものだ。一方、ローマ字つづりの（もちろん今日のものと同じではないが）前者を、告解をした当の本人は啄木の妻が「ローマ字日記」に対してそうだったように解しえなかった。今日のわれわれとまったく同じ性的事情を抱えた当時のありふれた町人の告白内容はそもそも印刷に付されるべき性質のものではない。ローマの布教聖省の上長の許可によるとあるが、許可をとる必要があるとしたら告解者本人たちから以外にはあるまい。「初めからいやがったれども、あまり勧めたによって、終に落しまらしたれば、仕《つかまつ》るところに引き動《いご》かれたによって、え果しまらせいで、皿もうち割らず、ただ淫は外《ほか》に漏らしまらした」などという生々しい男の打ち明け話は、告解の名がついているのだから、パテレ（神父）がじかに聴いたもののはずである。事実、コリャードという人は日本語の進歩が著しいので、あらゆる階層の人々の告解を聴くことが可能だと当時の書簡にあるそうだ。ラテン語対訳部分は教科書の表紙の付いた女性週刊誌といったところであろうが、ローマ字つづりのコンヘションは、教科書にも週刊誌の告白手記にもなりきれない。「日本語の進歩が著しい」パテレの耳に、それは棲みなす。語った日本人にもラテン語通のヨーロッパ人にも読めぬ文字の鬼子。男の告白に出てくる「皿を割る」とは「処女を奪う」意だそうである。「淫は外に漏らす」は前後関係から「外に射精する」の意になろうか。だが、外に漏らされた淫とはローマ字つづりという日本語そのもののように私には思える。

さてこれくらい廻り道をすれば、私はもはやロシア字日記をめぐって何を書いてもいいだろう。仮名書露文氏は四年余りの間、日本語の写しを作ったにすぎなかった。たしかにその通りだ。氏は何らかの屈託からこれを開始したがさいごには苛立ちを解き放ったようにみえる。どんな内容の思念をロシア字で書いたかというよりロシア字というつづりで織った織りものの生地に愛着を示した。全体がどんな織物であるかに頓着せず、生地表層の外観手ざわりが気に入っていた。苛立ちや屈託だけではとうていこれだけの分量をつづけられはしなかったろう。氏にとってロシア字は、パテレの耳だったのだ。私のふるまいは、コンヘションを印刷に付したパテレに似るといわれても仕方ないが、私の動機の背後にもかれらと同じ「御大切」（＝愛）が存在する。「御大切」の存在さえ確かであれば、われわれは他人の日記を自身のものとして語ることが許される。「御大切」の表層におどるでくがいるのが確認されさえすれば、写しの反復が厭われることもない。おらしょを反復したその昔の隠れキリシタンのように露文氏は日記の各所で写しを実践する。「いくらかの金のあるとき、予は　なんのためろうことなく、かの、みだらな声にみちた、狭い、きたない町に行った。予は　去年の秋から今までに、およそ13―4回も行った、そして10人ばかりの　インバイフを買った。ミツ、マサ、キヨ、ミネ、ツユ、ハナ、アキ……名を忘れたのもある。予の求めたのは暖かい、柔らかい、まっ白なからだだ。からだも心も　とろけるような楽しみだ」と第一冊目で露文氏は写す。四百字で十八枚におよび、編訳者がさながら短篇小説のようだと評する一九〇九年四月十日付で啄木がローマ字でつづった同じ文言を氏はロシア字で書く。氏も、そして私も娼婦を買ったことはないが「とろけるような楽しみ」を求めたあげく、「到さんの悪魔的肝煎りでこれとよく似たことをし、しかもそのことが愛するサーシャに発覚してしばらく口をきいてもらえなかった」体験は共有している。啄木はすぐに転調する。氏のペンがそれを追う。「しかし　それらの女は、やや年のいったのも、まだ16ぐらいの　ほんの子供なのも、どれだって　なん百人、なん千人の男とねたのばかりだ。顔につやがなく、はだは冷くあれて、男というものには　なれきっている、なんのシゲキも感じない。わずかの金をとってその陰部をちょっと　男にかすだけだ。それ以外に　なんの意味もない。おびを解くでもなく、〝サア、〟といって、そのまねる。なんの恥ずかしげもなく　またをひろげる。隣りの部屋に　人がいようと　いまいと　少しもかもうところがない」とつづき、（ここが、しかし、面白い　かれらの **Irony** だ！）と補足される。**Irony** は、しかし「かれら」の側にあるものだろうか、と氏が補注する。「ここには　ただ　ハイセツ作用の　行なわれるばかりだ。からだも心も　とろけるような楽しみは　薬にしたくも　ない！」と書かれ、啄木の「イライラした心は」「強きシゲキを求むる」行為をあざわらうかのようにますます強まってゆく。残る露文氏の写しは、「神よ、もしあるなら、ああ、神よ」という叫びと、同四月十日付の最終部分「ミツコから、アサヒカワに行った　というハガキがきた。名前はなんでも、妹は　外国人のいそうろうだ！　兄は　花ざかりの都にいて　そでくちのきれた　綿入れを着ている。妹は　ホッカイドウの　まんなかに　6尺の雪にうずもれて　賛美歌をうたっている！　午前3時、ハラハラと　雨がおちてきた」である。

啄木にとってもローマ字日記の書き方そのものが、パテレの耳であったことが無残に伝わってくる。ローマ字でなく私が引用したような日本語に戻した訳を啄木が眺めれば、告解行為の厳粛さと慰藉はたちまち消える。それどころか露文氏はもっと極端に、「男というものには　なれきっている、なんのシゲキも感じない」娼婦を、神父に重ねることにもなりかねないとまでいう。「その陰部をちょっと」告白者に「かす」、「それ以外に　なんの意味もない」、〝サア〟何でもありのままを打ち明けなさい、とうながし、告解の「隣りの部屋に　人がいようと　いまいと　少しもかもうところがない」「なん百人、なん千人の」告解者と「ねた」聴聞僧のIronyが、翻字された日記にはあふれかえってしまうだろう……。娼婦の「またに手を入れて、手あらく　その陰部をかきまわした。しまいには5本の指を入れてできるだけ　強くおした」その同じ手で、「外国人の　いそうろう」になって「賛美歌をうたっている」伝道婦志願の妹の姿をつづる啄木の心情のIronyは、日本語の「外に漏ら」されることで辛うじて命脈を保てるものだったろう、と。

露文氏とて大判大学ノート七冊の日記のなかでしきりに物語したがっている事実はかく

せない。氏自身の中に潜む読者の要求が、書く傍らから氏をつきあげるふうだ。たとえば「毒消屋の倅は芸術家や思想家の卵にとんでもない陶酔をおしえた」などとあるのがそのひとつだ。「芸術家や思想家の卵」というのはおそらくサチ子さんと到さんを指しているのであろう。わざとぼかして書いているものの、あたかも氏が実家の生業がらみで何らかの薬物を調達し、われわれを「汚染させた」かのような記述が見出されるが、われわれの誰一人として大麻やＬＳＤなど見たことすらないはずだ。「民衆のアヘン」などというフレーズを口癖にしていた到さんがドラッグ中毒になる姿を私はまったく想像できない。ところが氏によれば到さんの口癖は「眼には眼を、資本主義には資本主義を」であり、「強靱な理性を武器に幽霊の正体を暴く勇気を！」だそうで、なるほどそういわれてみると、当時からわれわれが到さんの言動に抱かざるをえなかった一抹の疑問にもそれはつながるようにも思えてくる。「自らの学習費用は自らの手で」というスローガンのもと、すでに高校在学中からわれわれを株主にして会社組織の真似事を開始していた到さんの「思想」なるものにある種のいぶかしさを感じたことも思い出される。しかしそれはそれとして、「愛するサーシャ」は画家志望で、氏に「写生」のすばらしさを教えた女性であるのは本当だとしても、彼女が薬物中毒者であった事実はない。Шасэи という表記を私は遊び気分で「射精」などと翻字したがそんなフザケ半分はすぐに消し飛んだ。精密な「写生」はジャンキーのよくなせるわざではない。無口なサーシャは、露文氏に「うつすこと」の実践を暗にすすめた。しかし文学青年だった氏はひたすら写生という手段をうらやむばかり、結局コトバへのすがりつきをやめられはしない。氏にとっての薬物はついにコトバしかなかったという苦い事実。この間の事情は私などにも伝わる。現在ならビデオカメラがあるではないかといわれそうな気がするけれど、ロシア字日記から推量すると、動きのある風景記録はしりぞけられるあんばいだ。では単なるカメラではどうか。サーシャおすすめの写生の代替として有効であるが、「ただし」書きがつく。メカになじめぬ氏は「ネガフィルムの貼り付けられた膨大なアルバム集をつくりつづけること」などと決意する始末である。たしかにロシア字日記の印象は、通常の日記が現像された写真だとした場合、ネガに似ている。アルバムの写真をつなぎ合せてゆけばたちまち物語は出来上る。その衝動をおさえるのはむずかしい。

昭和五十四年一月四日付にはたった一行、奈其夜トリフォーを観る、とある。「を観る」の部分だけがロシア字であとはこの表記のままである。突然あらわれた奈其夜の意味が私にはわからなかった。トリフォーとこれもめずらしくカタカナ表記されたのは映画通とはいえない私でも名前ぐらいは知っている有名な監督名だから、当初私は奈其夜を漢文もどきに訓《よ》み、「其の夜にトリフォーを観る」と解釈してみた。だがそれでは奈の一文字が余ってしまう。この奈を前置詞みたいにして訓むのはやはり無理がある。私はしばらく解釈につんのめった。答は日記の三冊目で判明した。閑人とわらわれるのを覚悟して以下判読の経緯を記す。すでに引いた啄木のれいの四月十日付を写した後、露文氏は断片的な注を書いているが、そのひとつに「海原の根柔小菅――これで巷にたむろする遊女の意をかけるそうだ。すばらしい。万葉仮名はおどるでくの元祖！　三四九八参照」とあるのをみてさっそく万葉集の三四九八番を参照した。しかし私のもっている文庫本には原文である万葉仮名は付いておらず、図書館から三種類のぶ厚い評釈書をかりてきた。奈其夜をみつけたのはこのときであるが、それはお隣りの三四九九番に発見された。

　岡に寄せわが刈る萱のさね萱のまこと柔《なご》やは寝ろとへなかも（平可尓与世　和我可流加夜能　左祢加夜能　麻許等奈其夜波　祢呂等敝奈香母）

　諸種の評注釈を総合するとこの歌は終りのところが不分明なため一致した意味が確立していないものらしい。「寝ろとへなかも」が「さあ、いっしょに寝ましょう」と気にかかる人がいってくれるのかくれないのか、どうもはっきりしないもようだ。その前の「まこと柔やは」の「柔や」が奈其夜で、これは直接には「柔らかな敷物」のこと、さらには「柔らかな肌をしたあの娘」をさす。映画好きならここですぐにトリフォー監督の作品を連想するのだろうが、私は恥ずかしいことにそうでなかった。トリフォー監督『柔らかい肌』が判るまでさらに少し時間がかかった。電話のなかで私がまわりくどい説明をするのを聞いたあの知人がれいの調子でおしえてくれたのである。彼はそのビデオまで私に送ってくれた。日記のさらに後のほうに、「啄木が求めた奈其夜を僕も欲する」とあるのも見つけた。

　ロシア字日記がはじめられる二年前の秋、われわれ三人は萱刈りのアルバイトをした。その時のことを回想する日記を読んでようやく私も思い出した。われわれ三人とは、露文氏と私と到さんで、妹のサチ子さんはそれを写生した。文化財指定をうけた江戸宿場のおもかげを残す私の生家の隣村が観光地として脚光を浴びつつあるため、いったんトタンやカワラ葺きにした家々の屋根も景観統一の上から全部萱葺きにもどす計画が浮上、急遽大量の萱が必要となったのだが、この大がかりな〝かるかや運動〟の中心にいたのが到さんだった。東京を中心に作りあげた学習塾チェーンを郷里まで延ばそうとした彼がその構想をとりやめるキッカケを作ったのが宿場街復興プランだ。到さんは何しろわれわれの地方から「東大に合格した三人衆」の一人（しかも残りの二人は旧帝大時代の話だ）、すでに十代から問題児でありながら一目も二目も置かれる存在で、町長などとも近しい仲だったから復興プランは急ピッチですすんだ。東京の高名な美大の教授を中心に宿場の遺構調査委員会を組織したのも、その結果判明した旧本陣跡に当時と全く同じ構造のものを復元することを提唱したのも到さんだ。現在のかるかや商事（株）はこの時誕生したものだが、業務内容はすっかり変った。様々な村おこし事業を経て今は安定した〝水商売〟を手がけている。関東圏の仕事は人に任せ、〝ただ（同然のものを原料とする商品）ほど高い（利を得てしかも気分のよい）ものはない〟をビジネスの持論として新発見業務に専心している。「ブナの原生林から流れ落ち、葦のそよぎに浄化されたお水をあなたのご家庭に」――かるかや商事の目玉商品である自然水「おどるでく」のパック瓶に印刷された文句である。ここで小説より面白くない事実が明らかになる。ヒット商品「おどるでく」の生みの親はもちろん今日の仮名書露文氏である。氏は大学院聴講生を二年ほどやった後、北海道根室に本拠を置く日ソ関係の貿易会社に就職し、七年勤めて退職、ヒット商品のプランを抱えて再び到さんのもとにやって来た。それが見事に当り、彼はかるかや商事専務取締役となって現在に至る。元高校音楽教師と結婚し、一男二女をもうける。趣味はゴルフ、目下の悩みは肥満である。昔露文氏と私とは同志ふうの親友だったが今はどうだろう。ロシア字日記にも書かれているように、かつて同志の意味だったロシア語タバリッシュは今では氏名の前に付ける敬称にかわっている。タバリッシュ・スターリン「同志スターリン」は単なる「スターリンさん」だ。今日の露文氏も私も互いを「さん」付けで呼ぶより仕方ないようなつき合いにかわった。「いやあ、到さんに何でもいいからアイディアをだせといわれつづけてきましたが、毒消屋の倅がついに当てましたよ。むかしの富山の薬売りみたいに僕はこれを全国の都会に売り広めたいです。毒消屋バンザイです」という彼の言葉を聞いたのはいつだったろうか。「押し木・裏木」作業にようやく慣れた目で時折射し入る白い光線を追ううちに、私も手作りの「運命共同体」とやらの発展のためにヒット商品につながるようなアイディアをしぼれといわれていた頃のことを思い出した。私が思い付いたのは「実現不可能な夢の商品」で、日当りの悪い住宅が増える宿命にある大都市向けに、何らかの方法で収集蓄積した太陽光線を闇の部屋に（まるでガス管や水道管のように）送り込む装置を案出できないかというものだ。到さんはこの着想をひどく買ってくれ、本気で開拓方法を模索したのだった。

　三人で萱を刈った頃のわれわれは一様にやせこけていた。「岡に寄せわが刈る萱のさね萱の……」という万葉歌の「岡」とは、水に対する陸のことで、これは注に頼らずとも今でも水稲と陸稲《おかぼ》などと用いられている。ところで水辺の萱を刈って岡地に寄せるイメージは、屋根を葺くのに用いる草が多種であった時代のもので、われわれが従事した萱刈りはあのススキのみを中心に刈りあつめる。萱は一段、二段と数える。「まるで階段のように！」と露文氏はいう。小さな束六つで一段になる。と、実演をまじえておしえてくれたのはもちろん到さんではなく、父親の肥田親方だった。萱を刈るのは霜が三回くらい降りてからだそうだが、われわれが親方の家のある霧下村の大川近くに集合したのは十一月三日の文化の日である。気持ち良く晴れた日で、サチ子さんがいつになくはしゃぎ、写生の筆を止めてあちこち歩き廻っては、父親に質問を投げた。川原に多いのは葦、これは太すぎて、ふつう屋根葺きには使えない。よく似てはいるがススキよりもうんと銀灰色に光って老人の品のいい白髪みたいなのは荻だ。チガヤとススキとスゲの花穂も、色かたちが微妙に違う。晩秋に白くなって飛び散ってしまうのがススキで、あとの黄褐色のをひっくるめてかるかや、と大ざっぱにいうこともある。質問に答えていた親方が透き通った空に向ってつぶやいた言葉を露文氏は次のようにうつしている。「藁葺き屋根といえば、昔は俺みたいな水呑百姓の家を代表するものだったが、今じゃ金のかかる見せもの道楽になっちゃった。けんど見せものといったって格のちがうものはある。二十年に一ぺんの、あのお伊勢様の大行事なんぞはそれだよ。人手不足のかなしさで、俺のような者にさえお呼びがかかった、あん時は感激したなあ。俺が県から九人の他は、近畿周辺からで合わせて三十人が集まった。死装束みたいな白装束が支給されて、神様の息のかかった人の細かい指示をひとつひとつ守ってな。作業にかかる前には全員身を浄めて。一時間も仕事をしたかと思うと、やめの合図でお茶になる。お茶が終ればまたイチから支度のし直しだ。美女の前にいるときみたいに屁をひるのもはばかられる空気で。たしかに、あんなところでくさい息を抜くのは仕事の手を抜くより無礼なことだべい。じっさい、抜いたことを神様の息のかかった人に申告すれば、作業のやり直しを命ぜられたかもしらん。萱も御幣付きの麻縄できっちり結ばれて、まあそのなりの立派なこと。底を刈り揃えたウルワシ萱がきりっと束になって並んだ姿を見ると、政治屋が一万円の札束の山を見たときにはこんな気持ちになるんではないかと俺は思う。いい萱見ると、場所をかまわずこの手で刈りたくなることがあるが、あんなすじのいいのには、なかなかお眼にかかれねえ。もったいなくも俺がのぼらせていただいた屋根の下はぜんぶ白木のヒノキ造りで、萱葺き屋根のそれぞれのスマッコはウルワシ柱で見事に支えられてる。あのウルワシ屋根で仕事できたのが俺が生涯の中、忘れようにも忘れられねえ二大事件のうちのひとつだ……」と露文氏の筆写はまだつづく。

親方のいう二大事件の残りの方は、昨年七月の屋根葺き手伝いの際にも聞いた。戦争体験をもつほとんどの人が何らかの事件ふう記憶を刻みつけて帰還したであろうと思われるが、親方の話は少し感じがちがう。反復される毎に物語的尾ヒレが付け加わる体験談のようではないのだ。たしかにそれは、きまって軍隊生活のことから切り出される。自分は軍隊が嫌いではなかった。ガクモンの方はからきしダメだが体力には自信がある。天涯孤独の身になる前の家も肥田という名字とはうらはらに稗飯《ひえめし》しか食えないほど貧しかったから軍隊の暮しはむしろゼイタクザンマイに思われた。少々のいたぶりなどはカエルのツラに何とやらだし、どんなことにだって耐えてみせる。しかし、上官の命令を即座に実行にうつすことに何のためらいもなかった彼がどうしても出来なかったことがあるという。それは命令によるものでなく、また「そこまでやる必要は本来ない」性質のものだ。まず、しごく簡単な言葉を発すればよかった。つづく仕事内容もまったくむずかしくない。「班長殿、フンドシを洗わせて下さい！」——喉まで出かかったその言葉がいえず終いだったため彼の立場はずっと好転しなかった。兵営は上官が親鳥となって営まれる巣である。親子の情は客観的に存在するものでなく、規律がそれを作る。上官の命令は天皇陛下の命令という言葉はこの規律の無《む》辺際《へんざい》性をあらわに示している。営兵たちは上官の命令を親鳥の運んでくるエサのようにのみ込む。命令の通達者がほんとうの親であるかどうかと考えるいとまはなく、営舎ではじめに確認された上官が親なのである。雛鳥たちはけんめいに親を創造しつづけなければならない。へつらいではなく親孝行の一環として「班長殿、フンドシを……」の申し出はある。命令をもらうばかりでは、という意識に目覚めた者が自発的に申し出を買って出る。もしかしたらそれは自由への道をひらくかもしれないではないか。露文氏のペンはいささか踊りぎみだがこの間の事情、じつはわれわれが高校時代に出していた機関誌に「肥田岩男聞書」として五回にわたって（会誌は五号で休刊になった）連載したものによっている。稿を作ったのはもちろん稗田於礼である。「日本庶民をして戦争で犯した罪を偽らずに語らしめる」とかいう息子の意図は残念ながらあまり反映されなかった。聞書をスタートするにあたって「肥田岩男氏には毛沢東『矛盾論』に誓って虚偽の陳述をしてはならぬ旨よくよく理解していただいた。一見矛盾したこともこれをおそれてはならない、それは必ず互いに反対の側面に転化しうるものだ。インタヴュアーを聴聞僧とみなし、ありのままを飾らずに、じっさいにやったことをやったままに話していただきたい、詳しければ詳しいほどあなたの生涯は真理に近づく、と。尋常小学校卒の彼にそのような言説がわかるはずがないというのは俗論にすぎない。〈これまで見たこともなければ聞いたこともないめずらしいこと〉を彼はきっと語ってくれるにちがいない」と意気込んでいる。露文氏の手元に五号分の機関誌が保存されているふうで、氏の写しは従って、岩男氏の原陳述と聞書作成者の断片がいり乱れる。「班長殿、フンドシを……」の申し出を、初歩の外国語会話みたいに必死で練習してはみたものの、ついに一度も発語出来なかった若き岩男氏に上官は、「貴様の肚《はら》は全部お見透しだ」といったという。「帝大出の立派ンな人でねえ」とこれは岩男氏の発言のまま。いったい何がお見透しだったと思うかとのインタヴューアーの問いには「この俺がやくざれのおいなしっぽだったって事だべい」と答えている。上官はめずらしく暴力の嫌いなリッパンな人だったようだが、自分は親の心情で班員たちを卵のようにあたためるつもりだから諸君も親を作る心持になってほしいと暗に要請した。ひとり自発性のない者がいると、その非協調的な病が班全体に伝染ってしまう恐れがある、と。しかしもちろん、岩男氏はそれ以前にいわば先験的に、親鳥としての上官がなぜか抱こうとしない卵の一つだったにちがいない。上官は霊媒師の如く直覚していた、この卵は抱くべきでない、抱きたくない、と。心底はお見透しだといった上官の真意もまたそれと関係がある。私はこの間の機微がいくらか理解できる。ちょうど昔々の私とあの教授との関係と同じだ。

　ところで岩男氏の二大事件の残りはこの軍隊時代のものではない。私と教授との先験的出会いが佳き思い出たりえないのと同様の事情があるといえばいえるが、しかしすでに記したように彼にとって軍隊時代は辛く苦しい一方のものではない。ただ次にひきつづいてやって来た運命が「もったいなくもお伊勢様の屋根でさせていただいた仕事」と匹敵するあまりにブリリアントな事件でありすぎるらしい。次の運命は露文氏にいわせれば兵隊生活の「毒消し」となるものだった。北支で終戦、「除隊になったが運悪くソ連軍にからめとられて」収容所へ送られ、以後四年近く抑留された。私も何度かじかに聞いてその話しぶりはよくわかっているのだが、「庶民肥田岩男の話は反復的断片に終始する」と苛立ちぎみに稗田於礼が評している通り首尾一貫したものとはいえない。露文氏はそのことを解説してこんなふうにいっている。この種の発言に接するときは、言わんとしているたくさんのことがらと、じっさいに口に出した発言との不一致に注意せねばならない。考えていることと言葉が矛盾しているというより、あくまで自分自身では経験内容のあらゆる変態、変化形、ヴァリエーションを豊かに様々にイメージしながら話しているつもりなのだが表現は無変化形のままである。そこには不誠実さはまったくない。「この単純きわまる無変化形の思い出のカケラを聞かされるたびに庶民たちがはじめてのようにはやしたて冷やかしのアイノテを入れるその反復へのエネルギーに舌をまく」と氏は書くが、私もつい昨年、親方の収容所長マリア・パーヴロブナとの出会いをめぐる反復譚で同じ感想を抱かされた。母や手伝いの村人らが口々にいう「岩あんにゃのマリア物語」である。収容所を三度ほどかわったが、その三回目のところでいわば人事異動で赴任してきた新所長が、近くのコルホーズ班長を経験したこともある若い女性マリア・パーヴロブナだ。「さすがチョウサンシュギの国だけのことはある」と思ったそうである。われわれの地方の大半の人が比較的若い世代でもキョウの発音がうまくできない。軍隊時代も、勉強をベンチョウ、「今日はいい天気だ」をチョウワイイテンチダとしかいえずからかわれたものだった。その名を口にするのもはばかられた共産主義者をチョウサン主義者と発音する岩男氏は教養ある上官の表現をかりれば「まるで三十六計逃げるに如かずの逃散主義者」でしかなかった。さて理想の国作りを果したソビエトにあってはたとえ収容所の人間でも教育しだいで「完全な人間」になる可能性をもっている。チチハル経由で、三つの収容所をわたり歩くうち、こうしたソビエト上層部の意向はしだいに全国レベルに浸透していった。マリア・パーヴロブナは共産主義の理想にもえる若き女性リーダーだった。このマリアをはじめて見たとき三十そこそこの岩男氏の全身に「ねこまたのきかせ」が電流のように駆け巡ったという。と書けば二人の間に物語ふう恋愛が展開するように聞えるかもしれないがむろんそうではない。たしかに岩男氏の心情にそのカケラがないわけではなかったろうが、彼にとってマリアは「あのマリア様、俺が村の先祖が隠れて拝んだ、キリシタンのオンバマリア様のような女性だった」（オンバは乳母と表記していいだろう。お上の弾圧をのがれるため顔かたちは赤子を抱いた観音様にしてじっさいは聖母マリアである石像をいい、霧下温泉の敷地の地ならしをしていて、計五つのオンバマリア像が出土し、到さんはマリア地蔵堂を建立した。それもはじめは赤いトタン屋根だったのだが、やはり到さんの希望で昨年わざわざ萱葺き屋根にかえることになり、肥田親方が、正面破風の部分に十字の切り込みを入れるという類例のない技術をほどこして完成された）。マリア・パーヴロブナは東洋諸語にも通じる教養人で、上手ともいえない日本語ではあったけれど、あるときベンチョウカイ（勉強会）の講話でたとえば『詩経』という書物の中の「鶴九皐《きゅうこう》ニ鳴イテ声天ニ聞コユ」を引き、鶴はたとえ深山幽谷《しんざんゆうこく》の沢で鳴いていても、その声は遠く天に到達して大いなる者に聞きとどけられます、ちょうどそれと同じように君子は世俗の奥深く身を隠していても、その偉大さはすぐに知れ渡るものなのですという意味の内容を分りやすく解説したその後で、岩男氏個人に「あなたはその鶴です」とまじめに語ったことがあるそうだ。後に判明したところではこのときすでにマリアには結婚を約した男がいたのだから、岩男氏に寄せる関心は「完全な人間」への信仰に近いものだった。マリアにもミッションと同質の情熱が宿った。鶴のたとえなどを引き、天だの君子だのという言葉をあえてつかったのも日本人が儒教ふう教育になれていると聞かされたからだ。彼女にとって天とはもちろん共産主義の最高指導部を、君子とはコミュニストとして「完全な人間」を指す。全世界の人間をそこにむかって教導するのが彼女の使命である。だが岩男氏はたまたま収容所内の日本人が「学のあるひとばっかし」だったことも手伝ってか、マリアの眼に「はじめから理想を体現している人間」（露文氏はこの部分をロシア語でハラショー・チェラベークと記している）に映った。当初より監視はゆるかったが三番目の収容所時代にはほとんど無いにひとしくなった。そうした比較的自由な雰囲気に拍車をかけたのが当局からの徹底民主化の号令だ。所内のインテリ日本人らはこの空気を察知し、壁新聞などを自主発行して種々の運動をもりあげようとした。彼らは将来の理想社会の共通語となるロシア語も積極的に学習する意欲を示したが、岩男氏はからきし覚えられず、今現在記憶に残るロシア語といえば「銭のことをゼニギという」くらいである。「ひらがなとかたかなはなんとか読めるくらい」の岩男氏はインテリたちの運動がちんぷんかんぷんで、「申しわけないので、自分《わが》から申し出て」種々の労働に従事した。マリアが心服した岩男氏の初仕事は、収容所内の一角に「サッカケ小屋」を作ることだった。コルホーズの野菜作りを手伝ったり、レンガ工場で働いたりする正規の労働以外の、まったく臨時の手仕事、しかもそれは所員の希望によるものだ。サッカケ小屋とは方言で、主に作業用の簡素な掘っ建て小屋といったほどのものをいう。後ですぐにれいの民主化策でちゃんとした処置がなされたが、この小屋はそもそものはじめは臨時の死体置場だった。集会用にあらためられた時点で屋根もライ麦の藁その他を用いて岩男氏が葺いた。あなたは大工だったのかと訊くマリアに、岩男氏は「素人に毛が生えたようなもんだ」と笑いながら答えた。毛が生えたような、がマリアにはすぐわからなかったが、岩男氏は百姓なら誰でもサッカケ大工を兼ねる、とつけ加える。父親の話から想像して描いたサチ子さんの幾枚ものデッサンのおかげで私の脳裡にもあざやかな風景がよみがえるが、マリアは奇跡のような岩男氏のこうした労働を目撃して惚れ惚れする。しかしはやくに孤児になった氏にとってそれらは全部故郷の「谷間で生きるのに必要な最低限」の技術にすぎない。兵隊にとられる前にカラダで覚えた単純労働ばかりである。五年やった炭焼きなどはその典型で、小屋を建て屋根をかんたんに葺き窯をしつらえ、そして木を伐る。収容所労働のレンガ作りも森林伐採も炭焼きの一環で、ただ専門性が強まっただけだ。岩男氏の能力は「御損《おんぞこ》ない」（専門家でない）のものである。彼は獣医でないが牛馬の病のかんたんな手当てができる。出産にも立ち会い、トーネッコ（＝子馬）の世話をし、場合によると牛馬の屠殺や腑分けにも腕をふるう。「なんでもやることを看板にしていないとおまんまが食えないかなしさで」、郷里では葬式の墓掘り人夫を一人で「負《ぶ》っつあって」（＝請け負って）いたこともある。収容所の糞尿汲取りなども造作のない仕事だった。おまけに岩男氏は霧下音頭なる奇っ怪な踊りの名手で、「堕落したブルジョワ文化の一つである社交ダンス」を葬り去る迫力をみせた。もともと隠れキリシタンの「おらしょ」の身ぶり手ぶりに由来するこの「民衆ダンス」は本人の弁によればシベリアのあまりの寒さで、冬場など、「しょっちゅうハネオドッテ、しかもカラダじゅうを撫でさすっていないと凍りついてしまう」状態でさらに磨きがかかったという。マリアはこうした岩男氏の姿に「偉大なる労働者」の手本をみた。気づいてみると岩男氏は「社会主義労働の英雄」にまつりあげられていたのである。それがわかって彼は「照れくさくってしょうがなかった」が、でもマリア個人に崇拝されるのは「悪い気がしない」。いやそれどころか「そのうちマリア様に、何かこうオカシゲな気持ち」を抱くようになった。そしてある日彼はマリアにあなたの着ているものの洗濯をさせて下さいという意味のセリフを吃音まじりでいったのだ。岩男氏のことをマリアは労働者の英雄イワンと呼びならわしていたが（所内の日本人たちはイワンの馬鹿とひそかに呼んだ）、氏の話を信じるとすればイワンのこの願いは叶えられた。露文氏の記述では「マリアの下着」を、村人の「岩あんにゃのマリア物語」のパターンでは「マリアのズロース」を、昨年私が聞いたときには「マリア様のブルマ」を洗濯（郷里の正確な発音はセンダク――洗濁という字をついあてたくなる）しつづけられたことが肥田岩男氏の人生の二大至福のひとつである。

屋根葺き最終日のいわばうちあげの宴でも岩男さんは霧下音頭を披露してみせた。昔はこれを蓑笠姿でやるのが通例だったので、大学時代に露文氏と到さんと三人で正式装備に身を包み、生家二階で演じたこともある。われわれ二人は、物を背負うための「ばろん蓑」、リーダー格の到さんは雨降り用の「ふり蓑」を着用した。はじめに、ホッサナ、ホッサナ、ヨイヤサッサ、負《バ》リョン、負リョン、負ロ負ロンと皆がかけ声をかけると、二度三度と身をくねらせ、「わらわらとうごく」。「コマネズミみたいに」周りをきょろきょろながめながら天をふりあおぎ、すぐに顔を伏せる。いざ、はらいそ寺へ参ろうよ、というところから「本振り」になって、すでに記した文言、〽賽の河原に鬼をば誘え、隠れ蓑着た鬼をば誘え、鬼も天狗も隠れ笠、真実でうすの御使いぞ、やれ引けそれ引け鬼の糸、糸に引かれてはらいそ寺へ……がつづく。露文氏によれば、この振り付けは「ふり仮名タイプと送り仮名タイプ」の二つに大別される。ヨミの踊りというのは氏の勝手な定義にすぎないとしてもその連想はなかなか面白い。霧下音頭は慶弔両用だが、それが踊られる「そこ」を吹き抜けるのがもののけで、その表記はものの怪でなくものの仮である。とてつもない喜びでもかなしみでも畏れでも狂気でも、胸騒ぎの予感でも何でもかまわないが、これに取り憑かれるときの振りがふり仮名ふう、弾圧あるいは戦争などによる死者を弔いこれを葬送するときが送り仮名ふう（正式には前者の場合雨ふり用の「ふり蓑」を、後者の場合通常の「ばろん蓑」を着る）、そして「これらヨミの踊りは吹き抜き屋台なる不可視のやぐらの廻りを巡って本振りになるまでおこなわれる」と氏は解説する。本振りは「本降り」にかけられているのだろう、天から「御大切」（＝愛）が雨のように降りそそぐまで、身を踊りよじらせる。踊り手の身体は、ものを吸うときのわれわれの顔の表情同様、変形する。火男（ヒョットコ）踊りという別名はこの表情に由来するのであるが、顔だけでなく全身が火男の口になるという点に注意すべきである。さいごには、おぶさってくるものがあって身体は重くなる。「くるすにかかりしぜずきりしと（イエス・キリスト）」と同じ姿形をそれぞれ思い思い連想しそのかっこうで静止する。静謐な空間にはらいそ寺がほの見えるまで。到さんは、この部分を、いざ、はらいせ寺へ参ろうよ、と言い換えてつぶやいていたものだ。当時の彼が信奉する思想によれば、積もり積もった労働者階級の怨念をハラス場所がはらいせ寺である。岩男さんの霧下音頭は村人もいうように絶品だが、それは屋根の上で日をつなぐ仕事と無関係ではないのだそうだ。屋根葺きをしながら、不安定な足場でこの舞の真似事をすると、烏が「目と鼻の先っちょまで」近寄ってくるという話は本当なのだろうか。

　久しぶりにこの踊りを見て、私は、れいの段ボール箱から出てきた異国語の亡霊のうち、アラジンのランプに照らされたアラビア語世界を思い出した。イスラム圏では本来のキリスト教がそうだったように、一切の偶像崇拝が禁じられる。神を絵姿にすることが厳禁される。神は千変万化するがゆえに不動の無形物、ゆるぎない零でなければならない。しかし、何らかの形になった化身を拝みたい人間の心情はいかんともしがたい。イスラム教が辛うじて許したのは、言語が絵姿に限りなく近づいたものだった。かくしてアラビア語やペルシャ語は他のいかなる言語にも増して装飾的になった。文字そのものが舞踏的にならざるをえなかったのだ。話をさらに外らせ、たとえば、ヘブライ語のアルファベットの最終二十二番目にתּ（Tåw）がある。私が図書館員として整理したヘブライ語図書はたった一冊、聖書だけだった。偶像崇拝を説明するのに、私はこのתּをひきあいにする。異国語収容所時代、私は意味に無感覚になった。先の記号を意味ではなく絵として拝むことが私には可能である。語学の二等兵、御損《おんぞこ》ないの初年兵でありつづけた時代の私の信仰を一つのシンボルとしてその記号に託すことができる。私はその記号をみて「ねこまたのきかせ」を体感する。そこから一羽の謎の鳥がはばたくのを目撃する。宗教的シンボルとはそういうものだ。「ねこまたのきかせ」は時間を飛び越えてやってくる。アラビア語やヘブライ語に過去・現在・未来といった時制が無いことに私はかつてひどく驚かされた。いかにも砂漠の言語文法にふさわしいと納得してしまったけれど。カーターラ（彼は殺す）というアラビア語は、時と場合に応じて「彼は殺した」とも「殺したかもしれない」とも「殺すだろう」ともなりうる。「今・ここ」にアラジンのランプが灯ってはじめて殺しの現場があぶり出されるのだ。一つの記号がシンボルと化するところには必ず霊的視点が存在する。その視点の前には時制など無用である。それは過去・現在・未来をつらぬく階段のどの一段で点滅するかわからない。アラビア語練習帳に私は書いたことがある。キリストは実在した、実在したかもしれない、実在する、実在しつづけるだろう。あるいはゼロのキリストが実在する、と。

　すべての禁圧は、はらいそ寺、いやはらいせ寺へ参る原動力を生む。人々は霊的なマナジリを決し苦しげに踊りながら「そこ」へ進む。負いかねるものを負わされるときは階段を踏み外してナラクに落ちる誘惑に駆られる。いざ、はらいせ寺へ参ろうよ、とうたうときが誰の人生にもあるのではないだろうか。コンヘションの部屋や啄木が通った娼館さえはらいせ寺と呼んでいいものだったのではないだろうか。啄木は砂漠のような娼婦の肉体に埋もれ、時制を殺し葬ろうとしたのではないだろうか。「われわれにとってはらいそとは、ついに広義の復讐《はらいせ》寺でしかない。だが、そうであるとしても、はらいそへの階段＝天使の通路＝おどるでくだけは実在すると僕は信じる」と露文氏は書いている。そういえば氏は、サーシャが描いた傑作油絵「踊る宗教」を聖像《イコン》として大事にしているとも書く。モデルはもちろん岩男氏で、霧下音頭フィナーレの法悦の静止図である。コピーといってもいいほど似た絵を私ももらったのだけれど、私の方には「踊る宗教」などではなく「稗田の案山子《かかし》」という題がついていた。中央前景の岩男氏の他に幾人かが背景に点描されているが、顔は皆一様だ。岩男氏は案山子のように十字架状に身をそらして立ち、頭を右肩に寄せ、眼をつむっている。真横に伸ばした両手のひじのあたりに烏がとまっている。

「兵隊時代にはついにフンドシ洗いを申し出られなかったのにねえ」、霧下音頭を舞い終った親方に冷酒をつぎながら私はわざとそういってみた。

「そ、そこよなあ」といったきり親方は真綿みたいな白髪をしきりにかきあげる。

「こ、この手で、こ、この手をなあ」と口ごもり両手を前にかざし、しみじみと眺める。ツメが割れ、指の節々がはれあがってグローブのようになったその手をマリアはほめちぎったという。その頃はツメも割れておらず肥大しているのはかわらないが全体にもっと力強いものだったにちがいない。英雄イワンに洗濯してもらえるのは光栄だとマリアはいった。しかし英雄扱いになったくだりは村人相手には強調されていない。岩あんにゃが「完全な人間」「理想の人間」として崇拝されるという事態は村人にとってほとんど想像できない領域に属するし、親方自身にとっても理解しにくいことであったろう。ありのままを誠実に告白しさえすれば真実としてすんなり受け入れられるとは限らないのである。私は反復をいとわずに、マリアと交わした話を何でもいいからもう一度思い出してくれないかと頼んだ。するとまず、われわれが高校時代に機関誌にのせた内容と重複する話が二つ出てきた。私自身調査研究して書きあげた郷土史小論のなかみとも関係する。そのタイトル「蓑ひとつだにあれば助かる」を今も憶えている。これは要するに支配権力に江戸期の地元百姓がどのように抵抗したかをテーマにしたもので、「こういう傾向の研究をすれば到さんに喜んでもらえるにちがいない」というのが当時の私の心持であった。方言まじりにいうならその頃到さんは私にとって「心のあんにゃ」だった。露文氏も似たり寄ったりの心情で、彼が高校時代すでにロシア語を独習しはじめたのは明らかに到さんの影響である。といっても到さん自身は外国語を根気よく学習するようなたちではなかったのだけれど。おそらく岩男氏もまたどういう種類の話をすればマリアが感激するかわかったのだろう。彼女たちの話にひんぱんに登場するナロード（民衆）なる言葉を岩男氏は「ナルホド」という頷きみたいに最初受けとめていたがやがてどうやら自分はそのナルホド人間に数えられているふうだと合点し、郷里のナルホド物語を伝えた。ナルホドたちは知恵をしぼって年貢をどうやって軽減させるか考えた。蓑ひとつ置けば隠れてしまうような隠し田も、また田んぼの境界をわざと曲線にし大小様々にしたのもひとえに検地役人の眼をごまかし、年貢算定を混乱させるためだ。しかしそうしたのらりくらりの抵抗もついに限界が来た。来るべき時がついに来たという語り方にある種の人々は興奮する。理不尽な重税に耐えきれなくなったナルホドたちが全国規模で展開したのが百姓一揆である（百姓一揆というコトバはさすがにマリアも知らなかったが、「百姓」はすぐに覚えたらしく、しかもオンヒャクショウを岩男氏に連発していたという）。われわれの地方でも南山《みなみやま》御《お》蔵入《くらいり》騒動と呼ばれるものが発生した。全国に共通するらしいが、一揆の際には顔や姿を隠すためだろう、蓑と笠を着用することから蓑笠一揆などともいわれる。オンヒャクショウたちはとうとう「チョウサン」（逃散）主義者になった。

　屋根葺き最終日に、イワンがマリアにした話で私にはまったく初耳のものを聞けたのは収穫だった。土地に伝わる民話を何でもよいからとせがまれたことがあったのだが「あいにくそのての話は早くに孤児になってしまった身の上」も手伝ってあまり多くを知らない。桃太郎とか浦島さんとかその種の全国共通のものでなく、と条件をつけられたことも要請を難しいものにした。やっと思い出したのが話ともいえない断片的なオバケの言い伝え「ぶっつありてい」である。サチ子さんが女将をする霧下温泉旅館の名前「ぶっつあり亭」の由来をはじめて知った。でもあまりに断片的で、なんでこれがお化け譚なのか今ひとつよくは呑み込めない。営業をはじめて何年にもなるのに私は一度も霧下温泉には行ったことがなかった。噂では、三階建てで全体が豪壮なわりには部屋数が少ない、ぜいたくな造りだそうだ。本館の東側に小さな別館をしつらえ、希望者に泊ってもらう。ウシミツ時にスマッコワラシが出没するというその部屋は先頃民放テレビの取材を受けたそうである。ぶっつありていとスマッコワラシに直接の関係はない。ただ、「ぶっつあり亭」を建てる際に到さんが近傍より集めた大小さまざまの石が、すべて伝説の息のかかったものというだけである。とりわけ美しいとか奇形だとかでなく、なんのへんてつもない石はかつて一度、ものを云ったことがある。路傍の石が通りがかりのその人にぞっとするような声音《こわね》でささやく、負《ぶ》っつありてい！　負っつありてい！　と（おぶってくれ、というほどの意味だ）。すると、どんなに重いものでも人はただちに「負っつありたかったら負っつあれよ」と叫んだうえでそれを背負って家にもち帰らねばならない。そのもの云う石が黄金に変貌する可能性は低くないと昔から言い伝えられているからだ。到さんはこの地方の家々から、もはや持ち帰って長い歳月がたったものを、けっこう高い値で買い取ったと聞く。

「ようやくその話を思い付いたのは」と親方がつづけた。

「何度か出た前線で、負傷した戦友を何人も見殺しにして逃げ帰るときに、おちこちから、ぶっつありてい、ぶっつありてい、っていう叫びがあがった気がしたことがあったんで……」

「シベリアを離れるとき、マリアさんは、ぶっつありてい、とはいわなかったんですか」

と私が訊いた。

「はっはは。マ、マリア様の方でなく、この俺が負っつありたかったら負っつあれよ、って心の底で何回《けり》も呻いたぞい」


ロシア語の意味を捨てて読みと文字だけを用いた日記を翻字する過程で私も、うつしの効能を味わうことができた。「うつされればおどるでくが取り憑き、うつせば病気が治る」とは露文氏のいつもの奇言である。私が蔵書目録カード作成という無味乾燥な仕事に没頭していた図書館員時代、ロシア語やアラビア語といった異国語はすべてローマ字表記に直さねばならなかった。その後まもなく図書館界の考え方がかわり、原語原音主義にあらたまる傾向になった。ロシア字日記の翻字作業という暇つぶしに熱中したのは当時をなつかしく思い出した心持も手伝っている。翻字は存在しない言語である。ドストエフスキーや**Dostoievski**はどこにもおらず**Достоевский**だけが実在する。私のかつて従事した翻字は、利用者の便宜をはかる目的でなされたものだが、考えてみればロシア語の目録を調べる大方の人はロシア語がわかる人なのだから、そのタイトルや著者名をわざわざローマ字に直したものを作る意味はないというふうにかわったのも当然である。しかし、露文氏のロシア字日記の情熱を説明するのは、他ならぬこの「わざわざ」の中に潜んでいる。それは露文氏のいう「隠れ蓑」であるが、いったい何から何を隠すものなのか。かつての翻字はより広く閲覧してもらうためのものであったが、露文氏は、存在しない言葉をつかって実在する日本語をうつそうとした。彼が愛読した『白文万葉集』や啄木の「ローマ字日記」のように。存在しない言葉、より正確にいえば、実在する言語の意味を捨てて読みと文字だけを採用した段階でわがイロハは産声をあげたのであるから、氏の指摘通り、日本語は幽霊＝おどるでくそのものといっていい。「東北本線なるものがおびただしい駅と駅をつないで成っているように、一つの抽象的段階は千の階段から出来ている」と氏は書いている。万葉仮名も、『どちりなきりしたん』の変体仮名もそうした階段の一つであろうか。

　せまい、みだらな町に出かけた日のことをローマ字日記に書いた啄木について、露文氏は「娼婦のいる町そのものがローマ字日記という場所だ」といささか舌足らずな説明をする。何をいわんとするかわかる気はする。おびを解くまでもなく「さあ」といってそのまま寝る女たち。啄木はローマ字日記を、懸案を解く手段でなく、「漢字に取り憑く仮名のように寄り添って寝る」手段としたかった。告解室のような場所にしたかった。告白のなかみなど通じないし、また通じなくてよいのだ。日本語で思いを切々と語る、だがその語りの外観は日本語とはまるで異なるものとなって表層におどる。

「寄り添って寝る」「うつしとって寝る」「寝てから、うつしうつされる」あるいは「移動する階段」「流れる水」の如きもの、氏はその典型を、ふり仮名や送り仮名にみる。それは「隠れ蓑」としての漢字の背後に身を潜める。漢語の幹に抱きつき、静かに揺さぶり、果実を「落としまらす」。漢語に寄り添ってわが意をうつし、かの意をうつされる。水のように、いかなる器にもそれは柔軟にうつされる。漢字の一角から生れたスマッコワラシみたいなその仮の存在は、どんな漢字にも取り憑き、かつこれをおくることができる。そんなあたりまえの事実に露文氏は小学生のようにおどろいている。彼の書いたロシア字には、おいなしっぽという視えざるシッポが生えてきた、と最終巻でのべてもいる。

前記のロドリゲス『日本語小文典』上巻に語根と活用変化をめぐる記述がある。たとえば語根 yomi（読み）は現在時制「読む」からはじまって未来分詞に至るまで、じつに二百をこえる変化をもつ。私はこれを、（読うだ）（読うである）（読うであつた）（読まう（読まうず）（読まうずる）（はや読まうず）（読うであらうず）（読めかし）（読めがな）（読まうものを）（読うだらばよからうものを）……というふうに全部ここにうつしきりたい衝動にかられる。読という一語の漢字に付着する仮名は、百態どころか二百をこえる変化を示す。そういうとき、おどるでくとしてのふり仮名は「変化」の漢字の横に「へんげ」となって寄り添うのである。ロシア字日記を通読し、日本語にもどしている間、私の「読む」行為は（読まうまでよ）（読みもせうず）（読みもせよかし）（読み）（読まれ）（読む人）（読まう者）（読まうとするところに）（読まなんだ）（読まぬまへ）（読まなんだらばよからうものを）（読まなんだこともあらう）……と日々変化をとげた。そして日本語にもどった日記を読み返すときには、昔々北欧語の語尾変化で習った「大事なこと」を思い出した。すなわちゼロ（zero）語尾のことを。乱脈にベンチョウした世界の言の葉のなかで最終的に私がもっとも親愛の情を寄せたのは、ヨーロッパ中央語に対するいわば東北弁に相当する北欧語だ。ことに魅かれたのはデンマーク語で、発音練習がじつに愉しかった。英語圏で出されたテープを「必要経費」でやっと入手し、すり切れるまで聴いた。私は当時オペラ歌手みたいに日夜異なる発音練習に励んでいた。朝鮮語の濃音や激音と呼ばれる難発音はローソクの灯を前にしておこなった。ベトナム語の六声調もとてもむずかしく、「おばけ」の意の「魔」は発音次第で「墓」にも接続詞の「しかし」にもきこえてしまう。「しかし」私が究極のところで取り憑かれたのは喉という場所をいわば「墓」と化し、そこに棲む「おばけ」に祈りをささげるデンマーク語の声門閉鎖だった。デンマーク人に叱られるかもしれないが、私は袋小路と化した喉を愛した。声門という名の門をたたきつづけた。裏声や呻き声に近いような独特のひきつった音を出すには喉がある種の病気にならなくてはならないとさえ思えるほどだが、その声門閉鎖（私はこれを首吊り発音と命名していた）の要領を得るのに二年はかかった。この発音が聞きとりにくくもあることはデンマークのネイティヴたちが互いに「えっ、今何とおっしゃいましたか？」としょっちゅう訊き返し合っていることからもわかるという。私は思ったものだ、「えっ」というその小さな叫びは、眼前の相手ではなく背後霊にむかって発せられているのではなかろうか、と。今でも少しも進歩しないおいなしっぽのベンチョウがこの言語に対してだけつづいているので、当時日本語で書かれた唯一の参考書は件の段ボールの中に入れられることなく現在の私の書棚にある。百二十九ページのその本『デンマーク語文法入門』のなかで森田貞雄先生は、ゼロ語尾とは「語尾がつかないと考えるよりはむしろゼロという語尾、即ち-0がつくと考えることで、省略などとは本質的に異なり、有形の存在に対応した無形の存在を意味する」と妙に力こぶを入れて書いている。焼却された日記に私はこの箇所を引用し、「幽霊の正体見たりゼロ変化」とかいう俳句もどきを書きつけたと記憶する。特に屈折言語に特有の語形変化はどこの国でも大勢として減少する傾向にある。たとえば露文氏もいうように「ロシア語名詞の六つの格変化は煩瑣《はんさ》きわまりないが現代のロシア人自身へきえきし簡略化して用いているらしい」といったように。あらゆる合理化は妖怪変化を封殺するが、ゼロ語尾の存在が信仰される限り合理化の化も化け物の一つでありうる。「省略などとは本質的に異な」るものをあくまで視ようとする者だけが、「無形の存在」につまずいて転びつづける。

　五月の連休に私は東京の知人を「ぶっつあり亭」に招待した。いつも仕事をくれる彼をねぎらう気持ちに嘘はなかったが、ロシア字日記翻訳完了記念にほんとうに久しぶりでサチ子さんに会ってみたいという思いがあった。ロシア字日記を読んで様々な感情の変化形を体験はしたが、外観の上で何が起ったわけでもない。到さんもサチ子さんも何年ぶりかで私に会った。それだけである。この一年間にいろいろな事が起った気がし、なつかしくなっていたのは私の一方的心情にすぎない。スマッコワラシの出没する温泉旅館の話をしたら知人は「そんなのがいたらいっぺんでもいいから添い寝したいもんですね」といった。

つい最近免許をとったという到さんが、「悪いけど人を乗せて走りたくてしょうがない」とかで、かるかや商事の若葉マークつきの車を運転して知人と私の案内人をかってでてくれた。到さんより一世代若い東京出身の奥さんもナビゲーターとしてついてきた。江戸宿場さながらの「木霊《もくれ》の宿」やいくつもの奇岩が屏風のように切り立つ「ママの河原」、それに新しい霧下温泉、私の町の観光地はこの三つくらいしかないが、温泉にゆく途中二つの名所へも寄ってもらった。

「どうしてママの河原なんですか」と知人が観光客らしい口ぶりを装って訊くと到さんは、私にとってなつかしい東北本線の駅名を列挙するときみたいな棒読み調で、当地では急な坂や切り立つ崖のことをママというのだと答えた。私はロシア字日記の記述、というより高校時代のわれわれのおさない「発見」を想いおこした。万葉集に出てくる「まま」が地名なのか崖なのかをめぐって学説が分れていることを知ったわれわれはただちに後者に軍配をあげた。たとえば三三六九番の「足柄の真間の小菅」はまちがいなく足柄山の崖っぷちに生えた小菅である、と。「菅はそこいらの岡には無く、あぶない崖《ママ》ックズレのようなところでしかとれないもんだ」と母もわれわれの説を補強してくれた。露文氏は「愛するサーシャ」の行動にふれて「真間の手児奈」とだけ、あのトリフォー「奈其夜《なごや》」みたいに記しているがこれは多分に眉唾もので、氏が物語の誘惑に抗しきれなかった箇所といえる。葛飾の真間に見目うるわしい処女がいて複数の男に言い寄られ煩悶のすえにママをすべりおちて淵へ身を投げたという伝説とあたかもサチ子さんのふるまいが関係するかの如く書いており、しかもその複数の男が氏と親友（これがどうも私らしいのだ）ということになっている。にわかには信じがたいことを唐突に記すのは彼の習癖だけれど、「そのままにしておくこと」とあるのをどう解したらよいだろう。現在の私の仕事に引き寄せていっても、ママは、問題のある表現だが、原著者の志（？）を尊重して「そのままにしておく」というあのママ記号である。ロシア字日記はもうひとつ、万葉集の「ら」に着目している。「愛づる子ら」の「ら」は複数でない。親愛の情をあらわすためにつかうこの用法と同じ「ら」がわれわれの地方に今も生きている。私でさえ、常日頃ついそれを付けて発語してしまうことがある。屋根葺きの際、村人が岩男氏にむけて、成功した息子をほめたたえていう言葉は、「いやあ、岩あんにゃの息子らはたいしたもんだ」「到らは偉いもんだ」などであるが、これらの「息子ら」も「到ら」も単数だ。露文氏は自分が「僕ら」と書くときは万葉のしっぽ（＝おどるでくの糸くず）のつもりだという。「僕は千変万化する存在でありたい。『ら』をしっぽにつけて複数形となり僕を増殖させながら、しかし『ら』は他の誰でもないこの僕なのだ。ああ、ディーラヤ、ダラガーヤ、愛しい、なつかしい僕ら！」と。ディーラヤとダラガーヤの二語はロシア語で表記されており、主に恋人に呼びかけるときに付される親愛の形容詞である。私も、ロシア字日記の筆者に対して「愛しい、なつかしい僕ら！」と叫ぶべきだろうか。「僕ら」の恋人だったサチ子さんにも。

　恋人扱いされているサーシャことサチ子さんと露文氏の間には岩男氏とマリア・パーヴロブナ同様じつは何もなかったにひとしいと私はにらんでいる。コンヘションを真似れば、おそらく氏はサーシャの「皿をうち割って」サーシャらに変化させることもなかったと思う。酷ないい方だが、彼女はせいぜい投身を図った際、膝の皿を割った程度である。上京して美大生になった直後からサーシャはたしかに急速に露文氏に魅かれはじめ、氏もそれを強く意識した。「サーシャは僕の言葉に、僕はサーシャの沈黙、そして写生のちからに心うばわれる」とあるのは少々手前味噌のようであるが、そのうちすぐにサーシャが「階段をふみ外してしまった」ことに氏は衝撃をうける。「千の階段を風のように吹き抜け上ったはての一つの抽象段階に言葉が出来ることへのサーシャの誠実な無理解が痛ましい。東北本線を構成する駅をぜんぶ知らなければその名をつかえないサーシャ！」と氏はいうが、私のみるところでは、ちょうど岩男氏が社会主義労働の英雄イワンに変貌させられたように肥田サチ子が「愛するサーシャ」にまつりあげられたのではないだろうか。日記開始直後、氏はしきりに自分を責めているけれど、氏の考える意味での「サーシャを自殺に追い込んだ責任」が氏にないのは明白である。到さんがいった通りサチ子さんは「純粋な心の病におちた」だけだ。露文氏が担当していた学習塾のすぐ隣りのアパートの四階からサチ子さんは鳥みたいに舞いおりたがそれは単に「愛するサーシャ」から肥田サチ子にもどろうとしただけだった。私も当時サチ子さんとよく似た症状の女性を身近に知っていたからよくわかるのだ。私はその女性のことを詳細に語りたくないから、まったく関係のないれいの語学の話にかえたいと思う。私が図書館で整理しつづけた外国語図書で一番数が多かったのは中国語のものだ。そこで私のベンチョウの一つに中国語が加わった。飛翔のすべを知らぬ鶴のように私はあのたそがれの野で、けんめいにレッスンを受けた。中国語を体得した人なら誰でも知っていることだが、われわれ日本人が学びはじめにさしかかる関門の一つにピンイン読みの訓練がある。われわれになじみのうすい漢字も少なくないけれど、なにせ漢字はすでにわれわれの言語の一部と化しているものでもあるから、ピンインすなわち中国音の読みで、身の周りのあらゆる漢字を正しく読めるようにするのが先決なのである。簡体字や旧字等細かな差異はともかく、とりあえず日本人の氏名などは片っぱしから中国音で読む練習をする。たとえば露文なら、ルーウェンというように。私の中国語学習はそこから先へ進まぬままに終ってしまったが、今なぜこんな訓練のひとコマを思い出しているかというと、知り合いの女性、ひいてはサチ子さんの病状を連想させるものがここにあるからだ。もちろん中国語学習者が病的になるなどといっているのでない。

知人の女性はサチ子さん同様、生来寡黙な人だったが思春期のある時から急に饒舌になり、ひとりごとをいうようになった。そしてやはり飛び降り自殺をはかる前の症状に、街を歩いているとき大声で眼に入る看板を次々に読み上げるというのがあった。中国語を学びはじめてまもなく私も看板読みをやったものだ。看板としてお眼にかかれぬ内なる看板書物も含め、私は辞典片手に読みに読んだ。バスや電車の中でも、帰省しても眼に入るすべての漢字を。日記はリィジィと、唐変木はタンピエンムーと、毒消屋はドウシャオウーと、木霊中央商店街はムーリンジョンヤンシャンティエンジエと。むろんこれらは日本語であるから、中国音で読めればそれがそのまま中国語になるわけではないけれど、私はこの段階の初等学習世界、つまり、いずれの国の言葉でもない過渡的な読み（＝黄泉？）の世界を愛した。それらのヨミの鬼子たちは私のくちびるから次々と飛び降りてどこやらへ消えていった。

　数年ぶりで会ったサチ子さんは昔よりは少しふっくらして見えた。口数は少なかったがせいいっぱい歓待してくれた。うすい藤色の和服姿で髪形もいかにも旅館の女将といった感じである。美大時代、彼女はことさら奇矯ななりをしていたわけではないが、髪だけは破格に無造作で、露文氏曰く「かるかやの乱れ」、到さん曰く「鳥の巣みたい」だった。「バタ臭い」顔に和服姿が似合うのは、肌の色が日本的としかいいようのない白さだからだろう。昔はそう思わなかったが、中年にさしかかった彼ら兄妹はやはり面ざしが似ている。「ぶっつあり亭」の表玄関には大きな二つの石塊がまるで脇侍みたいに置かれていた。これでは話の如く「ぶっつありてい」という声を耳にしても背負って持ち帰ることなどとうてい無理のように思えた。本館フロントからラウンジ、喫茶コーナー、売店とつづくスペースはゆったりと瀟洒《しょうしゃ》に作られている。ラウンジから二階へ上る階段の踊り場に飾られた大きな絵は、地元出身の高名な画家の雪景色だった。十二しかない本館各部屋にはやはり地元の書家の作品が細長い額におさまっている。知人の泊まる別館の部屋に到さんが私の母から譲り受けたという子供用の「ばろん蓑」がかけられていたのには驚いた。大小の「もの云う石」を積み上げて作った露天風呂へ降りる長い長い階段の途中にある踊り場の右手が観音開き（霧下村でいうマリア開き）になっている。彼女はそこを開けてわれわれを招き入れた。到さん兄妹と私も夕餉だけいっしょにすごし、泊まるのは知人だけである。知人の奥さんも来たがったところを、スマッコワラシは一人でないとあらわれないからと理由づけして留守番を頼んだという。名物「吹き抜きの湯」は川の縁ぎりぎりまで降りきったところにある。マリア開きの踊り場の窓から、板で仕切った数区画の「吹き抜きの湯」の一部が見下ろせる。萱葺きの庇《ひさし》の付いているところをサチ子さんが指さした。ロシア字日記にある「吹き抜き屋台」を思い出し、夕闇の中に仄白いサチ子さんの項《うなじ》に「吹き抜き屋台と関係ありですか」と言葉をかけようとした矢先、到さんが、突然、「負《ぶ》っつありたかったら負っつあれよ」と四囲の山肌に向って叫んだのでびっくりした。「あらかじめこうして語りかけておくと夜ふけにきっとやって来るんですよ」と到さんが知人にいう。われわれ三人が下へ、サチ子さんが上へ階段を進んで別れた。「こんな新しい建物にほんとに出ますかねえ」と知人は愉しそうだ。私が何とはなしにふりかえると、数十段も上のサチ子さんも一瞬ふり向いたような気がした。

大字哀野

I

今年の正月、妹の最初の夫で現在はロンドンにいる外国人からもらった年賀状代りの毛筆書簡に「綈袍恋恋」とあった。手紙の一枚目に他の字より大きく書かれたタイトルみたいなその四文字にはテイホウレンレンと振り仮名まで付いている。私には初耳で、調べてみたが国語辞典にはない。漢和の字を一つ一つ引くうちようやっとわかった。当方の無知を相手は見越していたと思われるが、これはかなり有名な故事に由来する。綈は厚絹、袍は綿入れ、どてらの類、綈袍は従って絹製の綿入れを指す。戦国時代末期、秦の宰相にのぼりつめた范雎《はんしょ》は魏の人であったが、かつてその才をねたまれて殺されかけた。魏の国にいた頃上司の須賈《しゅか》がおとしいれようとはかったのだ。辛くものがれて秦の昭王に仕え立身をとげたのであるが、ある時事情を知らぬ須賈が国使として秦に嘆願に来た。范雎はわざと敗衣《はいい》（やぶれた着物）をまとって須賈に会いに行った。元上司は死んだと思っていた范雎が生きているのにおどろき、食事をさせた後、落魄の身の上をあわれんで厚い絹の綿入れを与えた。范雎はお礼に宰相のところまで御案内しましょうといい、自ら御者となり自分の屋敷にみちびいた。長いこと待たされた須賈がいぶかしく思って門番に問いただすと、先に門をくぐられたあの御者こそが宰相さまだという。顔面蒼白となった彼は土下座して許しを乞う。范雎は彼を殺さなかった。その理由となるのが綈袍恋恋で、恋恋とは情の厚いことを指す。寒苦をあわれんで綈袍をくれるという昔なじみの気持が残っていたその一事に免じて助命し、御馳走までしてやった。つまり綈袍恋恋は旧恩を思うことあるいは友情の厚いことのたとえだ。

　手紙はじつは、昨年の十二月初め、郷里の母に特に頼んで作ってもらっておいた絹製綿入れハンテン限定十着のうちの一つを私の名で件《くだん》の外国人に贈ったことへの礼状である。仕事机の前でハンテンを着た姿を撮った写真も一枚同封してあった。彼のものだけ特別大きめにしたつもりだったが、それでも両袖はつんつるてんになってしまっている。写真はおそらく英国人である現在の夫人が撮ったものと思われる。彼に送ったのは、ワープロの液晶画面みたいに光のぐあいで微妙に変化する空色のつむぎだ。オレンジの似たふうあいのものを夫人用として考えたのだけれど、妹を不快にさせるだろうと思い直してとりやめた。限定十着分の布地の余りでこしらえたパッチワークふうの一着を横浜に住む妹の連れ子（テイホウレンレンの彼との間に出来た一人息子だ）の太にプレゼントしたものの、妹の分はない。京都の老舗の呉服屋の東京支店で買い入れたつむぎ地は相当値がはった。私個人のいわば道楽で母に頼んだシロモノだから、献呈先はもちろん私が決める。問題はないはずだ。妹の再婚先は神奈川県でも指折りだったというごたいそうな旧家の地主、しかも亭主は一流商社マン、たかがハンテンの一枚や二枚で四の五のいいはしまいよ、と母も笑った。二年ほど前郷里の生家は亡父の連帯保証をめぐる債務問題に巻き込まれ、母とわれわれきょうだい、兄と私と妹の全員が債権者から訴えられたのだったが、妹はこのとき信じ難い（今となれば彼女の現在の財産状況からしてあわてふためいたのも理解できないわけではないが）対応をした。今だにカタがついていない問題でもあるので、詳細ないきさつをたどる気にもなれないのだけれど、要するに妹は亭主に迷惑がかかるのは困る、の一点ばりで、ついには自分だけ係争当事者からおりる処置に出た。それ以来、私は妹と口をきいていない。私のお膳立てでこしらえたと母が伝えたはずだが、太のハンテンへの礼もいってこない。

妹の初婚の相手を、外国人などと曖昧に私は記したけれど、彼の場合そう呼ぶより仕方がない。生れたのは台湾の台北市郊外、父親はユダヤ系アメリカ人の貿易商、母親は第二次世界大戦後台湾に渡ってきた中国人医師の家系だときいている。見た目はまったくの西欧人（これも曖昧ないい方だが）で、東洋人の血が半分混じっているとはとても思えない。彼のニックネームはテイホウレンレンではもちろんなく、アイヤさんといった。喜怒哀楽の折々に、われわれの眼にはいささかこっけいと映るほどの大仰なしぐさで彼が「アイヤ！」と叫ぶ癖によるものだ。漢字をあてれば哎呀となるこの感嘆詞を、中国人なら誰でも連発するありふれた叫びのように私は受けとっていたのだけれど今日では多分に時代錯誤めいたひびきがあり、古き良き中国の伝統を何事につけ重んじる台湾で生きのびてはいるものの、特に新政権誕生以後の大陸では古めかしい語になりかけているのだという。アイヤさんは、父親の仕事の関係でニューヨーク、台北、香港、それに東京やロンドンなどを転々と渡り住む幼少年期を送ったので「どこが母国なのかわからない」根無草となった。日本は若き両親が留学時代に出会った場所だが、その因縁浅からぬ土地でアイヤさんも私の妹とめぐり合う。因果は巡るとかいう古風な言葉を彼の口からきいておどろいたことがあるが、離婚のことも因果の一つに加えられたろうか。両親がわかれたのは三つ年上の兄がニューヨークの大学に、彼が台北の高等学校在学中で、いずれの親元にひきとられるかというほど幼い年齢ではなかったものの、自らの意志で兄は父親サイドになびきアイヤ氏は母方の家に残った。家業の医師を志したのはまもなくのことだ。長じて漂泊への強い衝動に駆られたのは「血のなせるワザ」だ。なにしろ、彼は「華僑とユダヤ人という世界を股にかける人種の血がフィフティフィフティ」なのだから。極端な辺境の地を物色するうち思いがけず両親が出会った国へ足を運ぶなりゆきとなった。氏と妹との出会いの場所はしかし両親の場合とちがい、花の東京ではなく、われわれの郷里である東北南部で、つい最近まで住所に大字が付いていたような辺鄙《へんぴ》なところだ。大字哀野——オオアザアイヤと、ついついそうよんでしまいたくなるが、われわれの地名のじっさいのよみはアイノである。古くは会野とも書いた。アイヤさんに語呂合わせして私はなつかしい郷党《きょうとう》の地哀野をアイヤとよんでみたい。アイヤさん自身はきちんとアイノといっていたが、どういうわけか大字をオオジとよみたがった。そこで私も大字哀野をオオジアイヤとよんでみる。オオアザアイノ出身の私の耳にはじつに変てこりんなひびきである。このどこにも存在しない土地の名を口ずさみながら、私は往時の哀野をあるいは哀野の往事を回想することにしよう。たしかにたわいのない言葉遊びには違いないが、こうしたヨミの混乱は、アイヤさんを語る際に直面する外観と実質をめぐるちぐはぐさにふさわしい気がするのだ。氏に出会った二十年以上前の大字哀野での日々を観念のフィルムに映し出して眺めようとする今、とりあえず私はそれにテイホウレンレンという仮タイトルをつけてみる。もちろんその仮題と古いフィルムの内実は付きが良くない。テイホウレンレンはつい先頃、彼からおしえられた半ば外国語的な言葉なのだから。にもかかわらずそのズレが、反復を免れない月並みな回想を新鮮にしてくれるだろうという予感がある。

　二十年以上前からつけている「農事暦」の一部を母からかりてきた。農協が発行して組合員に毎年頒布しているもので、稲や葉タバコや野菜一般の耕作栽培に関する諸記録並びに家計簿を兼ねる。その片隅にささやかな空欄があり、母はそこを簡単な日録コーナーとしてきたようだ。テイホウレンレン編集の資料にならないかと考えたのであるが、これは日記とよべるものではない。農作業の開始時期とその進捗状況などをめぐる日付が主で、いわゆる人間関係にまつわる近代人特有の感想はどこにも出てこない。ではそういう感想を満載していたはずの自分自身の日記はというと、焼却してしまって存在しない。アイヤさんと出会った頃の大字哀野の雰囲気を再現しようと、私は昭和四十八年度分から年代順に十冊ほどの農事暦をぱらぱらめくってみた。感想に相当する言葉をしいて見つけるとすれば、「……してよかった」と「がっかりした」の二つとなろうか。快・不快の原始人ふう二分法といっていいのであるが、少々細かいニュアンスをつけ加えると、後者の「がっかり」とは共通語の失望・落胆ではなく「カラダが疲れた」という意味が第一義だ。綿花労働から生れた黒人霊歌のリフレインみたいに反復される母の感想もどきの大半は、農作業のハカがいって「よかった」と、ハカがいきすぎて労働過重となり「がっかりした」である。からだは疲労の極致だが、この「がっかり」には失望・落胆はなく、むしろ充実感にとらえられてさえいる。「途中から雨が降って残念だった」の文言も頻出するが、この「残念」が共通語の「がっかり」に重なる。他に、変ったいい方としては、「ふっちゃがっている」（=「雨が降りたがっている」）などがあげられようか。大学時代の私が引越しの知らせを送ったのをうけた「……がアバートをかえた」のアバートはアパート、「四番パスが下るまえに終ってよかった」のパスはバスのことである。発音するときはちゃんとアパート、バスといっているのに、どうして表記するとアバートやパスになってしまうのかよくわからない。わが国の古代の人々はハヒフヘホをFaFiFuFeFoのように発音していたという説があるけれど、母が街から山襞《ひだ》をかきわけるみたいにしてやって来る移動販売車の豆腐を金で買わず一升マスに入れた大豆と交換するような生活を今もつづけていることとそれは何かつながりがあるのだろうか。

農事暦にはいろいろな紙片がさしはさんであった。領収書の類や役場、農協からの通達文書がほとんどで見るべきものはないように思われたが、二つばかり、私にとっていわば二次資料がみつかった。一つは、当時父が会長をしていた「哀野診療所開設期成友の会」の出した診療所開設祝賀会開催の知らせ、もう一つは、生れてまもなくの太を抱いた妹とアイヤさんが二人並んで撮った一枚の写真だ。知らせの日付は昭和四十八年六月二十三日。写真の方は今とちがって日付不明であるが裏にアイヤ氏が書いたと想像されるLoving Yuri forever!の筆字がかすれ気味に残っている。ユリは妹の名である。

無医村状態が長くつづいてきた谷間についに診療所ができる！　それはたしかに画期的な事件だった。村会議員をしていた父が期成同盟を作って県や国に陳情をくり返し、村民にもはたらきかけて友の会を発足させるなど涙ぐましい努力をつづけたにもかかわらず、僻地《へきち》医療に応じる日本人は見つからず、やって来たのはガイジンだった。やがてこのガイジンに「一人娘をとられて」父は切《せっ》歯《し》扼腕《やくわん》することになるのだけれども。私は三人きょうだいで、六つ年上の兄がいて、妹とは年子だ。アイヤさんは兄よりさらに四歳年長であるが、かつての関係を法律的にいえば私にとって〈ずいぶん年上の弟〉だ。父が切歯扼腕したのと対照的に、私はこの〈兄のような弟〉の出現をよろこび、以後彼と切磋琢磨しつつ交流を深めた。われわれが学校で習ったいわゆる四文字熟語をわざと使ってみたのは、こうしたセッシャクワンやセッサタクマが、冒頭でふれたテイホウレンレンとむすびつかないかと例によって憶測した結果である。テイホウレンレンはともかく、新世代華僑のはしりともいうべき氏から、親の代の華僑の切実な人生訓として四文字熟語のいくつかが特別な意味をもっている云々の話をきいたことがある。氏が「学校で習った普通話《プートンホワ》」で切歯扼腕は咬牙切歯《ヤオヤチエチー》といい、切磋琢磨は一応そのまま使えるそうだが、特別な意味をもつ座右の銘はそうしたわれわれ日本人に多少なりともなじみのあるものではなく、たとえば世界中のいかなる土地に落ちようともそこに根を生やす「落地生根」。しかし、華僑スピリットは氏のルーツの半分でしかないせいかどうか、氏は「落地生根」に含まれる〈住みついた土地にかじりついて骨を埋める〉悲壮なニュアンスも、逆に異郷で成功して故郷に錦を飾る生き方も好きになれないという。人々が最も恐れ悲しむ、故郷以外の土地で死ぬことを意味する「客死異郷」もさほど気にならない。彼が思い入れを深くするもう半分のルーツは、世界有数の金持としてのユダヤ人ではもちろんなく、伝説「さまよえるユダヤ人」のイメージである。徹頭徹尾根無草でありつづけたいというのだ。さらに四文字熟語を例にとれば、おいしいものを見つけたらお互い知らせ合う「食好相報」はわるくないけれど、裸一貫から身を起こす「白手起家」は趣味に合わない。身を起こすといういい方そのものが嫌いなのだ。母の農事暦の反復語をかりれば氏もセッサタクマ「してよかった」と感想をのべることに異論はない。普通話《プートンホワ》ではセッサタクマの前に「経過《チンクオ》」が、後に「到底《タオティン》」が付き、「勝利」をみちびく文構造になる。つまり「セッサタクマすることによって勝利（＝成功）に到る」――それがいやなだけだ。セッサタクマは何かに到ることなく、根無草それ自体として在るべきというのが氏の生き方だったが、それは氏にとって前世代華人が重んじた「面子」や「信」や「義」にも相当するのだそうだ。

　父の血脈にひかれながらも実人生の選択としては母方に身を寄せたところにどんな心理がはたらいたのか訊きだしたく思った私の心理は、氏の堅固な精神の壁につきあたってくだけることが多かった。謎解きふうの私の質問は言葉の壁のせいばかりでなくいつもはぐらかされた印象だ。「もうひとつのルーツ」にもバックボーンとなる四文字語がある、と彼はあるとき肩をすくめ声を低くしていった。表情豊かな顔にわざとらしいしかつめらしさを張り付け眼が踊っている。

「それは、テトラグラマトン、というのです」

「何語ですか」とこちらも小声になる。

「ギリシャ語です」

「四文字といいましたが、テトラグラマトンはいかにも長く原語でもとても四文字とは思えませんがね」

「それが、ミステリーです。テトラグラマトンは、ギリシャ語で、四文字、という意味なのです」

私は何が何だかわからなくなった。あなた方の言語にもみだりに口にしてはならない四文字語があるんじゃないですか、といわれて性的俗語を一瞬思い浮かべたが、もちろん声に出しはしなかった。そのとき妹は居合わせなかったけれども。氏のいうフォーレターワーズは私の低俗な連想とは関わりのない厳粛な宗教的タブーの一種だった。納得するまでずいぶん時間がかかったが、要するに四文字語とはヘブライ語の神ヤハウェもしくはエロヒム（と口に出してはならないのだ！）、略称でＪＨＶＨ（と書いてはならないのだ！）のことで、これを禁句とするユダヤ教においてその代替語として用いられるのがテトラグラマトンだ。しかもこのテトラグラマトンさえ、教会堂の礼拝などで非常に身分の高い僧侶によってのみ発語がゆるされている。御名を濫用するふらち者にはおそろしい罰がふりかかるそうだが、私はもはやその罪を犯したことになる。

さて農事暦からこぼれ落ちた二次資料に話をもどす。谷間の人々の長年の悲願が叶って催される祝賀会の場所は、猫背川をはさんで河岸段丘沿いにひらけた当地の中心部に当る木霊《もくれ》温泉の××旅館、日時は七月二十二日（日）午後三時、希望者はそのまま泊まることも可能、会費は一人二千円（宿泊者は別料金）、旅館の送迎バスあり（バス時刻表は別紙の通り）とある。農事暦にいう「パス」は午後一時より三十分置きに三回で、谷間全域のそれぞれの乗車場所が発車時間とともに別紙に記されている。私にとってのみなつかしい地名にすぎないのだけれど、白骨《しらほね》停留所、三枚田平野酒店前、響平《ひびきだいら》タバコ屋前、猫又発電所入口、木霊小学校前……と十五ヵ所全部をここに書き写してみたい心持になる。この祝賀会に父が出席したのはいうまでもないが、当時高三の私も、そして高二の妹も出かけたという記憶は明確である。村長が父にさし向けた役場の車に便乗したのだった。私と妹は隣接する（といっても山また山が連なって容易に移動できない位置関係だ）N市中央で同じ部屋に下宿生活をしていたから、おそらく前日の二十一日に生家に帰ってきたのだろう。すでに夏休みに入っていたと思うが、この時妹は父といっしょに一泊し、私は帰宅した。どうしてそういうなりゆきになったのだったろうか。とにかく妹がアイヤさんとはじめて顔を合わせたのはこの祝賀会だったはずである。こんないい方は妹を傷つけるかもしれないが、彼女は最初からガイジンである彼に眼をつけていたふしがある。

　写真の方に眼を移す。アイヤ氏はごく普通の背広姿だが、妹はいわゆるチャイナドレスを着ている。氏の母親からのプレゼントだそうで、私が大学入学後、東京見物とやらを楽しむ二人と新宿歌舞伎町にある台湾料理店で会食したときなども、妹はこの旗袍《チーパオ》とよばれる一種の民族衣装姿だったことを覚えている。もともとは満州族、旗人《きじん》の婦人用衣装だった、旗袍とは旗人の長衣という意味とかなんとか妹がうれしそうに解説した。氏の母親の話によれば、昔はもっとゆったりした仕立てだったのが、第二次大戦勃発の少し前くらいから身体にフィットさせスリットも入れるようになった（妹の口ぶりでは「身体にフィット」させる仕上りというのは裏返すと、どんな体型の女性にもフィットするわけにはいかない意で、その先はいわなかったが暗に自分のスタイルを誇示したいふうだった）。大陸に新政権が成立してからは「ブルジョワの象徴」として排撃の対象になったのでデザイン等は主として台湾や香港で洗練された。妹がうすい胸のあたりに施された刺しゅうを指さし「これを何ていうんだったか忘れちゃって」とアイヤ氏の顔を見ると、氏は「クンペン」とたちどころに答えた。素材の大半は絹地で、その生地が厚いほど高級品だという妹の声が今はっきりよみがえる。あのチャイナドレスはどうなったのだろうかと思いを馳せながら、ああこれもテイホウレンレンだなどと私はつぶやく。現在の妹にとって、旗袍は綈袍と同じく過去のものである。エピソードにあったみたいにアイヤ氏が妹に再会し、旗袍が「恋恋」の対象となって二人の「旧恩」が呼びもどされることもまずありそうにない。中国語で「恋恋」がどんなニュアンスの言葉なのか詳《つまびら》かにしないが、漢和にある「情が厚い」さまをあらわす、だけを頼りに私は「……恋恋」の……の部分に様々な事物を勝手に投げ入れる。レンレンの「情」は恋愛感情や友情だけにとどまるものでなくてもいいのではないか、とさえ考える。少なくとも「地位に恋恋とする」のように使われる「未練がましさ」の次元にとどまっていては見たい風景は見えてこないだろう。

妹の旗袍姿に眼を奪われてしまうと見過ごされてしまいそうなものが、二人の並んで立つ後方の壁に写っている。私もしばらく眺めるうちに気付き、それが何であるか思い出した。写真では額に入った文字のように見えるが、じつは横長の大きなパネルに作られたものだ。アイヤ氏が二回の帰国をはさんで都合六年半在勤した哀野診療所にも同じものが飾られていたはずだ。それは写真に撮って引きのばした直筆の手紙である。書いた人は、おそらく誰もが知っている「偉人」野口英世の母シカ。アメリカで「出世」をとげた息子に帰国を訴える内容だ。野口英世の生誕の地と大字哀野はさほど近いとはいえないが、一応A地方と総称される圏内で、小学校五年の時には遠足に行っている。もちろん地元の偉人として学校でもくり返し話を聞かされた超有名人だ。しかし申しわけないことに私は野口英世の生涯と業績にそれほど関心を抱いた方でなかった。ドクター・ヒデヨ・ノグチについてあらためて情報を得たのはアイヤ氏の口からだ。野口がまずアメリカに渡った後、西アフリカへ身を投じ黄熱病研究の最中病没したくらいの知識は私にだってあったけれど、たとえば野口はまたラテンアメリカ地域をほぼ十年にわたって経《へ》巡《めぐ》っていたという事実などまったくの初耳だった。祝賀会のあいさつでも氏は偉人の名をあげ、山形と新潟と三つの無医村の選択肢の中で当地を希望した動機を熱っぽく語った。学生時代修身の教科書で野口の立志伝をふき込まれた父はこれに感動し、夜の二次会で自分が十七歳であった昭和十七年「大東亜戦争の真只中」に出来た文部省唱歌「野口英世」の一番を歌い、三次会では同じく戦争中「軍国の母」として喧伝された野口の母をたたえる浪曲「野口英世」のひとくさりをうなった（もしかしたら私はこのあたりでいたたまれず座を外したのかもしれない）。生誕の家はもう見物されたかと父が訊くと、二回ほど行ったと氏は答えた。感想はとさらに問われて、父の機嫌を損じるようなことをいったと、これは後で妹から聞いた。生家の柱に刻まれた「志を得ざれば再び此地を踏まず」の文句に氏はケチをつけ、近代以後の日本人で初の本格的コズモポリタンとなったドクター・ノグチにふさわしくないと主張した。コズモポリタンなどという言葉がわからず父はきょとんとしていたそうだけれども、氏は「草分け」なる日本語が好きで、この講義も父にむかってひとしきりやったが、こみ入ってくると父のいう「シナ語と米語まじり」になるその説明は傍にいた妹にもチンプンカンプンだった。私が勝手に推測して補足すれば、草ヲ分ケテソノ上ニ立ッテ踏ミニジル存在タラントスルノデハナク、草ヲ分ケテ作ッタ余白ノ地デ自ラ新シイ草トナルベキダ……およそそうした意味のことを語ったのだろうと思う。

　野口英世伝の類には必ずといっていいほど載っている母シカの手紙を、先の谷間の十五の地名同様、全部写してみたい気になるのだけれど、アイヤ氏と私とがかつて一枚の気に入りの絵のようにとりあつかっていた「情」を伝えるのに全文引用の必要はないと思い直す。

〈おまイの。しせ（出世）にわ。みなたまけました。わたしもよろこんでをりまする。なかた（中田）のかんのんさまに。さまにねん。よこもり（毎年夜籠り）をいたしました。べん京（勉強）なぼでもきりかない。（中略）ドかはやく。きてくだされ。かね（金）を。もろ（貰）たこトたれにも。きかせません。それをきかせるト。みなのまれ（呑まれ）てしまいます。はやくきてくたされ。はやくきてくたされ。はやくきてくたされ。はやくきてくたされ。いしょ（一生）のたのみて。ありまする。にし（西）さむいてわ。おか（拝）み。ひかし（東）さむいてはおかみ。しております。きた（北）さむいてわおかみおります。みなみ（南）さむいてはおかんでおりまする。（中略）はやくきてくたされ。いつくるト。おせ（教）てくたされ。これのへんち（返事）ちまちてをりまする。ねてもねむられません〉（明治四十五年一月二十三日付、（　）内の漢字は補足　野口英世記念会『野口博士とその母』より）

　野口英世の書簡選集の英訳本を氏は愛読していたが、野口シカのかなレターをはじめて見たときに洩した感嘆詞「アイヤ！」を、博士の手紙を見て発することはなかった。かなレターは、一瞬、少しかじった経験のある朝鮮語のハングルのように見えたというが、このことは氏の日本語力不足のせいばかりでない。写真を示せないのが残念であるが、シカが遠い異郷の地で苦闘する息子にたよりをしたい一心で習い覚えたひらがなの群れは、何やら呪文のように妖しい磁力を放射する。特に前半部分、おそらくそのように習ったのであろう、ひとかたまりの思いを体したコトバをため息みたいに洩らし、息をつくたびごと、句点のマルが置かれる、そのマルがひらがな一字とほとんど同じくらいの大きさなのである。われわれが放心したときぼんやりと開けるくちびるの形、つまり口という漢字のカドをとって丸くすれば句点になる。代筆のまだるっこしさに耐えられなくなったシカが一念発起して習ったイロハ文字のなかで、マルはいちばん覚えやすいチャーミングな記号だったと想像される。氏は、このマルを感嘆詞もどきの「オー」（つまりはアイヤ！）とも翻訳できるといっていたが、たしかに、マルは彼女にとって〝詠嘆のかな〟（俳句で用いる切れ字の〝かな〟と同じだ）だったろう。ひとことずつ、大きな句点を置くとき彼女は内心で（お、よし、いいぞ、マル！）と自分をはげますみたいにささやいていたかもしれない。鼓舞のリズムはそのまま異国にいる息子に泡立つ霊波となって伝わったにちがいない。私の祖母の場合自分の名前を書くことくらいは出来たけれど、選挙の投票などはいつも人に頼んでいた。政治家の名前を書かず、その下にマルをつけさえすればよいようにやり方がかわったときひどくよろこんで出かけていったのを思い出す。これも私の推測の域を出ないけれど、シカの手紙がハングルのように見えたという最大の要因は、この大きな句点のマル印ではないか。氏のすすめで高校生の私が二回読んだ（けれども面白いとはついに思えなかった）魯迅の「阿Q正伝」の最終章の一節も思いおこされる。氏がとりわけ好きだった部分でもある。捕えられた阿Qのもとに、取調べ役の長衣の男が「紙と筆を持って」やって来て、彼の手に筆を押しつける。紙に署名しろというのだ。

「《わ……わしは……字を知らない》筆をわしづかみにして、阿Qはおそるおそる、羞《はずか》しそうに言った。

《じゃ、何でもいい、マルを書け！》

阿Qはマルを書こうとしたが、筆を握った手のふるえがとまらない。（中略）阿Qはかがみ込んで、渾身の力をこめてマルを書いた。人に笑われまいとして、まんまるく書くつもりだったが、この憎たらしい筆は、重いうえに言うことをきかず、さかんにゆれ動く。やっとマルがつながりかけたところで、筆がはねて、西瓜の種のような形になってしまった」（竹内好訳　岩波文庫版）。

「手が筆と関係をもつのは、これが最初だったから」、字を書けと迫られたとき「魂が消えた」ような驚きにとらえられた阿Qと野口シカは同じ世界に生きている。「人として生まれた以上……紙にマルを書かされることもあるだろう。ただ、マルがゆがんだ」ことだけが残念だと阿Qは考え、しかしやがて「おいらの孫の代になればまんまるいマルが書けるさ」と思い直して「ぐっすり睡った」とあるが、おそらくシカも一世一代の仕事をようやっと果たしたその緊張がとけてぐったりし、死んだような眠りについたことだろう。

いつだったか氏は、自分の日本語能力は野口シカ程度しかない、と駄ジャレまじりにいったことがある。この「程度」にはいわゆる謙遜のニュアンスはない。私の感触によって氏の日本語能力（主に表記能力に限定しての話だが）を査定すれば、かなオンリーの野口シカではなく、漢字も時折まじる農事暦のわが母程度という方が事実に近い。しかし氏の考える語学力の「程度」とはそんな学力とは別次元の、ほとんど異界にひとしい場所にいる大切な者へ「……恋恋」を伝えるときに必要な思いの深さにまつわるものである。

Ⅱ

昭和四十八年八月十四日の盂蘭《うら》盆に私の祖母が死んだ。正確にいえば土蔵の二階で首つり自殺した。十代の私にとって、いやアイヤさんがわが家と深いかかわりをもつ機縁となったことなどを含め、われわれ全員にとっての事件であった。母の農事暦は十四日から一週間ほど空白になっている。「……でがっかりした」と書きつける余裕すら無かったようだ。母ばかりでなく、あの日のわれわれの意識の流れは、いわゆる近代人の心理分析をはねのける性質のものである。たとえばシカのかなレターに露出する「情」の筏《いかだ》ならばなんとかその流れを馳せ下ることができそうな気がする。ここで「われわれ」といっているのは、あくまで祖母の側に立ってその精神に理解を寄せる（あるいは理解したいと願う）人間、具体的には母と兄と私と妹を指す。祖父と父の二人を入れないでおくのは、彼らはあの時世間体ばかり気にしていたからだが、とはいえさほど刺《とげ》のある意味合はない。連帯保証をめぐる妹の対応同様、「人生のしめくくりが首っくくり！　まさか女房にこういうめに会わされるとは！」あるいは「実の母をここまで追いつめた男、にされてしまう！」理不尽さ、という彼らのそれぞれの立場を思い返せば、何らふしぎのない狼狽《ろうばい》ぶりではあった。ともあれ、この「われわれ」に、死亡診断書を出すために駆けつけた医師のアイヤさんを私はつけ加えたい心持である。第一発見者の私がいきおい死亡状況について語るはめになったのだけれど、アイヤさんとかわしたのは文字通りカタコトの日本語だった。それはかなレターのようにちぐはぐで、ひとことひとことに丸いこぶが付いていた。ガイジン医師の言語的不自由さと、十七歳の少年の興奮がむすびついて自然な日本語交流を阻害した。では十全な日本語はどこにあったか。いうまでもなく、世人の噂話の広がりの中にだ。自殺という事実には、切磋琢磨が成功とむすびつくのと同様、わかりやすい原因が付着していなくてはならない。われわれが他人の日記を読む際、「……してよかった」「……してがっかりした（＝肉体が疲労した）」の二つのリフレインしか見出さなければ面白さを感じられないのと似た事情が、自殺の背後にはこびりついている。そうでなければ噂は成長をとげられないし、場合によっては生きつづけられない。噂の言語は親が成長期の子供に与える食物のように健全だ。

　警察に知らせないというわけにはゆかないかと懇願する父に、ガイジン医師ははっきりとノーをいった。町の中央商店街の外れから駐在がやってきた。再び私がよばれた。するとふしぎにも医師と向い合っていた時とはちがい、死亡状況をめぐる整然とした事務的口調が私に可能となった。いつも寝ている八畳に姿が見えぬことに気づいたのが午前十一時頃、東京方面からイトコたちが遊びに来たのが午後一時近く、ソトマゴの到来を告げ知らせるべく祖母をさがしはじめ、やがて土蔵の二階で発見した、ぶら下がった体はまだ生温かかった、土蔵の階段を半分まで上って気付き、すぐに家人に知らせに走ったのがだいたい三時半くらいだったこと、等々。時間を中心に私は報告し、駐在はふんふんと頷きはするものの心ここにあらずといった顔つきで聞いていた。帰りぎわ駐在はガイジン医師と父を前にして、「ま、事情はだいたい察しがついとります。いろいろありますから、ま、ね、いろいろお察ししますから、ほんとはね、知らせてもらわなくてもよかったくらいで、というとマズイことになりますが。ま、何せガイジン先生では、そこんとこ、うまく伝わりませんですが。こういうことは、あるんですよ、よくある、とはいいませんが。村会議員もしとられる家からこういうカタチの死人がでるのは、ね、ちょっと具合もわるいですよね。病死、ね、ええ、病死ということでいいんじゃないですか、かまわないですよ、ま、先生さえ口が固けりゃ、問題ないです」と早口でまくしたて、父のさし出した冷酒を一口うまそうにのんだ。あとでわかったことだが、駐在はこの検死の帰り道、大字哀野の「有力者」の家四軒に立ち寄り、ことこまかにわが祖母の「哀れな死にざま」を講談師みたいにまくしたてていったそうである。

私は事実そのままを駐在に伝えなかった。といっても伝えなかった事実はさしたることではない。薄闇の中空に浮遊する人形みたいな祖母の姿を見たとき、小心者の私がアイヤさんの口癖「アイヤ！」だか古代用法の感嘆詞「あわや！」だかにも似た声にならない叫びを発してカナシバリ状態になったのはいうまでもないが、その叫びに続く「……」に今仮名を与えるとすれば「はやくきてくたされ。はやくきてくたされ。はやくきてくたされ。はやくきてくたされ」である。母屋にいた父を呼びに走ったのだったが、はやく来てほしいと願った相手は家人でなかった気がする。医師や警察でもなかった。では誰もいないではないか。たしかにそうだ。しかしこの心情はわれわれ全員に共通していた。母は五軒ほど離れた家の茶呑み友達のところにいっていた祖父をよびに、妹は自転車にのって哀野診療所に翔んで行った。兄は東京のイトコ達を相手に、おそらくは味のしなくなった茶を悠然と呑みつづけることに腐心していた。われわれの「情」の流れはやがて分節化され、「はやくきてくたされ」は「ドかはやく。きてくだされ」と変化した。一刻も早く誰に、あるいは何に来てもらいたかったのかわからぬままに流れはしだいに緩慢になった。ガイジン医師が愛用の自転車で生家の前庭につづく坂道を降りて来た。降ったり晴れたりをくり返すはっきりしない天気の日だった。ヘンなことばかりが鮮明に思い出されるのだが、このとき彼は診療所からの道のり、坂が多くて意外に時間がかかったというのに「わたしたちはたいへんでした」とくり返した。「わたしたち」が妙に強調されているふうに聞え、妹と一体になって、とにかくきてくれた、というすがりつきたいような安堵を感じたのだが、「わたしたち」とは彼と自転車を指すことが後でわかった。後でといえば、谷間全域を自転車で往診する名物ガイジン先生のオハコの駄ジャレに、「hour をくった」（＝時間をくった）が加わることになる。われわれは狼狽するときには「泡を食う」、そしてうまく事が運ぶと「濡れ手で粟」となる。いずれにしてもアイヤさんふうにいえば hour をくっていることに変りはないのだけれど、泡を食うことで逆に「情」が沈静化する場合もある。われわれがそうだった。噂話の語り手たちは、絶句の句点や、息をのむ読点をほとんど必要としないが、われわれの方は、水槽の中の金魚のように吐く一語一語に泡が付着し、それが大きな丸薬の句点として喉につかえる。……祖母のふるまいには。みなたまけました。噂のタネがなくて退屈していた村人もよろこんでおりまする。肝心なことはたれにも。きかせません。それをきかせるト。みな噂の渦にのまれてしまいます。……農事暦の一週間の空白には、若干の漢字をまじえたそんなふうな感想が潜み隠れているのではないかと思う。短時間のうちにたくさんの泡を食ってわれわれの「情」はせきとめられた。医師を待ち望んでいたわけではなかったと書いたけれど、やって来た彼、アイヤさんのカタコトはわれわれのコマ切れの言葉にいわばシンクロナイズした。彼の自転車を蹴散らすように駐在のバイクが来た。現場から出て土蔵の白壁を背にアイヤさんが立ち、すぐに駐在も中から姿をあらわす。古ぼけた黒い土蔵の腰板が二人の影みたいに映る。駐在が何やら医師に耳うちする。それは噂話の文法によって支えられた堅固な言葉にちがいない。どうしてかアイヤ氏が警官に職務質問されているように見えてならなかった。

　その日駐在が帰ってからもしばらくアイヤ氏はとどまり、ゆっくりとわれわれの筏に乗り込んだ。〈彼を。軒下の。「シェルター」につないでから。お茶を。飲みます……〉そうつぶやいたその「彼」が自転車であることがわかってからは、牛馬好きの祖父もたちまち仲間に引き込まれたようだ。駐在に言わなかったことを私は彼に話した。茫然と立ちつくす父にかわって祖母の遺体を抱きかかえて土蔵の階段をおり、母屋の縁側からそっと中座敷に運び込み、フトンに横たえて、赤紫色に染まりつつあった頸部のアザを隠すため枕を少し高めにしてアゴを引くかたちにしたこと、などを。これは些細なことだったが、噂にとっては、「未成年者にしかばねを抱き運ばせた所業」はかっこうのえじきとはなる。氏もまた聞きとりにくい日本語で、持病のリュウマチに加え神経痛の発作と貧血をおこした祖母の、つい一週間ほど前の最後の診療の様子を語ってくれた。ゼスチャーまじりの氏の説明は、あの駐在の語りとは対照的に大仰な感じはまるでしない。彼女は。診療が終ると。両手をこう広げて。ハートの前で合わせて。わたしたちに頼んだ（この場合の「わたしたち」とは誰だろう）。その頼みはかなレターふうに翻訳できる。いしょ（一生）のたのみて。ありまする。にしさむいてわ。おかみ。ひかしさむいてはおかみ。しております。きたさむいてわおかみおります。みなみさむいてはおかんでおりまする。おせ（教）てくたされ。楽に死ねるクスリをまちてをりまする。どうか楽に死ねるクスリを。……警察に知らせないでくれという父の懇請をしりぞけたのと同じく、氏はこの祖母の願いを拒んだ。しかし、奇妙ないい方だが、この拒否は祖母に対立する位置になかった。氏は祖母の嘆願を受けたかたちでユダヤカバラの祈りなる奇態なゼスチャーを放出した。それが祖母をさえ笑わせ、医師としてもひとまずは安心したのだという。東西南北はれいの神秘の四文字語ともいえるが、氏がうやうやしくやってみせた祈りはこの四方向へ身を投げ出す形式だ。つまり「にしさむいてわ。おかみ。ひかしさむいてはおかみ。……」の祈禱法なのだが、本当にそんなものがユダヤカバラの中にあるというより、彼があみだした折衷様式なのだった。「カバラ十字」なるしぐさと中国人が「叩頭」とよぶ頭を地につけておこなう礼法をむすびつけたという。私は彼に伝授してもらったこの折衷様式の祈りが気に入っていて、今も祖母の拝み倒しほどには切迫した情況でなくともやってみることがある。四方向を次々に向いて合掌投地するというだけのしごく簡単なものだが、ふしぎにカラダが安らぎ救われた気分になれる。ただし胸の前で十字を切るクリスチャンのあのポピュラーな祈りみたいに神々しい気品あふれるものとはいえず、これを傍で見ている人があればいささかこっけいな姿に映るのは避けられないと思う。にしさむいてわマル、と一回毎に唱えながらやるとよい――したり顔の解説をつい加えてみたくもなるが、じつはこの祈禱法、年季が入ると、東西南北向きをかえるたびに少しずつ時空のズレが生じて、それぞれ別次元の風景にみえてくるそうなのだけれど、私にはどういうことか今もわからない。

ともあれ晩年の祖母は死に急ぐ「情」に取り憑かれた異人となり、われわれ家人とはハナシが通じにくい状態にあった。ガイジン医師が彼女と相対する姿は疑いなくちぐはぐさの極致だったけれど、にもかかわらず二人はそれぞれに意識できない次元でシンクロナイズしていたに違いない。

祖母は凜々たる誇りをもつ百姓の鬼女だった。田畑デ身体ヲ動カセナクナッタ百姓ハ死ナナケレバナラナイ——それが彼女の晩年をつき動かした「情」のすべてだ。近代の言葉ではほとんど倫理といってもさしつかえない。それをすら「……恋恋」と表現すれば草葉の陰の彼女の魂魄《こんぱく》が憤るかもしれないから、咄嗟に「……凜々」といいかえておく。彼女の祖父母の代までわれわれの地方に残存したという姥捨《うばすて》の風習を彼女は衷心《ちゅうしん》から嘉《よみ》した。死んちまいて（＝死んでしまいたい）よお、死んちまいてよお。夏休み中、唐紙一枚へだてたところで寝起きしていた私の耳に、夜、しみ渡ってきた祖母の低い呻き声が今、よみがえる。野口シカが毎年夜籠りした中田のかんのんさまは祖母にも（そして母にも）なじみ深い寺である。車でも数十分かかるこの寺にシカが徒歩で通ったのは息子をやけどさせてしまった後、冥加《みょうが》を祈るためだったというが、シカの生地からの距離よりはるかに遠くはなれた当地方に伝わる中田のかんのんさまの功徳は、楽に死なせてくれるありがたいもので、「中田のコロリかんのんに詣でてきたからだいじょぶだ」と祖母は死の前年に晴れ晴れと語っていた。「はやくきてくたされ。はやくきてくたされ。はやくきてくたされ」祖母がいかなる種類のお迎えを待ち望んでいたかは書くまでもない。最後のひと月だけとっても彼女は童女にもどり、子取り遊びふうの呪文を浴びながら死の遊戯の波に洗われていた。「……誰かさん　一寸おいで」の声とともに暗黒の波が押し寄せてくるとき、そちらへ渡ろうとする「情」がうまく伝わればひょいと身をゆだねることができる。勝ってうれしいのか負けて口惜しいのかも定かではないまま、波はいつのまにか円環の輪と化し、遊戯は大波小波のあの縄とびに変る。迎えの者との掛け合いの唄も消え、逝く者の喉に湧く言葉は「情」に気圧されて絶句状態もしくは途切れ途切れになり、句点のマルが悪性腫瘍のように肥大化する。〝詠嘆のかな〟ともいうべきそのマルこそが「おいでおいで」の輪の正体であり、彼岸行を希望する者はカタコトを洩らすたび「よし、いいぞ、マル」とつぶやいているのだともいえる。おびただしい〝泡を食った〟後、祖母はタイミングを見はからって円環圏に身をすべり込ませる子供のように輪の縁に首をさし出した。農事暦ふうにいうと、「雨がふりたがっている」ような自然さで祖母はこの世からおりたがっていたのだ。霊妙なとりひきに双方がマルをつけた現場で、私はといえばもちろんこちら側の陣営に彼女をひきとどめる役をふりあてられていたのである。私は無力だった。祖母をこの世にひきとどめるツナ引き、いや〝詠嘆のかな〟引き競争にあっさり負けた。他の誰がやっても勝てはしなかったろう。円環の輪は、嫁入りのときにしめた純白の絹の帯だと母が何度もくり返したが、この厚い絹の帯を、私は「……恋恋」の……に挿入する。祖母のまなかいにそれは、一方の端が中田のかんのんさまに（もう一方の端は誰がにぎっていたのだろう）むすばれた巨きな遊びの波の輪となって揺れていたにちがいない。……と、噂の構成員たちにはわかってもらえそうもない帯の話をつづける私に、アイヤさんはまるで関係のないことを語り出したのでおどろいた。「わたしたちは……」と切り出しはしたものの、おろおろと言語の宙を迷う。すぐに妹が助け舟を出すように、「白い窪のところで見たのよ」といった。白い窪というのは、猫背川の支流にかかる橋のたもと一帯を指し、霧がかかりやすく、雲もたくさん湧く場所であることからそう呼ばれていた。診療所のある大字哀野字穴袖から私の生家の村とのちょうど中間地点にあたる。穴袖山と、われわれの村の背後に位置する高倉山の、それぞれの尾根がおりてきて出会う窪地で、雨が多い。ガイジン医師の「アイヤ！」をはじめて妹がきいたのがこの日白い窪の橋の向こう側、つまり穴袖地区の側まで来たところで、こちら側である高倉地区に雨が降っている風景を眼のあたりにしたときだ。穴袖地区には降っていない雨が、橋を渡りきった眼と鼻の先で幽霊のような無数の脚を見せている光景に氏は強いノスタルジアを感じたのだという。どうしてノスタルジアなのかについてはふれずじまいだったけれども。

「アイヤ！」はじつに様々な局面で発せられた感嘆詞のようだ。もちろんどこの国にも共通する「ああ」とか「わあ」とかにあたる「アー」「オー」があるのはいうまでもないが、「アイヤ」はすでにふれたわが国の「あわや」の古代用法が今日の副詞（すんでのところで、危機一髪で）ではなく、「危ふし！」といった叫びであったのと同様の、いかにも大げさな、前時代の遺物ともいうべき感情表現のようだ。大陸では使うと笑われる類のものだそうで、氏はそれを知ってわざと愛用しているのである。少し次元はちがうけれど、妹が着ていたチャイナドレス旗袍《チーパオ》と同じ扱いを、この感動詞も大陸で受けたものらしい。

「阿Q正伝」の中にも「アイヤ」相当語句が様々に表記されて出てくるそうだ。氏の話では、阿Qが四六時中女のことばかり考えたあげく、下働きの女に突然「おれと寝よう」と言い寄る場面で、泣いて逃げ出す女が「阿呀《アヤー》！」を叫ぶところは、日本の時代劇のお姫さまが悪者にかどわかされて「あれえ……」と悲鳴をあげる感じに近そうである。さらに、阿Qが畑から大根を盗むのを見とがめた老尼僧が洩す阿呀と阿唷《アヨー》は「何てバチ当りな！」「ほんとにまったくもう！」のニュアンスだという。

　もっともありふれているのはわが国の「しまった！」に相当する言葉で、忘れ物をしたときなどにきき腕の左手で広い額をうちながら氏は声を上げていた。氏の影響で妹はよく「アイヤ、ハオチーラ！」（まあ、ステキ！）とか「アイヤ、プーダリャオ！」（こりゃ大変だあ！）などといった。こころみに日本語でその内容の翻訳例を〝泡を食いながら〟あげてみる。……ウッソー。ホントー。まさか。そんなばかな。うひゃあ。ガーン。やだー。

何てこったい。とんでもない。そうだったのかあ。ざんねん。あらまあ。参った。カンベンしてよ。スゴイ。わあい。やったね。やれやれ。やってらんねえよ。発音も人それぞれとまではいえないにせよ、カタカナでその音を写せば、アイヤ一辺倒ではなく、日本語のチャンバラふう掛け声「エイヤー」とも「アヤー」とも「アイヤオ」や哀野の音にも似た「アイイエ」の他「ウィヤー」「カイヤー」「ハッヤー」極端には「ヤー」しか聞えぬことも、場合によっては絶句のタメ息に近いこともある。われわれが「いやあ……」と発語したまま黙ってしまう事態ともなりうる。氏が小学生の頃、一線を画すつきあいだった土地の子供たちが親にこらしめられてよく叫んでいたのは、「アイヨー！」である。そのせいか氏のそれは厳密には「アイヤ」と「アイヨ」の中間のようにもきこえる。面白いと思ったのは、彼が、私も書けない漢字「嚔」を引き合いに語った話だ。クシャミは言葉ではないし、もちろん感嘆詞でもない。しかし、クシャミが言葉以上に「個性」を示すことがある。たとえば見ず知らずの他人ばかりと思われる集まりの中で、話声だけではわからなかったある知人の存在を、たまたま知人の発した非常に特徴のあるクシャミによって、そちらをふり返らずとも即座に認識しえたというような経験は誰でも持ち合わせているだろう。私の言葉や話ぶりは近代語の毒におかされているため祖父とは似ても似つかぬものだが、ある日私のたてたクシャミの音は、アイヤ氏が聞いたことのあるわが祖父のそれと「遺伝子的つながり」を感じさせた。「アイヤ」は、「嚔」のそうした肉体性を併せもつ感動詞だと氏はいう。さらに、遠い昔わが国でいう廻船問屋であった母方の大伯父の商売譚のひとこまも彼は気に入っていた。江戸末期、この大伯父は南島経由で「日本のサツマ」商人と取引をしていたが、もちろん日本語が得意だったというわけではない。本国ではさして珍品でもないものを運び込んで身振り手振りを動員しての直談判中、相手方が信じられぬほどの高額を申し出てきて、思わずうれしさの余り「アイヤ！」と思いきり卓をたたいた。するとこの叫びを不満と勘違いしたサツマ商人があわてて値をつりあげたので、彼は究極の「アイヤ！」にのぼりつめた。ちなみに氏の母によると氏のクシャミも、そして「アイヤ！」もこの大伯父にそっくりなのだそうである。「青い眼をしたガイジン」の外観をもつ氏が放つ「アイヤ！」はどことなく滑稽で愛らしい。英語でいえば似合いますか、と氏はいい、「英語では。何と。叫びますか」と冗談半分の質問をしたことがある。私がまじめに考え、「ジーザス・クライスト！　あるいはオーマイゴッドですか」そう答えると、氏は「正解。です」といってくれたが、すぐに「でも。私の父の家では。ナイスワン！でした」とつけ加えた。

　妹が「白い窪」で聞いた「アイヤ！」が悲嘆・後悔・哀れみ・恐れ・訝しさ等々のネガティヴなものでなく、「まあステキ！」のアイヤだったのはいうまでもないけれど、「白い窪のところで見たのよ」という妹の言葉にそうしたネガティヴ系統のアイヤ相当語を秘かに発した者がいる。白い窪といったとき人はどんなイメージを抱くだろうか。それは谷間に実在する場所の名前だから、地元の人ならば脳裡にある程度明確な地図を描くことができる。むろん私にもその地図が描ける。しかし私が内面の地図に記した白い窪には特別なイメージが付着していた。「白い窪のところで見たのよ」と語った妹の真意を遠くはなれてそれは私を揺さぶった。「白い窪」は私の肉体のある欠陥部分の別名、いや別のイメージ語だった。「おねしょ」の隠語が「地図」であるような連関を自分ひとりでつくりあげていたにすぎないといえないわけではないのだが。生れつきだという話だが、どうしたわけかみぞおちの部分が私の場合通常人の何倍もの大きさで陥没してしまっており、しかも落ち窪んだその部分だけがまるでやけどの跡みたいに白く際立っている。フトンの上にかいた「地図」みたいに縁取りされているのだ。この構造的欠陥は何らかの病状につながることもなく、痛みもしなかったから、分類上はたとえば「鼻が低い」と同じ性質であるといえばいえる。しかし私にとって重要なのはそれが一貫して他人の眼から隠されねばならぬという事態を背負い込んでいたことである。人の子に厳密な一貫性などありえない。大ぶろしきとして主観の中にひろげられた一貫性をよく見ると穴だらけだ。その穴がじつは救いに通じている。他人の眼から隠す姿勢を私は崩さなかったが、兄や妹はどうか。もちろん彼らは親同様、他人ではない。いっしょに秘密を共有し守ってくれる「私たち」であるけれど、きょうだいは他人のはじまりということわざを少し特異な意味を込めてここでも使いうる。少しずつ他人への道を歩みはじめているきょうだいが、守るべき秘密を「他人の眼」でのぞき込むことは避けられない。一貫性の布地に穴をあけるのもこのまなざしである。きょうだいが他人となってあけた小さな穴がいつのまにか大きくなってゆく。

　アイヤ氏と出会った頃にはすでに治癒していたがじつに十五歳近くまで私を苦しめた疾患に夜尿症というのがあった。「わが胸のここ」の欠陥と並ぶ二大重圧と呼んでいいものだ。夜尿症の魔神が去るまでは、胸の「白い窪」の方の圧迫が軽いように思われたけれど、癒えてみると、逆になった。夜尿症は一過性（というにはあまりに長い年月であるにしても）であるが、「白い窪」は生涯を呪縛する〝胸の痛み〟でありつづける気がしてきたのだった。人が血圧を測るみたいに、私はこの宿業の重圧の度数を幾度も測定し直さずにはおれない。かなレターの呪文を、私も百万遍ダラニのように唱えつづけた。はやくきてくたされ。ドかはやく。きてくだされ。魔神を迎える使いはどこからやってくるかわからなかったから、シカのように（あるいはアイヤ氏のように）東西南北の全方位にむけてむやみやたらに拝む他なかった。夜尿症の場合、使いは、中三のときに受けた盲腸手術の中に潜んでいた。手術後に治ったのである。「白い窪」の場合は治癒するという性質のものでないが、私の回想の中では、祖母の死で急速に近しくなったアイヤ医師にそれを「見せた」事実が重い。むろんそれは、ずっと前から、大きくなっていたあの穴から人に見られていたのだが、私にとって決定的なのは自らの意志で「他人に見せた」という行為である。私の場合ドクター・ノグチのように左手を手術してもらったというような劇的なことは何もなかった。しかしそれは、氏にとって身近な旧約聖書の言葉をかりるなら、私の「心の割礼」だった。

お上の眼を逃れて隠し田を耕した祖霊のように私はソレを秘かにソコで栽培しつづけた。才能ある詐欺師が塗りかためる嘘と同じで、秘密をおおうに足る首尾一貫したヨロイで私は身を隠した。ちっぽけな噂の矢をすべて払いのけてくれるヨロイに満足しながらも、いつかそれを貫通してくる強力な弾丸としての救いを待ち望んでいた。そのこトたれにも。きかせません。それをきかせるト。みなのまれてしまいます。……と唱えつつ、同時に重圧をいっきょに無化する革命をもたらす大いなる存在にとりすがる。「その日」は。いつくるト。おせてくたされ。これのへんちちまちてをります。返事が「へんちち」と重複していてもそんなことはいっこう気にはならない。

楽に死ねる方法を「おせてくたされ」とアイヤ医師に迫った祖母もまた隠し田を耕していた。野口シカは息子に金を貰ったことが亭主に知れればたちまちアル中の彼の飲み代にされてしまうと心配したが、祖母の場合、亭主にとどまらず、家人全員の眼をかいくぐって死神への手紙を書き終えねばならなかった。リュウマチの悪化で内股に交叉しかかった脚をひきずり、隠し田での最後の仕事にとりかかからんとしていたとき、夏休みで帰って来た孫の一人が立ちはだかった。彼女の計画を意識の底の方で感知していたように思うのは、全く別種ではあっても、隠し田開墾事業に長く従事した者同士に呼応する何かに起因している。

まだ温もりの残る祖母のなきがらを胸の「白い窪」に抱きかかえたときのことを、私は何度もアイヤ氏に語った。日本語の微妙なニュアンスが伝わらないため、しつこく繰り返す姿に客観的には似ただろうが、私の主観では決してそうでなかった。私はただ氏の耳になら反復してもいいと思っただけだ。小学生の作文朗読みたいに「ぼくはその日……しました、マル」「そして……しました、マル」と語りたかっただけだ。私の反復譚の内容はたしかに微細な点まで彼に伝わりはしなかったろう。私はそれを気にかけなかった。もっぱら「……恋恋」の情を伝えようと願ったにすぎないが、その熱度はさほど高いものである必要はなく、胸に抱きしめた祖母の遺体の温み程度であればよかった。やがて小学生じみた私の話に、氏が一度だけ応接した。彼はたった一言、body と洩した。いや正確には、バディ、バディ、と二度くり返して発音したのだった。以下は後の氏とのつきあいの過程全体からおしはかってひき出す、あくまで現在の私の理解である。英語の body は身（肉）体と死（遺）体の両方の意味がある。それどころか前者系統の「物体」が後者の「天体」の意にもなりうる。さらにアメリカ口語などでは「恋人」の意味すらある。夜尿症に苦しむかつての私の下半身は死んでいた。死んだソコに恋人のような死霊が宿る。私はその感触をまざまざと思いおこすことができる。私の胸の「白い窪」も道連れとしての死体の一部に似ていた。身体でありながらソコだけ遺体化していた。あるいはソコの物体が惑う星あるいは道連れになりかかっていた。まだ肉体の温度を残存させていた祖母の遺体を私が抱き寄せたとき、bodyのこだまが交響したのはこのためなのだ。氏の一語を私はそう理解している。

Ⅲ

あれを何と呼ぶのだろうか、床屋のシンボルとして店先におかれている、めまいを誘うあの一種のネオンサインのようなものを。氏はバーバーポールといっていたが、日本語の正式名称があるのだろうか。哀野診療所の正面玄関脇にそれが置かれたのは、祖母の死の翌年の秋頃だったと思う。その年の盆すぎにやってきた台風で猫背川が氾濫した。山菜工場の跡地にできた診療所に隣接する自宅（県や国の予算が一部おりたこともあってそれはなかなか立派な西洋建築で、家族のいないアイヤ医師には少々広すぎたくらいだ）の二階の窓から増水した川を見るともなく見ていると変なものが「ザンブリコ。ザンブリコ。流れてきた」という。むろん人ではないから「アイヤ！」と叫んだわけではないが、それはやがて眼下の青草の岸辺へ向きを変え、三角州みたいになっている澱みに入って進むのをやめゆっくりと身を廻転させている。氏の脳裡に「落地生根」の四文字成語が浮かんだかどうかしらないが、小雨の中氏はその放浪者をひきとりに裏庭の崖下へおりていった。一部破損していたものの現役のシンボル看板であったにちがいないそれの持主はしかしずっとあらわれなかった。

私はこの年浪人し、自宅で農業手伝いをしながら勉強するということになっていたのだけれど、本気で受験勉強に精を出しはじめたのは哀野にちらちら雪が舞うようになってからで、それまでは「英語をおそわる」名目でもっぱら診療所に入り浸っていた。これは妹にとっては好都合だったろう。私が生家に帰ってからも妹は同じN市の下宿屋にいたが、週末は家に寄らずに診療所に遊びにくることが多く、父が怒っていたのを思い出す。しかし兄の私がいっしょなのだからまったく問題はないという空気を妹は作りあげた。まあ実際その通りだと私はうけあい、後に父の非難を浴びることになった。ザンブリコの一物が流れついた翌日、私と妹は、岸辺にうちあげられた謎の魚でもあるかのように診療所の庭でそれを眺めていた。アイヤさんは、body, body とつぶやきながら、近くの濡れた地面に指で大きく「朱白藍」と漢字を書いた。これも後に追い追いわかったことだが、それは字義通り、赤と白と青の斜線がうねるデザインのあの理髪店のシンボルを指したものだ。そのときの話は初耳だった。わが国の床屋が近代になってそのまま散髪の店に模様替えした際、西欧での伝統、つまり理髪師は彼地で外科医を兼ねていた事情をうけたものこそ「朱白藍」である。外科医の仕事は「刺絡《しらく》」といって、悪いところの血を抜く治療が主だった。朱は動脈の、藍は静脈の色を表わし、白はホウ帯だったろうか（あるいは身体の色か）、記憶がぼやけてしまっているけれど、要するに、それは本来診療所の前にあってしかるべきものだと氏はいいたいらしかった。

やがてアイヤ氏の居間でコーヒーを飲んだ。あと数日で夏休みが終ってしまってゆううつだといったきり、妹はほとんど話らしい話をしない。長く自宅にもどっていない彼女への義務みたいな気持で、私は家族の近況を語った。手はじめに、仲の悪い妻が死んで緊張感を失ったのか、祖父が何やら奇妙な言動を見せるようになった事実について。惚け症状というほどでないが、たとえばつい最近、やや長めの昼寝から夕方近くに目覚めて池の水で顔を洗い、おもむろに隣家へ入っていって「おはようございやす」とやった。妹は笑いもせず「芸能人感覚だわね、それ」といっただけだったが、アイヤ氏もたいそうきまじめな表情で「ユダヤでは。一日が。クダチとともに。始まり。次のクダチまで。つづくのです。おじいさんは。芸能人ではなく。ヘブライ人です」クダチの意味をたずねると、「日没。サンセット。夕暮れ。ナイトフォール」ゆっくりと発音練習みたいに彼が答える。ヘブライ語かラテン語かギリシャ語かなにかだろうと思っていた私に、かれはすぐに「クダチは。古代の。日本語でしょう」とつけ加えた。断定のものいいがやわらげられると習ったからだろうか、「です」というべきところを彼はよく「でしょう」と表現した。

次に米作り、養鶏、葉タバコの赤字三部作におしつぶされている父母の暮らしぶりを少々悲惨な調子で物語ると、妹は、「浪人なんか許される家じゃないのよね」と巧みにホコ先を私に向ける。こういう妹のしんらつさに私は勝てない。私はいつも彼女に見透かされている。六つ年上の兄からもそうした視線を感じてきたが、二人のそれには決定的な違いがある。兄は温和な農夫のような（事実彼は父の希望通り地元の農林学校を卒業後、農協に就職し、未来のない農家の後継ぎとなった）、そして妹は看護婦のような（これまた実際に彼女は小学生の頃から看護婦志望で、長じてほんの数年間ではあったがこの職業に従事した）まなざしをもつ。そのことを私はれいの調子でアイヤさんに語り伝えようとした。ゆっくりと、くどいほどに反復し、かつ少しずつずらしながら。私が誤解されるのを恐れた点についてはちゃんとわかってもらえたと信じる。身体（body）の一部になきがら（body）を共存させていた、肉体の一部に生きながら埋葬してしまった屍を抱えもっていたれいの私の肉体上の疾患をめぐって兄や妹にからかわれたりいたぶられたりしたことは記憶にない。見透かされるというのはそういう意味ではないし、きょうだいは他人のはじまりというのも、われわれの場合は、うまく表現できないが……と私はいい淀んでしまう。〈その……の先の部分はガイジンが理解するんですよ〉などと氏がいったはずはないけれど、「ユリさんと。私は。ウマがあう。ユリさんは。ガイジン。みたいなココロ」とはたしかに耳にした。その言葉に私は納得する。きょうだいの中で私一人四年制大学への進学を許された。浪人もしていいことになった。誰も反対しなかった。れいのハンディキャップのため皆が哀れみをかけたのか。兄は農夫の純朴さで「ガクモンをつづける」ことに賛成した。あのシカのように「おまイの。しせ（出世）にわ。みなたまけました」と母ともども感嘆する未来を夢見たのかもしれない。妹はこの種の感嘆に身をゆだねないガイジンである。少なくともアイヤ氏との蜜月の前後、妹が〝乗り物〟にしていた「情」の筏はたとえば次のようなものだ。

〈われはここにつどいたる人びとの前におごそかに神に誓わん。わが生涯を清く過ごし、わが任務《つとめ》を忠実に尽くさんことを。われはすべて毒あるもの、害あるものを断ち、悪しき薬を用いることなく、また知りつつこれをすすめざるべし。われはわが力のかぎり、わが任務の標準《しるし》を高くせんことをつとむべし。わが任務にあたりて、取り扱える人びとの私事のすべて、わが知りえたる一家の内事のすべて、われは人にもらさざるべし。われは心より医師をたすけ、わが手に託されたる人びとの幸《さち》のために身をささげん〉

かなレターが私とアイヤ氏とをつなぐ象徴的文書だったとすれば、この「ナイチンゲール誓詞」は妹と氏をむすびあわせる暗示的誓詞だったといえる。特に「わが任務にあたりて、取り扱える人びとの私事のすべて、わが知りえたる一家の内事のすべて、われは人にもらさざるべし」といった箇所が。私は偉人野口英世にあこがれるようなたちでなかったが、妹は小学生のときに愛読していたナイチンゲール伝の影響をまっすぐに育てあげ看護婦になろうと志した。私はドクター・ノグチの人となりやその母との関わりにもあまり興味を抱いてはおらず、ただかなレターの存在そのものを愛惜したにすぎないが、妹は「ナイチンゲール誓詞」を現実に生きようとした。アイヤ氏と私がかなレターを全文暗記していた時期があるように、妹はこの誓詞をそらんじていた。もっともこの誓詞は当時大半の看護学校で暗記させられたものなのだそうだけれども。

偉人のイメージからこぼれ落ちるドクター・ノグチの行状を私に話したのと同じく、アイヤ氏は妹に、いわゆる「白衣の天使」像ではとらえきれぬナイチンゲールの実像とやらについてエピソードをまじえて語ったようだが、それはもちろん〈偉人のヴェールをはいで実像をあばく！〉式の語りではなかった。妹は氏の浮び上らせたナイチンゲール像によって冷静に看護婦志願をつのらせたらしい。われわれは誰の虚像をも払拭できはしない。〈平凡な人生を歩んでいる私〉といういい方の中にすでに虚像はまぎれ込んでしまっている。氏はあるとき野口の伝記に載っている幾枚かの写真を見せながら「彼は。どの写真でも。ヤケドの。左手を。隠しているでしょう。必ず」と私にいった。最初の大学受験で健康診断書を必要としたとき、私がすすんで胸のあの陥没地帯を彼に見せてからしばらく後の、浪人が決ってからのことだ。日本語のいわゆるイミシンな言葉づかいを彼ができないせいも少しはあったろうが、私はその指摘のたたずまいになぜか深く安堵した。野口が積極的にとらせたがった写真は、後世の伝記にとって実像なのか虚像なのか、いったいどっちのアカシなのかわからぬが、氏のいい方はそうした虚実論を葬り去る印象だった。博士のこだわりが不憫でならない、というのではないし、不自由な左手を徹底して隠したいのならどだい写真なんかとらなければよいのだ、というのでもない。ここでも氏は私に

body という語の感触を伝えてきたのだった。左手を隠蔽しつつ露出の光を全身に浴びようとした野口の「虚像をあばく」ことなどに何の意味もありはしない。谷間の実在の地名「白い窪」は二つの山の尾根が出会うところで、そのため深い霧が地にたなびき、雲にも、そして雨にも好まれる場所であるが、実像と虚像もまた不透明なものに包まれている。わが胸のシロイクボが恋人の死体（body）の一部だったように博士の左手も生ける身体に死を告知する存在だった。肉体が実像で死体が虚像などということはありえない。氏が最後に見せてくれた伝記のあるページは例外的に、博士の左手の全貌を写し出していて私をおどろかせた。「サルにトラコーマの実験をほどこす野口の手」という説明がある。わざとそういう順番をふんで写真を見せたのだろうか氏は？　と今思いを馳せる。

　思い出が走馬灯のように浮かぶという表現をよく眼にする。灯籠の中のろうそくに火をつけると回転しはじめ、種々の影絵が次から次へと見える、その仕かけのように過去が次々と思いおこされるというのだが、もしほんとうならそれこそ〈虚像を映し出す実像〉そのものである。私にはどうもこのセットフレーズは、〈噛めば噛むほど味が出るスルメのように〉と同じに思えてならない。私はスルメが大好きだが、しばし本気で噛めばたちまちそれは味が無くなる。紋切型をおとしめていっているのではなく、むしろ噛んでも噛んでも滋味を失わぬスルメや、廻っても廻っても過去の影絵をふんだんに映しつづける映画のような走馬灯が在ってほしいと願うのだ。映画はみんなが鑑賞できるものだがこの走馬灯は厳密に個人的な存在である。セットフレーズがほんとうにイキルためには、われわれ一人一人にとてつもないエネルギーと創意が必要となる。たとえるならそれは、一枚の平べったいスルメを（山国に生《お》い育った私は、イカがスルメのかたちで海を泳ぐと思い込んでいたことがある）海中に投じるとたちまち生イカとなって自由世界を遊泳しだす事態にも似るだろう。無尽蔵の過去を映す走馬灯とは、つまりスルメという死体（body）のまま生イカなる肉体（body）が蘇生する奇跡の海のことである。「アイヤ！」談義をしたときに、高校生の私にやはり初耳だった言葉で氏がおしえてくれたものに「ユリイカ！」（我発見せり！）という外国語があり、氏の用いる多義語「アイヤ！」の中にはその意味のものも含まれるそうだけれど、今私がもち出した奇跡の海を泳ぐ存在がありうるとしたら、それはもはやモトの生イカではなく、「我発見せり！」の類のイカであろう（現在の私の薄手の知識によれば「ユリイカ」はユウレイカなどともよまれる、たしかラテン語だ。哀野に響くこの異国語の断片はしかし「ユリイカ！」でなくてはならない。妹の名前にダブらせて氏自身がその響きを愉しんでいたからだ）。

　スルメのように乾燥した私の脳髄の中に世人のいう走馬灯は廻らず、かわりに動き出すのがすでに記した理髪店の「朱白藍」だ。「……恋恋」の……に入れるものの一つといってもいい。傷ついた流れ者の身元が判明しないまま、氏は「治療」をほどこし、これを診療所の看板の傍に脇侍みたいに立てた。手先の器用な氏は、ケガを治しただけでなく、擬《ぎ》宝珠《ぼし》のかたちになっているその頭頂部分にしゃれた電球までとりつけた。患者は面くらったがむろん誰もここを床屋だと間違いはしない。理髪師がかつて外科医を兼ねていたのはおそらく歴史的事実なのだろう。現在のわれわれにとって二つの職業をつなぐイメージはほとんどなく、病院の前におかれた床屋のマークは虚像という他はない。けれども、あらゆる実像と虚像との関係にはこの理髪師と外科医の〝過去のつながり〟程度のものが介在しているのではないか。アイヤ氏の外貌と「アイヤ！」なる叫びがチグハグであったように、診療所入口の「朱白藍」はズレをもたらす。そのズレはほほえましく、チャーミングである、少なくとも私にとっては。なつかしさは〝過去のつながり〟からやってくる。われわれは厳密な意味で過去だけにも現在だけにも生きられない生物だが、実像と虚像との間のズレをただすことにかかずらうのをやめるとき、ユーモラスでさえある郷愁の筏が過去と現在の河を往来する姿をとらえる。生イカとスルメはたしかに外観はまるでちがうけれど、〝過去のつながり〟は疑いなく存在するのだ。

　母の農事暦が仮にスルメだとすれば、前身の生イカにあたるのが野口シカのかなレターだ（さらにその原型をさがせば、阿Qが渾身の力を込めて書き損ねた署名のマルにゆきつく）というふうに個人的な因果の糸をのばしてゆくことが可能であるが、残念ながら農事暦はすぐに味が消失してしまうスルメでしかない。心理をめぐる生イカみたいに生な記述も、噛めば噛むほど味のでる記載も見当らない。しかしそれは、彼女の精神の不在を物語るものではない。尋常高等小学校卒の彼女の手になる稚拙な文字の群は、なつかしさを求めてそれを読む唯一の読者である私のワカラナサをつのらせる。わかりやすい近代人の心理がどこにも見つからないからだ。入口をまちがえているのか。そうではない。書いていなければこの程度の字すらみな忘れ去ってしまっただろうと彼女が述懐するその「程度の字」は、彼女の思念への玄関口に位置するある種の看板なのだが、この看板にズレがあることに私が気づけなかっただけなのだと取りあえず考える。「……してよかった」と「がっかりした」の二分法が頻出する農事暦を読み解くカギとして、あるいは次のような実例を重ねてみるのはどうだろうか。詳細は忘れてしまったが、もはや数人しか話せる人がいなくなっているアフリカだか南米だかの消滅寸前の部族の言語——そこでは「明日」が未来全部を、「昨日」はすべての過去を指す。いや未来のことを「あっち」、過去の一切を「こっち」というのだったかもしれない。こうした「明日」と「昨日」、「あっち」と「こっち」の二分法は、たしかに直截簡明ではあるが、しかし決して「単純」なものではない。それはあたかも、分節化し意味を茂らせる言葉全部を凝縮した、しかしそれ自体では意味をもたぬ感動詞のような（あの阿Qが書きあぐねたマルに似た）存在である。「……してよかった」のポジティヴ用法と「がっかりした」のネガティヴ用法の両面を一語であらわす「アイヤ」の時空を直截に説明しうるのも、こうした「昨日」と「明日」、「あっち」と

「こっち」であろう。あらゆる過去のつながりを包含した「昨日」には無数のユリイカが泳いでいる。神話と名うたれている書物とは無縁の、しかしまぎれもない神話を読み込む際に必要とされる特異なユリイカ語文法。私はつぶやいてみる――今、昨日のことを考えているところだ、と。全過去への玄関口としての昨日に憩うことができてよかった、と。あるいはこんなふうに歌ってみる――「あっち」の水は甘いぞ、「こっち」の水は辛いぞ、と。たとえ卑小な昨日の出来事におしつぶされるのが実態だとしても、われわれが神話を生きるとはそういうことだ。

朱白藍が右上に向かってラセン状に回転しはじめると、私のひからびた記憶も何やらゴチャマゼになって、つまり実像と虚像とが手を携えた状態で「昨日」を創り出そうとうごめき出す。哀野診療所がそうしたみたいにそれが回転している間、私の思い出紡ぎ所は「営業中」としよう。大字哀野に据えられたわが走馬灯は、前後不同の記憶の影絵から構成される。

私の祖父が、夕まぐれ隣家の玄関をくぐってせいいっぱい爽やかにいい放った「おはようござりやす！」はたしかに錯覚の産物である。だがこのズレの中からユーモアの舟を出せば、遠くわが国の古代のクダチ（降ち）にさかのぼったうえで進路をかえ、一日のはじまりがクダチ（日没）にあったユダヤの野にゆき着くことすらできる。こうした「おはようござりやす！」が農事暦やかなレターの背後にも反響しているにちがいない。そのエコーは、病院の前に置かれた床屋のシンボルのように、当事者たちをいくぶん戸惑わせながらも（祖父は人々にまちがいを指摘されたとき「アア……」と気抜けした音を発したまま上りがまちでケゲンそうに佇ちつくしたという）たしかな存在感でひろがってゆく。一介の老百姓が古代ヘブライ人に変身する大字哀野の夕暮れを私は愛惜する。大都市のビルの谷間で風塵まみれの生活をしいられる者は、ときにまっとうな一日の光をやりすごし、うす汚れた心で暮方に眼を覚ますようなことがあるけれど、そんなとき私は、哀野診療所の前庭の一角に流れ落ちる清冽な清水（近隣の人々がよく汲みにやってきていた）で顔を洗い、一掬《いっきく》をのみ込む昔の一連の反復行為をよびだした後、静かに静かに誰にともなく「おはようござりやす」とささやくのだ。そうしてゆっくりと、氏からおそわった東西南北まわれ右しながらの拝み倒しを実践する。まわって、まわって、まわって、まわって……じっさいの姿は三回まわってワン！　の犬に近いが、私は右上りに不可視のラセン階段をのぼる。わずか五分もすると、カラダ全体が、あの「朱白藍」のbodyとなりかわる。肉体・物体・死体・天体と、柔道の受身みたいに「体」を四方に変転させながらねじり縞模様のラセン階段をのぼり、しまいには一個の星に帰するのだ。

　往時を映し出す私の回転灯籠も走馬灯同様夕闇を待って始動する。ユリイカに遭遇したい一心で祈りを深くするが、注意すべきは霊妙なズレである。アイヤさんと妹がいつどのように男女として結びついたかなどという事実は彼らの離婚原因ともどもユリイカの対象にはなりえない。たしかに恋人・道連れの肉体（body）を抱きしめていた実感がいつのまにやら死体（body）の感触にかわっていた、とか、噛めば噛むほど味がでるスルメのような人だったはずなのに……、と舌打ちする権利がいずれにあるかという話にも私の興味はない。もちろんそうした論議の渦の中に誰しもが巻き込まれざるをえないものだし、私自身、いくつもの渦中にあって翻弄されている。だがそうであっても、いやそうであればこそ、ユリイカの泳ぐ奇跡の海は希求されるのだ。ズレの中にひらける海を視ず、実像を白日の下とやらにさらせばどんな秘密が明らかにされるというのか。農事暦はつまらない農婦の作業日誌であり、野口シカのかなレターはお涙ちょうだいのナニワ節である。陽が落ちてから朝のあいさつを放った祖父はただの惚け老人であり、自殺した祖母は老人性うつ病の神経症患者である。私はそんな事実に恋恋の筏をさし向ける気にはなれない。アイヤ氏のことを人々は「東洋と西洋のアイノコ」といったけれども、私の信仰するユリイカは実像と虚像のアイノコのようなものだ。ユリイカ教信者は病院の前の床屋のシンボルに、風車を前にしたドン・キホーテのように眩惑される。キホーテがへんてつもない床屋の金だらいをマンブリーノのかぶとと思いつめたみたいに、信仰熱が高まれば、辞書にのっていない性的俗語であるあの四文字語を厳粛なるテトラグラマトンとさえ呼んではばからない。肉体と死体を切りはなしてはならない。肉体と死体の「と」をわれわれはときに「の」と誤記してもかまわないのだ。朝に交わす「おはよう」が夕暮れにずらされてもおどろかず、そこから筏を漕ぎ出す。そのとき大字哀野のたそがれに古代ユダヤの夕闇がオーバーラップする。

　哀野診療所の休診日は金曜日だった。しかし氏にとっての安息日である金曜日は日没からはじまるので、これまた人々は面くらったものである。金曜日の日没から土曜日の日没までの一日が休診だが、これでは事実上二日の休みになってしまうと不平をいう者もいた関係で、まもなく金曜日は午後三時まで、土曜日も夜間診療をおこなうことになった。私はおおむね金曜日から日曜日にかけて遊びに行ったが、妹はこの土曜の日没までの数時間をあて込んで下校直後にやって来て、はじめのうちはその日のうちに下宿に帰った。少なくとも浪人の一年間に限っては、私の方が氏とすごす時間が圧倒的に長かったと思う。妹がN市で通っていたのはシャビエル学園というミッション系の女子校だった。卒業後は市内の病院付属の看護学校にいってそのまま病院看護婦の見習いになるというふうにはじめからコースを決めていたようだ。ミッション系につきものの外国人神父（というのか司祭あるいは牧師なのか私にはその区別がわからないのだが）のとりまきみたいにして、しかし信仰そのものにはあまり深入りせぬまま、たとえば英会話を身につけたいとあこがれる。入学直後の妹もそんなありふれた願いをもっていた。ミッション系の学校に限った話ではない。こうした日本人の宗教受容はじつは歴史的に根が深い。キリシタンバテレン時代までさかのぼらずとも、氏が妹に話していたドクター・ノグチの書生時代のエピソードは生々しい証例だ。野口がまだわれわれのちっぽけな地方都市の病院（ヤケドの左手を手術してくれた恩人の家だ）で書生をしていた頃のこと。ある年のクリスマス・イブに彼は「天主教会の聖歌隊」で讃美歌を歌っていた。そこに集っていたある女性に彼はラブレターを一度ならず書き送る。氏はこの恋文が「漢文に英語を交えた」ものである一点をひどく強調した。おそらく自分の姿を重ねたからだろう。「乞ふ、驚く勿れ。一片の親書発してここに至るを。誰か怪しまむ、一縷の情……」と彼はその手紙の一節を妹に朗読させたものだった。しかし、「乞ふ、驚く勿れ」という嘆願は噂の構成員たちの容れるところではなかった。ラブレター事件は、推理小説の犯人さがしのような情熱を人々に与え、彼の「不良行為」は「叱責訓戒」の対象として血祭りにあげられる。アイヤ氏と妹との交流がどのようになされたかについての具体的な資料を私はほとんど持ち合わせていないけれど、彼もまた妹に野口のような手紙を書いただろうか。妹がその類の話を私にしたことはあっただろうか。氏の手になる漢字と欧文まじりの文書を私は数回見たが、それはカルテだった。筆字のカルテというのはずいぶん奇態なものだが、宗教を含むわが国の外国文化の受容のありさまにそれが重なるように私には思える。氏が日本文化そのものだなどといっているのではないのだけれども。すでに小学校の頃寺の和尚から英語の手ほどきを受け、ラブレター事件の頃には複数の医師から英・独語を学んだ野口がさらにフランス語も外国人宣教師におそわったという事実にやはりある種の感慨を覚えざるをえない。コズモポリタンを志向した少年の情熱もさることながら、わが国において外国人宣教師がどういう役割にあったか、あるいはどういう役割でしかなかったかを端的に説明してくれている。伝道者の側もいわゆる「一挙両得」の旗印で伝統的心情（？）を積極的に利用したといっていいだろう。私でさえ漠然としたあこがれにひきずられて、教会に足をふみ入れたことが何度かあったように記憶する。アイヤ氏との出遭いはわれわれのそうした心理にズレをもたらした。彼はキリスト教に対して批判的だったが、かといってわれわれにユダヤ教を排他的に宣揚したわけではない。

　浪人中の私はクダチを一日のはじまりとする生活がすっかり板についてしまった。祖父の錯覚を笑えなかったユエンである。隣家に行くかわりに診療所に出かけて「おはようござりやす」をやっただけのちがいだ。父が田の「水見」用にもらい受けた五十ccの中古バイクをロシナンテに見たてて、私は金曜日の夕方になるといそいそと出かけた。無免許だったので、父には「畦道ていどならいいが、県道に出るのはやめろ」と再三注意されたが、私は「なあに、駐在がこの谷間に姿を見せるのは盆と正月くらいのもんだ。まあ、うちの婆の事件みたいんがありゃ別だがよ」という祖父の言葉を信じた。白い窪の橋のたもとにさしかかると、いつもバイクをとめた。霧でも雲でもいいが、白いものに身を染めてみたい感覚にとらわれた。相当深い霧に遭遇したことが幾度かあったけれど、霧の中というのはたとえ五里四方に広がるものであっても、わが身が白く染まって視えなくなるという私の望んだ事態はありえない。それに、氏が感動した〝雨の断層〟現象にも浪人中には一度もお眼にかかれなかった。

　診療所はかつて宿場として栄えた穴袖地区にある。村おこしの一環で大々的におこなわれた村営の山菜工場がわずか二年もたたぬうち経営不振で閉鎖されたその跡地に建てられた。工場時代の倉庫だった鉄骨のハウスが二軒まだ取りこわされず残っており、氏はそこを種々の植物の育成所にした。今では珍しくもないようだが、氏は内科が専門ではないにもかかわらず、漢方薬治療と西洋医学をドッキングさせる独自の治療を誇りにしていて、各種の薬草に対する造詣が深かった。いわゆる樹木でなくても、薬草になるものを全部「生命の木」と氏は呼んだ。隣り合う氏の自宅は診療所に対して直角、われわれの地方で曲り家と呼ぶ構造になっている。そのせいか全体が山間の小さな分校といった印象である。私はその分校に生徒として通っていたようなものだが、正規の授業のはずの受験英語もしくは英会話を習った印象はうすいし、まして中国語を学ぶ動機が当方にあるわけもない。「いつでも。おしえますよ」という彼の言葉だけが妙にあざやかだ。家人は野口シカ同様「べん京なぼでもきりかない」と内心つぶやきながらも、哀野診療所を私と妹の通う学習塾みたいに思っていたから、月謝こそ払わなかったものの父母のうながしで種々の物品を氏のもとに贈与しつづけ、氏もそれをよろこんだ。「これは。紅包《ホンパオ》ですね」と彼はいった。紅包とはわが国の「袖の下」の意だそうである。

　殺風景な居間に置かれた当時としては大型のテレビも公費で買い揃えられたものだが、このテレビで三人揃って西部劇映画を見た時期が今ひとつはっきりしない。ビデオなど無い頃だからたまたま放映していたものにはちがいないのだけれど、その映画、ジョン・フォード監督『マイダーリン・クレメンタイン』（『荒野の決闘』）が、れいの「朱白藍」マークとのかかわりで強い印象を残した。詳しい内容は忘れてしまったが、それでも恋恋の対象を語るのに問題はない。ヒーローヒロインが一人にとどまらないみたいな印象の映画のヒーローの一人がたしか外科医だったこと、その外科医役の俳優の風貌にアイヤ氏が似ていると妹が言い張ったこと（私はそうは思わなかったが）くらいで十分だ。問題のシーンは映画がはじまってすぐ、いわば映画の玄関口にある。もちろんソレを見せるためだけに氏の即製「おすすめ映画鑑賞会」が催されたわけではないにしても、そのときとにかく氏が「アイヤ。アイヤ。ここでしょう。ここでしょう！」と強調し、画面のソレを長い指でさしたりしたので、この西部劇屈指の名篇のなかみは遠くかすんでしまったようだ。外科医でない、メインヒーローが理髪店でヒゲをそってもらおうとする導入部の場面があり、そこにわれわれが問題にしていたバーバーポールが映しだされた。しかもその理髪店の看板の字がBarber shop & Dentist（理髪店と歯科医が&でむすばれている！）とある——それだけのことに大騒ぎをしたのである。モノクロ映画なので「朱白藍」の朱と藍は同じようなクロにしか見えず、朱と白の二色模様だったのかもしれないが、たしかにわが国の床屋のシンボルの先祖が砂漠の中の西部の町にあった。私も妹もその文字通り些末な一点に大声をあげて喜んだのだった。

Ⅳ

綈袍恋恋の綈袍の代わりに、実像と虚像のアイノコを置いて往時をふり返る私の情を映画『荒野の決闘』ふうに表現すれば「マイダーリン哀野」となろうが、綈袍恋恋の正しい意味「旧恩を思うことあるいは友情の厚いこと」を忘れるわけにはゆかない。私はアイヤさんに文字通りの旧恩がある。二度目の大学の入学金と授業料のほとんどを彼が払ってくれたのだ（生活費は、同郷の事業家がやっていた学習塾に住み込んでなんとかするという段取りだった）。ドクター・ノグチのように学問への情熱やみがたく、とはとうていいえぬ人間であるにもかかわらず私はとてつもない愚行に身を挺していた。どうしてあんなに混乱していたのかわからない。浪人まで許されて入学した東京の私立大学の学費は父と兄が無理を無理とも思わずに出してくれた。アイヤ氏からも多額の祝金をもらった。それなりに晴れがましい門出だったはずなのに、たちまち暗雲に包まれてしまった。あの暗雲を「黒い窪」とでも名づけたらよいか。クロイクボで行き暮れた私は闇に染めあげられて立往生した。愚行を具体的にくわしくのべたてる気はないが、結果的に大学は二年足らずで中退となり、しばらくして生家に逃げ帰るハメに陥った。成人前後のことだ。私がケチくさい惑乱の極みにあった頃、「ナイチンゲール誓詞」を小鳥のように歌いあげながら妹はアイヤ氏という樹に安らいはじめた。蜜月の実態は知らずとも、その甘い香りは周囲にただよってくる。昭和五十一年の春再就学のため上京するまで私は生家で主に葉タバコ耕作を手伝ったが、自然の鳥や樹々のたたずまいに融合した氏と妹の姿をまぶしく感じた。浪人時代同様、私が診療所通いをはじめると妹もN市内にある病院付属の寮からやって来た。私が介在しなければ彼らは少なくとも診療所で会うことは不可能だったはずだ。私の再就学に対して父と兄は何も言わなかった。必ずしも呆れ返ってものも言えぬふうではなかったが、もちろんその沈黙の背後には「何をしてもかまわぬが、もう出せるカネはない」という宣告があった。母の態度については、アイヤ氏がおしえてくれた、あるユダヤ人の思想家の言葉——母親の本質は、起ってしまったことを無しにするところにある——を引きあいに出しておきたい。引用は正確でないが、おそらく大半の人に覚えのある「母親の反応」だろう。アイヤ氏が私に資金援助をしたことは、父の視点からすると、妹をもらい受ける「支度金」になったのだそうだ。私は、「借用証も書いた純粋な借金」である旨を強調し、氏もまた「わたしは。ヴェニスの商人。ですから取り立ては。キビシイ！」などとおどけてみせた。私が曲りなりにも就職して給料をもらえるようになってから、この借金返済について言及すると、氏は当時流行になっていた国会議員の答弁「記憶に。ございません」をくり返した。結局そのままになってしまったのである。

彼が醵出《きょしゅつ》してくれたあの金は私にとってやはりbodyとつながる何かである。「アイヤ。借金の。カタに。妹をとる。といったらどうする。さあどうする。さあ。さあ。さあ。さあ」歌舞伎役者の真似をして氏が口角泡をとばす風情でそういったことがあった。谷間での年月がたつにつれ、彼の発するアイヤは本来の中国語用法からも離れていったように思われる。「おいおい」「もしもし」とか「やい」とか人に呼びかけるときの本来の音は「ウェイ」とか「ウェイウェイ」だそうだが、彼の「アイヤ」はそれも兼ねていた感じだ。話の切り出しに、ちょうどわが国のサムライ言葉「あいや待たれい」といったニュアンスで使われることも多かった。詠嘆・嗟嘆でなく、ごく軽い「ねえ、ちょっと」の代わりであるが、それがどことなく大げさで芝居がかっている。彼は嬉々として守銭奴シャイロックを演じたがった。妹が友達から聞いたという詩だか歌だかの文句「ああもしも心がすべてなら愛しいお金は何になる。ああ何になる」の「ああ」の部分をアイヤにかえて、デタラメの節廻しでうたっていたことも覚えているが、この歌の文句にいう「心」と「お金」こそbodyの二重性を解き明かすカギであろう。氏がユダヤ商人シャイロックで私がアントニオ、そして妹が訴訟事件の解決にむけて機知をふるうポーシャ姫であるはずもないけれど、当時のわれわれにそうした得手勝手な新作劇を演じて愉しむ心持があったのはたしかだ。氏はともかく、私も妹も『ヴェニスの商人』の物語などいわゆる〝有名な話〟としてしか知らなかった。にもかかわらず、少なくとも当時の私はこの物語を生きていた気がする。胸を開く覚悟を決めた男が静かに裁きを待つ。〈ではその胸を開けるがいい〉〈そう、その胸だ……正確にいえば「心臓にもっとも近いところ」だ〉〈その通り。肉をはかる秤は用意してあるか？〉

　私は十九歳の秋の夕暮れ、いや秋の一日のはじまり、氏に秘密の患部である「わが胸のここ」を見せた。文字通り胸襟を開いたのだった。うちとけて心中をうち明ける。そのふるまいを私は、ふところからお金をとり出してみせるように演じた。他人が何といおうと、私の「心」（＝胸襟）は身体の表層に、そこに在った。長い間のこだわり・しこりがぜんぶそこに集結していたのだといってもいい。氏のくちびるから中国語の断片が洩れ、その意味がまったくわからないことも気に入っていた。ニー　ハイグオ　フェイビン、レイモーヤン　メイヨウ？　「肺や肋膜を患ったことがありますか」と思わず口に出たのだそうだ。後に教えてもらったのだが、あのときの氏の言葉が何か呪文のように私の胸に浴びせられたことと、言葉の意味が後になってやってきたこととはほとんど無関係である。氏は、〈血を一滴も流さずにアントニオの胸の肉をえぐりとる〉にも似た「心の割礼」を私に施してくれたばかりでなく、その後、心と化した胸のそこを見せてくれたお礼とでもいうようにソレを担保にしてソレに見合うお金を貸してくれたのだった。

私はあのお金を想うたび、氏に託した自分の心を測量し直す。誤解を恐れずに私はいう。心は測量できるのだ、お金のように。守銭奴の情熱でわれわれはすでに費した心、これから費される心を測るべきなのだ。測っても測ってもこぼれ落ちるものがある。赤字と不明金だらけの帳簿みたいにわれわれはたちまち嫌になるだろう。血を一滴も流すことなく削りとられる胸の肉――とは、生きた肉体の一部が死体と化したものに他ならず、それは不可能事だ。しかし測り損ねるのは承知のうえでそれを反復せねばならない。その反復がなければわれわれの生は〝猫の前の小判〟のままに終る。精神の家計簿をつける過程でお金と心とどっちが大事かという紋切型の問いをわれわれはひんぱんに浴びるが、肝要なのは身体と遺体をつないでいるような霊的なツナギの存在である。実像と虚像の場合と同様両者を切り離し、いずれかに心理をあずけて安堵するとき、精神の測量技師は恋恋の筏から足をすべらせて溺れ死ぬ。

診療所の庭の一角に流れ落ちる清水はとびきり冷たかった。木枠で囲って養魚場みたいになっているのは山菜工場のときここで大量の山菜の泥を落す作業がおこなわれたからである。工場新設の際の地鎮祭にやってきた神主じきじきの指示で「洗い場」が作られた。清水の出処はこの山の上の虎馬《トラウマ》風穴洞だ、といって彼はかすかに見える虎馬神社の赤い鳥居を指さした。であるからその聖なる水をもって山の幸を洗えばお浄めの品が出来上る。

虎馬風穴洞は穴袖山のふもとに開けた丘陵地で高山植物にとっての一種のサンクチュアリのようなところだ。高山でもない、標高わずかに五百メートルほどしかない丘陵地に、二千メートル級の高山地帯にしかみられぬ寒帯の植物が生きている。夏場、診療所付近では三十度を越えるような昼日中でもここの地表は十度以上には上らないし、洞内はたぶん零下だ。六月の半ば頃まで氷雪さえ見られる。冬の豪雪が解けて無数の洞穴内で氷柱となり、そこを通りぬける風が夏間も冷気を吹きあげる。こういう場所は古来人々の畏れと尊崇の対象となるものらしく、大字哀野でも、虎馬風穴洞は神域として祀られてきた。診療所の東の山道の途中に鳥居があるきりで、いわゆる本殿にあたるものがないのは風変りだが、風穴洞そのものが御神体というわけだろう。虎馬というのは当地で野生の馬を指す言葉で、もともとの正確な発音はおそらく「どら馬」だが、野生の牛をいう危牛《アヤウシ》同様存在がたしかめられたこともないのに、この風穴洞近辺に棲息するとの風聞に基づいていつの頃からか地名に冠せられるようになった。百年以上生きている猫を指す猫又の実在の可能性はあのネッシーと同程度であるとしても、野生の牛馬などはいてもおかしくない。ただ風穴洞で目撃されたのは、たぶん飼馬が逃亡したものだろう。と推定した私に反論したのがアイヤさんで、「トラウマは。存在します」とあくまでも言い張る。見たことがあるのかと訊きただすと、「病院患者からの。又聞き」と答えた。「又聞き」なる言葉はそういえば氏の反復する日本語の一つだった。又のところに奇妙なアクセントを置くため、たいへん聞きとりにくく、はじめはマタギといっているのかと思った。その又聞きの目撃談によれば虎馬は、伝説通り黄色の地に太く黒いしまがあり、山鳥の長々しい尾にも似た、地べたにまでひきずるような黒いたてがみを生やしていたという。氏は「わたしと。ユリさんは。トラウマがあう」などというのだった。

虎馬風穴洞に行くにはもちろん乗物は使えない。風穴地帯の袖の部分にあたる穴袖村からは三本の山道があり、鳥居の立つ地点で合流する。鳥居をくぐると、どんなに暑いときでも背中がぞくぞくするような冷風が吹き渡ってくる。三人でそこへ行ったことが一度だけある。はじめの大学を中退して舞い戻った年の夏だ。氏から鳥居に関する質問を受けて何一つ答えられなかった。「日本語。読めるんだから。調べなさいよ。ちゃんと。調べて教えてよ」といつになく咎めるような調子でいわれたので、私は少しムッとして、じぶんは鳥居よりもあのバーバーポールみたいなものの方が好きだとかなんとかいってごまかしてしまった。雑木林を抜けて、点在する村々を見下ろせる高台にさしかかった時、氏は「哀鴻遍野《アイホンピエンイエ》」と、いつもとは違う高音を谷に放った。ゆっくり区切って三回くり返した。妹が四文字熟語の一種ですがさてどんな意味でしょうと私に問いかける。漢字を一つ一つきいてから最初と最後を結べば「哀野」だから、大字哀野と何か関係があるんじゃないかと私が答えると、妹は「残念でした。ではヒントです。哀鴻は悲壮な声で鳴く雁のこと」とさらにクイズをつづける顔つきだ。氏も微笑しながらそれを楽しんでいるようだが、私にわかるわけもない。正解は「難民が到るところ野に満ちること」で、雁は災難に遭遇して郷党の地を追われる人々のたとえだそうである。

　その日が氏にとっての安息日である金曜日だったことを覚えているのは、風穴のほぼ中央の小さな沼のほとりで食べたものに拠っている。見習い看護婦の妹は休みをとってきた。妹がこの時白衣姿であったはずもないが、どうしてか医師と看護婦につき添われて、ある安息の地に転地療養に出かけるといった姿を思い浮べてしまう。妹が持つアケビのツル製のバスケットは祖父の手作りの品で、「イーストの入っていない種なしのパン」が入っていた。氏は安息日に必ずそれを食する。他に食物は何もなく、「ワイン良し。されど水はさらに良し」とかいう誰やら古代賢人の言葉をつぶやきながら氏は、傍の湧き水を手ですくって飲み、われわれもその真似をした。私は立ち上り、Tシャツを脱いだ。妹のかすかな緊張がわかった。学校時代を通し、私はいわゆるランニングの下着を着ることができず、いつも丸首のものを着用して、それだけでは足りずに背を丸めていた。あの時私はランニング姿で二人の前に立った。あらわになったみぞおちのあたりが痛いほどだったが、私は深く深く呼吸した。そして風穴洞一帯にとどろき渡るような大声で「アイヤさあん！」と叫んだ。文字にすれば「哀やさんさん……」となるような山彦を期待したのだが、エコーはほとんど無かった。

　穴袖地区の川向いに木霊《もくれ》中央商店街という当地唯一の繁華街が開けており、診療所の川縁の高台から河岸段丘越しに声を投げると、とても美しい反響が得られる。しかし虎馬風穴洞では音はたちまち吸い取られてしまった。博物学に詳しい氏はエコー博士を自任していて、どうして穴袖から木霊中央商店街に向けて放つ声が極端に山彦化するか科学的な説明をしてくれたが、私にはよくわからず、「無限に。つづく。エコー」などという氏の言葉はレトリックにすぎないと内心で思っていた。しかし診療所の庭にエコーが「たむろ。している」ここはそういう場所なのだ、とくり返す氏のエコー愛の熱は次第に伝わってきて、遊びに行くたび私もエコー合戦をして楽しむようになった。これも名前を忘れてしまったが英国の博物学の古典的名著をめくりながら「アイヤ。ちょうど開いたところに。あった。アナソスが」いきなりそんなことをつぶやく。穴袖はアナソスのような場所だ、というのである。アナソスはエルサレムの近傍で、預言者エレミアの生地、ヘブライ語で「応答」の意味、そこは異様なまでにこだまの多く発生するところなのだそうだ。

　見習い看護婦時代の妹は診療所に来るのに何か口実をさがしていて、氏の特技を習うことを思いついた。といっても語学を除けば、特技といえるものなどもっていないと氏自身はそっけない。妹への感情を隠すことのない氏には、会いたい時に会うのに名目は無用だった。だが内閉的な、ムラ社会でそういう態度がたどる運命を妹は知っている。そんな時再び私が帰ってきた。私が診療所通いをはじめると妹はとたんに強気になった。まず二人で氏から習おう、ともちかけて市内からギターを買ってきた。氏が少年時代入れあげたものに「童子軍」と「吉他」と「サイクリング」の三つがある。童子軍とはボーイスカウト、吉他がギターのことである。しかしこの中で「吉他」は才能無しとわかったので一定レベルに達しないままに頓挫してしまった。だったらもう一度三人で初歩からやり直すつもりでと妹はいい張った。レッスンなるものを何回かはやったけれど、結局、あの「吉他」はほとんど使われることなくうちすてられたのではないだろうか。診療所の庭に楽器の音色絶えず、というふうにはならなかった。かわりに響いたのがわれわれの肉声エコーだ。私が「習った」ひとくさりのエコー語はすでに記したテトラグラマトンにまつわるものである。まず四方に向かって礼拝を済ませた後、氏の後について次のように声を放って反響の余韻を愉しむ。独特のメロディがあるのだけれど、それはとうてい真似られない。ローチッサー　エッシェーム　ヤハウェ　エローヘーカー　ラッシャーウ……意味はアナタの神、主ノ名ヲミダリニ唱エテハナラナイ――旧約聖書の「出エジプト記」の一節である。氏の解説によれば、あの四方礼拝と同じくこのエコーのカバラも一種の祈禱術で預言者級の達人になると、これらエコー語の反響として、自分の声のそれではなく神の声、主ハソノ名ヲミダリニ唱エル者ヲ罰シナイデハオカナイデアロウ――がかえってくるのだという。「心の割礼」はこうした神の声を耳にするとき静かに執行されるが、それが望めぬ者は穴としての耳に吹いてくる風に注意せよ。神はある種の風に乗って姿をあらわす。その風は強風暴風ではなく、日のクダチ、氏のいう「黄金の夜明け《ゴールデン・ドーン》」に吹くことの多い穏やかな涼やかな微風である。氏といっしょの大字哀野にいつも鳴き渡っていた気のする虫の声はカナカナ蟬だが、たぶん夕暮れ時に耳を（そして全身を）澄ませよといわれたことと関係があるだろう。

V

……恋恋……恋恋と、私は譫言《うわごと》のようにつぶやく。すると遥かなる大字哀野（現在は大字がとれてしまった）の方から微風が吹いてくる。……に入れるべきスルメ、いやユリイカとしてバーバーポールやら虎馬風穴洞やらが泳ぎ出す。微風とともに運ばれてくる事物をもう一度列挙してみよう。すべての過去を凝縮した「昨日」に似た言葉が反復して登場する農事暦が書き記されたえんぴつの芯（それは母の舌でなめられつづけた）。パネルに入った野口シカのかなレター写真（まるでかなの身体からこぼれ落ちた玉汗のようなマル）。祖母の首をしめた絹の白帯。白い窪。穴袖の一角から魚を放すように放たれた声とエコーの数々。多義語を響かせるbodyのこだま。前後不同や脈絡の無さを気にせず、さらに挙げる。結婚直後に夫に死別した女のようなギター、いや「吉他」。無縁仏として葬られた子供たちの戒名を思わせる外国語「童子軍」——その制服姿で撮られた氏の少年時代の写真。妹以上に愛されていた氏のサイクリング兼往診用の特製自転車。日のクダチに演じられた祖父の一幕狂言。まだまだあるのでそれを語ろうと思うのだが、これらの事物に付着する私の情を一口でいうなら、すでにふれた〝詠嘆のかな〟となろう。ナショナルな心情とうけとられる恐れが十分だけれど、むろんその種のことをいおうとしているのではない。詠嘆を恋恋と翻訳したうえで、〝かな〟を断絶することでつながるあの俳句の切れ字とみなす。すると恋恋の〝かな〟は句読点、テンとマルに極まる。わが国のかな文字を私の得手勝手なユリイカ語に翻訳し直せば、それ自体では意味をなさぬ、切れ切れの詠嘆装置のことであると極言できる。種々の翻訳的混乱をおそれずにいると、ついには訓みの分裂がナショナルな詠みの混乱をひきおこす。その混乱を語るのに私の書き方が混乱しているのは情けないけれど、私はあくまでアイヤさんとのつきあいを通しての実感だけを頼りにユリイカの泳ぐ姿を追い求める。氏が少年時代に熱中した童子軍は母方の国の言葉で、これを父方の国では Boy Scouts という。この二つは氏の中で対等に並び立つ。もちろん Boy Scouts は英米が発祥の地であろうから童子軍はあとから出来た翻訳語にちがいないが、少なくともそれは Boy Scouts という言葉を訓むための仮の存在、すなわち仮名ではない。Boy Scouts も童子軍も真に存在している真名《まな》である。われわれの言語はこれを「ボーイスカウト」あるいは「どうじぐん」と仮に訓み記してその内容を理解する。内容が理解しえた時われわれは詠嘆のため息をつく。シカのかなレターの句点マルのようなため息を。われわれは読みがなと振りがなと送りがなの三つを駆使しながら訓み終えた後、あわただしくもとの黄泉の国にもどる。ヨミの対象を哀しみ、かつ愛しんで、供養を営んだ後、自らは大つぶの汗や涙や泡のように流れて消えることも可能だ。思えばわれわれのかなは、あのカナカナ蟬の声みたいに物カナしい。外国語である漢字を訓みまちがえるような時でも、われわれは〈一応そう訓んでおこうカナ〉〈この訓みでいいのカナ〉などと詠嘆できる。外国語をbodyとして解剖するかな――シカはそのかなさえも〝外国語〟のように苦労して習い覚える他なかった。ひらがながちゃんと書けたことに対する詠嘆のマルを、いわば大文字で書いた。飛躍があるかもしれないが、私はアイヤ氏が大字哀野の大字をオオジ（Capital letter）といっていたことを連想してしまう。詠嘆のかなを抱きしめる者が招来するズレは、じっさいにはアイノと呼ぶ地名の哀野を「アイヤ！」と感嘆詞のように訓んでしまうようなこっけいさの中に横たわっている。汗はもちろん言葉ではない。だが、大字哀野に流されたおびただしい汗が詠嘆のかなでないとしたら、農事暦の著者には人間の言葉が何一つ無いことになる。彼女の汗の総量を少なくともこの私は一斗樽で計りつづけなければならない。

高三の夏休み、妹が、英作文の宿題で出された二十題ばかりの有名な俳句の英訳をアイヤさんに頼み込んでいたことがあった。氏がどこまで関与したものかはわからないが、そのうちの一つ、正岡子規の「糸瓜《へちま》咲て痰のつまりし仏かな」の「仏」を氏がdead bodyと訳したことを覚えている。末尾の「かな」をAiya!として妹に「まじめにやって下さい」とたしなめられ、氏が、糸瓜は「生地のシンボル。ともいうべき。なつかしい植物」といった一幕が思い出される。この高名な子規の一句の正しい評釈など私の任ではない。私はただ切れ字の一つである「かな」、詠嘆のかながイロハ文字すべての背後にエコーする存在であると強弁したいだけだ。われわれは学校で詠嘆のかなを「……であることよ」と現代語訳するように習った。「……」に実像を入れて「であることよ」と虚像化するところさえ注意すれば訳の紋切型を気にやむ必要はない。糸瓜の花が実在ならば、痰がつまった仏（死体）も実在だ。より正確には、糸瓜も痰も実像だが、仏になりかかった生身は虚像に深く侵された実像である。子規の「……恋恋」の装置は末尾の「かな」によって支えられていた。子規の中で肉体と死体は切り離せなかった。悪性の泡のような痰を彼は無尽の詠嘆の一種にしたてあげたかった。アイヤ氏の視点では痰は a foreign body（異物）であるが（この英語は通常「目に入ったごみ」を指すそうだ）、ユリイカ語ふうにいえばマルの中のテンである。糸瓜も痰も仏も子規にとって異物のマルを吐きながら泳ぐユリイカだったのだ。切れ字の「かな」を取り去って、子規の思いをシカの手紙ふうに翻訳し直せば、〝へちま　マル　さいて　マル　たんのつまりしほとけ　マル〟となろう。宿題に取り組む氏に、ふと思いついて、植物状態になった人間のことを英語で何というのか尋ねた。即座に返ってきた答え「ヴェジタブル」は、あくまで植物状態の状態という語感にこだわっていた私をひどくおどろかせた。

「ただの野菜ですか。西洋は身もフタもないですね」などといっぱしの文化人のような感想を口にしたが、今ではこの「ヴェジタブル」をむしろ正岡子規のまなざしにつないでしまう。糸瓜の花は子規のbodyに咲いた。仏に近い植物状態を子規は詠嘆と化した痰の筏に乗って恋恋したのではないか、というように。心を測量すべきだと私は書いたけれど、たとえば「痰一斗糸瓜の水も間にあはず」という子規の痛切な絶筆には、特異な唯物（あるいは唯仏？）論者の面目が躍如としている。痰を除去する糸瓜の水を希求する思いにも増してすさまじいのはまるで炭俵や米俵のように痰が測量された姿（農事暦に頻出するのもこうした計量語である）で情河を馳せ下る筏にのせられているという一点だ。この一句に詠嘆のかなは付いていないが、水面下にありありとそれを視ることができる。またしても連想は飛躍するのだが、昔、妹とやった「吉他」の入門レッスンを思いおこす。私も彼女も少し練習するとすぐに休んで無駄口をたたく。氏はそれに呆れてアイヤを発し、「休符ばかりを。覚えるレッスン」と、まるで短歌の下の句みたいにいった。だがすぐに音符そのものをないがしろにして休符だけを正確に測ってその間合いをレッスンする者が仮に存在するとしたら、その者こそは「エコーを鑑賞できる者」だと、これも氏が何やらの書物を見ながらつけ加えた。ともあれ、句読点だけを読む者も詠嘆のエコー鑑賞者といってよいと私は思う。わが国の句読点のそもそもの由来が漢文を訓むための訓点の一種にあったという説、そして当の漢文の方は清朝以前文章に句読点をつけなかったという事実などもじつに興味深い。阿Qがうまく書けなかったマルは本来、文章世界に存在することさえ許されなかったのだ。

恋恋の対象としてまた一つ浮び上がってくるものがある。てんまる。漢字で書けば手毬。振り仮名てまりが方言ふうに音便化したものだ。てんまるは手毬の訓みの鬼子だが、この言葉が喚起する私の情を紋切型で現代語訳すれば「なんとはずかしくかなしい手毬であったことよ」である。つまり、てんまるは手毬であると同時にそれに付着する詠嘆を伴って私にやってくる。二つの疾患を隠し持った私はいたって健康な子供だったが、忌々しいことに運動神経に見放されていた。まさに内憂外患、これだけそろえば子供時代の暗黒はまず保証されたようなものだ。むしろこれほどネガティヴな要素を並べ立てると不自然な（つまり作り事くさい）ほどである。反射神経の善し悪しをはかる基準はいろいろあるだろうけれど、周知の如く、球技をめぐる敏捷性をみるのがもっとも分りやすいものだ。四年生までの分校時代は山野を駆け巡って、アイヤ氏の童子軍活動の向うをはるくらいのことは十分にやってのけられるのだが、本校に行って近代球技に接して以来、私のカナシバリ（詠嘆によってギリギリ巻きにされたというほどの意味で私は使用する）は一流のものとなった。いったいその後、高校終了までの体育の授業をどうやってしのいだのか自分でもふしぎだが、とにかくあらん限りの口実（それは定めし詠嘆のかなにみちみちていたことだろう）をもうけて近代スポーツの基礎訓練から逃げつづけた。あの胸の構造欠陥なども高校になるとさんざん利用したはずだ。肺結核の後遺症が今だにひどく、とまではさすがに思いついただけで言いはしなかったが……。二大疾患については一応隠し了《おお》せたことになっていたのでそれを指すあだ名は免れたが、てんまるとは私の球技音痴に向けた蔑称だった。左手を大火傷した野口英世は皆からてんぼうとはやしたてられたそうで、私のてんまると少し音が似ている。しかし博士の場合、てんぼうは焼けただれた左手そのものを指していたのだからよりリアルである。博士が青年時代に、何をするにもこの左手が自分に重くのしかかってくる、その心情を作文に書いて教室で朗読したとも伝記にある。文体は、ああじつにかなしいこの「てんぼうであることよ」調だ。博士に子規のまなざしがあればというのは無いものねだりにすぎない。

　私の場合、なぜてんまるか。本校へ行くようになってからも私は年子の妹と、そしてその友達の女の子たちといっしょに手毬をついて遊んでいたからだ。山河を駆け廻るのと同じくらい、女の子たちと遊ぶ空気が好きだった。少年たちとやるビー玉と同じくらいおはじきが好きだった。これらを広義の球技に入れるのはとうてい無理だろう。仲間の少年たちは、広いグランドを持つ本校に行ってから近代スポーツ球技にとりつかれるようになり、てんまるしかやろうとしない私をあざけりだした。当然のなりゆきで彼らをうらむすじあいではない。

　野球のボールもサッカーボールも、ピンポン球も、そしてドッジボールにさえも私はなじめず、ただ、てんまるだけをいつまでも愛惜した。速度がありすぎる球についていけなかったのも事実であるが手毬の動きそのものを古代中世近世人のように愛したのだ。手で付かず離れず撫でるように打ちながら、股でいくつものマルをこしらえる。両手両足を自在に使ってマリを移動させ、ときには股をくぐらせる。よし、いいぞ、マル、いや、マリ！　反復の又に、又聞きの話みたいなマルが、失敗しない限り、誕生しつづける。マリという言葉の響きが私は今でも大好きだ。わが詠嘆のてんまるは、疑いもなく内閉的ではあったけれど、動作につまずけばただちに待ち人へゴムマリを渡す瞬間も嫌いではなかった。近代球技には、手毬の手と毬の親和に相当するものが無いというのが私の独断だけれど、もちろんスポーツ球技の愛好者たちはこれをたやすく反駁できるだろう。

診療所の庭で、氏にやって見せたことがある。〽いちれつらんぱんはれつして。日露戦争はじまった。さっさと逃げるはロシアの兵。死んでも尽くすは日本の兵。などと歌いながら。「マリが土をうつ響きも好きなんです」という私に氏は「アイヤ。よくわからないが。その歌の文句は。ひどく。アナクロふうに。ナショナルですね」と両肩をそびやかした。たしかにそうだと思い、もっと別な手毬歌を歌おうとしたが、〽ソコをタヌキが枯葉でおっかぶせ……というカケラしか浮かばなかった。唄の意味内容などどうでもよかったのだと私は氏に伝えたかった。日露戦争勝利というナショナルな意味と遊戯への情熱とは何のかかわりもない（私のかな文字への思い入れが国語至上主義に回収されないのと同じだ）。そこで仕方なしに、ハミングしながら氏にだいたいの動きをおしえると、バスケットボールが得意だったという彼はたちまち私より上手になってしまった。おお、マイダーリンてんまる！　毬という実像ではなく、それが動く虚像を追って私の両手両足がテンとマルを交互に描く姿の中にユリイカが揺曳《ようえい》する。テンとマルは毬の実体そのものでなく、毬の運動が作り出す詠嘆の航跡である。はらってもはらっても子規の喉仏に湧き出た痰に似たものが反復の又に生れ出る。それをあぶくのように空しいものといっても仕方ない。今又、そして又。昨日又、そして今日又、われわれはそのようにしてそこから生れたのだ。〽マリはつきたしマリはなし……と今また歌の断片を思い出したが、この歌の意味はなんだか現在の私の心境に近いような気もする。

　断片ではない、全国各地で歌われた手毬唄の全貌を知ろうと思い『わらべうた』（町田嘉章・浅野建二編　岩波文庫）をひらいてみた。私の〝詠嘆のかな〟論議におあつらえ向きのものがある。現在も西日本地方に遺存している「わしの大事な」とタイトルがつけられた古い伝承の唄だ。

〈わしの大事な　お手毬さァまは　紙に包んで　文庫へ入れて　お錠でおろして　お鍵で開けて　開けたところは　イロハと書いた　イロハ誰が書いた　お菊が書いた　お菊よう書く　お袖の下から　お渡し申すが合点か　合点か〉

　ヴァリエーションとして尾張地方の「大事の／＼お手毬さまを、紙で包んで小よりで締めて、締めた所にイロハと書いて（以下略）」も併載されている。京都では「紙に包んで銀糸で締めて」長崎では「金で包んで金紗でしめて」となっているという。手毬がそれほど「大事なもの」だった実感は、ゴムマリ時代の私にはやや薄いとしても、そのとてつもなく貴重なものを包んだ紙に「イロハと書いた」の箇所に「合点だあ、合点だあ」と頷きながら感動をふくらませる。

　診療所と同じ時期に建てられた村営の体育館を氏は愛用し、中高生の仲間に入ってバスケットボールをたのしんでいたようだが、妹から聞き知っていたのか私を誘うことは一度もなかった。そのかわりとでもいうように山河を渉猟する〝アダルト童子軍〟(彼の言葉だ)には積極的に参加を要請し、妹とともに私も喜んで受けた。氏がとりわけ熱中したのは川魚採りだ。昔とった杵柄(といえるほど私の腕はよくなかったが)を吹聴し、いくつかの方法を提案した。兄とよくやった夜月(あるいは夜突き)は、満月の夜、ガラス箱の隅にカーバイト灯を照らしながら下流から上流へとさかのぼって、主にカジカをヤスで突く。魚たちは夜間浅瀬にきてじっとしている。眠っているのだ。だからこれは一種の夜討ちである。河干しは字の如く、岐流になっている河の一方を草木の根っこや石やビニールなどを用いてせき止め、らくらく魚を手づかみする。この小さな土木工事を伴う漁法を兄はオオサカ夏ノ陣と名づけていた。もちろん釣りもあれば置き鈎《かぎ》や、少し変ったのでウッボ漁法というのもある。しかしどういうわけかこれらのいずれも氏の気に入るところにはならなかった。私が最後に話した少々危険なアミダブツに興味をしめしたのはよいが、これは台風などで川水が増水して濁流と化した時をみはからってやるいささかしんどい「あわや！」漁だ。まかりまちがうと水の流れに足をとられる（事実このアミダブツで何人もの子供が溺れ死んだはずだ。昔は相当危険なふるまいを親たちが平気で許していた。親の目が今のようには子供にとどかなかったせいもあろうが）。嵐が過ぎ去った翌日の昼下りあたりが最適である。トンボ捕りの網を拡大強化したような棒付き網一つが道具で通常二人一組でやる。一人が網を据え、もう一人が魚を上方より追い込む。いうまでもなく川の中央はとてつもなく盛り上がった急流になっているからこの漁の場所は岸辺である。たのしみはイワナが採れる可能性が高いことだ。最上流部でヤマメと棲み分けしているイワナが嵐の大水でずっと下方まで流されてくる。両岸の草木の下に身を寄せこれ以上流されまいとしているそこをねらうのである。アミダブツは私も嫌いではなかった。ほとんど腰まで水に浸かってしまうため、夜尿症によって屍体と化した下半身を浄化できるような気がしたせいかもしれないが、胸の欠陥にとっては上半身をあまり濡らしたくはなく、私のbody は矛盾にひき裂かれていた。

　氏と組んで、通算何回くらいやっただろうか。アミダブツという言葉が覚えられなかったのか、覚える気がなかったのか、彼は「アミナダブ。やろう。やろう」と私を誘ったものだ。離婚の空気が濃くなりはじめた頃も、「一人息子の。シャオ太《タイ》と。いつか哀野で。

いつか二人で。アミナダブ。やりたいでしょう」とつぶやく氏の顔には童子軍リーダーの表情があった。

テンマル遊びとは少しちがって、アミガカリとオイコミは適度に交替する。網を川底に据えてこれを押えているアミガカリの仕事は一見易しく退屈するように思われるのだが必ずしもそうではない。弓形の網の弦の部分をぴんと張って川底にぴたりとつけるのは濁流の中ではなかなかむずかしいし、石などにさえぎられて凹凸ができると、そのスキ間から、追い込まれて下ってきた魚が逃げ去ってしまう。交替の頃合いは、だから、ある意味ではテンマル同様しくじりがきっかけでなされることが多い。「チェンジしようか」という声の裏には〈オイコミが、あるいはアミガカリがうまくないからどうも入りがよくない、どれ今度は俺がやってみよう〉の空気がある。

網を据えた地点より数メートル上方の岸辺沿いに、オイコミはいわば足の航跡を露わにする。そこいらをすさまじい勢いでたたき、ふみしめながら、網まで一気に馳せ下る。「よし、いいぞ」の掛け声でアミガカリはすばやく水から網を上げる。この呼吸が大切だ。上げるとすぐに二人が丸い網底を凝視する。たいていはカジカやハヤの類だがそれでもかかっていればたいしたもので網が重くなった原因の大半は、木屑や草や小石である。イワナがひっかかったとき、氏の「アイヤ！」が発せられたのはいうまでもない。星紋と呼ばれるイワナ独特の、暗緑色の地に輝く淡色斑点と小朱点の紋様は水からひきあげられた直後その名の通り星のカケラのように見える。

長い足の片方を岸辺の青い草の上に立てかけてから水中におろし、氏は四方に向けてあの礼拝をおこなう。氏がオイコミをやりたがったので、私はほとんどアミガカリだった。私の兄が氏におしえたのだそうだが、オイコミは念仏踊りのノリでやるのが正しいとかいう説をまじめにうけとり、両手足をあの阿波踊り（泡踊り、と私は表記したい）のように動かして氏は網に突進してきた。氏からおそわった数少ない英語のひとつ、fish in troubled waters という言葉のエコーがあの濁流の岸からたちのぼってくる。意味を忘れかけていたのであらためて辞書をひいてみると、「どさくさにまぎれてうまいことをする。混乱に乗じて得をする」つまりは漁夫の利あるいは火事場泥棒を働くこととある。私の恋恋の筏はうまい汁を吸うためだけのものではないが、川水のトラブル（イワナたちはいつもの棲処から移動するのを余儀なくされた）に生じた「混乱」に乗じるのと同様の何らかのズレを利用した「火事場泥棒」を往時の哀野で働こうとしているにはちがいない。

金の卵を産むニワトリさがし——それも恋恋（マイダーリン）の対象である。再就学の費用を負担しようと申し出てくれたのと、妹との関係深化の時期は父が非難していた通りほぼ重なるのだけれど、これら二つの件を合わせた祝いのパーティで、氏と妹がそれぞれ得意の料理の腕をふるってみせたことがあった。氏の手になるメインの台湾料理の名前は忘れてしまったけれど、今日ではポピュラーなビーフンやタピオカを使ったデザートなどを含め、ほとんど生れてはじめて口にするものだった。二人が私の再出発を、私が二人の門出（正式に結婚表明をしたのはずっと後だが）を祝ったのか、あるいはそれぞれが自分の出発を嘉《よみ》していたのか、どちらでもよい気がする。はっきりしたカムフラージュではなく、あのバーバーポールのような二重性を三人で意識して心地よくなっていたのだと思う。氏とのむすびつきを深めた妹は手に生かされる毬みたいに弾んでいたし、私は私で人より余計の〝hour をくう〟ことで、あっぷあっぷしたものの、オイコミの時みたいに踊りはねていた。氏の言葉をかりて私の再就学の心理をきびしく洗いたてれば、泡を食ってあっぷあっぷしたというその表記は up, up であり、一種の「上昇志向」が暴かれただろう。とにかくわれわれは漠然と幸福だったのではあるが、金の卵を産むニワトリさがしというのはそんな幸福にまつわるものではない。それはまったく即物的な私の特技（？）を指した言葉だ。私は小学校五年の時に祖父からニワトリのさばき方を伝授された。生家が養鶏を副業にしていた関係もあって否も応もなくニワトリの処理をしいられたわけだが、兄や妹はほとんどタッチしなかった。砂肝が夜尿症に効くとかで毎日毎日それだけ煮込んだものを食べさせられたのが小学校低学年で、やがてその特効薬を自分でこしらえるということで、いつしかニワトリつぶしが私の専属になった。パーティの料理を私は何一つ作れなかったけれど、材料としてニワトリまるまる一羽をさばいて提供した。この「まるまる一羽」というところをアイヤ氏は強調し、私を誇らしげな気分にさせた。小中学校を通して私が腑分けしたニワトリは数えきれない。祖父か父がひねったその body を何やら儀式のように受け取った私は、たしかに金の卵をさがす手つきで事をとりおこなった。見つかったのは、これから産み出されるはずだった大小さまざまの卵の原形、朱のまじる黄金色に輝く球体の数々でしかなかったけれども。いったい金の卵とは何だったのか。ニワトリの body をえり分けながら、何かをさがし当てようとしたあの私のふるまい全体が、てんまる遊戯や漁《すなど》りのアミダブツに似ていたと今にして思う。魚をとることより、オイコミやアミガカリそのものが愉しかったのは、てんまるのエコー同様そこに神がかりの微風が吹いていたからではないか。まるまる。一羽を。どんなパートも。ムダにせずに。食べさせていただく。と氏はあの夕暮れ時、診療所の庭で血や脂で「だんだら塗り」（バーバーポールのねじり縞模様を母はこう呼んだ）の手をうごかす私に言葉を投げた。実は息の根をとめるところだけは逃げつづけていたのだが、あのパーティの開催される日、私はそこからはじめた。外科医と看護婦は淡々と私の作業を眺めていた。息の緒を断ち切る方法もいくつかある。漁り法みたいに列挙した中から選んだものを説明した。祖父のやり方だ。両翼の間に片手をさし込み、後ろに廻す。ちょうど後ろ手に組んで物思いにふけっている姿に近い祖父をたそがれ時の裏庭でよく見かけたものだ。握力で胸骨をつぶし肺の機能をマヒさせる子供には無理なやり方で時間がかかるが、祖父は「姿を見ずに済む」といって好んだ。父は、小刀で首を切って血を出す単純な方法をとった。父の方がいろいろな点で合理的《ラショナル》、一見ヒュウマンに映る祖父の方が外に血も流れずhourをくうぶんだけ……と氏は感想をのべた。「……」で何といったのか聞き洩したが（語呂合わせの好きな私は、脈絡もなく、この「……」にラショナルに似たナショナルを当ててみたりする）私は最初に選択していた祖父の方法をとりやめることにした。

この夜の宴の後、私と妹が「他人では。なくなった」記念に、カバラの霊的修行の一端を伝授すると氏がいい出し、私はしばし大真面目にそれを実践した。電灯を消してろうそくを灯す。そのろうそくの炎から「直径十五センチほどの白く透明に輝く球体」を取り出す修練だとあらかじめ説明があった。妹はふざけ半分だったが、私はいわれる通りおごそかに取り組んだ。それがテンマルを思いおこさせるものだったからだ。炎の前に両手を広げ、とりあえず二十一回、思いきり力を込めて打ち合わせる。痛みを感じるくらいのところでふいに手を近づけボールを持つカタチにして暗闇を背景にのぞき込めばそこに球体が見えてくる。これが見えるようになってから、ろうそくの炎を手でかこみ、れいのエコー語を静かに唱え、その声を中の光の球に吸い込ませる。この球体の正式名称もあやふやなので、「わしの大事なてんまる様」と勝手に呼んでおく。光と響きを失わないようにソレを運びながら「四方の大天使に向けて」礼拝をおこなう。まず頭上に乗せた白い球体をゆっくりと喉から胸、下腹へと移動させる。修行がすすむと手は使わずとも、体内を通ってソレは流れめぐる状態となる。完成時には、頭上から足裏まで五つの球体、およびそれらを結ぶ光のパイプのような存在がはっきり看取される。もちろん一夜漬けで達成できるものでなく、長い修行が必要だ。修行の継続を私は約束したが、「カバラ十字を切る」四方礼拝の真似事を思い出したようにやることはあっても、ろうそくを使ったこの「球技」からはその後遠ざかったままである。砂漠にいたダニエルの眼前にあらわれたのが大天使ガブリエルでそれは「光り輝く球体」の中にいた、とかなんとか氏はこの儀式の淵源《えんげん》を解説したのだったが、私はそうした宗教的救いが望めなくとも、あの手毬唄をつけてこの修行をぜひにも復活させたいと願っている。そこで用いられるろうそくこそ、ユリイカが映し出される走馬灯を照らすにふさわしいものだという気がするのだ。

Ⅵ

昭和五十二年の一月の終りに祖父が天寿をまっとうした。この年はおそろしいほどの大雪だったと農事暦にも記されている。二度目の大学の二年に進級する試験を受けている最中に知らせをうけたので葬儀には帰れず、二日後に帰省した。父がそうしろといったのである。七草がゆの日に容態がおかしくなって診療所に運ばれた祖父は、心臓が人一倍強いために、意識不明状態（氏のいうヴェジタブル）からさらに二週間以上生きのびた。当時村では土葬がふつうだったから、墓地の雪かきをするだけでも一苦労だったと母からきいた。氏の生地でも、れいの四文字成語で「入土為安」といって土葬の風習が主流だそうで、私の予期に反してまったく物珍しさはなかったようだ。

祖父の葬儀後しばらくして、私は氏といっしょに母屋の屋根にのぼり雪降ろしをやった。手遅れで鶏小屋の屋根を一つつぶしてしまった後だったから事態は切迫していた。勝手知ったる様子で氏に説明したが、じつは生れてはじめての仕事だった。妹をめぐる本格的な話をするにあたって、どういう手続きをしたらよいかと相談を受けた私が、とりあえずとかなんとかごまかして屋根に上った。アイスクリーム用の木べらを幾百倍にも拡大したような重い木の棒は大正年間に特注したものだという。それを弁慶みたいにあやつって、氏は私の出る幕のない勢いで雪を降ろしてくれた。重圧を払いのけて身軽になって、さばさばした気分で、さてそれからおもむろに結婚話を切り出す……そんなふうに考えていただろうか。屋根の上で氏からきいたエピソードを一つ覚えている。古いギリシャの話だ。ある母親が赤児を抱えて屋根にいた。野口シカの場合のようにほんの少し眼をはなしたスキに赤児は屋根の端まで這い出し、上半身が屋根の末端にかかっていた。呼んだり、近寄って触ろうとしたりすればどうなるかすばやく察知した彼女はすかさず胸の乳房を出して見せた。間髪を入れぬ行動によって赤児は助かった。彼がどうしてそんな話をしたのかよくはわからない。それにこれはギリシャではなくモンゴルか、あるいはキルギスあたりの実話だったかもしれない。当時の私はこの母親のふるまいをも、例の胸襟を開く行動の一つに数え上げたような気がするが、今はこう思う。危機一髪《あわや》あるいは感極まれりの感動詞「アイヤ！」に相当し、これと唯物論的に等価であるモノがもし存在しうるとしたら、この〝見せかけ〟の乳房こそそれである、と。

　ここにもケチくさい食いちがいとは区別されるズレが存在する。またしても飛躍を承知で、かつて私の夜尿症に救いをもたらした（と考えられる）盲腸手術について繰り返し語ったとき、氏が開陳したあの外科医兼床屋談義を再現してみる。阿Qが女のことばかり考える時の原文であるらしい——女人《ヌーレン》、女人《ヌーレン》、女人《ヌーレン》を呪文みたいに唱えた後、氏は突然、「マスターベーションを。する時。いちいちその女性に。ことわってますか」と訊いてきた。「いちいち」という発音がひどくユーモラスに、しかし切実にひびいた。私はしばし絶句したまま、以前氏に授けられたユダヤ人式の知恵の一つ——難問には、同じ質問の形で答えよ、を思いおこしてみたりした。だが、この質問はそれっきりで終った。答えをまったく期待していないようだった。すぐに理髪外科医の話になったので少しホッとした（この時は傍に妹がいた）。床屋と湯屋と外科医は長い長い間商売敵の間柄で、もめ事が絶えなかった。仕事内容は外傷や火傷の手当、骨折、抜歯、脱臼、ひげそりなどだが、特に悪い血を抜きとる瀉血《しゃけつ》刺絡《しらく》は重要だ。中世においては修道院もしくは僧院の人々は月のうち定期的に刺絡治療に通うことを義務づけられた。「なぜだと。思いますか」とまた質問が飛んできた。私はいつも氏の問いかけには全力で応えるように心がけており、この時も何となく察しがついたけれど、妹の手前とまどった。すると氏は、私が何もいっていないのに「そうです。スペルマ、精液の留滞。に対するトリートメント」といった。

私は今、中世の修道僧たちの精神の屋根にふり積ったとてつもない重圧の雪に思いを馳せる。真摯な修道の屋根の上で、彼らも「あわや！」の端にさしかかり、ぎりぎりの瞬間にあの乳房のようにまばゆい福音を目撃することをひそかに希求したと想像されるが、現実には悪い血を取り除いてもらうというズレがある治療の中に救いを求める他なかった。

「アイヤ、鎮まれ！」と彼らは身中の虫に向って叫んだであろう。彼らから抜き取られた「悪い血」の総量を私は計測する。彼らは決して納得しないだろうが、それらは彼らの至純な祈りの対価物なのだ。それを計ってやらないとしたら彼らの精神のいとなみは文字通りの無でしかない。「先表後裏、先急後緩」――これは氏が詳しい東洋医学の漢方治療の柱となる原則の一つで、まず現れているものから、まず急ぐものから治すという意味だそうだ。けれど、現れているものと隠れているものが直線的にむすびついているとは限らない。それどころか私の盲腸手術がそうであったように、急ぐものの治療が思ってもみぬ救いの入口になっていることも少なくない。氏が気に入っていて、酒など入るとよく妹にいわせていたフランスの高名な医者の名言「われ包帯し、神これを癒し給う」を引き合いに出せば、人の子が包帯をした場所とはズレたところで神が癒しの技を見せることがある。私はこれを奇蹟と呼びたいと思う。

氏が漢方医学と同じくらい造詣が深いユダヤ医学は中世の頃、キリスト教徒たちが奉じる唯一の医学とは正反対の、いわばさかさまの医学だった。キリスト教の正統医学は祈禱を手段にして神の秘蹟つまりは癒しを得ようとするが氏の好きな医学は、あくまで物質をもって心理をカクハンする方法をとる。われわれが知っている鎮痛の麻薬の大半がそこから生れた。人の子が股から生れるとき、その神聖な門を麻痺させる今日のクロロホルムのような「サタンの草」（これはもちろんキリスト教の側の命名だ）の一つに、たとえばベラドンナがある。「美しい女」という意味のこの草は「人を踊らせることによって人を踊りから癒す」とされる。もっと氏の表現に即せば、痛苦のアイヤをいつしか歓喜のアイヤに変化させ、やがて安息の眠りを人々に与える。産みの苦しみにさらされた無数の女たちが密かにささやいた感謝の祈りを翻訳的にまとめるなら「マイダーリン・ベラドンナ！」である。「美しい女」というペルソナをかぶったこの毒草が人々の魂を救った事例を、氏はまるで見てきたように語った。

昭和六十年の十月に父が癌で死んだ。この年も私は氏とひんぱんに接触したが、この八年の間に氏と妹とのアミダブツのような関係が生き死にした。父の看病にやってきた妹は、すでにオイコミもアミガカリも放棄し、網さえもどこやらにしまい込んでしまっている印象だった。いかなる齟齬《そご》があったのか一度も尋ねたことはない。陸に上った河童つまりは場違いの人間を指す英語をやはりfishを用いて何とやらと氏からきいたのは祖父の死のときだったと思うが、氏も、そして妹もそれぞれ別の局面で河童となって追いつめられていったのだろう。

　診療所に置いてあった鉢植えの花を思い出す。名前だけは有名な唄で知っていたが実物と一致しなかったアマリリスだ。しかし氏はこれをアマリリスとは呼ばず、ベラドンナとかベラドンナ・リリーといった。これらの別名は妹にこじつけたでたらめなものでなく、ちゃんと根拠があるという。ヒガンバナとユリの「アイノコ」みたいなその花の咲き方は少し異様で、球根から芽が出てから、当時流行したマンガ「ヘビ女」の首みたいに、にょきにょき茎だけが伸びつづけ、やがて長い茎がふらふら倒れかかるほどになってから、突然のように四方に花が開く。

　八年の間に、氏にとってのベラドンナのなかみが変質してしまった。妹が「美しい女」といえるかどうかの判断も保留しておくけれど、仮に彼女が世人のいう美人の類だとして、氏の眼からするとベラドンナのもつ魂救済の効能がまったく薄れ、文字通り見た眼の美しさの外観しかない存在にかわったということになるし、むろん妹の側にもこれとまったく同じ言い分が成り立つだろう。

　昭和五十九年の夏、妹は太を連れて帰国した。少し遅れて氏もやってきたが、この時亀裂はすでに露わになりかかっていた。父が十二指腸潰瘍という名目の手術を受けたのが六月の終り、この知らせで妹が帰ったのだけれど、じつは父は腎臓の癌だった。八月十三日お盆の前日に氏はわれわれの村に到着した。もともと、口数の多い印象ではない二人だったので気づかない人は多かったと思うが、なんとなく空気は察しられた。この日東京で買ってきた日本語の新聞に出ていた記事を指して氏が私に語ったことをうすぼんやりとでも思い出しうるのは、現在の視点からむしろ積極的にそれを選んでいるからである。さらに前日の十二日付のイギリスの日曜紙サンデータイムズも氏は持っていた。その記事とは、氏にとって重要な書物である旧約聖書の舞台がじつはアラビアだった?! という新説を紹介したものだ。レバノンの権威ある歴史学者の新著によると、これまで旧約聖書の舞台だと信じられていたパレスチナ地方は地理学言語学の実証に乏しいが、旧約世界の種々の出来事はじつは紅海に沿ったアラビア半島西部の肥沃な丘陵地帯におこったものだ。その根拠として旧約に登場する地名の大半がこの丘陵地帯に集中していることがあげられる。たしかに現在の名前はアラブのものだが、同地方のアラブ以前の古代地名を調べるうち決定的な事実にゆき当った。私が読んだ記事の内容はざっとそれくらいだが、氏はサンデータイムズも読めと私にすすめた。見出しの英語すらろくに読めないのに、と私がぶつぶついうと、氏は「これは。ショック。でしょう」と私が衝撃をうけたみたいな口ぶりになったが、こういう場合の「でしょう」はすでにふれたように「です」の〝クッション形〟（氏の命名だ）である。氏の現在の夫人が歴史学者だという事実が今ふいに思い出される。

非アラブ系地名の分析などは今までだってやれたはずなのにどうして今頃新発見となるのか、私がわからなかったのはそこだが、「旧約聖書のヘブライ語は母音抜きで書かれている」という記事を氏が少し解説したのでようやく少し事態がのみ込めた。たとえば氏がおしえてくれた四文字語のＪＨＶＨ（これはローマ字表記のアルファベットだが）のように子音でしか表記されていない文字を、どんな母音を付けて読むかで復元発音はかなりちがってしまう。わが国の万葉仮名の翻字とは別次元の、ヨミの混乱が地名分析にも影響を及ぼしているということだろう。

妹は太といっしょに父母よりも早く寝てしまい、柱時計のあるだだっ広い居間に残る古い囲炉裏の廻りに私と氏と兄が座っていた。兄は氏のみやげの紹興酒をひとりでちびりちびり飲んでわれわれのやりとりに耳をかたむけていたが、途中一度だけ、珍しく酔った口調で、「バカ話」（と本人がいった）を紹介するとことわってわれわれの話に割って入った。農協の同僚が酒場の女を相手に真剣に語った「仮説」について……もしも人間が陰部を隠さず、顔を布きれでおおい隠したとする、たとえばアラビアかどこかの女性みたいに。みんながそうしてしまえば、都が移るようにして秘部も顔にずれる。顔が秘密の場所だったらいいのにな。そうだったらいいのにな。男は童謡でも歌う口ぶりだったという（私は一瞬、長いこと胸の包帯のように意識していたあの丸首の下着を思い出した）。

大胆な新説は聖書学会や「場所を間違えて建国した」ことになりかねない人々に衝撃を

与えようとしている、と記事にはあった。何しろ、これが本当なら、ユダヤ、キリスト、イスラムの各宗教の起源の地にズレが生じるのだから。氏の「ショック。でしょう」もそういう意味だとみなしたが、話をつづけるうち、どうもニュアンスがちがう気がしてきた。氏の日本語力が以前より格段に落ちたことも手伝って、結局真意は計れずじまいだったが、何か場所をめぐるズレそのものに氏が興味を示したと考えるのはあまりに私の視点に引き寄せすぎだろうか。氏が洩した「ショック」は勝手に補足すれば「ショック療法」のような意味合いだった。もちろん氏は大胆新説を「ファニー」とかたづけられる立場に立つ人間であるけれど、サタンの治療薬ベラドンナにも似た「ショック」を「珍説」が孕む事態を否定しないといいたかったのではないだろうか。場所を間違ったかもしれないという認識におそわれる時、われわれはアイヤを叫んで立往生する。しかし奇蹟のおこる場所はそことまったく無縁というわけではない。トラブル状態になった水（water）の中で（こそ？）漁夫の利が得られる、つまりはユリイカが泳ぐこともあるのだ。盲腸手術が結果的に夜尿症に対して「ショック療法」たりえた矮小な事実をまたも引き合いに出すのは適当でないとしても、たとえば兄の伝えた話にこもるこっけいな真実が私ににじみ入ってくる。推理小説の探偵の言い草ではないが、「アイヤ、こんなオープンな場所に秘密が隠されていたとは！」と私は叫んでみる。顔こそは最もヒワイでいじらしい場所だという男の断定に、酒場の女も同調したと兄はつけ加えたのだった。もしかしたら「建国地間違えた？」

という新聞記事の小見出しに、妹に対する氏の苦い思いが重なっていたような気もするが、しかしひるがえって考えてみると「建国地間違えた？」の発想そのものは氏の「落地生根」の生き方と正反対である。

一週間ほど滞在して氏は一人で去った。氏と身近にすごした最後だった。「シャオ太と。アミナダブやる」といったが、増水していないふつうの川でやるのだからといくら説得しても妹は危険をいいたてて太を離さなかった。お盆の前後には、たとえ魚でも殺生の類をするものではないと母も（たぶん父の病状のことなど内心で思いながら）いうので、氏の望みはかなえられないまま一週間がすぎた。昼寝の時間に入ろうという頃、太を膝に抱いて童話を読んできかせていた彼の声が母屋にひびいた。「あらっ、たいへんだっ！」という切迫した叫びのところで、氏はわざと「あらつ、たいへんだつ」と促音をつまらせずに読む。そうすると太がよろこんで笑うのだ。その声とともに母屋の風景の中に浮かぶのが、母が畑から取ってきたばかりのキュウリを皆でかじった音である。カリカリカリカリ。塩といっしょに皿に盛られたキュウリを氏も私も塩をつけずに食べた。カリカリカリカリ。太も真似をして丸かじりした。「キュウリは。砂漠の中でイスラエル人が切望したエジプトの果実の一つ。すなわち。キッシュシュイム」と始まって、「キューカンバー」の野生種を南米で「脱走キュウリ」と呼ぶと続ける。カリカリ。やはり「いきなり」の話だが、昔よく聞かされた〝全世界を駆け巡る植物の種モノガタリ〟の一環といえないこともない。カリカリ。アメリカでキュウリの一種を「エルサレム・キューカンバー」（エルサレムから来たキュウリ）というなどとおしえられた記憶がかすかにあるけれど、「脱走キュウリ(Concombre marron)」ははじめてきいた。カリカリ。コンコンブレ・マロン。その響きも覚えやすかった。カリカリ。コンを一つ取ったコンブレは私の偏愛する地名（たとえ表記にズレがあろうと）だが、マロンは誰もが知る「栗」ではなく、西インド諸島もしくはギアナ山中を漂泊する脱走黒人奴隷たちを指す名だという。カリカリ。かつて奴隷売買が最も盛んだった南米の海岸線に沿ってこの植物がおびただしく分布しており、「脱走キュウリ」の由来となった……そんな長々しくたどたどしい植物談義に耳を傾けるのは、氏には申しわけないが、私しかいなかった。

　十六日の送り盆の墓参りで、皆の分の線香をたいていた兄が、指にヤケドをして、氏がどこへ行くにも持ち歩いているという塗り薬をすかさずつけた。ヤケドや切傷などを跡形もなくきれいに治すばかりか痔にも効くこの「紫雲膏」のことは農事暦にないが、父が癌だときいて、氏はかなり大量の漢方特効薬を見はからって運んできてくれ、うれしかったのだろう、母はそれについてふれている。癌という字はむずかしく「マル三つ入る」などと氏が語ったというが私は覚えていない。私が記憶しているのは、兄の件の同僚が週刊誌に書いてあった癌の特効薬サルノコシカケの本物を農協の組合員から特別にもらい受けてくれたことだ。兄は奥の部屋に寝ていた父に聞えぬよう声をひそめ「このサルノワクセイさえのめばオヤジも助かるぞ」としみじみつぶやいた。この時ばかりは終始不機嫌だった妹も思わず吹き出したのだった。

以下農事暦で氏が出立するまでを追ってみる。八月十七日は「晩方からトリ移し」、十八日は「晩方からトリのダンシ」、十九日は「晩方から土スガリ退治してよかった」。二十日に「先生帰った」とある。十七日は金曜日で氏の安息日だったはずだが、氏はよろこんで母と兄の作業に加わってくれた。三日とも兄の勤務帰りを待っておこなった仕事だが、夕方からはじめたのには理由がある。「一日の。はじまりだから」と氏は笑ったけれどもちろんそれが理由ではない。最初のトリ移しは、成長段階によって数十羽単位で場所を移動させるものだ。放し飼いにすれば端的にわかるがニワトリにはツツキの順位と呼ばれる苛酷なまでの力関係がある。AなるトリがBをつつき、BはCをつつく。BがAを、CがBをつつき返すことはない。この順位はメンバーを入れかえれば当然混乱し、新たな権力関係が定まるまで闘争がやり直される。ケージ飼いになっても、少なくとも隣同士の力関係は決っているため、移動する場合（中雛が成鶏になるときにおこなう）も出来る限り、元の位置をずらさぬようにやる。従ってこれは作業員が多いほどはかどる。両脇にかかえて、左が弱、右が強などと決め、誰は誰の後というふうに移動させてゆく。十八日のダンシ（断嘴）作業もそうだが、明るいとトリたちが興奮するのでいわゆる鳥眼を利用する。

薄闇がおりてからやるのはこのためである。われわれはしだいに深まる宵闇の中、霊魂みたいな白いニワトリを抱いて、小屋から小屋へ歩き続けた。スタスタスタスタ。スタスタスタスタ。足音はほぼそんなふうに聞こえた。みんなスターリン主義者だ、とその時はいわなかったが、兄は土の上を根気よく往ったり来たりする百姓仕事の歩みぶりを指して「スターリン主義者」とトンチンカンな命名をしていた。なんでも顔に秘所を移すと語ったインテリの友人は東京で政治運動に従事し、立て看板を書く名人だったことがあって、その友人の口癖がアンチ・スターリン主義を立て看板ふうに短縮した「反スタ」である。この短縮語がまるで別モノとなって兄にうつった。農林高校を卒業した頃の兄も、生涯土の上を這いずり廻る割に合わぬ農業から逃れようと一瞬考えたという。つまり「反スタ」とは兄の青春の迷いをあらわす誰にも通じない隠語だった。祖父や父は男という条件もあって「反スタ」に逃げられた面もあるし、自分も一応農協に勤めることでとりあえずごまかせたが、祖母や母はひたすらスタスタスタスタの道を歩んだ人間たちだと兄はいう。私にしたところで彼女たちの総歩数を数えようとして途方に暮れている「反スタ」くずれにちがいはない。

　今もやっているかどうか知らぬが（生家では妹の離婚がはっきりしたのと同じ頃に養鶏を廃業した）断嘴とは、字の通り、くちばしの先端を赤く熱した鉄板にすりつけてそぎ落としてしまうことをいう。先にのべたツツキの習性で、弱いトリがたちまち尻をやられたり、羽や卵を食うなどの悪癖がなくなるとか飼料をはじきとばさないとか、要するに非武装状態となったニワトリの性質が温和となり、そうなった分だけ食欲が増して産卵率が上がるという「いいことずくめの学説」に従っているそうだ。「先生方にやっていただくのはどうも気がひけますな」と兄はいった。兄の真意とは別に、ここまでやる必要があるのかと私は思った。トリたちの闘争心を奪うこの作業さえも、れいの外科手術の一種といいくるめることはできそうもない。最後の十九日の土スガリ退治も夜でないと無理だった。新しい鶏舎の傍の土堤に村人が土スガリと呼んでいる土バチの一種だろうと思われるものが巣を作ってしまい、エサをやりにゆくのに「あわや！」状態となった。巣は土の中に層をなして作られている。蜂の動きが鈍る日暮れを待って、その廻りにワラを敷きつめて火をつけ、じりじりといぶす。すべて兄の指導に従った。「さされた人は。紫雲膏！」と氏も楽しそうに叫んだ。妹も太も遠巻きにして眺めていた。蒼黒い夕闇の空に煙がたなびき、やがて空へいぶり出された蜂たちが黒点となって散乱し、煙を逃れ、どこやらへ消えてゆく。兄が長い棒で少しずつ巣の層をひきはがした。空が海の水みたいに、蜂の黒点が、無数のアワのように見えた。

和らげ

昨年八月、母の生家がある高倉村の生涯学習振興センターが主催する夏期特別セミナーで「あとの祭」と題し二時間近くしゃべった。講演（といっても内容は素人芝居公演をめぐる苦労談といった程度のものである）など柄ではないのだけれど、センター発起人の一人として毎年催し事の企画に関わっている以上逃げられぬ仕儀となったのだった。

夏期特別セミナーはお盆直後の十七日から二十日までひらかれる。昨年はセンター発足五周年を記念して種々の文化公演の他に、高倉歌舞伎（地元ではカグラシバイとよぶ）復活公演が実現したため例年より二日延長された。僕が関係者一同を前に報告かたがた話をしたのは最終日の二十二日である。同歌舞伎は江戸中期にまでさかのぼる由緒ある山村芸能であったがここ二十年ほど途絶えていた。演し物はもともと童子もの（いわゆる子供歌舞伎）を含め五つくらいレパートリーがあったと伝えられる。二十年前にはすでに二つに固定されていたというが、このうちの一つ「塞神《さいかみ》」を復元するのにもずいぶん時間がかかった。やはり二十年のブランクは大きい。僕はこの復元作業の委員をかって出たのだが、人手不足とあって、役者としても参加することになった。

　五年以上も前になるが、――高倉村は人口五千足らず、何のへんてつもない東北のどこにでもありそうな山ふところの僻村である……といったタッチで、村から列車で一時間半ほどかかる猫又市で発行されているタウン誌にエッセーを書いたところ、すぐに村長から「抗議」と称する電話がきた。村長は、じつは母の異母弟にあたる人だ。

「何の気なしに書いちゃったんですよ」

「わかりますが、もうちょっとイロをつけてもらわんとね……高倉はあんたのイロハの生れ在所でもあるんだから」

　イロハは高倉村で母をあらわす。もちろん村長（は還暦近い）より上の世代しかつかわぬ絶滅寸前の言葉である。事実カゾ（＝父）のほうは完全に滅びてしまった。イロハといえば通常物事を習い覚える際の初歩の意にもなる表現だから、万物がそこから生れ出る母胎につながるのだろうと僕は推測したのだけれど、この国の遠い昔、生みの母がイロもしくはイロハとよばれた旨たしかに古語辞典にのっているものの、アルファベットのはじまりとしてのイロハと同源なのでは、といった説は見当らぬようだった。

　村長のいう「イロをつける」は今でもよく用いられる表現で、僕なりに定義すると「各自が各自なりの神話の母となる」と翻訳できるが、むろん村長がいいたかったのは、村の故事来歴を多少潤色してでも語り「枯れ木も山のにぎわい」にしてほしかったといった程度のことであろう。たとえば、平家物語に登場し、高倉歌舞伎《カグラシバイ》「塞神」にも脚色された高倉宮以仁《もちひと》王の流離によって村の歴史がはじまったとか、江戸期を通じて隠れキリシタンが多い村であったとか……。

ふるさと創生の名目で全国市町村に一律交付された基金によるプロジェクトの一つであるボーリングがいまいちのところでトンザしてしまったとかで彼は気落ちしていたようだった。ボーリングなる言葉をはじめ誤解したが、「何回目の挑戦で三十二度までは出たんだがねえ、あとがつづかなくて」という話を聞くうち温泉掘削のことだとわかった。

「ふるさと創生なんてもうだいぶ古い話じゃない」

「そう。つかいみちがわからなくて、長いこと預けっ放し。やっとこさ二番煎じの案でボーリングやって、これが大失敗。このあいだどこかの県の成功例をテレビで見たが、あんなスゴ腕のアメリカのプロ集団でもよべればうちの村もなんとかなったかもしれんね。失敗を記念して村祭りの名前も今後は〝あとの祭〟と名づけたらどうか、なんてあっちこっちから皮肉の雨あられ、いやもう参った参った。でも、そうかといってゴルフ場は計画に反対をつらぬいて正解だったですよ。村人にもずいぶん〝転んだ〟連中は多かったがね」

基金の残りは福祉関連施設の拡充・補修等の費用にあてられたが、何か一つ無形文化育成の観点から基金の有効活用ができないものかという意見がでて、生涯学習振興センターの発足が決定されたのだった。しかし具体的に何をするかは必ずしも明確でなかった。センター長には、東京の高名な国立大学で農業経済学を講じてきた神直《かんだた》信夫先生が就任した。神直先生は村長より三つ年上の高倉村出身者である。以前から晩年は郷里で暮したいと願っていた先生は、渡りに舟と定年を待たずに退職し、振興センターに余生を捧げる決意をしたのだという。元国立大学の教授で著書もある先生はセンター長としてまことに申し分のない人材である。当初この先生と並んで発起人に名前を連ねるのには抵抗があったけれど、一切村長の意向に従った。

　コイ（ホッテントット）族出身の占星術師ヤッフェホトランランが英語で書いた推理小説『トランスのわな』と、ステファヌ・マラルメが書いた受験参考書『英語の単語』の翻訳書（ともに一九八八年、ゴースト出版社刊）――僕が物書きとしてこれまで世に出した本はわずかこの二冊だけなのであるが、これを村長に贈呈して以来、僕は「れっきとした文化人」扱いされている。タウン誌にエッセーを書くよう段取りしてくれたのも村長だった。

　振興センター発起人の話が持ちあがり、とりあえず神直先生に会ってほしい、先生もぜひお眼にかかりたいとおっしゃっているからと、村長が仲立ちするかたちで、先生が東京を引き払う前、二月立春の頃、待ち合せした。先生が指定してきたのは、新大久保駅近く、色とりどりのホテルが林立する一角にあるとても静かな喫茶店で、当時高田馬場に住んでいた僕は歩いて行った。時代遅れのぶ厚いオーバーコートを着た白髪頭とヒゲもじゃ顔が目印、それにとびきり背の高いガイ骨みたいにやせた若い女性を同伴しているのですぐ分ると思う――と先生が電話でいった通り、彼らはとても目立った。先生は彼の年代としては大柄な方だが、女性はその先生を見下すほどの上背があった。少女っぽい顔つきで若く見えるけれど、三十歳前後くらいだろうか。もらった名刺には財団法人「くものいと」、雲野いと子とあった。

その日は先生のおごりで喫茶店から歩いて五分くらいのところにある、名前は思い出せないが「コイ料理を食べさせる店」へ案内された。先生によれば「君がよろこぶにちがいない、と雲野クンが苦労してみつけてくれたんだ」そうだ。

たしかに僕はコイ族が客をもてなす時の特別料理がたべられるときいてうれしくなった。料理に限らず、ソンナモノガコノ日本ニアルノカ⁉　と思わずつぶやきたくなるソウイウモノが僕は好きである。看板はいうまでもなく店内のどこを見渡してもコイ族とゆかりのありそうな人も物も見当らなかったが、そんなことは意に介さない。料理の品数も量も極端に少なかった。酒にいたっては「踊りながら水をのみ、紙に書かれた種々のカクテルを想像する」という苦行にも似たシロモノであった。メニューに酒という名詞は存在せず「水をのんで踊りながら想像する」という動詞があるばかりだ。宴はそれでも佳境に入り、振興センター構想をめぐる話も大いに盛りあがった。以下の話は踊りながら耳にしたものである。

東京を引き払うといっても、よくよく聞いてみると奥さんや三人の娘さんは猛反対で、何度も説得を試みたが無駄だった。ついには全員が口をそろえて反撃したそうだ。「そんなに行きたいなら、ひとりで行けば。私たちは気がむいた時、遊びに行ってあげるから」と。「アタマにきたんで、雲野クンを誘うことにした」と先生は何げない調子でいった。

雲野さんは一人っ子で、幼い頃母を亡くし、父子家庭に育った。その父も数年前癌になり、一人娘の手厚い看病を受けて他界した。父の生家は東中野の資産家で、いと子さんは相続税に苦しめられるほどだった。現在の職業である日本語教師と神直先生の勤め先の非常勤講師はいつやめてもさしつかえない。彼女に誓ったから「一切の身上話めいたことは明かせない」などと思わせぶりにいいながら先生は雲野さんのおおざっぱなプロフィールをその夜僕に語ったのだが、もちろん二人の関係にまつわる情報はまったく含まれていなかった。

今、僕の手元に『和《やわ》らげ』というタイトルのセンター機関誌が五冊ある。センター発足の年から毎年十一月三日付で発行されたものだ。Ｂ５の判型で各号とも二百ページを下っていないので費用は相当の額に上るだろう。センターの本部は廃業して十年ほど経っていた劇場兼映画館「高倉弁天座」（神直先生の従兄にあたる人の所有だという）に置かれている。この弁天座の修復に要した七百万円はセンター開設に伴う村の費用としておとされ、他に年間運営費三百万円が予定された旨、『和らげ』創刊号にある。しかし、賛同者からの寄付をあわせても、これだけ立派な体裁の機関誌を発行するのは困難と思われる。センターの後援者の中に、「財団法人くものいと」の名があり、神直先生にそれとなく訊いてみると、やはり機関誌『和らげ』は事実上「雲野クンの個人誌だ」という。

　発行人が神直信夫、編集人が雲野いと子となっている。「皆様の無償の情熱のタマモノ」うんぬんと雲野さんは毎号のように編集後記に書くが、夏期セミナーの講師への謝礼はいうに及ばず、『和らげ』の寄稿者には高額ではないにせよ原稿料が支払われているのだ。高倉歌舞伎「塞神」の復元作業に携わり、古老たちが記憶していた口伝のものをはじめて文字におこして（最終的には雲野さんによる演出上の勝手な解釈が加えられたが）機関誌に掲載したその稿料として六万六千六百六十六円、講演「あとの祭」の謝礼として三万三千三百三十三円が支払われた。たしかに大した額ではないかもしれないが、僕は生れてはじめて翻訳書を出し、まとまった金を受けとった時よりうれしかった。そもそも、「塞神」の内容は僕の著作とはいえない。稿料をもらうべき人がいるとするなら雲野さん自身と村の古老たちではないか、と僕は彼女に一筆したためた。すると、彼らへの謝礼は別に考えているし、あなたの場合出演料込みなんだからほんとうに雀の涙で申し訳ないという返事がきた。そのハガキの終りに、

「和らげの仕事をする人が、私は好きです」とあった。

和らげの仕事？　この言葉に託した彼女の真意を理解するのには時間が必要だった。『和らげ』の創刊号にもタイトルをめぐる説明などはない。言葉自体とりたてて難解なものではないから、さして気にもとめなかった。村長の話によれば、センター発足の二年前に創設された特別養護老人ホーム、略称「特老」の名称が「和らぎ」なのだそうで、一字違いの機関誌名はこれにちなんだ（事実、村長もそう思い込んでいた）のだろうくらいに思っていた。特老の場合は、痛みや寂しさ苦しさを「和らげる」の意であることは容易に想像がつくし、機関誌名の方もこれとまるで無関係ではないはずだ。

「和らげる」をふつうの国語辞典でひいてみると、（文章などを）わかりやすくする、くだいた表現にするという一義が含まれている。常識の部類なのかもしれないが、少なくとも僕自身日常会話や文章でこの意味での「和らげる」を使用したためしはないような気がする。先にあげた、緊張や苦痛をやわらげ、なごやかにするの他、あまりにどぎつい表現を「和らげる」、つまり別の比較的あたりさわりのない云い方に替える――といった用い方がもっぱらである。

少し大きめの辞典をめくると「和らげ」＝難解なことがらをやさしく説明すること、とでている。これで一件落着だが、厳密にいうとまだ具体的な「和らげ」を僕はつかみそこねていた。「和らげ」は「……するコト」という抽象的な行為をさす他に、モノとして存在した。抽象的に「把握」される以前に手でさわられ、つかまれ、めくられ、にぎられ、ついには手垢をつけられうるモノとして。

『和らげ』創刊第二号に掲載された「キリシタン版の話」は雲野さん自身が講師となった講座内容を録音筆記したものだが、そこに頻出する「和らげ」によって、僕ははじめてそれが翻訳行為をさすのみならず、今日の語註、大げさにいえば、翻訳に役立つ辞典（僕の商売道具だ！）に相当するものだと知ったのである。雲野さんの話はおそらくその道のエキスパートにとっては初歩の知識に属するのだろうけれど、僕にとってはとても興味深い内容だ。

たとえば、キリシタン版『エソポ物語』（一五九三年、天草刊）は有名なイソップ童話を当時の日本語に翻訳したものである。当時の日本語とは文章語でなく、一般民衆が使用する言葉を指す。扉には「ラチンを和して、日本の口となすものなり」と書かれている。ラチンはラテン語を、「和して」は「やはらぐる」の漢語的表現で、表現をわかりやすくやさしくする、ここでは日本語に翻訳することを、そして「日本の口」の口とは「ことば」をそれぞれあらわす（たとえば古い「日本の口」であるイロハを現代の「口」に和らげると「母」となる……というふうにつかえるわけだ）。

この『エソポ物語』の巻末に付録としてついているのが「和らげ」である。「ラチンを和して、日本の口と」するのに用いられた文字はローマ字だ。つまりイエズス会士たちが布教に必須の日本語を学ぶためのテキストとして編まれたが、もちろん「日本の言葉稽古のために便となるのみならず、よき道を人に教へ語る便ともなるべきものなり」とはし書きにある通り、日本人相手の教化にも役立てられる。

宣教師たちの大いなる情熱によって編纂された『日葡《にっぽ》辞書』については僕も名前ぐらいは聞き知っていたが、この辞書と並んで雲野さんが何度も引用する「和らげ」なるものは初耳だった。「犬どもを生害して」の「生害」は「和らげ」によると「コロス」意である。「けんもほろろ」は「和らげ」に「チットモ同心セヌ体」とある。「さてかのエソポが跡式をば……」の「跡式」を「和らげ」は「シンダイ。ヒトノザイホウ。チギャウ。遺産」と解説する——といったふうに雲野さんはしょっちゅう「和らげ」に頼りながらキリシタン版『エソポ物語』の話を展開している。

記述の典拠は、昭和四十六年初版発行の角川文庫版（大塚光信校注）で、この中からいくつかの物語を撰んで拡大コピーしたものをセミナーのテキストとして用いたと『和らげ』第二号にある。

煩瑣になるので詳細は省くが、キリシタン版『エソポ物語』には古活字本『伊曽保物語』というのも併録されていて、雲野さんはこの中の「十八　男二女《ふため》を持つ事」の全文を『和らげ』に転載している。文庫版でも十四行で終る短い教訓話で、ここにあらためて孫引きするに足る内容とはいえないが、こんな話をテキストにつかった雲野さんの心持ちに興味を覚えるので、彼女の現代語訳《やわらげ》を参考にしながら紹介しておく。ある男二人妻を持けり。一人は年たけ、一人は若し、とそれははじまる。ある時、男が老いた女のもとにゆくと、年をとっている自分があんな若い男とナニして（これは僕の言葉ではなく彼女の現代語訳による）と、世人にあざけられるのが気恥ずかしいので、「御辺《ごへん》の」（＝あなたの）鬢《びん》の髭の黒いところを抜いて白髪だけを残すようにしてしまいたいといって、たちまちその通り事に及んだ。男は何テコッタイと思ったが、夫婦の愛情にひかれて痛さもじっとこらえ、抜かれるままになっていた。またある時、今度は若い女のもとに行くと、じぶんはまだ若々しい身なのに、あなたのように白髪まじりの人を夫としたとあっては人のもの笑いになり恥ずかしいので、「御辺の鬢髭の白きを抜かん」といい、全部抜きすててしまった。かくしてこの男「あなたに候へば抜かれ、こなたにては抜かれて」とうとう鬢髭が無いありさまとなった。

物語はここから最後の教訓にうつる。曰く、君子たらん者が「淫乱にけがれなば」（＝色好みにふけると）、たちまちかかる恥辱をうけることになる。およそ「二人の機嫌をはからふは、苦み常に深き物也」、だからこそことわざにも「二人の君につかへがたし」というのである、云々。

二年目＝二回目の夏期セミナーに僕は都合で参加できなかったのだけれど、『和らげ』二号を受けとってしばらくした頃、電話をかけてきた神直先生に、それとなく話をむけた。

「雲野さんはああいうキリシタン文書の専門家なんですかね」

一ということもないだろうけど、外国人相手に和語つまり日本語を教えていた関係で、まあ〝和らげ〟にまつわる諸事全般に関心が深いってことじゃないかな。わが和国は字の通り和らげの国というのが彼女の口癖なんだが、対立を回避し、妥協をかさねて何でも丸くおさめる和の方は嫌いときてる。ほんものの和らげは和気あいあいの和とは無縁で、むしろ弓を張った時みたいな対立の緊張をはらんだ調和のことだとか、ボーダーラインをつかってクモの巣みたいな差異の連環をつくりあげる場合の環に近いとかなんとか……」

僕はあいづちはうったが、ほとんど話はきいておらず、あらぬことに思いを馳せていた。それを見透したように先生は雲野さんが引いた「男二女を持つ事」を話題にした。

「いやあ、田舎だからね、それでなくてもいろいろ噂がたつのに、雲野クンはじつに大胆不敵だよ」

セミナーのあの話が原因で「噂」が広まったのかというふうに一瞬、解釈《やわらげ》もしたが、先生は笑ってうち消した。

「セミナーの内容がそんなふうにちゃんと理解され、伝達されたらうれしさ百倍だがね」

じっさいの「噂」はじぶんが雲野クンともども高倉村に骨を埋める覚悟を決めた当座に生まれ、二人といっしょに村へやってきて以来大きくも小さくもならないものだ、と先生はいった。僕には今ひとつのみ込めなかった。「二女を持つ事」は先生にとって「噂」の類ではなく、事実にすぎないのではないか、と僕はもう少しのところで口にするところだった。そんな僕を先生は電話のさいごで煙に巻いた。

「僕のヒゲもじゃの顔は覚えているよね」

「ええ」

「じつは、つい最近、ヒゲは全部そっちゃった。頬ヒゲだけのつもりだったんだけどね、どうもバランス悪くて、結局アゴヒゲも……今度会ったら、びっくりするよ、きっと」


五冊の『和らげ』はそのまま五年間のセンター活動報告書であるが、活動のありのままを記録したものとはいえないだろう。

創刊号の編集後記によればセンターが掲げるモットーは〈あとは野となれ山となれ！〉である。とにもかくにも「アクションをおこす」ことの重要性が説かれている。しかし、よく読むとモットーの通常の意味は変容をこうむっているふうだ。今さえ良ければこれから先はどうなってもかまわないという辞書の定義は「この言葉の祈願の切実さを解しえていない」と編集後記子はいう。「**どうかこのあとは野となり山となってくれますように**――この呪文を一度も真剣に唱えたためしがない人間は信用するに足りない」（ゴチック原文）と、妙に力こぶを入れて書いている。

東北の山村という事情もあって実質上の「アクション」は夏期セミナーに集中する傾向にある。他の季節には無理があるが、お盆前後なら僕も都合がつけやすいので、二年目を除いて毎回参加した。上演や講演の類は洩らさず記録されるが、内容的にはかなり大胆に編集者の「イロがつけられた」旨、いちいち断り書が見られる。神直先生の知人である大学教授や評論家たちが毎回講座を担当する慣例はほぼ定着した観があるけれど、第一回によばれた新潟県出身の文芸評論家の演題はたしか「鄙と雅び――柳田国男の世界」だったのに、『和らげ』創刊号には「鄙祭りのために」というタイトルで載った。評論家の話の中では、雅びへのあこがれの実例としてあの雛祭りがあげられていたからそれをサカテにとって鄙祭りなるキャッチフレーズをひねりだしたわけなのだろうが、講演者にやや礼を欠くのではと心配になったほどだった。「鄙祭りのために」の次は神直先生によるセンター発足にあたっての決意表明――「あとは野を！」がつづく。

……柳田国男をめぐるご講演にもございましたように（講演記録の中には見当らないし、僕も聴いた覚えがない）「野」とは本来、平野すなわち平らな場所をさすものではなく、カタカナのノを見れば明らかなように、傾斜地を意味したと柳田は「地名の研究」でのべております。漢字の野は後にあてはめたにすぎません。カタカナのノは見る通り、斜線であります。山になりかかった里、あるいは里になりかかった山、いずれでもかまいませんが、要するにこの世とあの世にかかるハシゴが見える場所が「野」です。よって立つ所が斜めであることに由来するめまいと不安――それが「野」の心を育てます。

「あとは野を！」のひとくさりを引いてみたが、ざっとこんな調子である。こういう挨拶ひとつとっても、「聴衆あるいは受講者の反応」がどうであったか、はっきり書くのは痛々しいほどだ。アクションを重視し、「あとは野を！」と叫ぶ『和らげ』にとってソノコトは永遠に困難な課題である。高齢者が多い山間の農民及び林業事業者たちに役場通達の形で声をかけたところ、一割に満たぬ人々が「行がんなんめえぞ」（＝行かなければならないぞ）と互いに戒め参加してくれた。役場通達はあまりにそぐわないと思うが、これをいいだしたのは村長である。

活動報告書にはそれぞれの受講者へのインタヴューと「和らげ度表」なるものが付されている。和らげ度とは、どの程度理解されたか、どういうところが面白かったか云々の質問表で、具体的に細かい感想をいうのがむずかしい人々のために「ひとっつもわがんねがった」（＝全然理解できなかった）「ちっとはわがった」（＝少しは理解できた）あるいは「こんりんざいまざっちゃぐね」（＝もう二度とこんなことはゴメンこうむりたい）といった項目のどれかにマルをつけるだけの欄もある。

五年間で最も参加者が多かったのは初年度の映画鑑賞会（小川紳介監督『ニッポン国古屋敷村』）の百三十八名で、少ない方では、三年目の特別講義「ベケット『モロイ』を読む」（講師は僕が推理小説の翻訳をする際お世話になっ英文学者だ）が実に二名（内訳は、この僕と、頼み込んで連れていった僕の母《イロハ》）であった。

「ながながおもしえがった」と人気の高かった演目としては四年目におこなわれた現代詩

人による「あとは野に踊る——土方巽の舞踏」(これも実際の演題と少し違うが『和らげ』に従う)もあげられる。田植えその他の農作業に年季を積んでおられる皆さんは、全員舞踏家です、ともちあげて自らも舞ってみせるというパフォーマンスぶりだったが、二十三名の聴衆にうけたのは、教材に使用した土方巽の肉声テープのようである。僕もこの語りには心を動かされた。

　神直先生は、補修された高倉弁天座に隣接する新築の家に住んでいる。雲野さんも同居しているのかと思ったら、彼女は村の中央通りに三軒ある旅館のうち一番新しい「白梅館」にとりあえず寄宿してセンターに通う生活だと、訊きもしないのに村長がおしえてくれた。

　村役場、電力会社、駐在所、新聞販売店が並ぶ村のメインストリートは大川沿いにひらけている。極端な河岸段丘のため、川に面した裏手は崖下百五十～二百メートルといった風景である。高倉弁天座もこの段丘の上に建つが、他の建物とちがうのは、それがわざわざ崖にせり出すように作られている点だ。神直先生の「勝手な命名」によれば「ノ式建造物」の一つとされる。

『和らげ』連載の「スパイダー聞書き・高倉庶民列伝」(スパイダーは「悪意・絶望・希望などの象徴」だという)はなかなか面白いシリーズだと思うが、これがほんとうにありのままの「聞書き」だとはにわかに信じがたい。

たとえば聞書きシリーズの第一回は「年季」と題され、構成と文が神直信夫となっている。生涯学習振興の観点からも「年季を積む」ことは重要なテーマだそうである。以下、その第一回分の全文を引くが、ここに登場する「オモヨ婆」はたしかに実在はしたが、文に記される細部の事実性は疑わしいと村長はいった。

《「ノ式建造物」の一つに、懸崖《けがい》作りという御堂の建築様式がある。全国にどの程度分布しているのかわからぬが、崖に懸けるという字からも想像されるように平地ではなく、わざわざ急勾配の山腹に屋掛けする。岩場などの適当なところをみはからって御堂をへばりつかせ、斜面には木組で足をこしらえて、支える。京都の清水寺の舞台がその最大規模のものである。

　他はしらず、この高倉村で懸崖観音といえば平地民の菩提寺に対し、山棲みの人々の信仰の拠り所であった。であったというのは、もはや山人なるものが消滅してしまったからだ。険しい山坂の途中に干からびた動物のミイラのように幾つかの懸崖堂が今も残っている。

　オモヨ婆はいつの頃からかこの懸崖の観音堂に棲みついていたが、昨年の正月に死んだ。オモヨ婆はこの地方最後の山伏といわれた星之介大夫の幾人かの妻の一人である。大夫は思い出せぬほど遠い昔、懸崖堂で絶食死した。オモヨ婆は、これまた思い出せぬほど多くの子を生んだ。魚の卵のようにそのうち半分以上が死んだ。眼がみえなくなった晩年は、二人の子供が懸崖堂にやって来て面倒をみた。山治とユキエである。山治は平地の子らが学校へ上るように、山を下り大工の棟梁に弟子入りした。ユキエも子守奉公に行った。

山治はそこそこに腕のいい大工になった。懸崖堂の内外をできるだけ住み易いように改修してやったが、内陣の星之介大夫が絶食死したところだけはそのままにした。朽ちはてた仏像らしきものといっしょに座っているオモヨ婆の姿は、山治にとって母親以上の何かに映ったりもしたのである。

ユキエは三十代の終りまでに、八回結婚をくり返した。彼女が懸崖堂に「寄進」したおびただしい供物は、嫁いだ家からの盗品であり、ひとつひとつ思い出深い品ばかりだ。

まだ眼がみえて元気だった頃、オモヨ婆は平地に山治が自力で建てた家に一年ばかり暮らしたことがあった。テレビというものを見てたまげたのもこの時である。一年後、やはり山へ帰りたいと思った。山治の嫁がつらくあたるわけではなかったし、二人の孫も可愛かったが、テレビの芝居をみているうち、ざわざわ恐ろしくなったのだという。画面に映った百姓の男が、たしかに死んだ。その同じ男が、生き返って別の芝居の中でへらへら笑ったり飯を食ったりしていた。オモヨ婆は虚構などというものを信じなかった。百姓役とサラリーマン役の男は、たしかに同一人物の生れ変り以外ではなかったのだ。

ユキエの八度目の男は、少々たちの悪い詐欺事件をおこして府中刑務所に入った。出所してまもなく今度は傷害致死で近県の千葉刑務所に服役した。ユキエは郷里から千葉刑務所にもたびたび面会に行った。

　母親としてオモヨ婆が子供らに念仏のようにいいきかせてきたのは、「何でもいいから年季を積め」ということだった。星之介大夫は高倉三山で年季を積んだ。ユキエが出戻りを重ねた時も、オモヨ婆が気にかけていたのは年季のことばかりだった。山治ひとりは、まじめにそれを受けとり、大工修業をした。

　面会から戻ってユキエが婆にこんな話をしたことがある。

　男がはじめ入所した府中刑務所は、大半の服役者の刑期がみじかい。みじかい年月で出たり入ったりする（「ちょうどおまえみたいに」と男は笑ってユキエに言った）。

　刑務所内ではあらゆる生産行為が実践されている。日常の身の廻りの品々を自給自足する。しかし、府中刑務所では服役期間がわずかな者が多いので、じっくり腰をおちつけて、「手に職をつける」というわけにはいかない。ところが千葉刑務所には「大物」が多い。このため、おのずと仕事に年季がはいるのである。それぞれの持ち場で腕を磨いた職人があちこちにいる。

　男は印刷・製本の仕事に「就職」し、思いがけないジャンルに入れこむことになる。やがて男は、牢名主《ろうなぬし》になった。街の印刷会社の営業係が定期的にやってきて打ち合わせをするときも交渉は牢名主を通しておこなわれる。牢名主は所内の連中の利益を守るため、立ち会いの看守の意向は二の次で、きびしいスケジュールの仕事を拒否する度量をもたねばならない。交渉でひとたび譲歩すれば、文字通り奴隷労働をしいられるからである。小指の先まで細密画のようにほどこした入れ墨をことさら相手の眼にさらし、修練の成果を総動員して、名主は交渉を有利に運ぼうとする。

　年季を積むって、なかなかいいもんだ、シャバにいるあいだはそれができなかったんだと男が別れぎわにユキエに言ったという。黙ってきいていたオモヨ婆は、小さな白髪頭を満足げに振り立てた》

　第二回のタイトルは「木地小屋」。構成・文は雲野いと子。「今回は、聞書き作成者も何度か利用させてもらっている場所に取材した」という前置きがある。

《高倉村で木地小屋といえば、もともとは木地師などの山人らが、山から山へ渡り住む古代からのくらしを捨てて、山裾に定住するためにつくった集落を指す。そうした山人ならぬ野人の集落はいまでも方々に点在し、五万分の一の地図にもちゃんとのっている。だが、高倉三山の真裏の湖の傍にある「木地小屋」はモーテルの名である。

　大川の砂利採取で長者になった男が生涯学習センター創設とほぼ同時期に建てた。男はセンター長の神直信夫先生と同じく木地師の血をひいている（モーテル建築の資金を神直先生あるいは財団法人「くものいと」が出したとかいう噂はむろん根も葉もない悪質なデマだ）。やたらに大きな構えのモダン建築であるが、一部にれいの「ノ式」をとり入れ、屋内は総檜作りで山小屋ふうという変った取り合せに加え、背には高倉山、正面には湖、しかも人家からは遠いという立地条件がうけて高倉全域の秘戯愛好者らをあつめたのである。

　川から湧いてくる金の有効な使いみちを考えあぐねていると、資本金をだして金融業をやらせている若い男が、――モーテルが一番だよ大将。タテモノぶったてて、あとは婆あ一人おいときゃいいんだから、と進言した。砂利長者は、子供の頃高倉三山を渡り住んでいたという母親を思いうかべ、さっそくその進言に乗った。母のヨシは砂利長者の自宅に同居しているが、女房とも折り合いがわるいし、近所に茶呑み友達がいるわけでもない。二言目には「どこさか行っちまいて。どっかは知らねども、どこさか、ああどこさか」と御詠歌うたうみたいにつぶやく。あれがほしくないか、こんなものはどうだ、と男が水をむけると、その都度「欲しいことは欲しげっちょ……」といったきり口ごもり、やがてきまって「やっぱし要らね」と寂しくつけ加える。遠い故郷の山を背中にしょって、色魔湖を見下ろす場所で、しかも大好きな「日銭のかせげる」商売の番をする――男は母親にぴったりの終の棲処をみつけた気がした。これでやっと親孝行ができると思った。

　色魔湖畔の連れ込み宿、といえばふざけているみたいだが、湖の名は文字通り、日に五回も色を変える神秘的なたたずまいへのおどろきによる命名なのである。

「モーテル木地小屋」の受付の小部屋にたったひとりで住むようになってから、ヨシは無いものねだりをして息子を困らせるようなこともなくなった。村里でお盆とか彼岸とかいう行事があるとヨシは心もとなくなって、息子に、――オレも先祖の位牌が欲し、と童女のような口調で繰り返したものだ。では寺にたのむかと息子が訊くと、寺にはない、とまるでどこかに隠してあるようなことをいう。息子はあきれて、位牌は自分で作るもんではねえぞ、と諭す。うす馬鹿！　そんな事はわかってる、わかってる……といううち涙をためる。どうすりゃいいんだよ、と息子は投げやりにいう。話はそれでおしまいだ。また別の折に、とっぴょうしもなくヨシが息子にいう。オレのじさまやおやじさまは奥山の木にわが名をきざんだ。木地椀作るのに適《む》いてるかどうか前もって皮をちっとだけ削って「当て身」（これについては文のさいごに、図解付きの「和らげ」があるけれど省略する）する。ひと皮めくってみるだけで木の性分すぐに見抜いちまう。で、木地にむかない木はかわいそだがあとでまとめて伐り倒す目印に、祈りを込めてわが名を彫る。げっちょ、稀に伐り忘れられるのがある。オラ、子めらの時何度もみた事ある。ああ、あれあったなら良いに。じさまやおやじさまが削ったあれがあったなら、オレの位牌になるに。

　しかし木地小屋で情事番をするようになってからは、背中に先祖の位牌をしょっているような気分になれた。

　白内障というやつで眼にはカスミがかかったようになっている。それも当モーテルの長所のひとつだ。車に乗ったまま出入りできるうえに、受付にはほとんど眼がみえぬ老婆ひとり——密会者らにとっては好都合である。里の村から通いで来る初老の女が何人かいる。女らに週給を渡すのはヨシの仕事で、のこりのあがりは息子の手下の男にあらいざらい持っていってもらう。たまに、その中から紙幣を数枚抜いておいて手下にくれてやると、躍るようによろこぶ。男は、決して金をちょろまかしたりしない。若い頃から数十年間行商をつづけたヨシが小銭一枚おろそかにしない性分を知っているからだ。

　色魔湖がさいごの色をかえ、ついに陽が沈むときの景色はなんぼにも美しいとヨシは思う。数えきれない日の入りをみてきて、すっかり脳裡に焼きつけてしまったから、視力がうすれたっていっこうさしつかえない。沈みきると、月の光とともに車の灯が近づいてくる。餌を置いておけばケモノどもが忍び寄ってくるように、どこからともなく、道路は一本しかないのだから、まさしくどこからともなくといった感じで、欲望をしたたらせた男女がやってくる。子供の時分におやじさまが実演してみせてくれた野山のワナと同じだ。餌無しの針でイワナをつる名人だったじさまも思い出される。サカナだってウサギだって、知恵くらべで勝たねばとれやしない、とじさまは言ったっけ。それからすると、ここの獲物は他愛ない。知恵くらべもへったくれもない。そう、餌無しの針だ。もっとも腹をすかした時と、そういうやつがあつまりそうな場所さえ知ってれば、むこうから食らいついてくる。

大切な位牌を埋めた森で啼いていた鳥の声がやむと、女のかすかな声がヨシのいる小部屋に忍び入ってくる。ヨシはそれが嫌いではない。

長いあいだの行商で、ほぼ高倉全域を歩いた。野菜はいうに及ばず、化粧品や雑貨の類まで何でも手に入るものを片っぱしから売り歩いた。そのひと月分に相当するあがりがたった一晩でころがり込むときもある。つくづくおそろしい商売だが、息子のいう通り好きな「日銭」であることには変りない。

ふしぎなのは、行商で一軒一軒歩いた頃には覚えようともしなかった「顧客」のたたずまい——それが、こうして受付のくもりガラス越しに料金のやりとりをするだけの今、かえって記憶にのこるというそのことだ。「顧客」は正体不明の人間として安心して利用しているが、顔など見なくとも、しだいに分るようになるのである。

ヨシは若い頃から男女の道にはとんと縁がうすかったけれど、しかし他人が必死になる、そのやみくものからみ合いを嫌いもしなかった。ときどき行商時代に見知った「顔」が、ガラスの向こうの「声」に一致したりすることがあると、ほんのり暖かいような気分になる。ましてその男女の組み合せが「意外」であるときはなおさらだ。こんなとき里人なら「信じられねぇ」と、自分のことは棚にあげていうにちがいない》

脇道ついでに第四回目の聞書き「解禁」も引いておきたい。これは実は雲野さんの依頼をうけ僕が寄稿したものだ。『和らげ』第三号に、もう何年も前に出て絶版になっている僕の翻訳書二冊（復刊を期待して『トランスのわな』『英語の単語』を再度表記する）の書評をのせてくれたお礼のつもりだ。話を聞いた「トミ」さんは、村長の分家の人である。

《嫁にきてたまげたことの一つに「キュウリをつくってはならない」という村の不文律があった。トミの生れ育った村では、キュウリやナスはとくに夏の間の重要な食糧源であり、三度の食事に欠かせない。おおかたどこでもそうだろう。

その理由というのが今ひとつはっきりしない。姑は、昔々キュウリ（通常の読みは「ボケ」であるが、キュウリの漢字としてあえて木瓜と書いた方がいいかもしれない）の刺《とげ》が、村にやってきた腰をぬかすほど貴い宮様の行旅の御足を傷つけたからだといい、舅は、その宮様というのはテンノウサマで、キュウリがテンノウサマの大好物であったことから、以来村人がみずから栽培して食するを禁じたのだという。

はじめての子を生んだ時、隣の村の遠縁の家から、キュウリが贈られてきた。もらって食うぶんにはよかろうという、いいかげんな判断を下したのは亭主だったが、舅は災厄がくると頑として許さなかった。けっきょく、テンノウサマと若宮八幡に山盛りにしてあげ申し、のこりは地中に埋めてしまった。

どこの家にも屋敷神が祀られているが、トミの嫁ぎ先には屋敷神と並んでもう一つ、石の堂に神様がおり、舅らはそれをテンノウサマと呼んでいた。屋敷神が二人いて喧嘩にならぬかと訊かれると、一方が途方もなく貴すぎて大人と赤児のような関係なのだとこたえるのだった。

古老のなかには今でもキュウリを「宮の漣《さざなみ》」などと呼ぶ人がいる。よその村からもらってきては貴宮《あてみや》をしのぶ夏祭りに若宮八幡へ供えるのである。生家にいる時分には最も身近でありふれた野菜としてことさら気にもとめなかったキュウリであったが、この村に棲むようになってからはなんだかいかにも神様の食い代《しろ》のように思えてきたからふしぎだ。

二人めの子を身ごもったとき、ほんの少し気分がすぐれぬような日々がつづいた。もともと安産体質で、最初のときにも悪阻らしいものを味わったことがなかった。若宮八幡のある山ふところから湧いて落ちてくる滝の水をのめばなんとかやりすごせるかとお供えの前にさしかかり、ふいにキュウリをつかんで口元に運んだ。久しく忘れていた爽快な味が、小さい頃ふんだんに食べていたキュウリの味と、まるでちがうような気さえした。たったひと口だけ、それも嚥《の》み下すことはついにできなかったのだが、そのことは亭主にも黙っていた。

三人目の子を宿したころ、村にキュウリの新しい品種の種が入ってきた。大きな戦争が終って数年後のことである。新しいキュウリは、地這い、という名だった。旧来のは文字通り「木瓜」であり、中空の添え木に下がり生るのだが、新種は地を這うのである（この二種の差異について図解付きの後注がある）。地這い、という名はたちまち村人の心をとらえた。地べたを這うようにして暮らしをたててきたかれらの親近の情をかきたてでもしたかのようであった。

――地這い、ならば、神の食い代たりえない。

古老が寄り合いでおごそかに放ったひと言が、永い間の（語り伝えによれば治承四年の夏以来であるという）禁を解いた。

二人めのときのような食欲減退は無かったが、はじめて実った地這いの実を、トミはさっそくテンノウサマと八幡様へお供えし、いとしいもののように刺をなでては、カリカリ音をたてて何本もかじった》

さて五年目のイベントである、センター発足五周年記念「高倉歌舞伎《カグラシバイ》復活公演」のことに話をうつす。冒頭に記したように、この農村歌舞伎を二十年ぶりに復活させる大任を僕が負った。二年ほどかけてかつての関係者の話をたんねんに聞いて歩いた結果、なんとか芝居の一つ「塞神」を台本化することができた。もちろん、台本などはもともと存在しないから、文字に定着させる作業は、雲野さんのいう「和らげ」そのものとなる。

高校二年の年の学園祭で、友人のピンチヒッターとして急遽芝居に出るはめになったことがあったが、その麻薬的な陶酔感は今なお忘れていない。今度の公演でソレがよみがえった。しかし面白さは昔とはまるで別種のところからやってきた気がする。面白さの大半は、出演者の顔ぶれによるものと断言していい。

時　——治承四年夏
所　——奥州猫又（高倉村が属する地方の名前である）荘内の山里
人物　闇源氏（高倉宮以仁王＝源以仁）
郎党一（岩瀬小藤太）
郎党二（舎人黒丸）
郎党三〜五
山人一〜三
桜木御前（実は山人の女）
白梅御前（実は山人の女）
カラス大勢

芝居の三要素は以上である。主な出演者は——、闇源氏こと高倉宮以仁王役が神直信夫先生。郎党の一の岩瀬小藤太役が僕。山人一が村長。山人二と三がそれぞれ高倉村の助役と収入役。そして桜木御前（実は山人の女）役がなんと神直先生の奥さん、白梅御前（実は山人の女）役が雲野いと子さん……他に「カラス大勢」とあるのは黒装束の老婆老爺数十人（多ければ多いほどよい）から成る〝御詠歌合唱団〟ともいうべき特別コーラスで、村の老人のほとんどが協力した。

聞書きシリーズなどからも高倉村の由緒に関わる神話伝説の片鱗はうかがい知っていただけたと思うが、さらに若干の補足説明《やわらげ》を加える。時は治承四年の夏、都から落ちのびてきた貴い宮の名は以仁王。後白河法皇の第二皇子にあたり源三位《げんざんみ》頼政らの後ろ盾により平家討伐の院宣を下すも時期尚早、宇治の平等院前で流れ矢にあたって戦死した。ここまでが歴史の記述で、「あとは野」すなわち当地の伝承の世界である。宇治の合戦で死んだのは実は影武者で宮はひそかに落ちのび、中仙道を下向し、上州沼田をへて奥州へ入った（ちなみに、僕の生家のある村にも宮が立ち寄られたことになっている。村の名を志源行《しげんぎょう》というのだが、神直先生はいっぷう変った三文字を「志シタ源氏が行ク」と訓みといた）。

柳田国男についての講演録（『和らげ』創刊号所載）によると、柳田全集の中にこの高倉宮以仁王の伝説にふれた論文『史料としての伝説』がある。当地方の「山村に古くから、高倉と呼ばれた神の宮があって、王子巡遊の口碑は自然に以仁王の伝説を発生せしむべき傾向をもって居た」云々……と。で、真偽のほどはというと「無理が多い」。講演録からさらに柳田の言葉を孫引きする――「一言で謂えば何の為に、この様なひどい山中へ、王子が御入りなされたかが明らかでない」「全体に少し話が多過ぎる」「今ある附近の御遺跡をみな真なりとすれば、宮は頼朝が志を得てしまった後までも、こんな狭隘なる山里を蜘蜘蛛手十文字に行き巡って居られたことになってしまう。恐らくはそれまでの理屈は考えない人々の間に、王子流寓《りゅうぐう》の物語が久しく人望を博して、次から次へと成長して行った結果がこれであろう」、しかし、かかる一編の歴史が生れたのにはそれなりの根拠が存在したと考えていい、すなわち「どうしても若干の嫌疑を掛けてよい人が、実はかの山中に早くから、入って来て住んで居た」というような事実はあったのである……。

講演後の質疑応答で、このあたりの事情を講師の文芸評論家がわかりやすく「和らげる」と、聴衆の間に失望と落胆の空気が広まったのだった。だが雲野さんは、「蜘蛛手十文字に行き巡って居られた」という文章は「光っていて」さすが柳田国男先生だと感心したなどと記したうえで「要するに神話伝説も〝年季〟が入っていればそれなりのリアリティをもつということである」と編集後記につづけている。

どこまでもあいまいな、柳田国男の言葉をかりれば「少し話が多過ぎる」伝承世界に、僕自身の取材による「和らげ」を加える。宮を慕ってはるばる峠道を越えてきた姫は、一足ちがいでお逢いになることかなわず、臨月の身で臥してしまう。この姫が畑を散策して「木瓜」のトゲで肌を傷つけたために以後栽培をやめた、とかあるいは高倉宮ご自身が大好物であったので、おそれ多いことに思いみなしてある時から村人の食用を禁じ供物用にしたとかいう言い伝えもある。

姫のために村人がこしらえた棲処は、現在「御前様」と呼ばれる（最近、このすぐ傍に

「木地小屋」に対抗する高倉第二のモーテル「午前様」が建った）。姫は桜木御前（正妻）とも紅梅御前（側室）ともいい、臨月のままあえなくみまかったとも、玉のような赤児を生んでまもなく息をひきとったとも言い伝えられている。いずれにしても、姫なる人物が巨きな悲愁の中でその最期の日々を送っていた場所は、同じ高倉地方でありながら、宮の移動先とついに一致しなかった。「御前様」の前を流れる川には橋がない。神社の前の「みたらし川」のように、足をぬらして拝殿に渡るしかない。村人らが何度も何度も橋を架けようとしたが、姫の悲嘆の涙がせきあふれるかの如き川の増水でその都度、橋は流されてしまうのだそうだ。

　伝説の紅梅御前が芝居の「人物」では白梅御前となっているワケは劇中で明かされる。どうでもいいことだが『和らげ』に掲載された台本の「御前様」の表記がほとんど「午前様」になっているのは滑稽である。むろん単なる誤植にすぎまいが、台本作成責任者としてはいささか気にかかる。

　芝居台本はしょせん形骸であり、それを掲げたところで僕の味わった愉楽の一端を伝えられそうにないのは承知の上だけれど、「塞神」の場合、台本自体が存在していなかったのだから、形骸を語ることにも何がしかの意味はあろうとも考える。

『和らげ』五冊の、「少し話が多過ぎ」ていっこうに焦点をむすばない〝間接的記述〟を読み返しながら僕は神直先生と雲野さん二人三脚による「アクション」なるものを一応いろいろな角度から眺め渡そうとする。しかし、新大久保での初対面の折に一度だけ至近距離になったのを除き、遠い知人のままの彼らは、いわば木偶人形のようだ。彼らにとって僕もそうだろう。

かかる木偶人形が一堂に会し、弁天座復活公演にむけて動きを共にしはじめたのである。村営の民宿を準備室として確保してもらい、じっさいに稽古した期間は半年に満たないが、この間少なくとも、ただの「木偶の棒」が神話伝説中の〝木偶の某〟に変身したことは疑いない。雲野さんの編集後記ふうにいうと、われわれは「和らげに必須の悄《やつ》しの多義性を生きた」——「姿をかえ」「変身し」「化粧し」「やせるほど切に役柄を生き」「熱中」したのである。ところが僕のこの事後レポートは「悄し書き」（＝省略して書くこと）に終始している。つまり雲野さんの意図とは違い、あまりに日本人的なごく普通の意味——生々しく烈しい世界を何らかの緩衝材を用いて穏やかなものにトランスする＝言葉の婉曲さや省略によって事の凄みを軽減する——での「和らげ」にしかなっていないというわけだ。

高倉歌舞伎《カグラシバイ》「塞神」は、ストーリー展開として比較的短い演目である（ポピュラーなものでいえば歌舞伎十八番中の「鳴神」とほぼ同じくらいか）。いろいろな意味で余裕が無く、長丁場の芝居はとうてい無理だったためだろう。ただ、歌舞伎と名のつくもののほとんどがそうであるように、「歌舞」の時間がかなりの分量をしめる。次に紹介する台本は、文字だけを追えば、たしかにあっけないけれど、歌舞、特に舞踏の部分が圧巻なのである。

棒のように舞台に突っ立った骨組みだけの木偶人形が次第にやわらかい肉と熱い血を身につけられたのはひとえにこの舞踏シーンのおかげであると演者の大半が実感したはずだ。

遠方に重畳たる山々の峯。露出した岩場に組まれた懸崖作りの山塞《さんさい》の前を小川が流れる。手前に桜、下手に梅（桜と梅に隣接して二つの小屋を配する）、奥に漆の木。その脇に、オブジェふうの「木瓜」のぶら下る木棚。すべて奥山の邑里《ゆうり》の体。

浄瑠璃　〽ぬばたまの闇の国なるみちのくや、漆黒というそのウルシ、木々の青葉もそよぐ野に巡り果てたる貴宮《あてみや》主従、あわれや血に染む御足ひきずり信夫《しのぶ》もじずりの。世が世であれば天皇の光あやなる皇子なるが、おごる平家の一門の栄耀栄華に隠れたる、人呼ぶは月の源氏はたまた闇の源氏……光源氏と露云わじ。

（以下登場人物のうち山人はすべて黒装束。姿は山伏風だがどことなく黒子といった体。また山人は全員黒ヒゲを、白装束の郎党は白ヒゲをつけている）

山人一　シテ闇の源氏ちゅうはェ。

郎党一　フウその闇の源氏とは、ソレ遠き昔に書かれたる物語の御君とヒカル源氏にあやかって、われらが月の宮への下馬内の戯れ名でござる。

山人二　テモ闇の源氏とはなかなかうるわしの御名。われら山人の総力をあげて守護し奉るもコトワリ。

郎党二　そはいかなる仔細？

山人三　仔細というほどでもないが、われら山人は死霊と共に起き伏す族《うから》。闇と名のつくものにはひとしく肩入れするのが古来の定法《じょうほう》。

郎党三　いかにも、感謝の極。そなた様方のお力添え無くば、わが宮様をここまで護り通すことはかなわなんだ。

郎党四　アアさてもさても嘆かわしや。大王の御位をお継ぎあそばす御身でありながら、横暴きわまる平家のおごり……入道ならぬ外道の清盛めは天皇外戚の地位をよいことに非道の数々……恐れ多くも宮の父君、後白河法皇様を鳥羽に幽閉いたし、思いのままに朝廷をあやつりおる。立坊即位どころか、わが宮様は親王宣下《せんげ》の沙汰さえにぎりつぶされ……（ト袖で涙をぬぐう）

郎党五　あげくのはてはこのような、鳥も通わぬ深山の奥に……

山人一　じゃが闇がついても源氏の君というからは、さぞうるわしの女人があまたおられたのじゃろのう。

〽宇治合戦にうち負け給いしその後は、ここへ三日かしこに五日、日数つもりて奥州路、東とみちのくの境の国へ……浄瑠璃に和すように、背後のカラスの老婆たちによる御詠歌ふう合唱――「あとは野となれ山となれ！」「枯れ木も山のにぎわいぞ」「イロつけろ、イロつけろ」「山の木の葉にイロつけて、野にも里にもイロハをふらせ……」が反復される。

（――間あって後、哀切な笛の音。ト山塞の御簾《みす》上り、闇源氏、「木瓜」の刺をあしらったモダンアートふう茨の冠をかぶり笛を吹きつつ、静々と降りてくる。この時の闇源氏は白と黒をあしらった装束でヒゲをつけている。全体のイメージとして十字架を負ったキリストふう）

闇源氏　（笛をやめて謡うように）川欲しや川欲しや、水で心をすすぎたや。（再び笛を吹く）

（笛の音につられた如く、左右の小屋よりそれぞれ女人現われる――ひとしきり、笛の音に合わせて「蜘蛛手十文字」の舞）

郎党一　（おどろいて）こ、この女人どもは何者か？

山人一　（にんまりと笑《え》まいして）宮様をお慕い申して都からはるばるこの境の国へ参られた……

山人二　（桜の小屋前の女人を指して）あれなるが桜木御前。

山人三　（梅の小屋前の女人を指して）あれなるが白梅御前。

郎党二　何をたわけたことを。宮様と難儀を共にして来られた尾瀬の方様は、ここより程近き色魔の湖《うみ》のほとりで病あつしくなり、ついに帰らぬお人となられた。他に、女人の身でかかる悪所へ落ちのびて来られる道理もない。

山人一　きくところによればあまたおられる女性《にょしょう》が中でも白梅御前様と、桜木御前とは、宮様のご寵愛殊のほか深かりし由。われらが山人がはからいで、

山人皆々　同道して参った。

（郎党ら、舞に興じる女人二人に近づき、姿形を凝視する——女人らそれをさりげなく避けるふうで舞をつづける。沁み渡る笛の音）

郎党二　この女人らは、山人の族であろう。

山人二　デハわれらもお訊ね申す——これなるお方、親王などではなく、ただの落人でご

ざろう。

郎党三　何を申されるか、最勝親王とまで呼ばれし御方を愚弄なされるか。（ト山人三人につめより、キッとなる）

（山人三人と郎党五人向かい合い、よろしく見得――あずかりしらぬ如く舞う女人）

（再びカラスによる「あとは野となれ！」の大合唱――。そのカラスも舞台の各所に散り、くりひろげられる「蜘蛛手十文字踊り」――。それが止み……）

闇源氏　コレ、小藤太。

郎党一　はは。（と源氏のほうへむき平伏する）

闇源氏　山人らの申し様、マコトのことじゃ。

郎党二　しかし、これなる女性どもは、御名を騙《かた》る……

闇源氏　黒丸、そなたの心は分からぬでもないが、まろは山人らの国にことのほか満足じゃ。まろは長い長い間、境の国ちょうものに焦がれておった。たしかに、この女性たちはまろが知りたるおみなと半分は違うておるやもしれぬ。が、それは山人の国、すなわち生き人と死人との境をなす国においては珍しゅうもないらしい。それをいわば、このまろとても、宇治川の橋合戦のおりにひとたびは死んだ身。さいぜん山人らがまろをただの落人というたはそのこと。

山人一　（感涙にむせぶ如く）おお、われらとて、このような貴宮を、永い永い間お捜し申してきたのじゃ。

山人二　いかにもいかにも。この奥州猫又荘、いやマコトを申せば奥州にも入らぬ坂東にも属せぬこの境の国は、われら山人の拠り所。

山人三　奥州には古来、朝廷にまつろわぬ異族が棲みなすというが。

山人一　エミシにはエミシのまつりごとがある。もし仮にエミシが都へ攻めのぼり勝利いたせばこの日の本の国全土がエミシ風になる、ただソレダケの事。われらが夢みる境の国――われらはそれをクナドの国と呼びならわしまするが――そは、半身をつねに死霊に冒されておるゆえ、まつりごとはそのまま供養でもある。

郎党一　（気を静めて）宇治の橋合戦で、わが手の軍が渡り終えたる頃、とつじょ橋が潰滅した――あの奇跡は、そなたらのシワザであったのか？

山人一　いかにも。われらは橋を架け、これを瞬時に消失せしめる奇術を有しておる。

郎党二　すればこの山塞の小川に幾度、橋架け渡してもたちまち流れてしまったは、

山人二　左様、それもわれらが境の国の儀式でござる。

郎党三　（うちとけて）宮御寵愛の紅梅御前を、そなたらはさいぜん、たしか白梅御前と

云い間違えておったようじゃが……

山人三　それは、源氏の志をたてた次第。

郎党皆々　源氏の志？

山人皆々　いかにも。

闇源氏　源氏の白旗をおもんぱかり、紅梅を白梅と変えた、というのであろう。

郎党皆々　恐れ入ってござる。

闇源氏　都にては梅と桜は暦もずれる。がこの地にては梅も桜も同時に咲いて散る。

（ト管弦の後、カラスの老婆たちによる「あとは野を！」「野にも里にもイロハをふらせ……」「野にも山にもあとの祭を！」「あとあとまでもイロハ祭を！」の反復大合唱——ついには観客もこのコーラスに和す。黒装束と白装束が対になり、あでやかな舞姿。が、山人の女人らの舞は優美からしだいにおどろおどろしい荒ぶる山霊をよばう如きものに変ってゆく。カラスの一団が後背にて「蜘蛛手十文字踊り」を展開する中、二人の女人は半裸状態となって舞をつづける。やがていずこからともなく、猫魔多と呼ばれる巨大な白猫来り、宮を背にのせる。この時には、〝いつのまにか〟といった感じで、宮の顔からヒゲが消えている）

郎党一　いずこへ、いずこへ参られる？
山人皆々　心配ご無用。クナドの国神となられる儀式じゃ。
郎党二　はてさてクナドの国神とは？
山人皆々　そをやわらげれば、境の国をしろしめす御神のこと。

（ト桜と梅とつじょ花ひらき、やがてゆっくり散りはじめる。笛の音再び沁み渡り、一同見送る姿で、幕。薄闇の幕外、宮をのせた白猫、花道を天《あま》駆《が》けるように、姿を消す）

主催は高倉村だが衣装や道具そして浄瑠璃といった実質上の製作は財団法人「くものいと」が担当した。雲野さんが白梅御前に扮したとすでに書いたが、高倉宮の正室役の桜木御前に、神直先生の奥さんを配したのも彼女の強い意向だったと聞く。先生が高倉村入りしてからも二年近く、姿を見せることすらなかった夫人が、この話にすんなり乗ったとは考えにくい。稽古中に雲野さんから聞いたところでは、「交渉には少し手間取った」が、奥さんが若い頃「女優志望だったのが幸いして」……ということである。これを機に君も村で生活したら、と神直先生は奥さんにいったが、「それとこれとは別」とはねつけられた、とこれは芝居の裏方をやってくれた先生の長女から僕が聞いた。

踊りの詳細に通じていた古老が亡くなってしまったので、その大部分を創作する他なかったが、雲野さんが考案した「蜘蛛手十文字踊り」はすばらしい。黒装束と白装束に分かれた演者らがコーラスの老人たちと共にそれぞれブラック・アートとホワイト・アートと呼ばれるダンスに興じるシーンがクライマックスとなる。コイ族のダンスと、いつぞやの講演で学んだ土方巽ふうをミックスし、さらに農作業基本スタイル「やはらげ」でアレンジした振付けはいったん覚え込んでしまうと、いつどこででもやりたくなるからふしぎだ。基本スタイル「やはらげ」とはかんたんにいえば、中腰の姿勢である。雲野さんの解説によれば「下半身と上半身のボーダーを常に意識する格好で、キモチとしては猿人から人間への進化の途上にある姿勢をイメージすればよい」のだそうで、完成のあかつきに突っ立ったままの「木偶の棒」は深い懐をもつ某に変るという。田植えの時の格好だから、練習しはじめはきつかったけれど、基本動作レッスンの前にのまされた酢水のせいか、だんだんなれていった。色白で小肥りの神直夫人が、ある時「サーカス団員なんかがカラダをやわらかくするために、よく酢をのんで訓練したっていう話があるけど、あれはウソなんですってね。酢にそういう効能はないのよ」といった。すると色黒でやせぎすの雲野さんが「その通りです。でも、酢は健康にとてもいいんです。皆さんも、これを機に毎日おのみになる習慣をつけるといいですよ」とつぶやくようにいい、どごんどごんとのみほした。「健康にカンパイ！」と夫人がいい、やはりごくんと音たててのむと、我々一同もこれに

たら、た

断続的につづけられた弁天座をつかった舞台稽古中のエピソードで記憶しているのはこんなたわいもないやりとりでしかない。夫人と雲野さんの一挙手一投足を、僕も注視していたはずだが、神直先生のふるまいも含め、稽古中にとりたてて劇的なことは見つからなかった。公演も上出来の部類で、村長もよろこんでいた。すんなり事が運びすぎといった感じで、印象に残ったのは、観客全員に隣村から寄贈されたキュウリが配られ、上演中、それをかじる（かつての慣例だったという）音が舞台の上にもきこえていたことくらいである。

単行本版あとがき

『猫又拾遺』

私にものを書く機縁を与えてくれたアルゼンチンの文人ボルヘスは三十代後半に処女作『汚辱の世界史』を刊行した。詩と批評のはざまを棲家とし、いまだ自分の物語を書く勇気をもてない小心者の手すさびと著者自ら解説するその「習作」は一年でちょうど三十七部売れたという。「莫大な数」に大いに満足した、と後にボルヘスは述懐する。小説の開祖セルバンテスにつながるヒューモアまじりのレトリックに鼓舞されるのは常のことだが、今の私は〈三十代後半に出した本が三十七部売れた〉なる箇所の数字に特別の意味を読みとろうとしている。人生の旅の半ばに道を失い森に踏み迷う人間にとって切実な危機と転生のシンボルを、といいかえてもいい。

過日古いギリシャの書をめくっていたら、「商売あがりの細君」というフレーズに出くわし、当方の人生半ばの転回を言い当てるに妙な言葉ではないかと思った。あるいは、

「貞淑な妻が商売女に転身して打って出る」と逆にしてもかまわない。いずれにしても、ナイーヴさといかがわしさの錯綜する森の中で悪戦をしいられるイメージにぴったりだ。

占星術ふう暗示の物言いをするなら、本書は「三十七」のシンボルの光にあてられて誕生した手習いである。猫又とはわが迷いの森の闇にほのみえる幻郷に他ならない。一身上の危機が深まると、それは非在でありながらリアリティを増幅させる。

けれどもそうしたブンガク的な思い入れをよそに、猫又はかのラ・マンチャ同様非情なまでの貧寒さをむき出しにした村でもある。たとえば一九九三年に特筆されるわが国の大飢饉を、私はそこで迎え撃とうとして、たちまちキホーテの愚行を反復することになった。滅びゆく騎士物語に寄り添う生を実践した男をまねて、私は滅亡寸前の谷間の貧田に足を突っ込んだ。

出版を急いではなりません、どうせ後悔するにきまっているのですから……というボルヘスのアドバイスがきこえる三十代の終りに文字通りの習作を上梓するにあたって、その内容が一九九三年〈農〉の結実物に似たありさまにみえる事態も符合一致の類だろうか。

名はあげないが、自業自得の矮小地獄篇を生きるハメに陥った中年男に信じ難いサポートの手をさしのべてくれた数少ない人々に感謝する。

一九九四年春

室井光広

『おどるでく』

「オドラデクは、忘却された物たちがとる形態なのだ。物たちは歪められている」と、ヴァルター・ベンヤミンは「フランツ・カフカ」の中で書いている。わが「おどるでく」幻想も、忘却されたことへの復讐心をつのらせた「物たちがとる形態」のひとつ、あるいはオドラデクがさらに「歪められ」たものであると、取りあえずいうことができようか。

　物語小説の王道から逸脱した語りにともすれば転落しがちなここなる小説家失格者の作物にもしも読者がいるなら、その人々に向けてささやかな弁明を試みておきたいというのが、無くもがなのあとがきを付した理由のすべてだ。歪められた物をめぐる妄想を紡いだ本書が読者を限定するのは避け難いとしても、それらの歪みがもっぱら〝知識〟によってもたらされていると感じられてしまうこと、それこそ作者の〝かなしみ〟とする事態に他ならない。ここにいう〝知識〟は作者の考える〝かなしみ〟の対極に位置するものであり、ややもするとそれを台無しにしてしまいかねない存在だ（そして厄介なことに〝かなしみ〟は似て非なる感傷によってもスポイルされうる）。たしかに知のペルソナはこの歪み小説の中にあって看板のように浮き立って見えるかもしれない。しかし、ソウデハナイソウデハナイと、私は声なき声を洩らす。

日常の瑣末な「物」に迫られて、故無く立往生することが私にはよくある。対象が何であるかも見当つかぬ状態で、思イ出サナケレバナラナイ、忘却サレタ事物ヲ正当ニ思イ出サナケレバナラナイという病的な衝迫に駆られるのだ。私は郷里の方言にある〝からてんぶり〟になって思い出にとりかかる。〝からてんぶり〟とは手に何も持たない状態を指す言葉で、たとえば病院の入院患者を見舞うのに「からてんぶりでは行けない」というふうに用いたりする。「空っぽ」と「手ぶら」がむすびついたのだろうが、私の用法では勝手に「徒手空拳」の意味まで含ませる。

私は人並みの活字中毒人間のつもりだが、小説らしきものを書くようになってから、少しその病状のありさまが変化した。思い出に従事するプロセスにおいて私の手は書物を遠ざける（もちろんこれは調べ物としての読書とは別次元の話だ）〝からてんぶり〟で思い出を引き寄せ終った後に、抱えきれぬほどの本をめくりつづける。すると当然のことながら、うんざりする。自分としてはたいそうな発見のつもりでいた数々の想念がすでに書かれてしまっている事態にうちのめされるからである。

それでも私は、〝からてんぶり〟ではじめ、終ってからいわば批評的な照合作業をはじめる。うんざりしながらも、それが愉しいのはなぜか。私の個人的な想起の内容が結果的に種々の文献に盛られたものと酷似するとき、これを符合一致あるいは呼応の類とみなすいかがわしい占星術的因縁の思考にとらえられているせいかもしれない。

冒頭のベンヤミンの一節にも、本書を書き終えた後に遭遇し、胸うたれたのだった。磁石が鉄粉を吸い寄せるように〝かなしみ〟が〝知識〟をあくまで従者にしてひきずるという位置関係にこだわるのと同様、〝からてんぶり〟書法の基本的なありようは今後も反復の愉悦の中で守られてゆくだろう。それを守ってさえいるなら、私が表現者として犯す過ちも最小限に食いとめられる気がするのだ。

一九九四年六月

室井光広

万葉仮名を論じて『フィネガンズ・ウェイク』に及ぶ

明治二十二年に自費出版した近代日本文学史上最初の自由律長詩「楚囚之詩《そしゅうのし》」の自序の中で北村透谷《とうこく》は、「元《も》とより是《これ》は吾《わが》国語の所謂《いわゆる》歌でも詩でもありませぬ、寧《むし》ろ小説に似て居るのです。左《さ》れど、是《こ》れでも詩です」と書いている。

透谷が自ら生に終止符を打ったのはじつに二十七歳、万事に遅れをとるここなる男などがようよう詩（＝文学）の修行に身を乗り出した年齢である。「楚囚之詩」の二年後に刊行された長篇劇詩「蓬萊曲」もやはり自費出版だった。

修行にとりかかってからおよそ十年がかりで詩集（？）私家版をでっちあげた当方の愚行の詳細はともかく、いささかでも語るに値すると思われるのは、二十二歳の透谷のつぶやきと同じカタチをもつ弁明を似非詩人もまた発せざるをえなかったという一点である。「これはAではない、むしろBに似ている、されど、これでもAである」——矛盾に近い言揚げの中に、息苦しい文学の逆説が潜んでいる。

私の場合は単に個人的な才能の問題でケリがついてしまうけれど、透谷がつき当ったのはこの国の文学が草創期以来、幾度か逢着せねばならぬ宿命にあった、「文」をめぐる大転換期にそびえ立つ表現の壁だった。

学問的裏付けもなしにいうのだが、その短すぎる生涯で透谷が見据えていた「文」の荒野は、たとえば万葉集の編纂者、いや万葉仮名の発案者（個人を特定することはできないだろうけれど）が行き暮れた野と同じものであったと私は想像する。近代固有の先鋭な文学的苦悶を一身に負った天才詩人は、誰よりも早く深く西洋文物の放射する光を浴びた。その光源をひたすら頼んで、極東の島国の闇に新しい「文」の塔を建て、照らし出さんと試みた。もちろん「文」の問題はそのまま生き方に直結する。結果がどうであれ、わが国では最も早い〝自由恋愛〟の実践者としての彼の立ち姿を照らし出しているのも海の彼方の思想だった。

漢語漢文を〝読んで〟さえいれば事足りていた短からぬ時代を経て、やがて固有の思いを固有の文字で「文」化したい根源の衝動におそわれたわれわれの先祖がようやっと創案したのが万葉仮名と総称されている表記である。これはひと口にいって、〝痛切な言葉遊び〟の世界だ。ふざけ半分の遊戯ではなく、ほとんど鎮魂のためのおアソビ、私なりにいい直せば〝言葉供養〟のいとなまれる荒野である。

やまと言葉、和語の渦巻く思念の海がこちら側にある。思いは豊かにあるのだが、それを書きとどめる文字がない。死んだ肉親を供養したいのに、祈りをささげるヨリシロ、つまり肖像写真も、位牌も墓石もない。漢語漢文という巨石を砕いて、磨き込む墓碑作りがこうしてはじまった。あちら側からやって来た漢字一字一字を糞ころがしのように移動させジグソーパズルのように操作しながら、まずもって和語との音（＝語呂）合わせからなされたわけだが、その間数々のキシミ、ズレが生れた。むしろユガミやズレ等々こそが、われわれの仮名の母胎となったのである。

『白文万葉集』は私のバイブルともいうべき一冊だ。私にとってそれは、日本語霊園に建つ謎の卒塔婆《そとば》である。先の自序で透谷は「狭隘なる古来の詩歌を進歩」させることを前面に打ち出している。輝かしい近代詩人のマニフェストの真意を汲んだ上で、われわれは万葉の中に自由律長詩の原型さえ見出せることに思いを馳せる。古代であれ近代であれ、わが国の文物の創造は〝外来〟種とのたたかいを経ずにはありえなかった。その結果、ことに転換期にあっては、異形の鬼子といっていいようなものが誕生する。

　随筆にふさわしくないお固いハナシになってしまったようだけれど、私の心積もりではそうでもない。私はじつは、いつも寝転がって眺めている「白文万葉集」とジェイムズ・ジョイスの『フィネガンズ・ウェイク』を同種の興味関心で語ろうとしたのだった。透谷の有名な評論「粋を論じて『伽羅枕』に及ぶ」を真似て……。

　異種のものを同じマナイタにのせるこういう恣意的なやり方が、私の考える随筆にはかなう気がする。万葉仮名は、漢字とのこすり合わせによって出来上った造語群で、『フィネガン……』も、英語の鬼子群であるというのが当方の偏頗な読みに基づく両書の共通点である。アイルランド人ジョイスにとって英語は外国語だったが、彼は他ならぬその英語で書きつづけた。『フィネガン……』は、彼が建立した英語の墓である。

　万葉仮名の発案者はこういいたかったであろう、「これは漢語漢文がそうであるような文字ではない。だがこれでも日本語日本文を後世に書き残しうる文字なのだ」と。『フィネガン……』の著者はこういいたかっただろう、「これは英語（による小説）ではない、しかしこれでも……（この先はうまくいえないので省略する）」と。

　古今東西ジャンルを問わず、私は転形期に生れる正体不明の「文」が好きだ。現在、小説らしきものを書いていることになっているが、心中で「もとよりこれは小説ではありません、むしろ詩や批評に似ているのです、けれど、これでもやはり小説なのです」とつぶやかぬ日はない。

インタビュー

室井光広氏と語る

（聞き手・加藤弘一）

定型詩から小説へ

——室井さんは群像新人賞の時は評論部門でとられましたよね。最初が「零の力」というボルヘス論で、次に「霊の力」というエズラ・パウンド論を書かれている。ボルヘスもパウンドも前衛文学であると同時にヨーロッパ文学の正統に棹《さお》さした作家ですが、小説家としては郷里の会津という土地にこだわっていらっしゃる室井さんが、なぜ、この二人に関心をもったのかということからうかがいたいのですが。

室井　月並みですが、正統と前衛という二極ふたつながら共存する文学に今でもあこがれていて、ボルヘスとかパウンドへの畏敬はそのことに尽きますね。出自としての土地と普遍性の問題も彼らの文学では一見そう見えなくても、相当つきつめられている気がします。

ぼくは小説や評論を書きだす前は、俳句や短歌、現代詩をやってたんですよ。一日に俳句十句、短歌十首、現代詩一篇というようにノルマを課して、相当せっせとやってました。

うちの田舎ふうにいうと、〝とりどりの菓子を三度のメシのように喰らう〟愚行ですが……。

――同時進行でですか？　俳句、短歌、現代詩を遍歴する人はいますが、並行してというのはめずらしいですね。

室井　どのジャンルの人にも、そんなことを声高に言うと馬鹿にされちゃうんですが、寺山修司の猥雑というか、ごっちゃにしたやり方に影響を受けまして、十年くらいチャンポンにやってたんですよ。その頃は勤めていた関係もあって、時間的な制約から短詩形しかできなかったということもありましたが、ダンテやエリオットといったヨーロッパの大詩人にすごく興味がありましたから、とりあえず――このとりあえずというのが、ぼくのこれまでの方法論のすべてをあらわしています（笑）――日本語の定型詩を徹底的にやって、どこまでいけるか試したかったんです。

――なるほど。パウンドはともかく、ダンテもエリオットも、伝統的な詩法にしたがって、韻を踏んで書いていますね。

室井　ええ。でも、日本語の定型詩では、どうやっても限界があるなという感じがしてきました。俳句は五七五、短歌は五七五七七という形式をもっていますが、エリオットとかそういう人たちの詩の構造は、もっとすごい厚みがある。

――物理的に長さが短くて、内容を盛りきれないということですか？　それとも、俳句にしろ短歌にしろ、挨拶の域を出ず、芸術にはなりえないということですか？　俳句第二芸術論なんていう議論がありましたが。

室井　ぼくは第二芸術論なんていうことはどうでもいいです。むしろ、散文に転向してしまった人間としては、俳句に一番哀惜があります。短歌は悪しき日本的イデオロギーの代表ともなりうる感傷装置という面がありますが、いい面での挨拶性、開かれた挨拶性を代表しているのは俳句だという気がします。

　ただ、ぼくはヨーロッパの詩概念というか、文学＝詩というヨーロッパ文学のありかたに恋いこがれてきたところがあって、わが国の言語でやるとしたら何が相当するだろうかということを、かなり真面目に考えたし、定型というフォルムの修練も積んだつもりです。でも、結局、わが国の定型詩ではヨーロッパ文学にはかなわないという、詩人としての才能を棚上げたひとりよがりの結論になった。エリオットやダンテやパウンドという詩人たちの作品は、建造物としてもものすごいですが、無意識の底の底まで掬いとっている。日本語の定型詩にはそこまでできないという感じがしてならないんです。

幽霊みたいな言葉

――ダンテにしても、エリオットにしても、ヨーロッパ文学の場合、中世ラテン文学や、さらにさかのぼってギリシア文学まで、伝統というものを背負っていますよね。ホラチウスやウェルギリウスの本歌どりをしたり、暗黙の言及をすることで、人間の全経験を盛りこめるような言葉が生まれます。漢詩や和歌の場合も伝統を背負っているという点では同じだと思うんですが、室井さんの独自なところは、文学の伝統ではなく、方言を背負った点です。室井さんは「あんにゃ」や「おどるでく」という方言の音を転がしていくことで、言葉の中にすべてを見ようとしている。これはもう、ユニークというか、ずるいというか……（笑）。ナボコフにとってのロシア語みたいだ。室井さんの小説はかねがねナボコフと似ていると思っていました。

室井　ナボコフは物語の才能があって、もっとうんとのびやかに書いていると思いますけどね。方言にすべてを見ようとしているというのは、おっしゃるとおりですが、ぼくにはそれしかなかったんですよ。

――あの方言はすべて実在するんですか？　方言辞典を調べてもない言葉がかなりありましたが。

室井　半分以上はつくったものです。

――ああ、やはり（笑）。ナボコフは架空の詩人の詩を注釈するという形で小説を書いていますが、その工夫に匹敵します。「おどるでく」という方言はあるんですか。

室井　あれもないです。ただ、根も葉もないわけではなくて、子供の頃、爺さんがしゃべってたなんだかわからない言葉のかけらとか、お袋がなにかの拍子にぴゅーっと口に出した言葉とかをなぞってつくっているんです。ぼくとしては、なんていうか、そういう幽霊みたいな言葉としてとらえていて、ジョイス語と似ているかもしれません。

マイナー言語

——ジョイスは変な造語もつくりましたが、基本的には英語で書いているし、ヨーロッパ文学の伝統も背負っていると思いますが。

室井　アイルランド史について、ぼくはまったくの門外漢なんですが、学者の受け売りでいうと、この国にキリスト教が渡った際、世界史的にも珍しいほど平和裡に教化がなされた。ケルト文化を完全に根絶するようなやり方をとらなかったそうで、このためアイルランドの古代史は融合的なものになった。もちろん、ジョイス作品の上には近代以降の悲惨な母国史の影が落ちているわけだけど、ぼくは英語で書いたジョイスのメンタリティにとってこの融合性は重要だと考えます。わが国の縄文と弥生の文化融合に似た事情がケルトとキリスト教英語文化の中にあって、それが非常に興味深いカタチでジョイス文学の血脈をつくっている。

アイルランドでは実際には英語をしゃべっているわけですが、建前としては第一公用語はケルト語です。地名表示なども、上にケルト語、下に英語を書いています。ジョイスは作品のいたるところで、いわば工夫をこらしたかたちで、大英帝国の悪口をいって、英語なんかは習得された言語だと嘆いていますが、作品はケルト語では書かなかった。英語で書いたから、今みたいな影響力をもったという面も確かにあります。これからインターネット時代になると、世界に向かって本当に開かれた言葉は英語くらいしかないのかもしれません。ただ、そのことと英語を全面的にうけいれることは別です。ジョイスは心情的には最後まで英語に距離をおいていたと思います。

——室井さんの場合、ジョイスの英語にあたるのが標準語というわけですか。

室井　いや、アイルランド人の言語状況などとは比較するのもおこがましいものです。それでも、ぼくの場合、標準語の世界というのは、つねに遠くにあるもんだったんです。小学校四年まで、一学年十人しかいない分校にいたんですが、その分校も三つの村の分を統合してつくった分校で、ぼくの家が一番遠くて時間がかかりました。上の学年になって町の本校にいっても、中学、高校にいっても、ずっと遠距離通学者でした。大学は上京ですから、遠距離通学というわけではないですが、やはりよっこらしょと出かけていく世界にあるものでした。ジョイスにずっと振りまわされているのは、標準語の世界に対する距離感ということが核心にあるからなのかもしれません。

——お話をうかがっていると、丸谷才一氏の場合と対照的ですね。丸谷氏も東北出身で、ジョイスの影響から出発した作家ですが、方言の世界ではなく、日本文学の正統である宮廷文学の伝統を背負おうとしている。

室井　ぼくは出自というのは、結局、逃れられないものとしてあるんだと思うんです。丸谷さんは東北といっても、城下町でお生まれになったわけですが、ぼくは水田もつくれない山奥の村で生まれ育ちました。山仕事しかできない貧しい土地で、爺さんも、ひい爺さんもそこで生きてきた。

　このあいだ、信頼する編集者のすすめで小川紳介監督のドキュメンタリー映画『ニッポン国古屋敷村』を遅ればせながらみて感動したんですが、あの村の世界がぼくの出自の原風景です。そういう先祖代々の経験というのが、ぼくの中に全部流れこんできていますから、それを抜きにしては、なにもはじまらないんですよ。

　もちろん、それはもはや存在しえない世界なわけですが、精神の基層として、ぼくの思考の根がそこから養分をすいあげるものとしてあるということです。ちょうど縄文の基層の上に弥生文化が乗っかっているみたいな。

――うーむ。まさに「猫又拾遺」の世界だな。「猫又拾遺」は室井さんの作品の中でも、「おどるでく」とならぶ最高傑作だと思いますが、ぼくはずっと民俗学的な幻想があの作品の生命だと思っていた。しかし、あれは室井版『ダブリン市民』だったわけですね。

室井　意識はしましたね。実は、今、『ダブリン市民』を読みかえしているところなんです。『ダブリン市民』はすごいですよ。正直に告白しますと、このすごさは二十代の頃には今ひとつよくわからなかった。でも、ジョイスはあれを二十代で書いたのですから、本当に「かなわない」ですね。

アイルランドの貧しさ

——となると、丸谷氏のジョイスの紹介の仕方にも異議がありそうですね。別に挑発するわけではありませんが（笑）。

室井　いや、丸谷さんは立派なお仕事をされていると思いますよ。『若い芸術家の肖像』はいろんな訳を読みましたが、丸谷さんの訳が最高です。最近も新潮文庫から再刊されましたが、あれが一番ですよ。『ユリシーズ』の翻訳は、いろんな批判があるみたいですが、画期的なお仕事だし、ぼくとしてはずいぶんお世話になっています。ただ、ジョイスのユーモアのとらえ方は、丸谷さんとちょっと違うかもしれません。ジョイスのユーモアは、ゆとりのあるものではなく、貧しいんですよ。

——ユーモアが貧しい？　貧しさを背景としたユーモアということですか。

室井　絶対的な貧しさを基層にしているとでもいったらいいでしょうか。今度、ある大学でアイルランド飢饉百五十周年記念のイベントが開かれることになっていて、それに呼ばれているんですが、ジョイスに限らず、アイルランドのユーモアの背景には、ああいう巨大な貧しさの記憶があるんです。

それはあたかも弥生時代以降の日本人のメンタリティに、縄文の記憶が息づいているのと似ていますね。もちろん、縄文が貧しいばかりの時代であったというのではなく、あくまで〝絶対的〟な地平でたとえているのですが……。

――飢饉百五十周年ですか。確か、ジャガイモが病気で全滅して、十人に一人が餓死したという大飢饉ですよね。ケネディ大統領の祖父がアメリカに移民するきっかけにもなった。

室井　ええ。司馬遼太郎さんは『街道を行く』の愛蘭土紀行で、そういう飢えと隣あわせのアイルランドの風土とからめて、ジョイスを紹介されています。ジョイスというのはこういう貧しい土地に育った、こんなおもしろいやつで、自分には『ユリシーズ』や『フィネガンズ・ウェイク』は理解できないけれども、若い頃の『ダブリン市民』や『若い芸術家の肖像』はリアリズム小説で、とてもすばらしいし、英語をたたき壊した気持ちもよくわかると書かれています。英文学の専門家はなんか言うかもしれませんが、あれは立派なジョイス文学の啓蒙書です。

――なるほど。アイルランドの貧しさは、土地が痩せているからだけではなく、大英帝国の植民地収奪の結果でもあるわけです。そもそも、ケルト人がああいう痩せた辺境の地に追いやられたのは、アングロ・サクソンの侵略のせいだったともいえる。そういう土地に育ったジョイスが、英語にたいしてもっていた感情には、確かに複雑なものがあったのでしょう。

室井　ただ、英国王室は太腹にも、ジョイスに年金をあたえました。ジョイスは陰に陽に大英帝国の悪口ばっかり言っていたはずなんですがね。

――安い買物ですよ。雀の涙ほどの年金で、『ユリシーズ』という宝物が英文学にくわわったんですから。イギリス人が経済が落ち目でも、威張っていられるのは、英文学のおかげといってもいいくらいです。しかし、坂上田村麻呂の時代ならともかく、現在の東北とアイルランドは違うと思うんですが、室井さんの場合は会津という土地柄もあるのかな。標準語に対する異和感はそんなに強烈なものなんでしょうか。

室井　ぼくは標準語で書かざるをえないんですが、ぼくにとって標準語は遠いものだった。まして、宮廷文学となると。

言葉は文化のサンプルで、それを習得するまでにずいぶん手間ひまかかった。ただ、その実感をナイーヴにいいすぎると、弥生文化に対する縄文文化の力というのと同じで、ロマン主義的になっちゃいますからね。文化への求心力と遠心力を二つながらに行使して、すこぶるソフィスティケートされた〝復讐戦〟を演じていくしかありません。

宮廷文学とヨーロッパ文学

――丸谷才一の『後鳥羽院』はお読みになりましたか？　あの本の第一部は、後鳥羽院の和歌を『フィネガンズ・ウェイク』を読むのと同じやり方で読んでいます。

室井　いや、読んでないです。

——それは惜しい。室井さんが読んだら、すごくおもしろいと思います。言葉にすべてがあるという考え方は、ヨーロッパではサンボリスムの時代に自覚されたわけですが、日本では新古今の時代にすでに当り前のことだった。丸谷才一は後鳥羽院の和歌をすべて平仮名になおして、音を転がすことで、無意識の底の底をさぐっていくんです。室井さんの小説の方法と同じですよ。こういう方法というのは、宮廷文学とか十九世紀のサロン文学のような、煮つまった状況からでなければ、生まれてこないと思うんですが。

室井　おっしゃる通りですね。ただ、宮廷文学というと、ぼくはボルヘスがヨーロッパ文学にたいしてもっていた距離のことを思い浮かべるんですよ。ボルヘスはヨーロッパをまわって育つわけですが、青年になってアルゼンチンに帰ってくる。そして、自分の出自を発見するんです。ぼくは「零の力」では、フーコーなんかを引用してボルヘスの抽象的な面を書きましたが、他方では、パンパが果てしなく広がって、ガウチョが荒くれた生活をおくっているというアルゼンチン〝土着〟——このコトバは本当はあまり好きではありませんが——の世界があるんですよ。ボルヘスの抽象的な思弁の世界が力をもつのは、自分の出自につながる、アルゼンチン版の縄文世界といったような原記憶を大切にしているからだと思うんですがね。

——なるほど。室井さんの小説を「記号的」と批判する人もいるみたいですが、方言の音を転がしていくことで、そういう土着的な世界につながる無意識の底の底まで掬いあげようとされているわけですね。しかも、その無意識というのは、室井さん個人の無意識ではなく、祖父や曽祖父の無意識でもある、と。

室井　ぼくはむしろ、やれるものなら「記号的」に抽象化した文学を徹底化したいんです。ボルヘスとかジョイスとかビッグネームばかり引き合いに出しておこがましかったですが、ぼくなんかは、ただ〝ドン臭い〟だけなんです。でも、才能のなさに絶望しないで、とぼとぼ歩いていきたいと思っています。ありがとうございました。

（一九九五年十一月）

巻末エッセイ

海に向かえ山に向かえ言葉に向かえ

多和田葉子

目を閉じると、自転車を押してうんうん唸りながら坂をあがっていく室井さんの姿が目に浮かぶ。坂の向こうには町があり、室井さんはその町に仕事をしに行くのである。それはどうも自分のやりたい仕事ではないという気がしてしまうのか足がすくんでいるようだ。自分にはしなければならないもっと大事な仕事があるはずだ。町の人たちが仕事と呼んでいる作業、それは情報をコピー＆ペーストして流すだけのこと。時には事務と呼ばれ、時には創作と呼ばれもする作業。誰もがキーを打つのが上手くなって、そのスピードは日々速くなっていくのだが、それは本当に仕事なのか。室井さんは踵《きびす》を返して家に帰りたくなるが、自転車を押して坂をあがっていく自分を忘れて、牛を引いて坂をあがっていく自分を想像してみると少し納得する。自分の祖先もこんな風に牛を連れて坂道を登って歩いていたという気がする。なるほど空想の牛はさっさと歩いてはくれないので速度は遅くなるかもしれない。しかし、みんなと同じテンポで歩いたのでは大切なことは何も見えてこない。ベンヤミンも幼年時代、学校に遅刻してしまった時に初めて体験できた貴重な時間のことを書いているではないか。みんなから遅れることはとても大切なことなのだ。室井さんはいつだったか、そんなことを話してくれたような気がする。それ以来、わたしは時々自問する。自分はしっかり遅れることができているのか、それとも先を急ぎ過ぎているのか。みんなと歩調を合わせすぎていないか。ちゃんとものの見える速度で歩いているか。いつの間にかみんなと同じテンポで原稿という名の燃えるゴミを生産し、売却し、まるで当然のように原稿料を受け取り、そのお金で服を買い、靴を買い、人生において末端的な意味しか持たない端末を買って暮らしているだけではないのか。わたしたち作家はなんとなく、自分がビジネスマンとは対極にいると思って優越感を抱いている。しかし原稿を売り、原稿料をもらい、その原稿の載った雑誌や本が価格をつけられて商品として売られているのだから、作家も経済機械の一つの部品として機能していることに変わりはない。小説家がセールスマンよりもたくさんの時給をもらっていることもある。室井さんはそういうことに敏感な人だった。

　わたしは自分の書いた文字を売って暮らしている。それでいいのか。いいに決まっている。いくら原稿料をもらっても自分の書きたいことを書いているのだから。とわたしは思う。しかし原稿料をもらっている限り、原稿依頼をしてくれた人の気に入りたいという気持ちが知らないうちに出てくる。もしも誰も原稿料をくれなくなったら、わたしの書く小説は変わるのだろうか。変わるかも知れないし、変わらないかも知れない。いずれにしてもそんな問いを立てることを忘れてしまう日が来たらおしまいだ。ある時、室井さんが照れたような笑いを浮かべて、「いやいや、今回はつい商業誌で仕事をしてしまってお恥ずかしい」とこぼした。わたしは室井さんがいったいどんな商業誌に原稿を書いたのかと不思議に思ったが、あとでそれが『現代詩手帖』と知った。確かに『現代詩手帖』も定価がちゃんとある商品だし、原稿を書いた人が原稿料をもらっていないとは言えない。立派な商業誌である。

　本当に商業誌ではない雑誌をつくって、若い人たちといっしょに外部に干渉されずにやっていくことを室井さんは考えていたのかもしれない。

　室井さんがつくった雑誌『てんでんこ』を初めて送ってもらった時のわたしは恥ずかしながら、まだ「てんでんこ」という言葉を知らず、「でんでん虫の子供になったつもりでゆっくり進め」というくらいの意味だろうと勝手に思っていた。実際の意味は「ゆっくり」どころかその逆で、「津浪が来たら子供や親を探していないでまず自分自身が全速力で逃げよ」というような意味なのだそうだ。

　逃げるのは卑怯だという考え方もある。しかし学生時代、大学の必修授業でとった合気道の先生が「暴力を受けそうになった時、もし逃げられるなら逃げるのが一番正しい。それができなかった場合の技が武術だ」というようなことを言っていた。あっ、そっか、逃げるのが一番偉いんだ、とわたしは目から鱗だった。

何をしても日本の政治と経済のシステムの歯車になってしまう。そこから全速力で逃げるにはどうすればいいのか。まずは自分一人が全力で逃げるのが「てんでんこ」の精神だろう。しかし同人誌は複数で出すものなので、そこには連帯の精神がある。一人で逃げているのではなく、友人や若い人たちを引き連れて、津浪から逃げている。ただしみんなで手をつないで逃げるのではなく、たった一人でも逃げる覚悟のある人たちといっしょに逃げるのだろう。

室井さんの実家に一度連れて行ってもらったことがある。本州というのはそもそも海からどんどん遠ざかって中心に近づくに従って山襞が狭くなっていくものだ、と室井さんが教えてくれた。室井さんの口から漏れる「会津」という言葉が新鮮で、会津の人間は簡単に「おかみ」の命令には従わない、と言われると、明治政府は歴史の記憶をぬぐい去るために藩の名前を消して県の名前と取り替えさせたという説にも納得がいくのだった。名前を変えただけでなく、元々は複数の藩に分かれていた異文化が一つの県に統合された。

だから同じ福島県でも海に向かう部分と海から離れて山に向かう部分があるようだ。この二つの衝動は誰の中にもあるが、さしずめ室井さんの場合、海に向かう気持ちはボルヘスへ、カフカへ、シェイマス・ヒーニーへ、つまり世界文学に向かっていた。そして山に向かう心は文化人類学者になって幼年時代の記憶を探索した。この二つが結びついたところに室井文学の魅力があるように思う。

室井夫妻が成田空港から遠くないところに暮らしていた頃、わたしはドイツに帰る前の日に泊めてもらったこともあった。家の近くを散歩するのが好きだった室井さんに、お気に入りの散歩道を案内してもらった。家の近くと言ってもそれは私小説的な空間ではない。散歩中に縄文土器を見つけたことが何度かあるそうで、何の変哲もなさそうな小径が歴史の遠い時間に繋がっている。室井さんは縄文を高く評価していて、呪術としての言葉の力をその模様に見ていた。わたしも小説を書きながら、「わたしの言葉はちゃんと縄文になっているだろうか。ひょっとして弥生になりかけてしまっているのではないか」と自問することがある。縄文に踏みとどまるのは難しい。きっと人はどこにも踏みとどまることなどできないのだ。だから縄文は踏みとどまるべき場所ではなく絶えず再発見すべき場所なのだろう。

ちなみに室井さんは昼間から縄文土器を探しながら散歩をしていて、警官に不審者と思われ呼び止められたこともあるそうだ。他の人間たちは勤めに出ているか、家事をしているはずの時間に外をぶらぶらしていただけで不審な人間と見られてしまうのではなんだか戦時中のようだなとわたしは思った。平日の日中の散歩もみんなの時間から「遅れる」技だったのかもしれない。遅れなければ何も見えない。遅れれば、日常生活の中でも、大がかりな旅行をしなくても、縄文時代という遠い過去まで見えることがあるのである。

室井さんは近所を散歩していただけではない。

アンデルセンの幽霊に会いにデンマークに行ったこともあり、その時わたしが当時住んでいたハンブルグにも寄ってくれた。確かその時に対談したのが初めてだったのではないかと思う。かなり後になってから文学祭に呼ばれてベルリンに来たこともある。いっしょにベルリンの地下鉄に乗っていて、「ドイツの地下鉄はなぜアインシュタインとつぶやき続けているのか」室井さんに言われた時は何のことか見当がつかなかった。しばらく考えてやっと分かった。発車前にドアが閉まる時に聞こえる「アインシュタイゲン、ビッテ（ご乗車ください）」という放送のことを言っているのだった。「アインシュタイゲン」の「ゲ」は日本語の「ゲ」とは全く違って呑み込まれて聞こえにくい音なので、確かにそう言われてみるとアインシュタインと聞こえないこともない。それ以来ベルリンの地下鉄の中でわたしは時々相対性理論について考える。情報を処理する技術は日々前進し、小説を読む時間や能力は日々後退していく。すれ違う地下鉄をその二つの流れに譬えると、二台の地下鉄がすれ違う時、それぞれの地下鉄の車内で作家から読者へ投げられた言葉のボールのスピードは一体どう歪むのか。これがわたしの相対性理論である。

この原稿を今リオデジャネイロで書いている。室井さんはわたしのことを、「箒に乗って世界を旅する魔女」だと言っていた。飛行機と違って箒に乗っていると落ちるかもしれないので居眠りもできない。昨日ブラジルの Haroldo de Campos という詩人の詩集をある親切な方にいただき、ポルトガル語は読めないのに文面に直感的に面白さを感じ、どうやら実験的な散文詩らしいと勝手に考えながらテキストを眺めていた。するといきなり「muro interno」という語にぶつかった。もちろんわたしは「muro i／nterno」と読んだ。これからも、このような読み方をしてしまう度に、言語という不可解な怪物を常に読み続けた室井さんのことを毎回思い出すのではないかと思う。

解説

川口好美

本書は、二〇一九年に亡くなった作家・室井光広の小説作品を精選した《室井光広入門・小説篇》というべきアンソロジーである。小説集であることをわざわざ強調しておきたいのは、氏が詩・批評・物語のサンミイッタイを奉ずる作家ならぬ雑家をしばしば自称したとおり、いわゆる「小説家」に収まろうにも収まり切れなかったところに室井文学の根源的な豊かさを見出したい気持ちがわたしのなかでは強いからだ。室井文学に入るための門は小説以外にもいくつも存在している。いや、その複数性、多重性それ自体をスペシャルな門と見なすべきではないか……。ここなる小僧は長いあいだ、そんな思いを抱きながら不可視の門前にたたずみつづけてきたのだった。

じっさい氏の仕事（氏好みの言い方では〝手仕事〟）には、商業誌デビュー作のボルヘス論を含む文芸評論集『零の力』からはじまって、童話作家と哲学者の交錯点をまなざした長篇評論『キルケゴールとアンデルセン』、世界文学をめぐる一連の批評的エッセイ（『カフカ入門』『ドン・キホーテ讃歌』『プルースト逍遥』）、長年にわたる民俗学的探究の成果である『縄文の記憶』『柳田国男の話』、そして没後に同時刊行された『詩記列伝序説』『多和田葉子ノート』にいたる批評文の系譜があり、また『漆の歴史』（私家版）という大部の詩歌句集に象徴される詩的言語をめぐる実践の系譜があった。だがこんな注釈は蛇足かもしれない。本書を一読した読者にはつぎのような雑家のつぶやきが確実に伝染しているはずだから。「もとよりこれは小説ではありません、むしろ詩や批評に似ているのです、けれど、これでもやはり小説なのです」……。

〝小説〟や〝文学〟をめぐる調子の高い懐疑や断定の声はいつの時代にも途切れなく鳴り響いていたにちがいない。おそらく多くの場合それは、ある種の権威から公認された概念語や理論的枠組みを用いて立場を明確化しようとするたたかいのなかで発せられたものだっただろう。悪いことばかりではなかっただろうが、しかし、とわたしも低くつぶやいてみる――大事なのは、〈これは……ではない、だがそれでも……なのだ〉ふうの曖昧さを帯びたジャンル不明の「文」をこそ、漢字文明の圧倒的な影響力への不安とけしてオリジナルたりえない宿命におののきながらもかろうじて言葉をつむいできた日本列島語の根源を照らす光として受け取り直すことなのではないか、と。そして、このぬかるみのような現在の中で、てんでに散らばったそれらの光を結び合わせて暗闇に星座を描きながら、わたしたちは正しく不安を学び直し、様々なありえたかもしれない可能性を未来へ向けて想い起こさなければならないのだろう、と。

この「文」集はそうした受け取り直し、学び直しのためのかっこうの入門書になるはずである。

室井氏の文学について話す数少ない知り合いである編集者名嘉真春紀氏から本書の構想を告げられたのは、ふだん田舎に居住するわたしには縁遠い、冷たいビル風が吹き抜ける巨大なオフィス街の一隅でだったと記憶している。第一小説集『猫又拾遺』の掌編連作「猫又拾遺」と短篇「あんにゃ」および「かなしがりや」、第二小説集『おどるでく』の芥川賞受賞作「おどるでく」と「大字哀野」を併せ、また発表時期が少し後の短篇群から「和らげ」を採り、附録としてインタビューや関係が深かった作家の追悼エッセイを収める、という内容だった。同席した杉田俊介氏は「そして考」という作品に思い入れがあり、わたしはわたしで「ヴゼット石」という風変りな短篇（いずれも第三作品集『そして考』に収録）が好きだったので、小さな異議の声（？）をそれぞれ洩らしたものの、名嘉真氏のアンソロジストとしての経験と直覚を信じましょう、というところに落ち着いた。本文庫に引き続いて『そして考』や長篇『あとは野となれ』、またそれにつらなる単行本未収録の諸短篇（「流体の平衡」「デンス手帳」「いたちごっこ」「どしょまくれ」等）が手に取りやすいかたちで刊行されることを願ってやまない。付記すれば、室井氏が世間に向けて小説を発表する契機として、氏が義兄と慕っていた作家辻原登氏の推輓があった。評論だけでなく小説らしき文章をも書きためている事実を打ち明けられた辻原氏が「猫又拾遺」を読んだところその完成度に一驚し、文芸雑誌の編集者に掲載をすすめたという経緯があったそうだ。三十年以上も昔の話である。

本書に収録された作品は全篇が「猫又もの」である。室井氏の小説の多くが、氏の出生地である南会津地方の山深い寒村地帯——江戸時代には南山《みなみやま》御《お》蔵入《くらいり》領と呼ばれ藩と幕府のあいだで板挟みになってきた歴史があり、オクライリ作家というこれまたユーモラスな氏の自称はその事実に由来する——をモデルに創造された猫又という土地を舞台にしている。地名は「猫又」から「哀野《あいの》」へ徐々にシフトしながら、さいごは猫又‐哀野サーガの極点というべき長大なプロジェクト『エセ物語』——氏の突然の死で中断された——に至る。そこでは、たとえば下郷町《しもごうまち》が下肥町《しもごえまち》と呼びかえられている場合もあれば、氏の生家がある七軒の小さな集落は志源行《しげんぎょう》という実名で登場するし、塔のへつりや中山風穴《なかやまふうけつ》、大内《おおうち》宿《しゅく》といった名所旧跡も書き込まれている。したがって本書は、世界文学史に残る奇書といってもけして大袈裟でない『エセ物語』の道先案内書としても役立つはずだ（同書は法政大学出版局から近く刊行される予定である）。

『あとは野となれ』という著作タイトルが示すように、〈野〉に寄せた氏の愛情の念は特筆にあたいする。ここでいう〈野〉は、現代人が思い浮かべるだだっぴろい原っぱというよりも、言葉のモトの意味に近い、山と村落のあわいの傾斜地としての〈野〉のほうがしっくりくる。郷里での実体験と柳田民俗学の考証と世界文学が重合するポイントに浮上する氏独特の〈野〉イメージをさらに根源にむかって敷衍すれば、深い霧の切れ間にドラゴンのごとき虹が立ち昇る、不思議なよみがえりの力にみちた神話的時空間、となるだろうか。氏と共に言語の〈野〉に踏み迷う者は、よみがえりのための読み替え事業の協同従事者となる。そこでワレワレはきわめつきの「読者教信者」として、真の貧者たるべく自らを lessen する lesson にいそしむのだが——氏が文字どおり終生を費やしたその協同事業に不可欠なのが「聴覚的想像力」（T・S・エリオット）のはたらきである。

「思考や感情の意識層のはるか下まで浸透し、あらゆる言葉に生気を与え、最も原始的で忘れ去られたものにさえしみ込んで、根源へと遡っては何ものかを取り戻」すマジカルなイマジネーション＝「聴覚的想像力」。

哀野という名の〈野〉に実在のモデルがあるとしても、やはりそれは特異な祈りの姿勢において聴き取られ、忘却の淵から取り戻された幻のトポスだった。氏はそれを「根源へと遡」る「原始」人（原《ウル》詩人？）の心で想起した。だが、同時に「原始」人は、ある種の決定的な欠落をも聴き収め、引き受ける存在たらざるをえないということも急いで付け足しておくべきだろう。「聴覚的想像力」の見事なサンプルとして氏が愛誦した一節を『おどるでく』の「あとがき」から孫引きすれば——「オドラデクは、忘却された物たちがとる形態なのだ。物たちは歪められている」（ヴァルター・ベンヤミン「フランツ・カフカ」）。スペシャルな耳の持ち主が書き記す「文」がとくべつな難解さを帯びるのは「忘却された物たち」の「歪」みゆえである。〈野〉にあって「物」想う（想い出す）心は、だからいつも〈哀〉しい。だからこそ、その実存的学び落とし（lesson & lessen）がほんとうにほんとうの感動と表裏であってくれたらと願う〝かなしがりや〟の渇仰はいっそう深いものとなる。

わたしは今般の読み直し作業の中で、つぎのような文章が小説として書かれた事実にあらためて驚嘆した。

> 糸瓜《へちま》の花は子規のbodyに咲いた。仏に近い植物状態を子規は詠嘆と化した痰の筏《いかだ》に乗って恋恋したのではないか、というように。心を測量すべきだと私は書いたけれど、たとえば「痰一斗糸瓜の水も間にあはず」という子規の痛切な絶筆には、特異な唯物（あるいは唯仏？）論者の面目が躍如としている。痰を除去する糸瓜の水を希求する思いにも増してすさまじいのはまるで炭俵や米俵のように痰が測量された姿（農事暦に頻出するのもこうした計量語である）で情河を馳せ下る筏にのせられているという一点だ。この一句に詠嘆のかなは付いていないが、水面下にありありとそれを視ることができる。（「大字哀野」）

この一節は、文字どおり物狂いになって「物」を「測量」する態度を正岡子規の精神の核に見出す点で、中野重治が打ち出した子規像に通じている。わたしが思い出しているのは、中野が『斎藤茂吉ノート』「ノート九　短歌写生の説」で述べた、次のような指摘である。すなわち――西洋がもたらした「近代の科学」に対面した明治の日本人は、「事を物において、物をその長さ、幅、奥行き、面積、体積、重量において測ることを学び、それによって、すべて事と物とをそのものに即して見かつ測る精神」を体得する必要に迫られた、それを言語芸術の領野で「写生」という方法意識によって尖鋭的に実践した者こそ、正岡子規であった、と。

中野重治は小林秀雄と並んで、室井氏が敬意を抱き続けた数少ない日本の文芸批評家だったが、その関係には終始批判的な距離感が付きまとっていた。今かりにその微妙な距離の内実を、子規における「視覚的なもの」を見据える中野の想像力（視覚的想像力？）と、子規の「物」狂いの底に響く「詠嘆のかな」に耳を傾ける氏の「聴覚的想像力」の差異、と言いとめてみたい。よく読めば明らかなように、本書は〝革命〟に取り憑かれた言葉で記されている。そうして右の引用文は、子規と「物」の関係に〝革命〟的モメントを見出そうとした中野への批判的応答として読むことができる。「物」を「測量」する子規の「心」――その水面下に沈んだ不可視の部分をも推し測り、「物」に寄せるその深い哀しみ

（愛しみ）を聴きえたとき、そのときはじめてわれわれの「文」は〝革命〟への通交路たりうるのではないか、と。

なじみの英単語bodyは、肉体だけでなく、物体・死体・恋人・天体という意味まで畳み込まれた重層的な言葉だそうだ。そこに無理やり〈野〉も含めた上で、さいごにわたしは「糸瓜の花は子規のbodyに咲いた」という衝撃的な一文を〝革命〟＝よみがえりの呪文として受け取り直す。――忘れられ歪められた「物」たちの詠嘆の声がエコーする〈野〉。糸瓜の花は今もそこで風に吹かれている。

（かわぐち・よしみ　文芸批評）

初出／底本一覧

猫又拾遺　「群像」一九九一年十月／『猫又拾遺』立風書房、一九九四年四月（文庫化にあたり、項目の順番を一部変更）
あんにゃ　「群像」一九九二年九月／右同
かなしがりや　「群像」一九九三年八月／右同
おどるでく　「群像」一九九四年四月／『おどるでく』講談社、一九九四年七月
大字哀野　「群像」一九九四年八月／右同
和らげ　「すばる」一九九六年一月

万葉仮名を論じて『フィネガンズ・ウェイク』に及ぶ　「中央公論」一九九四年十二月
室井光広氏と語る　加藤弘一ウェブサイト「ほら貝」http://www.horagai.com/www/int/int001.htm

海に向かえ山に向かえ言葉に向かえ（多和田葉子）「三田文學」二〇二〇年二月

編集付記

一、本書は、単行本『猫又拾遺』『おどるでく』を合本にし、新たに書籍未収録の短篇・エッセイ・インタビューを加えたものです。

一、底本中、明らかな誤りと考えられる箇所は訂正し、ルビは適宜整理しました。

一、今日の人権意識に照らして、不適切な語句や表現が見受けられますが、著者が故人であること、発表当時の時代背景や作品の文化的価値に鑑みて、そのままとしました。

中公文庫

おどるでく
——猫又《ねこまた》伝《でん》奇《き》集《しゅう》

2023年6月25日　初版発行

著　者　室《むろ》井《い》 光《みつ》広《ひろ》

発行者　安部 順一

発行所　中央公論新社
〒100-8152　東京都千代田区大手町1-7-1
電話　販売 03-5299-1730　編集 03-5299-1890
URL https://www.chuko.co.jp/

DTP　平面惑星
印　刷　三晃印刷
製　本　小泉製本

Published by CHUOKORON-SHINSHA, INC.
Printed in Japan　ISBN978-4-12-207383-8 C1193